시조학원론時調學原論

임종찬 지음

국학자료원

이 도서의 국립중앙도서관 출판시도서목록(CIP)은 서지정보
유통지원시스템 홈페이지(http://seoji.nl.go.kr)와 국가자료공동목
록시스템(http://www.nl.go.kr/kolisnet)에서 이용하실 수 있습니다.
(CIP제어번호: CIP2014025493)

책 머 리 에

부질없이 세월만 허비하다가 古稀에 당도하였다. 더 늦기 전에 그간 연구해 온 학문을 결산하는 책 한 권을 만들어야 한다는 강박감이 이 책을 만들게 된 계기라면 계기다. 여태 내가 써 모은 논문과 책 가운데에서 뽑아내고 그것을 줄이고 덧붙이고 하여 체계를 갖추어 본 것이긴 하지만 허술한 구석이 곳곳에 보인다. 그러나 어찌하랴 내 感量이 이 정도이고 내 지적 능력이 여기에 머물고 있음이니 나를 탓할 수밖에 없고 내 부끄러움을 감출 수도 없다.

시조는 우리 민족이 우리 언어로 만든 우리 식의 정형시다. 선조들은 중국의 漢詩로는 못다 푼 정서를 시조로 풀면서 한 세상을 잘 건넜다. 시조는 우리 민족 정서에 맞는 보배로운 노래요 시다. 이걸 잘 갈고 닦으면서 우리도 한 세상 잘 건너가야 하겠고 또 우리 후손들 역시 이걸 도구로 활용하여 한 세상 잘 건너가게 할 값진 문화유산이다. 그런데 희한한 일 중 하나는 이런 값진 유산을 제대로 값 매김 하지 않는 작태는 지각이 모자라서 그렇다 하겠지만 시조시인으로 자처하는 인물들이 시조를 영 군히려드는 데에는 나는 용감하고 싶어 양심껏 나무람하여 왔다. 시조를 잘 가꾸자는 뜻이고 시조를 잘 지키어 내자는 뜻에서 비롯한 건데 엉뚱하게 감정적으로 비평하는 인물로 나를 낙인찍는 것 같아 한국에서의 비평행위가 쉽지 않다는 걸 느낀다.

비평이 제 몫을 하자면 양심을 발휘해야 한다. 나는 비평이 결혼식장 주례사처럼 칭찬으로 일관해서는 안 되고, 맞고 그름을 올바로 채찍질해야 비평이라 생각하는 사람이다. 나는 남은 평생도 이렇게 살다 갈 생각이다.

그건 그렇고 여태 시조에 대한 전반적 이해를 돕는 책이 일찍이 있어야 하였는데 이런 마땅한 책이 없는 고로 시조에 대한 많은 오해가 있어 왔다고 본다. 내가 서둘러 이 책을 엮게 된 것도 시조에 대한 올바른 이해를 돕자는 뜻이다. 뜻이야 그렇다 해도 정작 책을 만들고 보니 욕심만 컸을 뿐 실상이 그렇지 않음을 고백한다. 멀지 않은 뒷날에 나의 학설을 뒤엎을 새 책이 나오기를 고대한다.

어려운 여건 속에서도 이 책을 출간해 주신 국학자료원과, 편집과 교정 등을 위해 수고를 해주신 민병관 박사, 국학자료원의 신수빈 양에게 감사드린다.

2014년 9월
저자 임종찬

차 례

제1장

발생과 연원

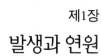

발생과 연원

1. 시조의 명칭

시조時調란, 고려 중엽에 발생하여 말엽에 완성된 형태로 나타나 조선시대를 거쳐 지금까지 창작되고 있는 3장 6구, 각 장 4음보의 정형시로 한국 고유의 시가장르이다. 시조는 원래 '단가短歌'라고 불렸으나, 조선영조 때 가객 이세춘이 '시절가조時節歌調'라는 곡조를 만든 후에 '시조時調'라고 부르게 되었다. 이후 곡조를 뺀 작품의 내용만을 시조라 하기에 이르렀다.

한편 영조 이전에는 곡명이 아닌 작품 내용의 호칭으로서 단가 외에 신번新飜 · 영언永言 · 장단가長短歌 · 시절단가時節短歌 · 가요歌謠 · 가곡歌曲 · 악장樂章 · 신성新聲 등의 명칭으로도 불렸으나 단가를 그 호칭의 대표적인 것이라 할 수 있다.

시조에는 형식상 기본형인 평시조(단시조)와 종장의 제1구를 제외한 어느 한 구절이 길어진 엇시조(중형시조), 종장 1구를 제외한 구절이 2구절 이상 길어진 사설시조(장시조)가 있다. 최동원은 엇시조라는 중형을 인정하려는 자체를 타당성이 희박하다고 보고 있다.[1]

시조의 기본 형식은 초·중·종장의 3장 6구, 45자 내외의 정형으로 3·4(4·4)조의 4음보가 기본 운율이며, 종장의 첫 구는 3음절이어야 한다. 이러한 시조의 형식적 전통은 고려가요를 거슬러 향가에까지 소급되고 있다. 시조는 원래 그 시절에 유행하는 노래라는 의미이다. 시조문학이 다른 문학과 구별되는 점 중의 하나가 바로 창(唱 : 시조창과 가곡창)을 하기 위한 창사唱詞였다는 점이다. 다시 말하면 현존하는 작품들은 창唱이 주主가 되고 사詞가 종從이 되어 창에 조화된 창사로서 계승되어온 것이다.

그러나 황준연은 그의 논문 「북전과 시조」에서 시조창이 가곡창에서 파생되었다는 종래의 학설을 뒤엎고, 시조창은 북전北殿에서 비롯되었다는 새로운 학설을 주장하였다. 북전의 창이 시조창으로 발전되었다면, 북전창의 형식이 시조라는 가사를 다 용해시키지 못한 데서 시조 종장 끝 음보를 창하지 않는 것으로 볼 수 있다[2]는 것이다.

2. 발생 시기 및 연원

우리 문학사에서 그 기원이 가장 오래된 장르는 시조이다. 따라서 시조의 발생 시기나 기원에 관한 논의와 연구도 다양할 수밖에 없다.

시조의 기원에 대해서는 여러 학설이 있지만 활발하게 전개된 논의는

---

1) 최동원, 『고시조 연구』, 형설출판사, 1977, 127쪽.
2) 황준연, 「북전과 시조」, 『세종학연구』 제1호, 세종대왕 기념 사업회, 1986, 115쪽.

크게 외래 연원설外來 淵源說과 재래 연원설在來 淵源說로 나눌 수 있다.

외래 연원설은 중국 문학과의 관계 속에서 시조의 연원을 찾으려는 것으로 한시漢詩와 시조와의 관계에 초점을 맞추고 있는 것으로 한시漢詩 기원설, 불가佛歌 기원설 등이 있다.

먼저, 한시 기원설은 한시의 절구絶句 형식이 짤막한 형태를 갖고 있음이 시조와 흡사하다는 데서 그 기원을 찾는다. 이는 절구의 4행은 그 의미상 전개가 '기 · 승 · 전 · 결'의 4단계로 되어 있는데 시조의 3장도 그와 같다는 데서 얻어진 입론이다.[3] 그러나 이것은 한시가 지닌 4단 구조와 시조가 지닌 3단 구조의 차이를 설명하지 못한다는 데 그 한계점이 있다.

불가 기원설은 시조의 '조調'자字가 중국 불곡에서 나왔다는 것을 근거로 한시를 번역하는 과정에서 발견되었다는 주장이다. 안자산安自山에 의하면 본래 가곡24법은 명(明)의 불가곡佛歌曲을 수입하여 세종 때부터 유행했던 바이다. 고로 시조도 '조調'자字로 된 것인 바, 그 문장文章의 체단體段도 불가佛家의 3분설三分設을 본받은 것이 아닌지 모른다[4]고 하였다. 한시 기원설과 불가 기원설은 현재 학계에서는 부정되고 있다.

재래 연원설은 우리나라의 전통 시가에서 시조의 기원을 찾으려는 견해로서 향가나 고려가요 등과의 관계를 중요시한다. 재래 기원설에는 민요 기원설, 신가神歌 기원설, 음악 기원설, 고려속요 기원설, 향가 기원설 등이 있다.

먼저, 민요 기원설은 시조의 원형이 6구 3절식六句 三絶式인 민요형에서 파생되었다고 보는 이병기의 견해를 따른 것이다. 조윤제는 속요 또는 민요를 후세의 유형이 될지도 모르고, 그냥 무의식 중에 써 내려 오다가 점점 그 형식미가 인중되게 될 때 비로소 독립적인 시조가 성립하지 않

---

3) 김대행,『시조유형론』, 이화여대 출판부, 1986, 46쪽.
4) 安自山,「시조의 체격과 풍격」,『조선일보』1931. 4. 2.

았는가 생각[5]된다는 것으로 민요 기원설을 뒷받침하였다.

신가 기원설은 시조가 무당의 노래 가락에서 기원했다고 보는 견해로 종교적인 신가의 탈화脫化로 그 기원을 잡고 이것이 재전再轉하여 시조를 산출하게 된 것[6]이라고 보고 있다.

음악 기원설은 음악적 분단分段이 시조를 형성했을 것이라는 견해이다. 속요의 문학상 분장分章과 음악적인 분단分段이 공통되는 것이 있기는 하나, 그렇다고 해서 시조가 속요의 문학적인 분장의 독립에서 성립된 것이라고만 할 수는 없는 것이다. 속요의 특성이라고 할 수 있는 후렴구나 감탄사는 문학상의 의의보다 음악과 관련된 것으로, 그것이 음악적 분단 속에 공통적으로 잘 반영되어 있다는 것이다. 나아가 속요는 문학인 시詩로서가 아닌 음악으로 즐겼으리라는 것, 시조의 형성자였던 당시의 신흥사대부들은 음악의 훌륭한 이해자이기도 했으리라는 것, 기사방식記寫方式이 없었던 당시의 특수성으로 시조 역시 문학적인 시형詩形의 창안創案으로부터 출발했다기보다는 음악과의 관련 속에서 형성되었으리라는 것 등을 아울러 고려할 때, 속요의 문학적인 분장보다 음악적 분단이 시조 형성에 보다 큰 영향을 준 것이라 하겠으며, 속요의 음악적 분단은 시조 형성의 모태[7]가 되었으리라고 보고 있다.

다음으로, 고려속요 기원설은 고려시가의 별곡체가 붕괴되면서 형성되었다고 보는 견해로서, 특히, '만전춘별사'에 보이는 '3장三章으로 분장되어 하나의 시형을 이루는 형태적인 성격'이 시조 형태의 모체가 된다는 견해이다. '만전춘'의 제2연 및 제5연에서 시조 형태에 아주 가까운 두

5) 조윤제, 『국문학개설』, 탐구당, 1973, 110쪽.
6) 이희승, 「'시조기원에 대한 一考'를 인용한 원용문」, 『시조문학 원론』, 백산출판사, 1999, 121쪽.
7) 최동원, 『고시조론』, 삼영사, 1980, 30쪽.

개의 시연詩聯을 들 수 있다[8]고 하였다.

향가 기원설은 시조가 향가에서 기원했다는 설로 향가를 설명하는 '3구 三句 6명六名'이라는 말이 뜻하는 바가 시조의 '3장 6구'라는 형식성과 일맥상통한다는 점을 근거로 삼았다. 향가는 삼국시대 말이나 통일신라시대 지식층의 노래였다는 것, 시조가 또한 지식층의 시가였다는 점, 그리고 향가가 고려 중엽에 들어서 쇠퇴하기 시작했는데 시조형은 고려 말에 성행했던 점을 들어 향가에서 시조가 파생되었다고 주장을 한다. 그 근거로 다음의 예를 들고 있다.

前 4句가 시조의 初章이 되고,
中 4句가 시조의 中章이 되고,
後 2句가 시조의 終章이 된다.[9]

이태극은 다음의 글로 향가 기원설에 그 연원의 무게를 두고 있다.

시조의 연원은 어디까지나 우리의 재래 시가에서 온 것이요, 결코 외래적인 것이 아니라 함이 한 번 더 다시 肯定되리라 믿는다. 시조는 어디까지나 우리 국어로 우리의 생활을 우리의 리듬으로 노래하였고, 우리의 정서를 읊조렸던 것인 만큼, 향가와 더불어 귀중한 우리 시가의 대표적 존재이며 장르인 것이다. 그러므로 재래한 민요나 무가의 영향도 있겠지만 향가의 형식 속에서 배태되고 그 속에서 呱呱한 소리를 내도록 자랐다고 본다. …… 시조는 향가 이래의 우리 시가가 가진 三節 또는 三行形式에서 삼장형식을 갖추게 되었고, 句數도 향가나 별곡에 연유되었고 그 한 句 한 句를 구성하는 字數도 향가 형식의 기준인 「삼구육명」의 그 육명의 풀이에서 오는 바와 같이 육음

8) 정병욱, 『한국고전시가론』, 신구문화사, 1980, 134쪽.
9) 김준영, 『국문학개론』, 형설출판사, 1983, 87쪽.

절 기준이 바탕이 되는 七字內外로 보는 것이다. 다만 麗末에 응결된 시조 형태가 李朝初에 들면서 그 定型이 整齊되어지는 과정에서, 그 자수 배합이 재래의 민요가 가지고 있던 三三調·三四調·四四調가 많이 쓰여지게 되었고, 또 이것이 漢學者의 손에서 먼저 이루어졌던 관계상 자연 五字句와 七字句가 형성되어지고, 또는 한시의 기승전결의 呼吸도 호흡하면서, 이조시가의 운율 기준을 이룬 독특한 정형을 형성하였던 것이다. 한 句 한 句가 等時的인 律拍을 엄연히 갖추어 있으면서도, 字數는 七字를 중심 삼아서 한두 자는 언제든 자유자재롭게 增減되면서도, 전체 자수는 四十 四字 內外를, 전후 五字 범위로 견지하고 있는 특이한 정형시인 것이다.10)

이태극은 시조의 발생 시기를 크게 여대麗代 성립설과 이조李朝 성립설로 나누고 있다. 이태극은 이조 성립설이 불가한 이유로 이조 중기에 와서 별곡이 깨지면서 비로소 시조형時調形이 형성되었다고 한다면, 그렇게 쉽사리 단시일 내에 성립되었으리라고는 믿어지지 않으며 고려 말경에 완성된 시조 형태가, 훈민정음이 창제·사용되면서 언문일치言文一致의 시가詩歌생활에 어울려지고, 또 별곡이 없어지면서부터 더욱 정제整齊된 형태와 리듬을 갖추어서 왕성하게 발전되게 된 것11)을 들고 있다.

정리하여 말하면 향가와 민요 등에 그 연원을 둔 시조는, 향가의 형식이 사라지고 별곡이 왕성하던 고려 중엽기에 이르러서 그 영아기를 맞이하였고 그 형태가 별곡別曲과 넘나들고 있다가 여말麗末에 와서 완성되었다12)고 보고 있다. 그 이유를 이태극은 포은의 '단심가丹心歌'나 이방원의 '하여가何如歌'가 한시漢詩 형태가 아닌 이두吏讀 표기가 섞인 것에서 찾고 있다. 이들을 국어가요國語歌謠의 한역가漢譯歌로 보고 시조가 고려 중엽

10) 이태극, 『시조개론』, 새글사, 1974, 267쪽.
11) 위의 책, 267쪽.
12) 위의 책, 266쪽.

에 싹터서 별곡 사이에 섞여 있다가 고려 말경에 와서 완성된 형태를 갖추었다고 보는 것이다.

필자는 시조의 연원을 외래 기원설 중 한시 기원설의 한계를 보완한 데서 찾고자 한다. 앞에서도 언급했듯이 한시는 구성이 기-승-전-결의 4단계이며 시조는 초장-중장-종장의 3단계이다. 한시는 시상을 처음에 일으켜[起] 상승시킨[承] 후 반복 혹은 변화[轉]를 거친 후 마무리[結]를 짓는 4단 구성이다. 이에 반해 시조는 초장에서 시상이 출발한 후, 중장에서 초장의 시상을 반복 혹은 상승시킨 후, 종장에서는 반전 혹은 결론을 짓는 3단 구성이다.

시조를 한시의 구성 단계와 연결해 보면 '기-승-전, 결'이 아닌 '기-승-전' 혹은 '기-승-결'의 구성이라 볼 수 있다. 이것은 결국 한시의 구성과 시조의 구성은 엄연히 구별된다는 의미이다. 그렇기에 한시와 시조는 명쾌하게 짝을 지을 수 있는 구성체가 아닌 것이다. 이 같은 의미구조상 차이점을 고려해 볼 때 시조의 기원을 한시에서 찾은 한시 기원설은 한계를 지니고 있는 것이다.

필자는 시조가 한시의 형식이나 의미구조를 답습하거나 모방시킨 장르가 아니라 오히려 한시의 의미구조를 변형시키고 극복하고자 한 우리 선조의 의식에서 비롯된 장르라고 본다. 중국에 대한 의례적인 사대의식이 아닌 중국을 뛰어넘고자 한 지혜와 자주의식의 발로에서 시조가 발생한 것이다. 이러한 의미에서 시조의 의미구조는 중국과 확연히 구별되는 우리 민족 고유의 정신을 담아내고자 한 정통성을 지닌 장르인 것이다.

제2장

유형과 형식

1. 음악적 유형

시조문학이 다른 문학과 구별되는 점 중의 하나는 시조문학이 창(唱, 시조창과 가곡창)을 하기 위한 창사唱詞였다는 점이다. 창사라는 점에서는 단시조와 장시조는 같은 입장이다.

시조문학이 창唱의 가사였다고 한다면 거기에는 창의 가사에 적합한 여러 요소들이 내재해 있다고 할 수 있다. 다시 말하자면 현존의 작품들은 창唱이 주主가 되고 사詞가 종從이 되어 창에 조화된 창사로서 계승되어 온 것이다. 따라서 시조문학의 유형을 파악하는 데 있어서 가곡歌曲과 시조時調라는 음악적 유형의 특질을 파악할 필요가 있다.

한편, 시조문학이 발생할 즈음에 소멸한 음악으로 '북전北殿'이 있었는데 이 북전과 시조창 사이에서 상당한 공통점을 발견할 수 있어 둘 사이의 선후 관계를 짐작해 볼 수 있다. 즉 시조창이 가곡창에서 비롯한 것이 아니라 바로 북전에서 유래한 것이라는 것이다.[1] 따라서 북전의 음악적 형식을 살펴보고 이를 시조창과 비교해 보는 작업은 음악과 문학이 조화를 이루고 있는 시조문학의 형식적 본질에 더욱 다가설 수 있는 단서를 제공해 줄 것이다.

1) 가곡

시조란 명칭은 음악적인 분류에서 나온 이름이고 그것은 가곡과 차이를 둔 명칭이다. 정악을 표방하는 가곡에 비해 시대적으로 후대에 성립된 것이 시조이지만 시조와 가곡은 시조문학을 가사로 사용하고 있고 가곡이 그 음악적 경과를 악보로 남기고 있기 때문에 가곡형식에 대한 이해가 필요하다. 가곡이라는 음악형식이 시조의 노랫말에 어떤 영향을 주었을 가능성도 있기 때문에 가곡에 대한 이해는 더욱 필요한 것이다.[2]

가곡창의 형식에는 초중대엽, 이중대엽, 삼중대엽, 초삭대엽, 이삭대엽, 삼삭대엽, 만횡청 등과 농弄 · 악樂 · 편編 등의 변형이 있으며 이들이 창법으로서의 특징은 다음과 같다.

1. 전체를 5장으로 분장하여 부른다.
2. 초장 앞에는 전주곡이라고 할 <대여음>이 있다.
3. 3장과 4장의 중간에는 <중여음>이라는 간주곡이 있다.
4. 따라서, 반드시 악기반주가 따라야 하며, 전문적 창자라야 부를 수 있다. [3]

1) 황준연, 「북전(北殿)과 시조(時調)」, 『세종학연구』 Vol. No.1, 1986.
2) 김대행, 『시조유형론』, 이화여자대학교 출판부, 1994, 35~36쪽.
3) 송재주, 안동주, 『한국고전시가론』, 국학자료원, 1997, 214쪽.

예를 들어 같은 단시조라도 가곡창의 경우에는 다음과 같은 음악적 형식에 의해 불려졌다.

1) 초장-泰山이 높다 ㅎ되
   2장-하늘 아릭 뫼히로다
   3장-오르고 쏘 오르면 못 오를 理 업건마는
        中餘音
   4장-사룸이
   5장-제 아니 오르고 뫼흘 놉다 ㅎ더라
        大餘音

문학상의 초장, 중장이 가곡창이라는 음악성에서는 각각 2장씩 나누어짐을 알 수 있다. 음악상의 각 장이 끝날 때에는 그때마다 긴 휴지休止가 오는데, 특히 3장이 끝나면 중여음, 5장이 끝나면 대여음이라는 특별히 긴 휴지가 온다.

문학상의 초장 둘째 음보까지는 가곡창에서는 초장으로 변한다. 가곡창의 초장 다음에는 휴지가 오기 때문에 문학상의 초장 둘째 음보에 연결어미나 종결어미(문학상의 휴지)가 온 것이다. 문학상의 초장 끝 음보에도 연결어미나 종결어미가 오는데 이것도 창과 결부된 현상이다.

또 문학상 종장 첫 음보가 독립어적 요소를 강하게 띤다는 사실도 창과 결부된 사실이다. 가곡창에서는 이곳이 독립된 장이 되고 있다. 따라서 시조문학의 통어적 연결형태는 창의 음악적 휴지와 상당히 밀접한 연관을 맺고 있음을 알 수 있다.

장시조는 단시조에 비해 사설이 길다는 데서 장시조란 명칭이 붙는데 그것도 다른 장에 비해 주로 중장이 길어진다. 왜 하필이면 중장이 길어지는가 하는 점은 흥미 있는 문제 중의 하나다.

고시조집에서 보면 단시조에는 악조명이 표기되어 있지 않은 경우도 많지만 장시조의 경우에는 대부분 악조명이 붙어 있고, 그 악조명도 시조창의 악조명이 아니라 가곡창의 악조명이 붙어 있음을 알 수 있다.

1)에서 보듯이 문학상의 중장은 시조창에서도 중장이 되지만 가곡창에서는 3장에 해당된다. 그런데 가곡창에서는, 문학상의 초, 종장은 각각 분장이 되지만 문학상의 중장만은 장이 구분되지 않는다는 것은 분장에 따른 통사적 제재가 없다는 의미를 가지므로 중장은 다른 장에 비해 자유로운 전개 양상을 띨 수 있게 마련되어 있는 셈이다. 또 가곡창에 있어서의 제3장(문학상의 장시조 중장)이 다른 장보다도 훨씬 창사로서의 음수가 많은데 이것은 가곡창의 제3장이 음악적으로 많은 창사의 음수를 포용할 수 있는 시간적 여유가 있는 곳임을 뜻하기도 한다. 실제로 여기는 다른 장에서보다 음악적 시간이 긴 곳이다(그리고 여기 뿐 아니라 시조창에 비해 가곡창은 그 진행 속도가 상당히 느리다).

가곡창에서는 제3장이 절정(climax)으로서 고조된 곡조를 유지하는 곳이다. 이 고조된 곡조는 다시 중여음 16박 한 장단을 거쳐 4장이 3장의 절정을 잠시 받쳤다가는 제5장의 종지(closing)로 하락된다. 그러므로 절정으로서 고조된 곡조의 유지와 여기에 수반되는 창사가 화합하는 곳이 중장이라 하겠다. 다시 말하자면 문학상의 장시조 중장에서 본격적인 사건의 전개 또는 초장의 사실을 구체적으로 부연 설명하기 때문에 중장이 길어지는 경우가 대부분이다. 이같이 창의 고조된 곡조에 수반하여 창사도 구체적 사실을 띤다는 것은 음악적 분위기와 문학적 분위기가 화합하고 있음을 의미한다. 그러나 장시조 중에는 중장만 길어진 것이 아니라 다른 장도 길어진 경우가 있다. 이 경우 길어졌다 하더라도 중장이 길어지지 않는데 다른 장이 길어졌다든가, 아니면 다른 장이 중장보다 더 길어졌다든가 하는 경우는 보이지 않는 것 같다.

『진본청구영언』에 보면 그 끝에「만횡청류」라 하여 소위 장시조의 작품들을 따로 편집해 놓은 것을 볼 수 있다.「만횡청류」는 다음과 같이 설명된다.

'蔓橫'은 長時調를 그 唱詞로 하는 歌曲의 曲種이며, '淸'은, '男청', '女청', '細청' 등의 '청(淸)'임에 틀림없다. …… '蔓橫淸類'의 '類'도 '蔓橫청'으로 부르는 작품들이라는 뜻에 그치지 않고, '蔓橫 청과 같은 曲種들로 부르는 것'이라는 뜻으로 해석할 수도 있지 않을까 하는 생각이 든다.4)

장시조 중에서도 비교적 형식이 짧은 경우는 시조창(사설시조창)으로 불리기도 하였지만, 턱없이 긴 장시조의 경우는 시조창으로는 부르기 어려워 시조창에 비하면 가사를 많이 포용할 수 있는 만횡청과 같은 곡종에 얹어 부르게 된 것이며 이렇게 함으로써 창과 창사가 무리 없이 진행될 수 있었다고 본다.

2) 니르랴보자 니르랴보자 네 아니 니르랴 네 남편드려
   거즛거스로 물 깃는 제 흐고 통으란 나리워 우물전에 노코 쏘아리
   버서
   통조지에 걸고 건넌집 쟈근 김서방을 눈개야 불너내여 두손목 마조
   덥졉 쥐고 슈근슉덕 흐다가셔 삼밧트로 드러가 무스 일흐눈지 준
   삼은
   쓰러지고 굵은 삼대 끗만 나마 우즑으즑 흐더라 흐고 네 아니 니
   르랴
   네 남편드려
   져 아희 입이 보다라와 거즛말 마라스라 우리는 마을지어미라 밥

─────────────
4) 최동원,『고시조론』, 삼영사, 1980, 69쪽.

먹고 놀기 흥 심심하여 실삼 키러 갓더니라

— 蔓橫(甁歌935)

2)에서는 중장은 말할 것도 없고 종장도 단시조의 그것과 비교가 안 될 정도로 길어져 있다. 이러한 작품이 가능하게 된 것은 가곡창의 곡조와 연관되어 있다.

이와 같이 창사가 긴 장시조에 있어서는 주로 가곡창으로 불려졌는데 가곡창 그 자체가 창사의 길어남을 용납하고 있을 뿐 아니라, 곡조상 절정이 진행되면 가사의 내용도 거기에 수반되어 창과 창사가 조화를 이루고 있음을 알 수 있다.

이상에서 살펴보았듯이, 고시조 작가들은 창과 밀접한 연관하에서 창작하였음을 알 수 있다. 즉 단시조든 장시조든 모두 가곡창으로는 창할수 있지만, 장시조의 모든 작품을 시조창으로 창할 수는 없다. 장시조 중에서도 비교적 형식이 짧은 것은 시조창(그 중에서도 사설시조창)으로 창할 수 있지만, 턱없이 긴 형식의 장시조 작품들은 역시 가곡창으로 창할 수밖에 없는 것이다.

2) 시조

시조창은 3장 형식으로 불린다. 시조문학에서 초 · 중 · 종장이라는 용어는 원래 시조창에서 쓰던 용어이었는데 이것이 그대로 문학상의 용어로도 통칭되어 사용되고 있다. 이렇게 초 · 중 · 종장이라는 용어가 음악과 문학에 서로 통칭될 수 있는 것은 시조창의 3장 형식5)과 시조 문학의

---

5) 가곡창도 애초에는 3장 형식이 있었다는 주장이 있다. 이병기, 「時調論」(『現代』, 1

3장 형식이 서로 조화롭게 만나고 있기 때문이다.

시조창을 현대 악보로 옮긴 것6)을 다시 정리하여 보면 대체로 다음과 같은 숨과 쉼이 배열되어 있음을 알 수 있다. 여기서는 시조 1)을 시조창으로 부를 때를 예로 들면 다음과 같다.

3) 태산이 ① 높다 ᄒ되 ② 하늘 아 · ~릭 뫼히로 · ~다 ⑧
　오르고 · 쏘 · ~오르 · ~면 못오를 · ~리업건 · ~마ᄂ ⑬
　사름이 · 제 아니 오르 · ~고 뫼흘 높다 ㉓

※ 병가 639를 시조창의 경우로 표기하였다.
　ㅇ은 쉼(숫자는 쉼의 크기), · 은 숨, 그리고 ~은 앞 음절이 숨을
　지나 다음으로 계속될 경우를 의미한다. 이 표는 현대 악보에 나타
　나 있는 것과 창을 하는 분들이 실제로 창하는 소리를 참고해서 만
　들었다.

물론 시조창에는 京制, 嶺制, 完制 등 지방에 따라 조금씩 다른 여러 창법 형태가 있지만 단시조를 창할 때는 장단이나 휴지(숨과 쉼)에 있어서 큰 차이가 없기 때문에 이런 표를 만들 수 있었다.

초장 첫 음보 다음에 오는 휴지를 ①이라 할 때 둘째 음보 뒤에는 ②, 그리고 초장 끝 음보 뒤에는 ⑧, 중장 끝에는 ⑬, 종장의 끝에는 ㉓이 온다. 종장 끝에서 이렇게 긴 휴지가 오는 것은 시조창의 경우엔 종장 끝 음보(여기서는 '하더라')가 생략되므로 그러한 생략에 따르는 보상적 휴지(여음, 餘音)가 오기 때문이다.

장이 끝나는 자리마다 긴 휴지가 오는데, 긴 휴지가 와도 창사의 의미

권 2호, 1957).
6) 김기수 편보, 『한국음악』 제9집, 대한공론사, 1972, 63쪽.

가 흩어지지 않기 때문에 이것이 가능해진다. 다르게 말하면 긴 휴지가 오기 때문에 긴 휴지 앞에서 창사는 일단 의미가 정리되어야 하는 것이다.

실제로 시조 작품을 보면 장이 끝나는 곳에서는 예외 없이 연결어미나 종결어미가 옴을 알 수 있다(물론 종장에서는 틀림없이 종결어미로 되어 있다). 의미상으로 보면 연결어미도 종결어미에 접속사가 더해져서 만들어진 상태라 할 수 있다. 가령 3)에서 '업건마는'은 '없다. 그렇건마는'이 줄어든 형태이다(물론 의미의 미세한 부분에 있어서는 이 두 개가 같을 수는 없다). 그러므로 의미상으로는 각 장은 하나의 의미의 매듭(semantic phrasing)으로 이룩되어 있다는 말과 통한다.

각 장의 끝에 긴 휴지가 온 것은 음악상으로는 음악적 장의 끝을 의미하는 음악상의 휴지(musical pause)이지만 문학상으로는 문학적 장의 끝을 의미하는 논리상의 휴지(logical pause)인 셈이다. 이러한 문학상의 휴지와 음악상의 휴지가 조화를 이루고 있는 형태가 창사(唱詞, 歌詞)이다. 그리고 시조 문학은 다름 아닌 창사이기 때문에 음악의 장章과 문학의 장章이 일치하고 있음을 알 수 있다. 즉 창과 창사가 조화되어 있음을 알 수 있는 것이다. 조선시대의 작가들은 이처럼 창과 창사의 조화에 대하여 많은 배려를 했던 것으로 보인다. 가령, 고산孤山 윤선도의 어부사시사는 창과 창사의 조화를 위하여 많은 배려가 있음을 알 수 있게 해 주는 시가다.

> 4) 우는 거시 벅구기가 프른거시 버들숩가
> 　　이어라 이어라
> 　　漁村 두어집이 닛 속에 나락들락
> 　　至匊悤 至匊悤 於思臥
> 　　말가흔 기픈 소희 온간 고기 뛰노ᄂ다
>
> 　　　　　　　　　　　　　　　　　　　　 － (孤遺 30)

어부사시사의 작품들은 모두 행의 끝에 종결어미가 있다. 다른 시조 작품에서는 장의 끝이 연결어미나 종결어미로 되어 있지만, 장의 끝이 모두 종결어미로 되어 있지는 않다. 그런데 어부사시사의 행 끝이 모두 종결어미로 되어 있는 것은 무슨 확실한 이유가 있는 것 같다.

어부사시사에는 다른 시조 작품에는 없는 중렴中斂[7]이 있다. 이 중렴은 배의 운행과 정지에 해당하는 말로 되어 있기 때문에 중렴 앞에서 가의歌意는 보다 확실한 의미로 정리되어야 한다. 그래야만 다음에 오는 중렴의 노랫말과 혼란이 일어나지 않게 된다.[8] 중렴이 오지 않고 휴지가 온다면 굳이 종결어미로 끝맺을 필요가 없게 된다.

여기서 중렴의 기능은 창의 입장에서 볼 때 대단히 중요하다고 본다.

첫째, 중렴은 시가상詩歌上의 상상적 위치를 현실적 위치로 실감나도록 해준다. 창자唱者와 청자聽者가 위치하고 있는 곳이 선상船上이 아니라 하더라도 창자나 청자가 시가상詩歌上에 나타난 선상의 위치로 실감나게 해준다는 것이다.

둘째, 중렴은 창자가 창하는 부분이 아니라 청자가 동참하는 부분으로 보인다. 중렴까지도 창자가 창하게 된다면 휴식을 못 가진 창자가 창을 계속하기가 어렵게 되는 것은 당연하다. 중렴의 노랫말들은 판소리에서의 추임새와 같이 창자가 잠시 쉬는 휴식공간을 청자가 메꾸어 줌으로써 창의 진행을 순조롭게 할 뿐 아니라, 중렴의 노랫말들(모두 명령문임을

---

7) 되풀이 되는 노랫말에는 前斂, 中斂, 後斂이 있다. 간혹 이것과 餘音을 혼동하는 경우가 餘音은 노랫말이 없이 일정한 악기 연주만 계속되는 상태를 말한다.

8) 중렴이 삽입됨으로 해서 어부사시사는 단시조와 같은 유기적 결합체가 되지 못하고 말았다. 시조는 단순한 음보나 음수의 나열이 아니라 유기적 결합체인 것이다(필자의 '時調의 意味構造'(부산대, 『인문논총』 제20집 참조)). 또한 시조의 종장은 시상의 마무리가 일어나는 곳이지만, 어부사시사의 3행은 시상의 마무리가 일어나지 않고 있다. 물론 3행의 이러한 성질 때문에 40수의 어부사시사를 가능하게 하였지만, 또 이러한 성질 때문에 어부사시사를 시조작품이라고 말하기 어렵게 하고 있다.

상기할 필요가 있다)은 창자로 하여금 다음에 계속되는 창을 더 열창熱唱하도록 고무시키는 기능을 한다.

결국 고산은 창과 창사와의 조화에 대하여 깊은 배려가 있었던 사람임을 알 수 있다. 그러나 고산뿐 아니라 그 당시의 많은 사람들이 이러한 배려를 깊이 했던 것으로 보인다.

고산의 어부사시사가 다른 시조집에 실렸을 때에는 수정이 가해졌는데, 4)는 다음과 같이 수정되어 나타나 있다.

> 5) 우는 거시 벅구기가 프른 거시 버들숩가
> 漁村 두어집이 내 속의 날낙들낙
> 두어라 말가한 깁흔 소의 온갖 고기 쒸노는다
> ― 二數大葉 尹善道(甁歌 301)

5)에서는 4)에 있던 중렴을 빼버리고 또 3행에 '두어라'를 첨가하여 단시조의 일반적 형태로 바꾸어 놓았다. 다른 시조집에서는 3행을 "夕陽에 짝일흔 갈멱이는 오락가락 하더라" 또는 "아희야 새 고기 오른다 헌 그물을 기버라" 등, 원작과는 거리가 먼 말들로 바뀌어져 있다. 어부사시사 40수가 고산유고孤山遺稿 외의 다른 시조집에 모두 실려 있지는 않지만, 다른 시조집에 실려 있는 작품들은 모두 3행이 수정되어 있는 것이다. 이처럼 원작을 수정하게 된 것은 어부사시사가 단시조의 일반적 형태와 거리가 있어서 단시조를 얹어 부르던 창의 형식에 알맞지 않다는 점에서 일 것이다.

중렴은 단시조에서는 없기 때문에 이것을 빼버리면 되지만 중렴만 빼버리면 어부사시사는 단시조가 된다고 할 수 없다. 그렇게 해도 단시조가 갖고 있는 유기적 결합 형태와는 차이가 있을뿐더러, 특히 3행은 종장과 거리가 있기 때문이다.

　　3)의 종장—<u>사룸이</u>　<u>제아니오르고</u>　<u>뫼흘놉다</u>(ᄒ더라)
　　　　　　　　①　　　　　②　　　　　③　　　　④
　　4)의 종장—<u>말가흔</u>　<u>기픈소희</u>　<u>온갇고기</u>　<u>쒸노ᄂ다</u>
　　　　　　　　㉠　　　　　㉡　　　　　㉢　　　　㉣

　4)의 3행을 4음보로 본다면 3)의 종장 ②에 해당하는 4)의 3행에서 ㉡은 음수 부족의 음보임을 알 수 있다. 단시조에 있어서 종장 둘째 음보(여기서는 ②)가 5음절 이상으로 되어 있는 것은 문학적 측면에서도 그렇게 되어야 할 논리적인 필연이 있지만, 음악적 측면에서도 창과의 조화를 위해서는 5음절 이상이 되어야만 자연스러워진다고 하겠다. 그러므로 시조창의 입장을 감안한다면 4)의 3행은 다음과 같이 3음보가 되어야 하는 것이다.

　ㄱ) <u>말가흔</u> <u>기픈소희온갇고기</u> <u>쒸노ᄂ다</u>

　이렇게 보면 ㄱ)은 3)의 종장과 같이 시조창으로 부를 때의 종장 형식이 되어 있는 상태다.
　다시 한 번 확인하지만 시조창의 경우엔 종장 끝 음보가 생략된다. 그렇다면 고산은 아예 종장 끝 음보가 생략되는, 시조창의 형식에 맞추어서 창사인 어부사시사를 지었을까. 이점은 속단하기 어려운 문제지만 그랬을 가능성은 충분히 있다. 그런데 문제는 5)이다. 5)의 종장은 다음과 같다.

　ㄴ) <u>두어라</u> <u>말가흔깁흔소의</u> <u>온갇고기</u> <u>쒸노ᄂ다</u>

ㄱ)은 끝 음보의 생략이 필요없는 시조창이기에 적당한 형태라고 한다
면 ㄴ)은 '두어라'가 첨가되어 있기 때문에 끝 음보 '쒸노는다'가 생략되
어야만 시조창하기에 적당한 형태가 된다. 시조창을 겨냥했다면 ㄱ)을
ㄴ)으로 고칠 필요가 없는 것이다. 그러나 ㄴ)은 시조창을 겨냥한 것이
아니었다. 가곡창을 겨냥한 수정이라고 보아야 옳다. 어부사시사에 수정
을 가한 작품들에는 이렇게 가곡창의 곡조명이 표기되어 있는데 이것이
이러한 사실을 입증해 준다. 그러나 근본적으로 ㄴ)은 시조창으로 창하
기에는 어색한 일면이 있다.

단시조 종장 끝 음보는 생략되어도 다시 원래 뜻대로 복원할 수 있는
말들이 와 있는 자리다('하다' 용언이 이 자리를 압도적으로 많이 차지하
고 있는 것도 이와 유관하다).9) 그런데 ㄴ)의 끝 음보 '쒸노는다'가 생략
되어 버리면 청자는 원의原意대로 복원하기 어렵게 된다. 그리고 '쒸노는
다'란 말의 뜻과는 다른 말이 오게 되면 결국 애초의 작품과는 다른 작품
이 되고 마는 것이다. 그러므로 ㄴ)의 끝 음보 '쒸노는다'는 생략될 수 없
는 말이다. 비단 이 작품뿐 아니라 어부사시사의 3행 끝 음보는 모두 생
략되면 원의대로 다시 복원하기 실로 어려운 말들이다.

이러한 이유에서 볼 때, 여러 시조집에서 어부사시사의 3행을 수정하
여 실어놓은 것은 가곡창을 겨냥한 것이었음을 알 수 있고 나아가서 당
시의 시조 작가들은 창과 창사와의 조화를 깊이 고려하였던 사람들이었
음을 알 수 있다. 그뿐 아니라 단시조의 세련된 통어적 형태와 창과의 관
계를 살핀다 해도 당시의 시조 작가들은 창사로서 적당한 시조작품을 만

---

9) 시조창을 할 경우, 창자가 이곳을 창하지 않고 생략해버린다 해도 청자는 이곳 뿐
   아니라 텍스트로서의 빈곳(Leerstelle)을 채우게 되고 그리하여 확실한 텍스트(이를
   context라 한다)를 만들게 된다. 결국, 이러한 생략된 공간은 창에 대한 청자의 자발
   적 참여를 높이는 기능을 한다.

들기에 노력을 많이 했던 것으로 짐작하게 한다.

다시 3)을 보기로 한다. 3)에는 여러 군데 휴지가 와 있다. 휴지가 어절 중간에 오는 경우는 음악상의 휴지와 문학상의 휴지가 일치하지 않는 경우가 되는데 이런 경우를 제외하면 3)에서는 휴지(숨이나 쉼)가 다음과 같이 놓여 있음을 알 수 있다.

※ °은 휴지를 표시함

어떤 때는 휴지가 있음으로 해서 정보를 정확히 전달할 수 있지만, 또 어떤 때는 휴지가 없음으로 해서 정보의 정확도를 기할 수 있다. 그렇기 때문에 어절들 사이에는 보통 휴지가 있지만 어절 중간에는 휴지가 없다. 그런데 3)에서는 어절 중간에 휴지(여기서는 숨)가 와 있음을 본다. 그러나 3)에서 보면 휴지 바로 앞의 음절을 휴지가 끝난 뒤에 다시 창하여 다음 음절과 결속시키고 있음도 알 수 있다. 이것은 음악상의 휴지 때문에 문학상의 의미가 파괴됨을 막으려는 노력에서 비롯되었다. 곧 음악상의 휴지 때문에 유발되는 의미의 단절을 막으려는 수법이다. 그러므로 이 같은 경우를 제외하면 6)과 같은 형태가 된다.

6)에서 보듯이 각 장의 첫 음보 다음에는 음악상의 휴지가 있다. 이것은 시조 문학상의 각장 첫 음보에는 독립어적 자질이 강한 말들이 오고 있는데 이런 말들 다음에는 물론 문학적 휴지가 있게 되므로 이것은 음악적 휴지와 문학적 휴지가 대체로 만나고 있음을 의미한다.

초장 둘째 음보 끝에도 긴 휴지가 와 있다. 이것도 상당히 의미 있는 현상이라 생각된다. 단시조의 통어적 연결 형태를 고려해서 보면 시조 작품들은 대부분 다음과 같이 쉼표 마침표를 찍을 수 있다.

7) _____ _____,. _____ _____,.
   _____ _____,. _____ _____,.
   _____: _____,. _____ _____.

연결어미를 쉼표, 종결어미 또는 독립어를 마침표로 나타낸 결과가 7)이다. 이 같은 통어적 연결은 창과 밀접한 연관이 있다고 보여진다. 6)에서 초장 둘째 음보 다음에 음악적 휴지가 와 있는데, 이것은 음악적 휴지를 감당할 수 있는 연결어미나 종결어미가 와야 함을 의미한다. 그런데 실제 시조문학에는 여기에 연결어미나 종결어미가 와 있다. 이것은 창과 가사의 조화로운 만남에 해당한다.

3) 북전과 시조창의 비교

시조창은 가곡창과 함께 시조문학을 창사로 사용했기 때문에 시조창이 가곡창에서 비롯되었다고 추정한 것과 달리 조선 후기에 소멸된 '북전'이라는 악곡형식에서 비롯되었다는 주장은 상당한 설득력을 가지고 있다. 왜냐하면 시조창과 가곡창은 계통적인 공통점을 찾기가 어려운 반면 북전과 시조창은 3지(3장) 형식과 박자 등의 악곡 구조에 있어서 많은 공통점을 지니고 있고 시조창이 발생할 즈음에 북전이 소멸되었다는 점에서 이 둘의 선후 관계를 짐작해 볼 수 있기 때문이다.[10] 북전과 시조창

---

10) 황준연, 앞의 논문, 115~116쪽.

의 악곡 구조의 유사성을 논증하고 이 두 악곡의 계통적인 선후 관계를 주장한 바 있는 황준연의 예시를 인용하여 북전과 시조창을 비교해 보고자 한다.

북전은 금합자보(琴合字譜, 1572), 양금신보(梁琴新譜, 1610) 등의 고악보에 실려 있다.[11] 이 악보들에 기록된 북전을 통해 악곡 구조를 정리해 보면 아래의 표와 같다.

구분	초두(初頭)		이두(二頭)		여음(餘音)
1지(旨)	호리누거	괴어시든	어누거	좃니옵세	–
2지(旨)	젼차	견츠로	벋님의	견츠로서	–
3지(旨)	雪綿子ㅅ	가시른듯	범그러셔	노옵새	–
박(拍)	5박(拍)	8박(拍)	8박(拍)	8박(拍)	3박(拍)

양금신보(梁琴新譜)

북전의 1지 · 2지 · 3지는 모두 일정한 길이로 되어 있으며, 각 지의 세부적인 악구樂句의 짜임도 공통적이다. 즉 각 지는 모두 두 개의 악구로 구성되어 있으며 전구前句와 후구後句의 길이가 13박과 19박으로 동일하다. 한편 각 지의 전구와 후구는 다시 이분되는 구조로 되어 있는데, 위 표의 1지를 예로 들면, 전구는 '호리누거'와 '괴어시든'으로, 후구는 '어누거'와 '좃니옵세'로 양분되는 것이다. 그 각각의 음보音譜의 길이는 5박 · 8박 · 8박 · 11박으로 나타난다. 이것은 2지와 3지에도 동일하게 나타난다. 문제는 끝 음보의 사설이 차지하는 11박이 실제로 모두 불리는 것인가 하는 것인데 보통은 끝 음보의 사설이 8음보를 넘어서서 불리는 예가

---

11) 북전은 고려조에 발생한 것으로 알려져 있다. 다시 이 북전은 장가형과 단가형으로 나뉘어졌다가 조선전기에는 장가형이 단가형으로 대치되었다고 한다. 즉 단가 북전은 장가북전에서 파생된 악곡이라고 볼 수 있는데 시조와 비교할 북전은 '단가북전'이다. 황준연, 앞의 논문, 116쪽.

거의 없는 것으로 보아 끝 음보의 실제 박 수는 8박으로 보는 것이 타당하다.

북전과 비교할 시조의 악곡 구조를 표로 정리하면 아래와 같다.

구분	초두(初頭)		이두(二頭)		여음(餘音)
1장(章)	공산이	적막헌데	슬퍼우는	져두전아	−
2장(章)	측국	홍망이	어제오날	아니어든	−
3장(章)	지금에	피나게 울어	남의이(를)	×	×
박(拍)	5박(拍)	8박(拍)	8박(拍)	8박(拍)	5박(拍)

* 장별은 현행에 준함 −삼죽금보(三竹琴譜)

시조의 3장에서 1장과 2장은 구조가 동일하다. 즉 전구와 후구로 양분되고 짧은 여음을 동반하는 구조로 되어 있는 것이다. 그 길이는 전구가 13박, 후구가 16박, 여음이 5박으로 나타난다. 1장과 2장의 전구와 후구는 다시 양분되어 전구는 5박과 8박으로 후구는 8박과 8박으로 구분되는 구조를 가졌다. 이렇게 세분된 전구와 후구는 5박이나 8박의 짧은 악구는 다름 아닌 1음보의 사설을 이용할 뿐이다. 시조 1음보의 사설은 반드시 5박 또는 8박의 일정한 길이로 나타나고 그 첫 음보는 매번 5박으로 나타난다.

한편, 3장은 1, 2장과 달리 그 길이가 8박이나 짧다. 더구나 실제 연주 시에는 마지막 8박 가운데 7박을 생략해 버린다. 따라서 3장의 실제 길이는 5·8·5·1박으로서 전체 19박에 불과한 것이다. 그러나 실제의 3장 구조는 1, 2장과 근본적으로 동일한 것이다. 왜냐하면 3장 사설의 마지막 1음보가 생략되기 때문이다. 그것은 필연적으로 음악의 생략으로 이어지고 그 부분은 이두의 후반 8박만으로 구성되는 것이다. 그리고 1장과 2장에 포함된 5박의 여음 선율은 악곡의 종말에서는 여음을 생략해 버리

는 조선후기의 연주 관습에 의하여 3장에서는 탈락된 것으로 볼 수 있는
것이다.

이상과 같이 북전과 시조는 악곡 구조에 많은 공통점이 있다는 것을
확인할 수 있었다. 두 악곡의 악곡 길이를 비교하면 아래와 같다.

구분	1지(旨)	2지(旨)	3지(旨)	여음(餘音)
북전	5 8 8 8 3	5 8 8 8 3	5 8 8 8 3	16
시조	5 8 8 8 5	5 8 8 8 5	5 8 8 × ×	×

위와 같이 박자 비교에 의하면 1, 2장에 있어서는 시조가 북전보다 끝
박이 2박 더 많고 3장에 있어서는 시조가 북전보다 빨리 끝나는 차이가
있지만 이러한 차이는 매장의 끝 부분에 해당되는 것으로 양곡의 구조적
인 공통성에 영향을 미치지 않는다. 또한 그 끝 부분이 사설이 아닌 여음
(시조의 경우)이기 때문에 시조 1, 2장의 2박만 생략하면 결국 시조와 북
전은 동일한 박자 수를 갖게 될 것이다.

2. 문학적 형식

1) 단시조

고시조의 갈래는 장시조와 단시조로 나눌 수 있다.[12]

장시조와 단시조는 시문의 길이가 상대적으로 길다와 짧다는 형식성

---

12) 중시조(엇시조)를 인정하는 분도 있으나 필자는 이를 부인한다. 그 이유에 대해서
는 필자의 저서 『시조문학의 본질』(대방출판사, 1986) 중, 「장시조의 율격」 편 참조.

에서 일차적으로 이름 붙여진 구분이다. 그러나 시문이 상대적으로 길다는 것은 시적 논의가 많다는 뜻을 가지므로 시문이 짧은 것에 비해 포괄하는 내용이 많다는 뜻을 가진다.

이것은 다시 포괄하는 내용이 많음으로 인해 상대적으로 다른 내용성을 가짐을 의미함으로 장시조와 단시조는 내용성에서 그 차이를 가진다는 뜻에서 이차적으로 장시조, 단시조로 이름 붙여진 것이다.

여태 시조 형식에 관한 이론들이 많았다. 대체로 음수율이냐 음보율이냐를 따지는 일이 중심이 되었는데 이것이 시조 형식인 양 간주되었지만 음수율이든 음보율이든 이것만으로 시조 형식의 전부라 할 수는 없기 때문에 이 논문에서는 시조의 의미 형태나 문장 구조의 측면까지를 포함해서 종합적인 시조 형식에 관한 논의를 하려고 한다.

어느 나라 경우든 정형시는 오랜 기간을 거치면서 수정 보완을 하여 정제된 형식을 갖추어 왔다. 여기에 적당한 예로서 중국 한시에 대해 설명하자면 이렇다.

중국 한시의 역사는 2,000년이 넘는다. 시경 시대를 지나 한대漢代에 와서 오언체로 발전하기 시작하여 남북조시대를 거치면서 평측과 압운을 중시하는 풍조가 생겼고 당대唐代에 와서야 근체시近體詩인 율시律詩와 절구絶句로 발전하여 한시의 전성기를 맞이하게 된 것이다.[13]

고체시古體詩에서도 오언고시五言古詩와 칠언고시七言古詩가 있었지만 시구 수의 제한을 받지 않았지만 운을 맞춰야 했다. 매 글자마다의 평측平仄도 따지지 않다가 근체시에 와서 율시는 8구, 절구는 4구로, 이것도 오언율시와 칠언율시, 오언절구와 칠언절구로 구분하게 되고 글자마다 평측 등 여러 가지 격식에 맞추어 짓도록 하였다. 시문의 의미 형태도

---

13) 윤정현 편, 『중국역대 명시감상』, 문음사 2001. 2, 서문.

근체시에서 율시의 경우는 첫째와 둘째 구를 수련首聯, 셋째와 넷째 구를 함련頷聯, 다섯째와 여섯째 구를 경련頸聯, 일곱째와 여덟째 구를 미련(尾聯 또는 末聯)이라 한다. 절구의 경우도 첫 구를 기起, 둘째 구를 승承, 셋째 구를 전轉, 넷째 구를 결結이라 하고 시어의 의미가 이렇게 전개되도록 하고 있다.

시조의 역사는 줄잡아 700여 년이 된다고 불 수 있겠는데 그동안 시조의 창작원리에 대한 이론이 잘 정리·개발되어 있지 않아서 이제부터라도 이 문제를 심도 있게 다루어야 할 것이다. 시조 형식이 정리되지 않은 이유는 시조가 노래의 가사로 잘 이용되었지, 시詩로서의 시조를 생각하여 시조 형식을 다듬는 일에 소홀하였기 때문이다. 노래가사는 노래가 중심이니까 노래 부르는 것으로 끝나지만 시는 노래보다 시의詩意와 시흥詩興에 치중하고 그것을 기록으로 남겨 시의와 시흥의 어떠함을 후세에 남기려는 의도이므로 노래와 시는 근본적으로 다른 것이다. 시조를 시의 형태로 잘 보존할 의사가 충분하였다고 한다면 시조 짓는 법을 정리하고 시조 형식을 가다듬는 일을 서둘렀을 것이지만 한시를 시라고 우기는 병폐 때문에 시조가 시의 형식으로 등장하기는 어려웠던 것이다.

여태 시조 형식이 정리되지 않은 채 700여 년을 흘러왔다면 지금이라도 정제된 시조 형식을 만들어 정형시의 완전한 형태 만들기를 서둘러야 할 것이다.

우선 기존 음보율 또는 음수율에 따른 제 의견을 들어보고 이를 종합 평가해 보기로 한다.

(1) 조윤제설(趙潤濟說)

한 수의 자수 4 · 4 혹은 4 · 5에 중심을 두고 41자에서 50자 범위 내에 3,4,4(3),4 · 3,4,4(3),4 · 3,5,4,3이라는 기준을 가지고 규정의 최단자수에서 최장자수 내에 신축할 것이다.[14]

(2) 고정옥설(高晶玉說)

3章 45言 내외로 된 典型的인 獨立된 時調[15]

(3) 김종식설(金鍾湜說)

45자를 대단위로 하여 그를 다시 내분하여 3장에 나누어 15자를 1장으로 한다. 1장 15자를 다시 나누어 내구를 7자 외구를 8자로 정하니 내7 외8이 엄격한 자수를 율동구성으로 한 바 그것을 반복하여 3장을 조직한 것이다.[16]

(4) 이태극설(李泰極說)

이것은 3章(行) 6句로 총 자수 44자 내외의 구성을 지닌 정형시인데 每句의 자수 기준은 7자 중심이요, 終章(第3行) 첫 구만이 3자 고정과 6자 내외로 된 7 · 7, 7 · 7, 9 · 7조 기준의 고유시인 것이다. 또 이 한 구를 각각 2分節로 나누어서 12分節된 3 · 4, 3 · 4, 3 · 4, 3 · 4, 3 · 6, 4 · 3조를 기준으로 한 정형시로 보아도 좋다.[17]

---

14) 趙潤濟, 『朝鮮詩歌의 硏究』, 乙酉文化社, 1948, 172쪽.
15) 高晶玉, 『國語國文學要綱』, 大學出版社, 1949, 394쪽.
16) 金鍾湜, 『時調槪論과 作詩法』, 대동문화사, 1950, 50쪽.
17) 李泰極, 『時調槪論』, 새글사, 1956, 69쪽.

(5) 김기동설(金起東說)

시조의 정형은 3章 4音步格 45자 내외로 된 非聯詩로서의 3行詩이다.[18]

(6) 정병욱설(鄭炳昱說)

시조의 형태를 한마디로 말한다면 3장 45자 내외의 단형적인 정형시라 할 수 있다. 좀 더 세밀히 분석해 보자면 시조는 3행으로써 1연을 이루고 있으며, 각 행은 4보격으로 돼 있고, 이 4보격은 다시 두 개의 숨묶음(breath group)으로 나누어져 그 중간에 사이쉼(caesura)을 넣게 되어 있다. 그리고 각 음보(foot)는 3 또는 4개의 음절로 구성되는 것이 보통이다.

이제 여기 그 기본형을 도시하면,

```
초장 3 · 4 ∨ 4 · 4 |    * 3 · 4의 숫자는 음절 수
중장 3 · 4 ∨ 4 · 4 |    · 표시는 foot의 구분
종장 3 · 5 ∨ 4 · 3 |    ∨ 표시는 caesura의 위치
                    | 표시는 line의 종결
```

와 같다. 그러나 이것은 어디까지나 하나의 가상적인 기준형에 지나지 않는 것이고, 절대 불변하는 고정적인 제약을 받는 것이 아님은 우리말 자체의 성질에서 오는 신축성에서라 할 것이다. 먼저 음수율을 살펴보면 3 · 4조 또는 4 · 4조가 기본 율조로 되어 있다. 그러나 이 기본 율조에 1음절, 또는 2음절 정도의 가감은 무방하다. 그러나 종장은 음수율에 규제를 받아 제1구는 3음절로 고정되며, 종장 제2구는 반드시 5음절 이상이어야 한다. 이 같은 종장의 제약은 시조 형태의 정형과 아울러 평면성을 탈피하는 시적 생동감을 깃들게 한다.[19]

---

18) 金起東, 『國文學槪論』, 정연사, 1969, 113쪽.

(7) 김학성설(金學成說)

① 통사 의미론적 연결고리를 이루는 3개의 章(초, 중, 종장)으로 시상이 완결된다.

② 각 장은 4개의 음절 마디(평시조의 경우) 혹은 통사. 의미마디(사설시조의 경우)로 구성된다.

③ 시상의 전환을 위해 종장의 첫 마디는 3음절로, 둘째 마디는 2어절 이상으로 변화를 준다.[20]

이상으로 시조의 형식에 관한 대표적인 이론을 소개하였다. 대부분 대동소이한데 이를 구체적으로 정리한 것이 정병욱설이라 할 수 있다. 정병욱도 밝혔듯이 3이나 4라는 음절 수는 절대적이지 않고 한 음절 또는 두 음절의 가감이 있을 수 있다. 3이나 4음절은 한국어의 가장 보편적인 어절이기 때문에 한국 시가에서 가장 많은 빈도를 차지하고 있다. 그리고 정병욱설만으로는 시조 형식을 다 정리하였다고 할 수 없다. 즉 다음에 대해서도 설명이 더 있어야 하는 것이다.

가. 3 · 4에 있어

3이 1음절 감소되어 2가 될 수는 있어도 3음절에서 2음절이 감소되어 1음절로서 1 · 4가 될 수는 없다. 3이 1음절을 더하여 4는 될 수 있어도 2음절을 더하여 5가 되는 경우는 드물다. 그리고 3 · 4라 할 때 4가 1음절을 더하여 5가 되는 경우는 가끔 있지만 2음절을 더하여 6이 되는 경우는 거의 없다. 반대로 4가 3이 되는 경우는 있어도 2가 되는 경우는 없다.

---

19) 鄭炳昱, 『한국고전시가론』, 신구문화사 1985, 178~179쪽.
20) 金學成, 「시조의 정체성과 현대적 계승」, 『時調學論叢』 제17집 2001, 57쪽.

나. 3 · 5에 있어

3은 거의 3으로 고정되고, 5는 5 이하의 경우는 거의 없고 길어도 6이고 현대시조에 와서 7이 나타나는 수가 있지만 7이면 호흡이 너무 빨라져 자연스럽지는 못하다.

다. 종장 끝 4 · 3에 있어

4가 3으로, 또는 극히 드문 예지만 현대시조에서는 5가 보이기도 한다. 4 · 3에서 3은 4로는 될 수 있어도 2 또는 5로는 될 수 없는 것이다. 이것을 다시 정리해서 표로 보이면 다음과 같다.

    초장 3(2-4) ≦ 4(3-5) ∨ 3(4-5) ≦ 4(3-5)
    중장 3(2-4) ≦ 4(3-5) ∨ 3(4-5) ≦ 4(3-5)
    종장 3(고정) < 5(6-7) ∨ 4(3-5) ≧ 3(4)

∨를 경계로 하여 각 장은 둘로 나누어지는데 이를 구句라고 하여 각 장은 2구로 되어 총 6구가 된다. 각 구는 두 개의 음보로 나누고 각 음보는 3이나 4음절로 되지만 종장 제2음보만이 5음절이 기준이다. 각 구를 단위로 한 음절 수는 초장 7 · 8, 중장 7 · 8, 종장 8 · 7이 되고 여기서 약간의 변동이 가능한 것이다. 여기서 보듯이 앞 구가 뒤 구보다 적지 않는데 종장에서만은 뒤 구가 적게 되어 있다. 3이니 4라는 이 음절단위를 음보音步라 하는데 각 구는 2음보로 되어 있고 앞 음보에 내재한 음절 수가 뒤 음보에 내재한 음절 수에 비해 같을 수는 있어도 많을 수는 없다. 그러나 종장 뒤 구 즉 4 · 3에서는 앞 음보가 뒤 음보보다 음절 수가 많은 것이 원칙이지만 적어서는 안 된다. 대부분의 고시조에서는 이 같은 형식을

잘 지키고 있는 편이지만 현대시조에서는 이런 형식에서 벗어난 작품들이 더러 있다. 물론 이것은 형식의 파괴라고 할 수 있다. 그런데 이와 같이 자수나 음보로서 시조의 형식을 말한다 해도 부족함이 생긴다. 각 3장은 어떤 의미구조로 되어 있는가 하는 점이 설명되어야 하기 때문이다.

다음으로 시조는 어떤 문장 구조로 의미화하고 있는지에 대해 살펴보고자 한다.

시조는 하나의 완결된 형식구조를 요구하는 정형시라고 할 때 시조 속에는 시조답게 만드는 장치가 내재하게 되고 이 내재된 장치가 형식미를 유발하게 되어 정형시로서의 완성에 이르게 된다. 단시조를 읽어보면 다음 몇 가지를 확인할 수 있다.

첫째, 각 장은 수식어를 극도로 배제하여 논리전개를 명확하게 하고 있음을 확인하게 된다. 서양의 고대 수사학에서 제일 먼저 요구되는 것은 배치(disposition)의 개념이었다. 이것은 사고의 배치를 의미하는데 사고의 내용을 논리적으로 정렬하게 하는 것을 말한다.[21] 단시조는 시의 형식을 취하지만 언어로서 논리 정연한 문장이었다. 사고의 배치가 안정되고 전달내용이 정제되어서 의미의 혼란을 야기시키지 않았다. 다시 말해 사고의 내용을 논리적으로 정렬함에 있어 이것을 방해하는 수식어는 불필요함을 고대 수사학에서는 누누이 강조하여 왔던 것인데 단시조에서도 이 점이 분명히 나타나고 있는 것이다.

> 1) 이 몸이 죽어죽어 一百番 고쳐죽어
> 白骨이 塵土되여 넉시라도 잇고 업고
> 님 向한 一片丹心이야 가싈 줄이 이시랴
> — 二數大葉 鄭夢周(瓶歌 52)

---

21) 고영근,『텍스트 이론』, 아르케, 1999, 30쪽.

2) 이런들 엇더ᄒ며 저런들 엇더ᄒ리
  萬壽山 드렁츩이 얼거진들 긔 엇더ᄒ리
  우리도 이ᄀᆞ치 얼거저 百年ᄭᅵ지 누리이라
  　　　　　　　　　　　 — 三數大葉 太宗御製(甁歌 797)

3) 白雪이 ᄌᆞᄌᆞ진 골에 구룸이 머흐레라
  반가온 梅花ᄂᆞᆫ 어늬 곳이 퓌엿ᄂᆞᆫ고
  夕陽의 호을노 셔서 갈 곳 몰나 하노라
  　　　　　　　　　　　 — 二數大葉 李穡(甁歌 51)

4) 梨花에 月白하고 銀漢이 三更인지
  一枝春心을 子規야 알냐마ᄂᆞᆫ
  多情도 病인양ᄒᆞ여 줌 못 일워 하노라
  　　　　　　　　　　　 — 李兆年(甁歌 50)

 왜 이렇게 시조는 논리 정연한 문장으로 이루어지는가. 이것은 성리학과 무관하지 않다고 본다. 시조가 고려 말에 발생하였다는 설은 정설로 굳어진 듯하고, 현전하는 작품들이 이를 증명하고 있다.[22] 그리고 시조를 발생시킨 신흥사대부들은 대부분 성리학을 신봉하였다. 고려 말 신흥사대부들이 성리학을 국가 경영의 근간으로 삼고자 한 것은 사원의 폐해와 승려의 비행에 대한 불만에 그치지 않고 불교로 인하여 멸륜滅倫과 해국성害國性이 심각하다고 보고 사회윤리를 강화함과 동시에 예치禮治와 덕치德治에 의한 왕도정치로서의 혁신이 불가피하다는 인식과 함께 대의명분, 의리 등으로 일컬어지는 성리학의 규범을 실현시킴으로써 안정적

---

22) 발생기의 작품들은 구전으로 전해오다가 훈민정음 창제를 기다려 문자화했다고 볼 수 있다. 이것이 가능한 이유는 고시조 자체가 구전을 가능하게 하는 장치를 내재하고 있기 때문이다(졸저, 『古時調의 本質』, 國學資料院, 1993, 37~82쪽 참조).

국가기반 확립을 꾀하고자 하였던 것이다.23) 그들은 훗날 사화나 당쟁에서 볼 수 있었듯이 대단한 열성으로 목숨을 건 정치적 투쟁을 벌였고, 그들이 치른 희생만큼 실제적 보상이 거의 없었으면서도 명예를 위한 투쟁이면서 자기 삶의 역사화에 치중하였던 것이다.24)

불교는 성리학적 입장에서 본다면 상당히 추상적이다. 그들은 불교가 증명되지 않는 내세관來世觀으로 현실생활을 규제하려는 것도 불만이었지만 개념을 극단화시키지 않음으로써 포괄적 사유세계를 획득한다고는 하나 이 또한 명쾌한 논거, 적확한 근거 확보가 안 된다고 보았다. 그들은 현실의 삶을 중시하고 삶에 대한 가치를 대의大義로 삼아 예禮와 덕德으로써 기강을 확립하고자 하였으므로 성리학적 진실을 명증시키기 위해 적확한 논리 근거를 확보하려고 하였다.

성리학을 신봉한 정몽주는 1)로써 자기 신원을 분명히 밝히고 있다면 이후 왕이 된 이방원은 삶의 극단화를 경계하는 2)를 남긴 것이다. 1)이 불사이군不事二君의 성리학적 논거라면 2)는 색즉시공 공즉시색色卽是空 空卽是色이라는 불교적 논거다(사실 그는 불교를 아주 미워한 사람이다).

시는 언어의 효용성을 극대화하기 위해 노력한다. 그러므로 시적 대상에 대한 언술은 상세하고 세밀한 표현은 극도로 제약하면서 상징이나 은유의 수법으로 의의意義를 강화시킨다. 정서 전달을 위한 정보성의 강화를 위해 때로는 비예측적 언어를 동원하기도 하고 포괄적 언어를 활용하기도 하면서 시적 대상의 단순한 의미 부여를 초월한다.

시이기는 해도 정형시인 시조, 특히 고시조에 있어서는 이러한 현대시의 언어와는 상당히 다름을 앞서 작품들에서 확인하였다. 고시조의 언어가 1)처럼 직선적 논리표현으로 직진하거나 2), 3), 4)처럼 우회적이기는

---

23) 조명기 외, 『한국 사상의 심층 연구』, 우석, 1986, 191쪽.
24) 최봉영, 『조선시대 유교 문화』, 사계절, 1999, 148쪽.

해도 의미가 복합적으로 전개되지 않는 이유는 무엇일까.

비록 1), 2), 3), 4)가 아니라 해도 해석이 모호한 경우나 의미를 전달하고자 하는 바가 불투명한 단시조는 존재하지 않았다. 사대부들은 좌左 아니면 우右였지 좌左도 우右도 아닌 중도의 길은 스스로 막고 살았다. 그래서 그들은 현상과 본질을 하나로 인식하였고 자기 신념은 늘 행동으로 외화外化되었다. 그렇기 때문에 그들이 남긴 글 속에는 이럴 수도 저럴 수도 있는 해석의 여지는 봉쇄되고 있음을 쉽게 발견하게 된다. 그래서 단시조에 나타난 문장의 특징은 다음과 같이 정리될 수 있다.

단시조는 정치적 긴장을 해소하기 위한 여기餘技였다. 다르게 말하면 정치적 논의의 완곡한 외도外道로써 활용되었다. 그러나 작가 자신의 신원을 감추려고 하지 않았던 솔직한 문학이었다.

둘째, 단시조는 의미와 의미의 연결을 확실히 하여 텍스트로서 단단히 결속되어 있음을 확인하게 된다. 1), 2), 3), 4)에도 그러하지만 단시조에서는 장과 장 사이에 접속어가 생략되어 있는데 이를 보완하면 다음과 같다.

① 이 몸이 죽어죽어 一百番 고쳐죽어 (그래서) 白骨이 塵土되여 넉시라도 잇고 업고 (그러나) 님 向한 一片丹心이야 가실 줄이 이시랴.
② 이런들 엇더ᄒᆞ며 저런들 엇더ᄒᆞ리 (예를 들면) 萬壽山 드렁츩이 얼거진들 긔 엇더ᄒᆞ리 (그러니) 우리도 이ᄀᆞᆺ치 얼거져 百年ᄭᆞ지 누리이라.
③ 白雪이 ᄌᆞᄌᆞ진 골에 구룸이 머흐레라 (그러니) 반가온 梅花ᄂᆞᆫ 어늬 곳이 픠엿ᄂᆞᆫ고 (그래서) 夕陽의 호올노 서서 갈 곳 몰나 ᄒᆞ노라.
④ 梨花에 月白ᄒᆞ고 銀漢이 三更인지 (아마도) 一枝春心을 子規야 알냐마ᄂᆞᆫ (그러나) 多情도 病인양ᄒᆞ여 ᄌᆞᆷ 못 일워 ᄒᆞ노라

접속어의 생략은 시조의 형식 때문에 강제된 것이기도 하지만 시조가 아니라 하더라도 시에서나 특히 정형시에 있어서 접속어 생략(asyndeton) 은 언어 절약의 수단이면서 절제미(temperance)를 위해 과감히 차용되는 수법이다. 어쨌든 앞 장의 정보가 뒷장의 정보로 확실히 연결시키는 연결장치가 ①, ②, ③, ④에는 존재하고 있다.

문법적 요소를 동원하여 텍스트 표층 간의 의미를 연결시키는 장치를 응결성(cohesion)이라 하고, 텍스트의 개념적(의미적) 연결성을 통해 앞뒤를 연결하는 것을 응집성(coherence)이라고 할 때[25) ①, ②, ③은 접속어로서의 응결성이 확보된 것이라고 한다면 ④는 응결성도 있지만 응집성이 등장하고 있는 경우다. ④는 초장 다음에 '子規가 울고 있다'가 생략되었다. 이 정보가 '子規야 알랴마는'(자규가 알고 울까마는)이라는 말 안에 포함되어 있어서 의미상으로 연결되기 때문에 응집성이 존재하고 있다고 볼 수 있는 것이다. 비단 위에 예를 든 작품들 뿐 아니라 고시조는 어느 것이나 장과 장 사이에는 연결성(응결성, 응집성)이 확실하게 존재하고 있어 의미의 맥락이 정돈되고 마무리된다.

셋째, 종장의 앞에는 접속부사가 한정적으로 놓인다는 점이다. 앞 예의 작품에서 보았듯이 여기에는 '그래서', '그런데'가 놓여야 종장이 말하는 의미의 마무리가 확보하게 된다. '그래서', '그런데'와는 의미상 약간의 편차를 보이는 말로 '그러나', '그러므로', '그러면', '그러니' 등도 있지만 이것들의 대표는 '그래서', '그런데'라고 정리할 수 있다.[26) 이 말들(접속부사)을 표준국어대사전에서는 그 의미기능을 다음처럼 제시하고 있다.

---

25) 고영근, 앞의 책, 137~141쪽.
26) 졸고, 「접속 관계에서 본 시조 연구」, 『한국문학논총』 제49집 참조.

ㄱ. 그러니[27] : 「1」 앞말이 뒷말의 원인이나 근거, 전제 따위가 됨을
　　　　　　 나타내는 연결 어미.
　　　　　 「2」 어떤 사실을 먼저 진술하고 이와 관련된 다른 사실을 이어
　　　　　　 서 설명할 때 쓰는 연결 어미.
ㄴ. 그러나 : 앞의 내용과 뒤의 내용이 상반될 때 쓰는 접속 부사.
ㄷ. 그런데 : 「1」 화제를 앞의 내용과 관련시키면서 다른 방향으로 이
　　　　　　 끌어 나갈 때 쓰는 접속 부사.
　　　　　 「2」 앞의 내용과 상반된 내용을 이끌 때 쓰는 접속 부사.
ㄹ. 그래서 : 앞의 내용이 뒤의 내용의 원인이나 근거, 조건 따위가 될
　　　　　　 때 쓰는 접속 부사.
ㅁ. 그러면 : 「1」 앞의 내용이 뒤의 내용의 조건이 될 때 쓰는 접속 부사.
　　　　　 「2」 앞의 내용을 받아들이거나 그것을 전제로 새로운 주장을
　　　　　　 할 때 쓰는 접속 부사.
ㅂ. 그러므로 : 앞의 내용이 뒤의 내용의 이유나 원인, 근거가 될 때 쓰
　　　　　　 는 접속 부사.

　이 같은 접속부사는 앞 말과 뒷말과의 차이 또는 이유나 원인을 나타
내는 말이다.
　시조 종장은 시적 논의의 결론적 또는 단정적 의미를 나타내는 곳이므
로 이런 부사가 와야 한다. 앞서 포은 시조 등 고려 말 시조들에는 이 같
은 시조로서의 의미맺음이 어떠해야 함을 명시한다는 의미에서도 시사
하는 바가 크다. 물론 후대에 와서는 이러한 종장의 의미 맺음을 소홀히
한 작품도 있다. 현대시조에 와서는 아주 혼란스러울 정도이다. 이런 의
미에서 시조 원형의 자질을 고려 말 포은 등의 시조에서 살필 수 있다.
　넷째, 단시조는 각 장이 다음 4가지 형태로 짜여 있어서 안정된 기반을

---

27) '그러니' 또는 '그러하니'로는 사전에 등재되지 않았으나, 기본형인 '그렇다(그러
　　하다)'에 어미 '-니'가 결합된 것으로 보아 '-니'의 의미를 제시하였다.

갖추고 있음을 확인하게 된다. 일반적으로 정형시는 시행이 통사적 제약을 받는 경우가 많다. 한시의 칠언시七言詩의 경우는 의미맥락이 4와 3으로 나누어지는 것과 마찬가지로 단시조는 다음과 같이 짜여지고 있음을 알 수 있다.[28]

 ㄱ) 주어구 + 서술어구
 ㄴ) 전절 + 후절
 ㄷ) 위치어 + 文
 ㄹ) 목적어구 + 서술어구

이와 같은 형태로 짜여 있기 때문에 시조를 일러 3장 6구라고 한다. 이것은 시조가 정형시임을 입증하는 요소가 되기도 한다.

이상에서 살펴보았듯이 시조는 정몽주 시조를 비롯해 발생기적 시조에서부터 시조로서의 텍스트 속성의 일부인 첫째, 둘째, 셋째 경우를 확보해가면서 계속 창작되어 왔음을 알 수 있다.[29]

이상에서 밝힌 내용을 간략하게 요약 정리하면 다음과 같다.

첫째, 여태 일반적으로 말해온 음수율은 아래와 같고 각 숫자는 음보율에서는 음보 단위가 되고 있다.

 초장 3(2-4) $\leqq$ 4(3-5) $\vee$ 3(4-5) $\leqq$ 4(3-5)
 중장 3(2-4) $\leqq$ 4(3-5) $\vee$ 3(4-5) $\leqq$ 4(3-5)
 종장 3(고정) < 5(6-7) $\vee$ 4(3-5) $\geqq$ 3(4)

---

28) 졸고,「現代時調 作品을 통해 본 創作 上의 문제점 연구」,『時調學論叢』12輯, 시조학회, 1996 참조.
29) 고시조 중에는 이를 위반하는 작품들도 있다. 이는 고시조의 텍스트성에서 벗어난 파격이라 봐야 한다.

이 표는 정병욱설에서 빠진 부분을 보충한 형식이라 할 수 있다.

둘째, 문장 구조의 측면에서 시조 형식을 살펴본 결과는 다음과 같이 설명된다.

1) 각 장은 수식어를 극도로 배제하여 논리전개를 명확하게 하고 있음을 확인하게 된다. 서양의 고대 수사학에서 제일 먼저 요구되는 것은 배치(disposition)의 개념이었다. 이것은 사고의 배치를 의미하는데 사고의 내용을 논리적으로 정렬하게 하는 것을 말한다. 단시조는 시의 형식을 취하지만 언어로서 논리 정연한 문장이었다. 사고의 배치가 안정되고 전달 내용이 정제되어서 의미의 혼란을 야기시키지 않았다. 다시 말해 사고의 내용을 논리적으로 정렬함에 있어 이것을 방해하는 수식어는 불필요함을 고대 수사학에서는 누누이 강조하여 왔던 것인데 고시조에서도 이 점이 분명히 나타나고 있는 것이다.

2) 단시조는 의미와 의미의 연결을 확실히 하여 텍스트로서 단단히 결속되어 있음을 확인하게 된다. 즉 고시조는 어느 것이나 장과 장 사이에는 연결성(응결성, 응집성)이 확실하게 존재하고 있어 의미의 맥락이 정돈되고 마무리된다.

3) 비록 종장의 앞에는 '그래서', '그런데'라는 접속부사가 생략되어 있지만 의미상 이런 단어가 한정적으로 놓인다는 점이다. 종장은 시적 의미를 마무리하는 곳이다. 그렇기 때문에 '그래서', '그런데'가 종장 앞에 놓이게 된다.

4) 시조의 각 장의 문장은 다음 4가지 형태로 짜여 있어서 안정된 기반을 갖추고 있음을 확인하게 된다. 일반적으로 정형시는 시행이 통사적 제약을 받는 경우가 많다. 한시의 칠언시七言詩의 경우는 의미맥락이 4와 3으로 나누어지는 것과 마찬가지로 단시조는 다음과 같이 짜여지고 있음을 알 수 있다.

ㄱ) 주어구 + 서술어구
ㄴ) 전절 + 후절
ㄷ) 위치어 + 文
ㄹ) 목적어구 + 서술어구

이렇게 짜여 있기 때문에 시조를 일러 3장 6구라고 한다. 이것은 시조가 정형시임을 입증하는 요소가 되기도 한다.

이와 같이 볼 때, 시조 형식은 음수율, 또는 음보율로 설명한다 해도 음수율을 가미한 음보율로 설명되어야 하겠고, 문장 구조상의 형식을 가미해야만 보다 충실한 시조 형식을 설명하게 된다고 할 수 있겠다.

2) 장시조

장시조는 단시조에 비해 장문長文으로 이루어져 있다. 여기서의 長文은 여러 개의 문장이 어우러져 하나의 의미 묶음이 이루어진다는 문장 호흡의 문제와 그로 인하여 텍스트Text의 길이가 길다는 텍스트상의 문제를 동시에 의미한다.

장시조의 장문은 두 가지 형식원리에 의한다. 하나는 문장 구성상의 방법이고, 다른 하나는 다른 시가와의 제휴에 의한 방법이다.

먼저 경우를 살펴보면 여기에는 다음의 4가지가 활용되고 있음을 알 수 있다. 그리고 어느 한 방법을 활용하여 한 작품을 이루는 경우는 드물고 이 4가지가 서로 섞여서 장문을 이루는 것이 보통이라 할 수 있다.

ㄱ. 어미활용법
ㄴ. 항목열거법

ㄷ. 대화진행법

ㄹ. 연쇄대응법

ㄱ은 계속적으로 연결어미를 활용하여 장문을 이루는 방법이다.

7) 오다가다 오동나무요 십리절반에 오리목나무 님의 손목은 쥐염나
무 하늘중턴에 구름나무 열아홉에 스무나무 서른 아홉에 스셰나
무 아흔아홉에 빅자나무 물에 둥둥 뚝나무 월출 동턴에 쩔쩡나무
들 가온디 계슈나무 옥독긔로 쬑어 내여 금독기로 겻다듬어 삼각
산뎨일봉에 수간 초옥을 지어 놋코 흔간에은 션녀 두고 쏘 흔간에
는 옥녀 두고 션녀 옥녀를 잠드리고 금녀방에를 드러가니 쟝긔판
바둑판 쌍륙판 다노엿고나 쌍륙바둑은 져례ᄒ고 쟝긔흔 체 버릴적
에 한나라 한즈로 한픾공 삼고 촛나라 초즈로 초픾왕 삼고 수레나
챠츠로 관운쟝 삼고 콧기리 샹즈로 마툐를 삼고 션빅스즈로 모스
들 습고 ᄭ리포즈로 녀포를 습고 좌우병졸노 다리놋코 이포져 포
가 넘나들적에 십만대병이 츈셜이로구나

— (樂高 896)

'옥독긔로 쬑어내여'이하의 문은 연결어미로 이어지는 상태다. 연결어
미를 활용하여 장문화하다 보니 작중화자가 여러 동작을 보이게 되었다.

ㄴ은 대등한 어휘의 나열 또는 대등구의 나열을 활용하여 장문을 이루
는 방법이다.

8) 一身이 사쟈 흔이 물 계워 못견딜쇠 皮ㅅ겨 ᄀᆺ튼 갈랑니, 보리알
ᄀᆺ튼 슈통니, 줄인니, ᄀᆺ진니, 쥰벼룩, 굴근벼룩, 강벼룩, 倭벼룩,
긔는 놈, 쒸는 놈에 琵琶ᄀᆺ튼 빈대삭기, 使令ᄀᆺ튼 등에아비, 갈짜
귀, 샴의약이, 쎈박희, 눌은박희, 바금이, 거절이, 불이, 쇽죡흔 못
의, 다리 기다흔 목의, 야윈 목의, 술진 목의, 글임애, 쇽룩이, 晝夜

로 뷘 씌 업시 물건이 쏘건이 샬건이 쯧건이 甚흔 唐빌리예셔 얼
여왜라

그 中에 참아 못견뒬손 六月 伏더워예 쉬프린가 호노라

— (海周 394)

8)의 중장은 '물썻'들이라는 대등한 어휘들의 나열로 되어 있다. 고古
장시조에서의 장문화는 주로 중장에서 일어나는데, 8)도 예외가 아니다.

9) 칠팔월 청명일에 얽고 검고 씽기기는 바둑판 장귀판 곤우판 갓고
    명셕덕셕 방셕갓고 鐵燈 고셕미 씩암장이 뿔쏭갓고 우박 마진 지
    덤이 쇠쏭갓고 즁화젼 털망 갓고 진수젼 상기동 신젼 마루 연쥭
    젼 좌판 갓고 한량이 포딕 관역남게 안진뱅이 잔등이 갓고 상하 미
    젼명셕 호망쥰오관이 꽉갓고 던보던간던긔등 불쏭갓고 경상도 문
    경시지로 너머 오는 진상 쑬항아리 쵸병 갓치 아쥬 무쳑 얼고 검
    고 풀은 즁놈아 네 무슴얼골이 어엿부고 쑥쑥호고 밉즈호고 얌
    젼흔 얼골라고 기니가로 니리지나라 쮠다쮠다 고기가 너를 그물
    베리만 너겨 뷰만은 곤징이 쎄만은 송사리 눈근 쥰치 키큰 장딕
    머리 큰 도미 살젼 방어 누룬 죠긔 넙젹 병어 둥곱은 식오 그물 벼
    리만 여겨 아됴 펼펄 쮜여 넘쳐 다라 나느고나 그즁 음흉하고 니
    슝흐고 슝물흐고 슝칙스러운 농어는 가라안즈서 슬슬

— (樂高 674)

9)는 '얽고 검고 씽기는' 모습들의 나열이 초·중장을 이루고 있다. 대
등구의 나열이라고 봄직하다.

ㄷ은 대화를 통한 장문화이므로 여기에는 대화자가 나타나는데 대화
자는 두 사람이며 두 사람 사이의 대화가 두세 번으로 끝나는 경우도 있
지만 더 계속되는 경우도 있다.

10) 宅드레 동난지들 亽오 뎌 匠事야 네 황우 긔 무어시라 웨ᄂ니 亽
  즈 外骨內肉에 兩目을 向天하고 大아리 二足으로 能捉能放ᄒ며
  小아리 八足으로 前行後行 ᄒ다가 靑醬黑醬 아스삭 ᄒ난 동난지
  들 사오. 匠事애 하거북이 웨지 말고 궤젓 사쇼 ᄒ야라

  ― (靑六 714)

  10)은 소위 '宅드레 노래'의 하나인데 아낙네와 장사치가 게젓을 매개
로 한 육정적인 농을 하고 있다.
  단시조에서도 몇 편 대화체의 작품이 보이나 단시조의 형식적 제약 때
문에 대화문이 압축되고 대화도 짧게 끝난다. 고古장시조의 특징 중의 하
나는 대화체의 도입이라 할 수 있는데, 이것은 전하고자 하는 내용을 극
화함으로써 극적 전달을 노린다.
  ㄹ은 다음의 세 가지 방법으로 진행된다.

  ① 앞말의 끝을 뒷머리에 얹어놓는 형식, 즉 말꼬리따기식으로 진행
    되는 방법
  ② 봄을 서술하고 그 뒤 여름을 서술하고 계속 가을, 겨울을 서술하듯
    이 순차에 의한 서술진행 방법
  ③ 사건의 진행에 따라 인과적으로 서술진행하는 방법

  ①의 예는 다음과 같다.

11) 오늘도 저무러지게 졈을면은 식리ㅣ로다 식면 이님 가리로다 가
  면 못 보려니 못 보면 그리려니 그리면 應當 病들려니 病곳 들면
  못 살니로다 病드러 못살 줄 알면 자고나 간들 어더리 編數大葉

  ― (甁歌 1070)

11)은 앞 문文의 서술어가 뒷문文의 조건이 되는 형태로 말꼬리따기식
으로 연결되었다. ②의 예는 다음과 같다.

12) 乾天宮 버들 빗츤 春三月에 고아거늘 慶武臺草岸은 夏四月에 풀
    우엿다 香遠亭萬朶芙蓉 秋七月香氣여늘 碧花室古査梅는 冬十月
    雪裡春光 아마도 四時節후을 못늬 미더 ㅎ노라
    言弄 安玟英 乾天宮四時景

                                            － (金玉 144)

12)는 도연명陶淵明의 「사시(四時)」란 작품에서처럼 사계절에 따라 달
라지는 풍물을 읊었다. 단시조의 「고산구곡가(高山九曲歌)」나 「도산십이
곡(陶山十二曲)」처럼 일곡, 이곡 순으로 나아간 장시조가 있음직한데 고
古장시조에서는 그런 것이 보이지 않는다.

③의 예는 다음과 같다.

13) 각시님 물러 눕소 낸 품의 안기리 이 아히놈 괘심ㅎ니 네 날을 안
    을소냐 각시님 그 말 마소 됴고만 닷져고리 크나큰 고양감긔 도
    라가며 제 혼자 다 안거든 내 자닉 못 안을가 이 아히놈 괘심ㅎ니
    네 날을 휘울소냐 각시님 그 말 마소 됴고만 도사공이 크나큰 대
    둥선을 제 혼자 다 휘우거든 내 자닉 못휘울가 이 아히놈 괘심ㅎ
    니 네 날을 붓홀소냐 각시님 그 말 마소 됴고만 벼륵블이 니러곳
    나게되면 청계라 관악산을 제 혼자 다 붓거든 내 자닉 못 붓홀가
    이 아히놈 괘심ㅎ니 네 날을 그늘을소냐 각시님 그 말 마소 됴고
    만 빅지당이 관동달면을 제 혼자 다 그늘오거든 내 자닉 못 그늘
    올가
    진실노 네말 ㄹ클쟉시면 빅년 동쥬하리라

                                            － (古今 291)

'이 아히놈 괘심ᄒ니'는 아희놈의 당돌함이 나타날 때마다 마음 속으로 하는 각시의 독백에 해당된다. 아희의 능력을 의심하는 각시가 의심을 풀고 백년동주를 결심할 때까지의 대화인데, 초·중장은 각시의 결심에 해당되고 종장의 원인에 해당된다.

이상에서 보았듯이 고古장시조의 장문화 원리 중 문장 구성상의 방법에는 크게 4가지 방법이 있었다. 그리고 어느 한 방법에 의한 장문화보다는 네 가지 방법이 서로 섞여져서 장문화가 일어나고 있음도 알 수 있었다.

이러한 네 가지 방법이 고古장시조에 등장하게 된 것은 고古단시조의 형식, 내용 양면의 경직성을 벗어나려는 데서 비롯되었다고 본다.

12)에 보이는 언롱言弄이란 말은 가곡창의 곡조명인데, 가곡에 롱·락·편弄·樂·編이라는 말이 붙은 곡조는 정악가곡에서 파생해 나온 변조가곡인 셈인데[30] 이 변조가곡으로 창되는 가사의 내용은 대개 사물을 회화戲化시키거나 진지성을 외면한 내용들이 많다. 이러한 곡조에 따른 창사의 등장은 단시조의 논리 위주, 주자적 세계관에 치우치는 점을 거부하려는 데서 발생 근거를 가지고 있으면서 또 한편 장시조의 존립 근거를 확보할 수 있었다.[31] 물론 작가들이 이러한 발생 근거와 존립 근거를 확보하기 위해 작품을 쓴다 할 때에는 일차적으로 시문詩文의 장문화長文化를 통해야만 가능했던 것이다.

다음으로 장문화를 이루는 방법으로 다른 시가와의 제휴[32]를 통하는

---

30) 이러한 곡조는 주로 가곡창의 3장(시조창인 경우는 중장)이 장문으로 나타나고 3장은 긴 창사가 오도록 되어 있으므로 고장시조 작품에서 주로 중장이 長文으로 나타난 원인이 여기에 있다.

31) 졸고, 「시조를 갈래짓는 두 사고의 틀」, 『陶南學報』 12집 참조.

32) 타 시가의 가사를 차용했다 하지 않고 타 시가와 제휴했다는 하는 이유는 이렇다. 가객들이 시조창이든 가곡창이든 창을 할 때에는 타 장르의 창법을 도입하여 음

방법에 대해 알아보기로 한다.

고古장시조는 타 장르의 가사를 수용하여 장문화를 이룬 경우가 많은데 여기에서는 다음의 다섯 가지 방법이 동원되었다.

1) 민요와의 제휴
2) 잡가와의 제휴
3) 가사와의 제휴
4) 판소리와의 제휴
5) 단시조와의 제휴[33]

1)의 경우는 민요의 속성이라 할 수 있는 구성 원리 또는 어투의 도입을 의미한다. 민요의 구절을 그대로 장시조에 도입한 경우는 보이지 않는다. 2), 3), 4)의 경우가 장시조에 흔하게 나타나는데, 이렇게 된 이유는 장시조의 작가들이 주로 가객들이었다는 점에서 찾을 수 있다.

가객들은 일단 창 전반에 대한 공부를 익혀야만 했다. 좌중의 분위기에 따라 시조 · 가곡 · 가사 · 판소리 · 잡가 등을 창하게 되었는데, 여기에서 민요가 배제되는 것은 민요가 대중화된 노래이기 때문에 음악에 식견을 가진 청자들에게 대중적 취미를 창할 수는 없었다는 데에 이유가 있는 것 같다.

가객들이 주로 상대한 층은 양반 사대부층이고 그들이 기호하였던 음악은 시조 · 가곡 · 가사 · 판소리 · 잡가였다. 이러한 형태의 창을 하다

악상의 변화를 일으켰을 뿐 아니라 타 장르의 가사까지 도입하여 문학상 변화까지도 일으켰다. 이런 현상은 각 장르의 시가들에서 똑같이 일어났다고 보고 시가끼리의 서로 상호보완적으로 변화가 있어났다는 의미에서 필자는 제휴란 말을 쓴다.

33) 이 방면에 대한 구체적인 예는 辛恩卿님의 논문에 미룬다(서강대학교 대학원 문학박사 학위논문, 1988).

보니 자연히 창은 창끼리 가사는 가사끼리 서로 넘나들어서 창은 여러 가지 형태로 변화되고 가사에 있어서도 변화가 오게 된 것이다.

창의 곡조 명칭으로는 편編이란 말이 붙어서 언편, 편수대엽, 편롱, 편락言編, 編數大葉, 編弄, 編樂 등이 있고 편을 엮음이란 말로 바꾸어 휘모리엮음, 엮음시조 등이 나타났다. 그런데 편이나 엮음이란 말이 들어간 곡조는 "평시조에 비해 리듬이 촘촘해지는 형태의 음악"[34]을 의미하는데 경우에 따라서는 편시조編時調의 '편編', 주슴시조의 '주슴', 좁는 시조의 '좁는'이라는 말로 대치된다. 그러나 이 말은 해석을 달리하면 음악상 이런저런 음악을 엮어서 정통음악 곡조에서 벗어났다는 의미가 포함되어 있는 것 같고, 대개 이 같은 곡조가 붙어 있는 창사는 장문長文으로 되어 있으니 문학상 다른 장르의 시가를 서로 엮었다는 의미까지 포함되어 있는 것 같다.

여하간 장시조에서는 다른 시가의 창사를 포함함으로써 장문화長文化를 쉽게 이룰 수 있었고, 장시조의 내용을 풍부하게 할 수도 있었다. 더 나아가 우리 시가가 독자적 발전을 할 수 있는 길을 열었지만, 후대 사람들이 서양시풍을 모범으로 삼는 것이 좋은 시를 짓는 바른 길인 양 생각하여 그 길을 막아버리고 말아 현재는 이러한 방법에 의한 시작詩作이 보이지 않는다.

현대장시조는 고古장시조가 타 장르와 제휴되어 있다고 해서 꼭 그것을 따라 장문화長文化를 이룰 필요는 없지만, 그렇다고 고古장시조의 이 같은 장문화 원리를 군이 배제할 필요도 없다고 본다.

현대단시조, 자유시, 유행가, 민요, 동요, 가사, 향가 등 시문의 일부를 포함하여 예스러움을 나타내기도 하고, 또 대중적 취미를 나타내기도 해

---

34) 장사훈, 『國樂大事典』, 세광출판사, 1984, 360쪽.

서 현대장시조는 여타의 다른 문학과는 구별되는 형태임을 보이는 것도 의미 있는 일이라 하겠다. 이렇게 되면 우리시는 우리식대로의 발전가 능성을 이런 곳에서 찾을 수 있음을 재확인하는 경우가 될 수도 있을 것이다.

■ 제3장

작가정신과 내용

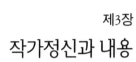

제3장

작가정신과 내용

1. 현실에 안주하려는 태도-단시조의 경우

1) 도덕적 교훈성

시조문학 중에서도 소위 단시조라고 하는 작품들만 골라 읽어 보면 무엇인가 갑갑함을 느낄 때가 있다. 갑갑함은 한정된 공간 안에 갇혀 있을 때에 느끼는 기분이다. 그러다가 장시조를 읽어보면 단시조에서의 갑갑함이 풀리는 듯한 시원함을 느낄 때가 있다. 시원함은 물론 한정된 공간에서 벗어날 때 흔히 느끼는 기분이라 하겠다.

우리가 시조문학을 대할 때에 이 같은 기분을 느낀다고 한다면, 첫째, 이 같은 기분이 사실로 증명이 되느냐 하는 문제를 알아봐야 할 것이다. 둘째, 이것이 사실이라고 한다면 갑갑하고 시원한 기분이 들도록 하는 그 장치(device)는 과연 무엇이냐 하는 점을 알아봐야 할 것이다. 여기서는 작품의 해석을 통하여 작중화자의 태도를 알아보려고 하기 때문에 첫째, 둘째 의문은 작품을 해석하는 과정에서 자연스럽게 풀리리라 본다. 그리고 셋째는, 첫째와 둘째의 결과가 문학사적 입장에서 어떤 의미를 가지느냐 하는 문제를 총체적으로 알아보고자 하는 것이다.

단시조 작품 속에 가장 많이 등장하는 어휘는 '임'(또는 임이라 할 것을 미인이라고 할 때도 있다)이라는 말이다. 이 말은 임금을 지칭하는 대용어로 쓰이고 있어서, 임이라는 말이 나오는 단시조는 거의 모두가 임금에 대한 충성심을 나타내는 작품이다.

> ㄱ) 幽蘭이 在谷ᄒ니 自然이 듣디 됴해
>   白雲이 在山ᄒ니 自然이 보디 됴해
>   이 듕에 彼美一人를 더옥 닛디 못ᄒ애
>
> — 李滉(陶山六曲板本 4)

여기서 이황이 말하는 피미일인彼美一人은 임금을 두고 이른 말이라 할 수 있다. 이황 같은 점잖은 도학자가 한갓 여인네를 그리워하여서 여인을 두고 유란보다도 백운보다도 더 좋은 존재로 미인을 지칭할 것 같지가 않아서이다(흔히 유란이라든가 백운은 선비의 고고한 정신에 비유되곤 하였다).

정철도 임금을 두고 "고온님 옥ᄀ튼 양ᄌᆡ 눈의 암암ᄒ여라"라 하고 있다. 당시 사대부들은 임금을 그냥 임금(통치자의 우두머리)으로 모시려 하지 않고 유란보다도 백운보다도 좋으며 또 옥같은 존재로 비유해야만 직성들이 풀렸던 모양이다. 어찌 생각하면 소위 사내대장부들의 체신으로서는 수다스럽다는 느낌마저 들기도 한다.[1]

---

1) 주로 작자가 관직에서 물러나 있을 때에 임 또는 美人이란 말로써 임금을 나타내고 있다.

ㄴ) 머귀닙 디거야 알와다 ㄱ 올힌 즐을
　　細雨 淸江이 서느랍다 밤긔운이야
　　千里의 임 니별ᄒ고 좀 못드러 ᄒ노라

　　　　　　　　　　　　　　　　　　　　　— 鄭澈(松星 66)

ㄷ) 내 ᄀ슴 헷친 피로 님의 양ᄌ 그려ᄂ̇여
　　高堂素壁에 거러두고 보고지고
　　뉘라서 離別을 삼겨 ᄉ람 죽게 ᄒᄂ고

　　　　　　　　　　　　　　　　　　　　　— 申欽(甁歌 237)

ㄴ), ㄷ)에서는 자신을 버림받은 여인으로 나타내고 있음을 본다. 버림을 받은 여인이라면 마땅히 자기변명이 있거나 야속한 상대에게 비판이나 원망을 하여야 할 것인데도 이 작품들에서는 상대방을 원망하거나, 또는 비판하려는 기색은 조금도 보이지 않는다. 오히려 상대방은 자기를 버렸지만 자기는 상대방을 버리지 못한다는 태도이다. 버리지 못하는 정도가 아니라 임이 그리워 잠들지 못하고, 또 심지어는 가슴 속의 피를 내어서 임의 얼굴을 그리겠다는 것이다. 임 때문에 잠 못 들어 하는 시조는 김민순의 "오매寤寐에 님 싱각노라 좀든 적이 업셰라"하는 시조를 비롯하여 단시조 속에 많이 보이지만, 가슴의 피로써 임의 얼굴을 그려낸다는 말은 신흠이 처음이 아닌가 한다.

만약 작자들이 사대부들이 아니고 일반 가정의 부인들이라고 한다면 이는 열녀로서의 면모를 단단히 보이고 있는 셈이다. 그러나 작자는 엄연히 사대부들이고 임은 임금이다.

임을 그리워하는 이 같은 작품들을 살펴보니, 옛 신하인 작자가 임금을 그리워하는(작품 이면으로 본다면 옛 신하 때의 생활을 그리워하는 것으로도 볼 수 있겠다) 내용을, 버림받은 아내가 남편을 못잊어 다시 옛날의 부부관계로 돌아가고 싶어 하는 내용과 흡사하게 묘사되어 있음을 알 수 있다.

박팽년의 시조에서도 "아무리 女必從夫인들 님님마다 좃츠리"라고 하여 임금과 신하와의 관계를 부부관계로 비유하고 있음을 본다. 군신의 관계가 이처럼 부부관계로 비유되는 것은 이해하기에 따라서는 이상한 일이라 하겠지만, 조선조사회에서는 오늘날 같이 남편과 아내가 서로 동등한 인격체로서 존재하지 못했기 때문에 임금과 신하의 관계가 부부관계로 묘사되었다 해도 위계질서가 흔들리는 것은 아니라고 생각된다. 이른바 주자의 '소학'에서 강조하고 있는 삼강오륜 중의 부부유별夫婦有別이라는 것이 바로 부夫와 부婦와의 관계는 다름이 있다는 것이다.

다시 말해서 아내는 남편을 뒷바라지해주는 인물로 간주되었던 것이 조선시대이므로 임금과 신하가 부부로 비유되어 있다 해서 서로 좋아하며 지내는 동등한 입장이라고 이해해서는 안 되겠다는 것이다.

남편과 가장 가까이 있으면서 남편을 보좌해주는 사람이 아내이듯이, 임금과 가장 가까이 있으면서 임금을 보좌해주는 사람이 신하이므로, 군신관계가 부부관계로 비유된 것이라 하겠다. 그리고 이언적이 이르는 바와 같이 양陽은 천도天道요 군도君道며, 음陰은 지도地道요 신도臣道라는 것이니,[2] 음의 신도의 이치에 따라서 신하를 여인(아내)에 비유하고 있는 것 같다.

조선조사회의 통치이념이기도 하였던 주자식의 발상은 인간사회를 상하 계층별로 엄연히 구별 짓고 있는 것이 특징이다. 즉, 인간사회를 수평으로 보지 않고 수직으로 보아서 위와 아래가 있는 것이 인간사회라는 것이다.[3]

---

2) 韓永愚,「朝鮮前期 性理學派의 社會經濟思想」,『韓國思想大系』2의 101쪽에서 재인용.
3) 이와 같이 주자학을 신봉하던 士大夫층에서는 임금 이하의 인간사회를 士農工商이

이 상하계층의 엄격한 고수는 인간의 도덕질서로 통했다. 도덕질서도 인간이 인위적으로 만들어낸 것이 아니고 자연적으로 그렇게 미리 마련되어 있었던 것으로 이해하는 것이 주자식의 사고방식인 것이다. 그러므로 여기서 말하는 임금과 신하, 그리고 남편과 아내, 지주와 농노와 같은 상하구조는 인간이 만들어낸 것이 아니라 하늘이 만들어낸 천리天理라고 이해하게 된다.4)

앞에서 말했듯이, 임금에게 버림받은 신하가 버림받은 데 대한 불평을 나타내지 않고 오히려 임금에 대한 그리운 정을 나타내게 되는 것은 삼강오륜식으로 사회질서를 수립하고자 하는 주자학적 입장에서 보면 오히려 자연스럽다 하겠다. 즉, 임금에 대해서는 신하가, 남편에 대해서는 아내가, 지주에 대해서는 소작인이 취할 태도는 복종이라는 논리인 셈이다.

> ㄹ) 어버이 그릴 줄을 처엄붓터 아란마는
> 님군 向흔 뜻도 하늘히 삼겨시니
> 眞實로 님군을 니즈면 긔 不孝인가 녀기롸
> ― (遺懷謠五 戊午謫慶源時所作) 尹善道(孤遺 74)

윤선도가 밝히고 있는 바와 같이 임금을 향한 충성심은 애초 하늘이 만들어 놓은 인륜도덕이라 여겼으며 임금은 은혜로움을 간직한 인물로 간주되었다. 그러므로 복종은 물론이고 하늘같이 받들어야 했던 것이다. 그래서 사람들은 임금의 은혜를 성은이라고 표현하고 성은의 망극함을

라는 신분계급을 두어 계층화시키고 있었지만, 실학자들은 인간사회를 계층적으로 이해하려는 것이 아니라, 직업적인 사회분화로 보려했던 것이다. 그러므로 인간사회를 上下階層으로 본 것은 수직 관계로 파악했다고 할 수 있겠고, 인간사회를 직업적인 사회분화로 본 것은 수평 관계로 파악했다고 할 수 있겠다.

4) 이 점에 대해서는 李佑成님의 「韓國經濟社會思想 序說」, 『韓國思想大系』 2에서 상론하고 있음.

늘 일러 왔던 것이다.

박인로의 "성은聖恩이 망극罔極 흔 줄 사룸들아 아 누 숟다" 백경현의 "이리도 성은聖恩이오 져리도 성은聖恩이라" 또 양주익의 "나아가도 성은聖恩이요 물너가도 성은聖恩이라" 등은 다 이러한 발상에서 근거한다. 거기다가 사대부들은 임금에 대해서 스스로 채무자연하고 있다. 유혁연이 자신의 늙어감에 있어 "어즈버 성주홍은聖主鴻恩을 못 갑흘가 ᄒ노라" 하였으니, 늙어 죽는 것을 두려워하기보다는 임금에 대한 은혜를 못 갚을까 걱정하고 있는 실정이다. 이항복도 역시 강호에 기약을 둔지 오래이지만 "성은聖恩이 지중至重ᄒ시민 갑고 가려 ᄒ노라" 하였고, 정구도 청산 백운과 더불어 살고 싶어 하였지만, 역시 "성은聖恩이 지중至重ᄒ시니 갑고 가려 하노라"로, 김진태도 국화와 더불어 벗하면서 살고 싶다고 했지만, 역시 "우리도 성은聖恩을 갑파든 너를 좃차 놀리라" 하였으니, 모조리 임금에 대한 빚 때문에 강호에 묻혀 살 수가 없고 자연과 더불어 즐기며 살 수가 없다는 이야기이다.

이렇게 스스로를 채무자연하는 태도는 각자가 벼슬길에 있을 때이고, 일단 벼슬길에서 물러나 있으면 빚 갚을 기회를 얻고자 함에서인지는 몰라도 앞에서 보인 피미일인彼美一人을 더욱 잊지 못한다 하기도 하고, 천리에 임 이별하고 잠 못 들어 한다고, 또 심지어는 가슴 헤친 피로써 임의 얼굴을 그리려 하기도 한다. 즉, 임금 곁을 떠나 있는 것을 몹시 괴로워하고 있다.

2) 사대부 작가층의 주자학적 현실 인식

앞에서 살핀 바와 같이 임금 곁에 있으면서 벼슬살이를 하고자 하는 것은 사대부들의 표현대로 성은을 갚는 길, 생활의 여유를 갖는 길, 거기다 또 다른 일면이 있었던 것이 아닌가 한다.

사대부들은 상하계층 구별의 기준을 덕에 두고 있었다. 덕이 큰 사람은 군주가 되고 덕이 작은 사람은 신하가 된다고 하였던 것이다.[5] 그런데 만약 신하된 자리에서 물러나 있게 된다면 이는 덕이 작은 사람이 아니라 없는 사람이 될 우려가 있으므로 어쨌든 덕이 큰 임금 곁을 떠나려 하지 않았으며, 타의에 의하여 떠나 있게 되었다고 한다면 하루 빨리 임금 곁으로 달려가고 싶어 했던 게 아니었나 한다. 이런 상황하에서 임금에 대하여 불평을 한다는 일은 감히 엄두도 낼 수 없는 일이 되고 만 것이리라.

앞에서 예를 든 시조들을 살펴볼 때, 군신관계가 부부관계로 묘사되어 있었는데, 이렇게 생각한다면 일반백성은 물론 어린 자식에 해당된다. 백성이 자식에 비유되기는 벌써 신라 향가 「안민가」에서도 밝히고 있는 터이다. 그런데 여태까지 예를 든 시조들에서만 보면 가정으로 치면 부부금슬에 관해서만 이야기하고 있어서 자식은 팽개쳐 놓은 느낌이 든다. 그러나 다른 일부 작품들을 보면 사대부들은 가정을 원만하게 꾸려 나가려고 했음인지 어린 자식들을 그냥 제 멋대로 자라도록 내버려 두지 않고, 그들이 지향하였던 주자이념을 가르치려는 태도를 볼 수가 있다. 단적으로 훈민가니 오륜가니 하는 민民을 훈계하는 목소리들이 바로 어린 자식(백성)을 가르치려는 태도의 하나라 볼 수 있는 것이다.

ㅁ) 天地間 萬物中에 사름이 最貴ᄒ니
　　最貴흔 바ᄂᆞᆫ 五倫이 아니온가

---

5) 『栗谷全書拾遺』 4卷, 天道人事策.

사름이 五倫을 모르면 不遠禽獸 하리라

— 朴仁老(蘆溪集 27)

ㅂ) 江原道 百姓들아 兄弟숑수 하디 마라
종쥐 밧쥐는 엇기에 쉽거니와
어듸가 쏘 어들 거시라 홀긋할긋 하는다

— 鄭撤(松星 17)

ㅅ) 벗을 사괴오듸 처음의 삼가하야
날도곤 나으니로 글하여 사괴여라
終始히 信義를 딕희여 久而敬之 하여라

— 金尙容(仙源續稿)

이상의 시조에서 볼 수 있는 바로는 관官이 민民에게 이르는 지엄한 분부의 목소리 같기도 하지만, 부모가 자식에게 타이르는 지엄한 훈계의 목소리 같기도 하다.

임금에 대해서는 끊어진 사랑을 이으려고 온갖 이야기가 다 나오더니, 이번에는 급회전하여 지엄한 목소리로 바뀌어졌다. 사대부들은 이렇게 백성들을 훈계하려고 하는 데에는 주자학적 사고가 숨어 있다. 이 사실을 증명하기 위해서는 원래 주자학이 이 나라에 도입되게 된 원인에서부터 살펴봐야 분명하게 드러날 것 같다.

이 나라에 주자학이 들어오기는 일반적으로 고려 말이라고 한다. 고려 말에 주자학이 들어오게 되는 데에는 몇 가지 이유가 있었다.

첫째, 고려시대는 불교가 국교였는데, 승려와 불교신도들의 부패와 타락이 심하게 되자, 고려 말에 이르러서는 불교에 대하여 일반민심이 거리를 느끼기 시작하였으므로, 주자학을 받아들이는 데에 시기적으로 맞았다고 할 수 있다.

둘째, 새로 권력층을 형성한 소위 신흥사대부들은 불교의 해독을 제거하기 위해서 현실적인 사회 윤리강령이 필요해졌는데, 여기에 부합되는 것이 주자학이라는 사실을 발견하기에 이르렀다. 다시 말해서 가정에서는 부자와 부부 간의 윤리가 있어야 하고, 국가, 사회에서는 군신, 장유, 붕우 간에 윤리가 있어야 국가와 사회가 안정을 기할 수 있다는 현실적인 문제 때문에 신흥사대부들은 주자학의 도입을 서둘렀던 것이라 생각할 수 있다.

셋째, 신흥사대부들의 이 같은 주자학의 명분론, 의리론을 받아들인 밑바닥에는 그들이 지주였으므로 소작인과의 관계에서 도덕질서 확립이 필요했음도 무시하지 못할 요인 중의 하나라고 하겠다.[6]

조선이 건국되면서 이 주자학은 그대로 통치이념으로 받아들여지는데, 그 이유는 새로 탄생을 보는 조선조사회는 중앙집권적 왕권을 확립해야 했기 때문으로 보인다.

원래 주자학의 정치사상은 중용사상을 계승했다고 볼 수 있다. 중용의 정치적 의미는 주나라 말기 봉건적 신분 정치체제가 포함하고 있던 분권화된 왕권을 보강해 중앙집권적 관료체제를 구축하려든 것이었다. 그러므로 주자는 송의 망명정권인 남송의 왕권을 강화하는 데 주안을 두었던 것이다.[7] 이러한 다분히 정치적 바탕에서 주자학이 성립되었는데, 조선이 주자학을 받아들인 것도 정치적인 일면을 가지고 있다고 보인다.[8]

처음엔 주자학에 관한 형이상학적 · 사변적 연구를 별로 보여준 바가

---

6) 李佑成, 「韓國經濟思想序說」, 『韓國思想大系』 2, 29쪽.
7) 金漢植, 『實學의 政治思想』, 一志社, 1979, 30쪽.
8) 고려 말 주자학이 도입된 것은 다분히 정치적 바탕에서라 하겠다. 그리하여 주자학은 고려 말에서 조선 초까지에 걸쳐서 官이 주도된 官學인 분위기였다고 할 수 있다. 그러던 것이 退溪에 이르러 주자학이 이론적인 확립을 꾀하게 되었고 宋代의 朱子學에서 조선식 朱子學으로 발전하게 되었다고 본다.

없고 오직 현실적 사회이론, 즉 인륜만을 기치로 높이 게양했던 것이었는데,9) 조선이 건국되자 이론적인 근거를 확실히 하려는 노력이 계속되었던 것이다. 여기에 조광조(1481~1519), 이언적(1491~1553) 같은 사람들이 이론을 보강하였다.

사대부들은 통치를 잘하기 위해서 문자의 필요성을 느끼게 되었다. 백성들이 임금에 대한 신하, 아버지에 대한 자식, 지아비에 대한 지어미의 명분과 의리는 물론이고, 지주에 대한 소작인의 의무까지 하나의 체계화를 확립하기 위해서는 문자가 필요해졌다. 훈민정음은 바로 이런 정책하에서 만들어졌던 것이라 생각할 수도 있다는 것이다.10) 그리하여 훈민정음으로『삼강행실도』와 같은 책을 펴내기도 하고 조선 건국의 타당성과 그 무구함을 뒷받침하기 위해서『용비어천가』와 같은 노래책을 펴내기도 하였던 것으로 볼 수도 있다.

또한 조선조사회는 어리석은 백성들(세종대왕께서도 훈민정음 서문에서 일반백성을 우민이라 하였다)을 훈도해야 하는 임무를 선비에게 부여하였던 것이다.11)

그러니까 앞의 시조 ㅁ), ㅂ), ㅅ)에서 보이는 훈민訓民의 기색은 이러한 분위기에서 비롯되었다고 짐작할 수 있겠다. 곧『삼강행실도』와 같은 책을 대신해서 노래를 통해 주자학적 도덕질서를 백성들에게 가르치려고 했던 것이고, 성현의 가르침에 따르게 함으로써 상하의 위계질서를 분명히 하여 조선조사회에 안정을 기하려 했던 것으로 생각할 수 있다.

지금까지 살펴본 단시조에서는 임금에 대한 충성심을 노골적으로 드

---

9) 李佑成, 앞의 책, 27쪽.
10) 李佑成,「朝鮮王朝의 訓民政策과 正音의 機能」,『震檀學報』42, 1976, 85쪽.
11) 性理學者들의 공통된 생각은 儒者가 곧 官吏라는「儒吏爲一」이었고, 儒者는 곧 士를 의미했다.

러내어 성은이 망극하다고 이르기도 하고,[12] 서로 다투어 임금을 모시려고도 하고, 또 백성을 훈계하기도 하였다. 그러나 단시조에는 백성들의 아픔을 대변한다든가 아니면, 사회를 새로운 방향으로 개혁하려는 태도 같은 것은 보이지 않는다. 무엇이든지 현실이 부여하고 있는 상황을 무비판적으로 수용하고 순응하려는 정적인 태도만 보이는 것이 단시조임을 여태 보아온 것이다.

이렇게 본다면 단시조를 썼던 시조 작가들은 조선조 사회가 안고 있었던 사회제반의 모순점에 대해서는 자각을 하지 못했거나, 자각하였더라도 도외시하였다는 뜻이 된다. 그러나 지적 수준이 높은 그들이 조선조 사회의 모순을 모르고 있었다고는 말하기 곤란하다. 오히려 모순을 알았다 하더라도 모르는 척 했다는 편이 바른 해석일 것이다. 다시 말해 체제를 변호하고 옹호하기 위한 수단으로써[13] 주자학을 이용하고, 그 분위기에 젖어 안주하려고 했다 할 수 있을 것이다.

단시조를 읽다 보면 종종 무엇인가 갑갑하고 막혀 있는 느낌이 든다. 위에서 살펴보았듯이 마땅히 있어야 할 현실세계에 대한 냉정한 비판을 단시조가 갖지 못했기 때문이다. 이는 단시조의 한계를 드러내는 일 중의 하나임에는 틀림없는 일이라 하겠다.

---

12) 曺植의 다음과 같은 시조는 예외에 해당하는 보기 드문 작품이다.

三冬에 뵈옷 닙고 岩穴에 눈비 마자
구름 ᄭᅵᆫ 볏 뉘도 ᄶᅬᆫ 적이 업건마는
西山에 ᄒᆡ 지다 ᄒᆞ니 눈물 겨워 ᄒᆞ노라

— (瓶歌 13)

여기서는 임금을 성은이 망극한 존재로 칭하는 것 같지가 않다.

13) 양창삼, 「조선후기사회의 계급과 구조에 대한 이론적 연구」, 『현상과 인식』 1982 봄호, 155쪽.

2. 현실에서 벗어나려는 태도—장시조의 경우

1) 현실 비판적 태도

장시조에서도 단시조와 같이 주자식朱子式의 윤리도덕을 강요하는 내용이 아주 없는 것은 아니고 간혹 보인다. 그러나 단시조에서 흔하게 나타나고 있던 성은이 망극하다는 말이나, 또 임을 이별하고 잠 못 들어 하는 연군의 정을 나타내고 있는 작품 같은 내용은 보이지 않는다. 대신, 단시조에서는 발견하지 못한 사회현실에 대한 비판이나 사회를 새로운 방향으로 유도하려는 움직임을 가진 작품이 장시조에서는 보인다.

단시조에서는 보이지 않던 이러한 작품이 장시조에 나타난다는 것은 무엇보다도 단시조와 장시조의 전성기가 서로 다르다는 데에도 이유가 있을 것이고, 또 그 작가층이 서로 다르다는 데에도 이유가 있을 것이다.

단시조는 주자학이 절대적으로 신봉되었던 15C에서 17C에 걸쳐 전성한 시조라고 한다면 장시조는 실학이 융성하였던 18C에 주로 전성한 시조이다. 또 단시조는 주로 양반사대부들이 지었다고 한다면 장시조는 주로 중인계층에서 지었다고 할 수 있다.

실학은 과연 어떤 학풍이었으며, 실학자들의 문학은 어떠했던가? 실학은 새롭게 조선조 사회를 조명해야 할 당위성을 주장한 의미에서 주자학을 비판하고 나선 학풍이라 하겠다.14) 주자식의 사고는 인간생활에 있

---

14) 실학을 주자학의 한 갈래로 보는 견해도 있고, 그렇지 않고 주자학과는 상반되는 학문으로 보는 견해도 있다. 여기서는 소위 실학파라고 하는 사람들의 주장이 사회를 새롭게 움직여보자는 데에 있었음에 착안하고자 한다. 그들은 조선조 후기 사회의 제반 모순을 타개하여 과학적 현실적으로 타당성을 갖추자는 움직임을 보

어서의 상하관계를 고정불변한 것으로 파악하고 있었다. 그러나 조선 말기에 일어난 실학파들의 사고는 그 정반대의 입장에서 있음을 본다. 특히, 다산茶山 정약용 같은 이는 이 점에 대해 가장 노골적으로 반기를 들고 있었다. 그에 의하면 모든 사회제도, 윤리, 규범 등이 시대에 따라, 객관적인 조건에 따라 끊임없이 변한다고 생각했고, 또 변해야 한다고 생각했다.15) 그는 현상을 정적으로 파악하지 않고 동적으로 파악한 셈이 된다. 그가 이같이 조선조 사회를 동적으로 파악했다는 것은 주자식의 사고에서 벗어나, 현실에 대한 개혁의지를 가졌다는 뜻으로 해석할 수 있다. 그는 "조그마한 것도 병들지 않은 것이 없다"16)고 조선조 사회를 개탄한 적도 있다. 이것은 지주와 소작인 또는 관료와 백성의 관계를 주자식으로 타협함으로써 공존하려는 정적인 태도가 아니고 서로 해결해야 할 소지가 있는 대결의식 관계로 파악하고 있는 셈이어서 조선조 사회를 동적으로 파악한 태도라 할 수 있겠다.

구체적으로 다산은 작품 속에서 사회를 병들게 하는 것 중에서도 관료 부호들의 타락상을 비판하고 있다. 착취와 수탈을 하는 관료 및 부호와, 착취와 수탈을 당하는 일반 백성과의 관계를 자연계에서 볼 수 있는 강자와 약자와의 관계로 설명한 그의 우화시는 그런 의미에서 일품이라 하겠다.

　　제비 한 마리 처음 날아와

였으므로, 이러한 사고의 동질성을 여기서는 실학이라고 하고, 조선조사회현실을 긍정적으로만 보고 개혁의지를 보이지 않는 정적인 태도를 여기서는 주자학적 사고로 보려고 한다.

15) 宋載邵, 「茶山詩의 對立的 構造」, 『韓國文學論』, 우리 文學硏究會編, 日月書閣, 1981, 161쪽.
16) 『與猶堂全書』, Ⅴ-Ⅰ. "竊嘗恩之盖一毛一髮無非病耳".

지지배배 그 소리 그치지 않네
말하는 뜻 분명히 알 수 없지만
집 없는 서러움을 호소하는 듯
"느릅나무 해나무 묶어 구멍 많은데
어찌하여 그곳에 깃들지 않니?"
제비 다시 지저귀며
사람에게 말하는 듯
"느릅나무 구멍은 황새가 쪼고
해나무 구멍은 뱀이 와서 뒤진다오."[17]

　　제비는 선량한 일반 백성으로 비유되고 있고, 황새나 뱀은 일반 백성
들을 괴롭히는 지배층으로 비유되고 있다. 이와 같이 그의 시에는 지배자
와 피지배자와의 대립을 주제로 한 작품들이 많이 있다. 다시 말해 신분
계층 간의 갈등을 노골적으로 나타내고 있는 작품들이 많이 있는 것이다.
　　신분계층 간의 갈등은 다산의 경우 혼자만 문제 삼았던 것은 물론 아
니다. 조선조 후기에 나타난 실학파들이 지은 작품들의 공통적인 주제가
바로 신분계층 간의 갈등문제인 것이다.
　　이 시기에 전성하였던 장시조가 시대적 조류를 외면할 수는 없었을 것
이니 다음의 작품은 이 같은 시대적 조류에 의해 해석되어야 할 것 같다.

　　가) 一身이 사쟈ᄒᆞᆫ이 믈썻계워 못견딜 쐬
　　　　皮ㅅ겨 ᄀᆞᆺ튼 갈랑니 볼리알ᄀᆞᆺ튼 슈통니
　　　　줄인니 굿신니 준별록 강별록 倭별록 긔는놈
　　　　씌는 놈에 琵琶ᄀᆞᆺ튼 빈대삿기 使令ᄀᆞᆺ튼
　　　　등에아비 갈따귀 삼의약이 셴박회 눌은 박회
　　　　박음이 거절이 불이 쐢쪽ᄒᆞᆫ 목의달이 다ᄒᆞᆫ목의

17) 丁若鏞 · 宋載邵 譯, 『茶山詩選』, 創作과 批評社, 1981, 177～178쪽.

야윈 목의 슬 진목의 글임애 샐록이 晝夜로 뽠째 입시
물건이 쏘건이 샐 건이 쯧건이 甚흔 唐버리예셔
얼여왜라
그 中에 춤아 못견들씬 五六月伏 더위예 쉬프 린가 하노라
ㅡ (海ㅡ320)

사람을 괴롭히는 온갖 해충을 열거하고 있다. 이 작품에서 해충의 의미
는 지배층 중에서도 선량한 백성을 괴롭히는 무리들이라 하겠다. 선량한
백성은 물론 사람으로 나타내었지만, 백성을 괴롭히는 지배층은 사람이
아닌 해충에 비유됨으로써, 사람과 사람 아닌 것과의 대립을 나타내고
있는 것이다. 특히 등에아비를 사령에 비유함으로써, 관아의 보호 아래
백성들을 학대하였던 이서들을 야유하고 있는 것 같다.

나) 흔눈 멀고 흔다리 져는 두터비 서리 마즈 프리 물고 두엄우희 치다
라 안자
건넌山 브라보니 白松骨리 씩 잇거늘 가슴에 금죽ᄒ여 플썩 쒸
다가 그 아릭 도로 잣바지거고나
뭇쳐로 날닌 젤싀만졍 힝혀 鈍者런둘 어헐질번 ᄒ괘라
ㅡ (甁歌 964)

나)에서는 백성을 파리로, 백성을 괴롭히는 하층관리를 두터비로, 하층
관리를 괴롭히는 상층관리를 백송골로 비유하였다. 작자가 말하고자 하
는 바는 백송골의 위엄이나 백송골의 정당성에 있는 것은 아니다(어찌
보면 백송골이 더 고차적인 수탈행위를 하고 있음을 암시한다고도 볼 수
있다). 그렇다고 파리의 기구한 삶에만 주안점을 둔 것 같지도 않다. 오히
려 두터비의 야비한 행위를 폭로하고자 하는 데에 주안점이 있다.
두터비라도 성한 두터비도 아니고, 한 눈이 멀고 한 다리마저 저는 병

신 두터비라고 하였다. 거기다가 또 두터비가 물고 있는 파리는 성한 파리도 아니고, 서리 맞아 무기력한 파리이므로 병신 두터비만이 잡을 수 있는 파리인 셈이다. 그리고 두터비가 앉아 있는 자리도 더럽기 짝이 없는 두엄 위이다. 이것만 해도 두터비의 행적은 보잘 것이 없는데, 거기다가 또 백송골에 놀라서 아래로 뛰어내리다가 자빠지고 말았으니, 이 정도이면 두터비의 몰골은 말이 아닌 셈이다. 그런데도 두터비는 자위하기를 스스로를 날렵한 행동의 소유자로 자처하고 있으므로 실로 웃음거리가 아닐 수 없는 것이다. 이렇게 두터비의 못난 꼴을 들춤으로서 백성을 괴롭히는 하급관리를 야유하고 있다.

> 다) 벌의 줄 잡은 갓슬 쓰고 헌 옷 닙은 져 百姓이 그 무슨 情原으로 두
> 　　손의 所志 쥐고 公事門 드리드라 안는고나
> 　　東軒쯸의 쥐 갓튼 刑房놈과 범 갓튼 羅卒들이 알외어라 흔 소리
> 　　에 魂飛魄散ᄒ여 ᄒ올 말 다 못ᄒ니 올흔 訟理 굽어디닉
> 　　아마도 平易近民ᄒ야 道達民情 ᄒ리라
>
> 　　　　　　　　　　　　　　　　　　　　　　　　　　　　　　　－ 申獻朝(蓬萊樂府)

다)에서도 역시 선량한 백성들의 억울한 삶에 대해서 말하려고 하고 있다. 벌레가 줄을 친 헌 갓과 낡은 옷을 입은 남루한 백성이 억울한 일을 당하여 관청의 문을 두드렸더니, 백성을 못살게 구는 데에 한 몫을 하고 있는 바로 그 쥐같이 얄미운 형방놈과 범같이 무서운 나졸들이 위압을 주는 바람에 애초에 하고 싶은 청원을 말하지 못하고 만다는 것이다. 이래서는 올바른 민정이 될 수 없다는 이야기이므로 다분히 현실고발적인 내용이라 할 수 있겠다. 여기서는 앞의 가), 나)에서처럼 풍자를 통한 간접적인 현실고발이 아니라, 직접적으로 형방과 나졸들이라고 하는 하층 관리들을 비판하고 있음이 특기할 만하다.

이상 가), 나), 다)의 작품들은 모두 사회모순을 비판하는 입장에 서 있는 작품이라는 데에 공통인수가 있는 셈이다. 사회모순을 비판하고 나선다는 것은 실학파들의 공통적인 태도이다. 그렇다고 한다면 앞서의 시조 작가들, 이를테면 이정복, 신헌조 등이 실학을 주장했던 사람들인가. 그런 사실을 입증할 만한 기록은 확실하지가 않다. 이정복은 대제학, 예조판서를 지냈고 신헌조도 관찰사, 목사를 지냈던 문신이었음은 사실이다. 이들의 작풍으로만 생각해본다고 한다면 실학적 분위기에서 가까이 있었던 사람들이라고 여겨진다.

이들은 어쩌면 양심적인 사류士類에 속했던 사람들이 아니었던가 한다. 사류는 벌렬閥閱과 농공상에 가까워질 수 있는 동시에, 위로는 벌렬층에 결탁될 수도 있었던 계층이라 할 수 있다. 사류에 속한 어떤 인물들은 곡학아세로 출세의 길을 도모한 사람들도 많았겠지만, 그러나 일부 양심적인 사람들은 벌렬층에 대해서도 통렬한 비판을 하였던 것이다. 실학이라는 학풍 역시 이 양심적인 사람들의 비판의식에 의해서 형성되었던 것이다.[18]

조선시대는 왕권을 정점으로 삼고 있었다 해도 실제로는 유교적인 지배기구와 그 제도를 통해서만 왕권을 행사할 수 있도록 짜여진 사회였다.[19] 거기다 정권도 왕권을 기반으로 하는 양반 중심의 관료기구를 통해서만 발동되던 체제였다. 그러므로 당시의 양반 사대부 층의 일부에서 이 같은 문반위주의 관료체제에 내재하고 있던 모순성을 들추기 시작하였으니 이들이 바로 실학파라고 하는 학자들이었다.

류형원 같은 이는 "귀천은 대대로 세습하지 않는다"[20]라고 말하면서

---

18) 李佑成, 역사학회 편,「實學硏究序說」,『實學硏究入門』, 일조각, 1974, 10쪽.
19) 李樹健,「兩班社會의 構造와 그 展開」,『韓國學硏究入門』, 知識産業社, 1981, 114쪽.
20) 柳馨遠, 磻溪隨錄 卷十 教選之制下 貢擧事目 "曰 古語不云乎 公卿之子爲庶人 貴賤

소설을 통해서 양반 사대부 계층의 비리를 폭로하였다. 그리고 조수삼 같은 여항문인과 일부 문반 위주의 관료체제를 비판하였던 한문단편의 작가들이 있었던 것은 특기할 만한 일이 아닐 수 없다.

이들 작가들이 설정한 주인공들은 주로 일반서민층이었으며, 그 성격은 현실에 저항하면서도 창조적인 삶을 지향하는 인물들이었다.[21] 이들 류형원이나 조수삼, 또는 몇몇 한문 단편작가, 나아가서 박지원, 정약용과 같은 양심적인 사류들의 작품 속에서 사회상을 비판하는 실학적 태도를 발견할 수 있었던 것은 여러 가지로 의미하는 바가 있다고 하겠다. 그들은 주로 동물의 우화를 빌려 사회모순을 비판하고 있는데, 이러한 수법이 장시조에 그대로 나타나고 있다는 것도 재미있는 사실이라 하겠다.

> 라) 위딕 밍공이 다섯 아례딕 밍공이 다섯 景慕官 압 연못세 잇는 밍
> 공이 연닙 하나 쑥 싸 물 쪄두루처 이구 수은장수 허는 밍공이 다
> 섯 三淸洞 밍공이 六月 소낙이의 죽은 어린이 나막신짝 하나 으
> 더 타고 가진 풍유하고 서뉴허는 밍공이 다섯 四五二十 시무밍공
> 이 慕華舘 芳松里 李周明네집 마당가의 포곰포곰 모이더니 밋테
> 밍공이 아구 무겁다 밍공허니 윗 밍공이는 뭣시 무거유냐 장간
> 차마라 작갑시럽다 군말된다 허구 밍공 그 中의 어느 놈이 상시
> 럽구 밍낭시러운 수밍공이냐

之不以世 古之道也".
21) 한문 단편 작가로서 이름이 전해오는 사람 중에 辛敦復, 李鈺이 있다. 임형택님에 의하면 辛敦復은 연암의 선배학자이고, 李鈺은 문체 파동(1792년경) 당시 성균관의 학생으로 불온한 문체를 썼다하여 출세의 길이 막혀버렸던 문인이라고 한다 (林熒澤,「實學派文學과 漢文短篇」,『韓國學硏究內門』, 知識産業社, 1981, 312쪽). 여기서 문체 파동이라 함은 연암의 소설문체가 세상에 널리 퍼지자 正祖는 이같이 醇正하지 못한 문체를 쓰는 자들을 견책하였는데, 이를 가리켜 문체 파동이라 한다. 이런 점에서 볼 때도 한문단편소설 속에는 실학사상의 일면이 있음을 짐작하게 된다.

錄水 靑山 깁흔물의 白首風 훗날니구 孫子 밍공이 무릅혜 안치구
저리 가거라 뒤 틔를 보자 이리오느라 압틔를 보자 싹싹궁 도리
도리 질나릿비 훨훨 직룽부리는 밍공이 슈밍공루 아러더니
崇禮門 박 썩 닛다러 七픠八픠 靑픠 빈다리 쪽제 굴네거리 이문
동 四거리 靑픠빈다리 첫 둘 셋 넷 다섯 여섯 일곱 여덜 널지 미
나리 논의 방구 통 쉬구 눈물 죄죄죄 흘니구 오좀 잘금싸구 노랑
머리 복쥐여 틋구 엄지 장가락의 된 가릯침 빈터 들구 두 다리 쏘
고 깁흑헌 방축 밋테 남 알가 용 울니는 밍공이 슈밍공인가

— (調詞 62)

맹꽁이라고 하면 시끄럽고 둔박한 동물로 간주된다. 못난 사람을 두고
맹꽁이라 하지 않는가. 그런데 이 시끄럽고 둔박한 동물들이 몹시 소란
스럽게 구는 장면을 묘사하고서는 어느 것이 수놈이고 어느 것이 암놈인
지를 화자는 모르겠다는 것이다. 경모관은 경모궁을 이름인데 고종 때 장
祖莊祖라고 추켰던 사도세자의 신위를 모신다고 지은 집이다. 모화관은
중국 사신을 영접하는 곳이니 사대事大를 다하던 장소이고, 숭례문이란
1398년 준공된 서울 도성의 정문이다. 숭례문 바깥쪽 서민들이 사는 동
네거리가 등장하고 손자 데리고 도리질하고 방귀 뀌고 눈물 흘리고 오줌
싸고 장가락에 가래침 뱉고 이런 못난 짓하는 것을 남이 알까 용을 쓰는
맹꽁이 모습을 그렸다. 인간사회 속에 존재하기 마련인 잡스런 인물들을
맹꽁이에 비겨 풍자한다고 보아진다. 이주명이란 인물을 들먹였는데 이
씨 왕족을 암시하는 것 같기도 하다. 주명이라 했으니 주나라 명나라를
암시한다면 주는 본격적인 봉건주의를 채택한 나라이고 공자 사상의 배
경이 봉건제에 기초한 주나라의 종법제도를 따르자는 데 있었는데 이런
분위기를 암시하는 것인지 모르겠다. 명나라는 원나라를 격파하고 한족
이 세운 나라이다. 당시 우리 조정에서는 몽고족이 세운 나라, 여진족이

세운 나라를 우습게 보았는데 이를 암시하는 것인지도 모르겠다. 숭례문의 숭례는 예를 숭상한다는 뜻이지만 중국인이 조선을 가리켜 동방예의지국이라 이른 데에는 문제가 있었다. 중화의 천자에게 충실히 제후 예를 다해 온 조선에 중국이 '동방 예의의 나라'라고 하였으니 직역하면 '중국의 속국으로서 예절을 다한 나라'가 된다.

중국 왕조의 속국과도 같은 입장에서 역대 국왕은 중국 황제의 신하로 취급되고 조선 국왕은 중국 황제에 의해서 임명되어 당시의 조정은 조선의 왕비나 왕태자의 폐립에 이르는 일까지 독자적 권한 행사를 할 수 없었다. 조선 국왕의 중국 사절에 대한 마중은 너무도 굴욕적이다. 만주인(청나라를 빗댄 말)의 사절이 오면, 조선 국왕은 스스로 고관을 거느려 모화관 앞 영은문까지 환영 나가서 지면에 무릎 꿇어 사절에 경의를 표하고 연회를 베풀어야 했다.

이 작품은 고종 때 작품인 것으로 보이는데 당시 조정에서는 외세의 침략을 눈앞에 둔 시점인데도 그것에 대치할 생각은 아니하고 사도세자 추켜세우는 일에서부터 맹꽁이처럼 소란스럽게 떠들고 온갖 추한 짓들만 하고 있음을 빗대어 말한 것으로 보인다.

당쟁에 몰려다니는 썩은 선비들을 두고 이같이 빗대어 말한 것일 수도 있고 헛된 이론에만 분분한 고루한 유자儒者들을 비꼬는 말일 수도 있고 주체성을 상실한 몰지각한 관리들의 야단스러운 태도를 의미하는 것일 수도 있다.

다음의 마)의 작품에서도 이와 비슷한 분위기를 느낄 수 있다.

마) 가마귀 가마귀를 쫄라 들거고나 뒷 東山에
　　늘어진 괴향남게 휘듯ㄴ니 가마귀로다
　　잇틋날 뭇가마귀 흣듸 나려 뒤덤범 뒤덤범 뒤로 덥적여

쓰오니 아모 어직 그 가마귄 줄 몰닉라

- (甁歌 876)

가마귀는 예부터 흉조로 일러왔다. 가마귀들이 서로 뒤범벅이 되어 싸우고 있으니 어느 가마귀가 어제 작자가 눈여겨 본 그 가마귀인지 모르겠다는 것이다. 이것도 라)에서와 같이 무언가 암시적 은폐(suggestive veiling)로 싸여져 있는 것 같다. 가마귀 같은 속셈이 검은 탐관오리들이 서로 다투고 질시하는 상황을 이렇게 나타내고 있는 것 같다. 더욱이 라), 마) 같은 작품들이 단순히 오락을 위한 말이 아니라 심각한 그 무엇을 암시하는 풍자성이 있다고 짐작하는 것은 다른 데에서도 그 근거를 잡을 수 있기 때문이다.

장시조의 작가와 창자는 주로 중인계층이라고 한다.[22] 라), 마)는 작자 미상이기는 하지만 중인계층에 속했던 사람들의 작품일 가능성이 크다. 중인계층은 양반 사대부 못지않게 학식을 가진 사람들이 많았고 말단 관료로서 실리를 추구하여 경제적으로 윤택한 사람들도 많았다. 그런데 그들은 신분상 양반사대부가 될 수 없었기 때문에 엄격한 신분제도를 고집하던 조선사회에 반발정신을 가졌던 인물들이라고 할 수 있겠다. 실지로 그들이 남긴 한시에서는 겉으로는 사회비판의식을 나타내지는 않았으나, 설화를 시 속에 포함한다든지 이상세계보다는 현실세계에 시세계의 기반을 둔다든지, 6언시를 실험한다든지, 숫자나 육갑, 조수의 명칭 등을 연결어로 하여서 잡체시를 짓는다든지 하는 것들은 모두 그들 시만의 독특한 규범을 보이고 있는 일면이다.[23] 비록 비판의 칼날을 암묵적인 표현 속에 숨긴 현실비판의 시들은 양반사대부들이 즐겨짓던 현실 안주의

22) 崔東元, 『古時調論』, 三英社, 1980, 76쪽.
23) 심경호, 「서정자아의 근대적 변모와 한계」, 『韓國學報』, 제25輯, 一志社, 181쪽.

시와는 다르다. 그들은 이와 같이 나름대로의 새로운 시를 모색하였고, 여러 면으로 해석될 수 있는 설화 같은 것을 끌어들여 간접적인 현실 비판의식의 태도를 나타내기도 하였다.

이와 같은 경향은 그들이 먼저 근대적 문물에 접했던 사람들이라는 데에도 이유가 있다. 중인 중의 역관들은 자주 청에 드나들었고, 청을 통한 근대문물에 먼저 눈을 뜨게 되었던 것이다. 청은 우리나라에 앞서 서구 문물을 받아들이면서 점차로 근대적 방향을 모색하고 있던 시기이다. 이러한 기운의 일단은 실학의 기풍으로 점화되면서 조선사회에 영향을 끼치게 되었다고 할 수 있다.

이 같은 자아각성의 기미는 역관에 국한되지 않고 당시의 중인계층에 두루 전파되었다고 보여진다. 왜냐하면 그들은 그들 중인계층끼리 모여서 살았고, 통혼도 그들 신분끼리 하였으므로 그들에게는 어떤 공통적인 사고의 영역이 존재할 수 있었을 것 같기 때문에서이다.

한말 중인계층이 개화에 앞장서서 이 나라의 근대화를 위하여 노력했다는 점에서도 짐작할 수 있겠고,[24] 또 해외의 근대적 문물을 받아들여야 한다는 입장에서 중인계층의 자제들이 먼저 해외유학을 하고 돌아온다든가, 또는 외래문화인 기독교와 새로운 종교로 대두된 천도교는 모두 중인계층에 의하여 먼저 수용되어[25] 유교적 분위기를 벗어나려 했다든가 하는 일련의 움직임을 통해서도 중인계층의 사람들은 먼저 근대적 사고방식을 갖고 있었던 것으로 짐작할 수 있겠다.[26] 이 같은 분위기를 참고로 하여 생각해 볼 때, 라), 마)는 단순한 농담조의 노래가 아니라 농담

---

24) 李炫熙,「意識改革運動의 主導勢力論」,『現代社會』1981 가을호, 19~31쪽.
25) 金泳模,『韓國社會學』, 法文社, 1978, 190쪽.
26) 중인계층인들 중에서는 양반 지배층과 결탁하여 가렴주구의 실제적 행동을 담당했던 사람들도 많았을 것이다. 그러나 앞서 가) 나) 다)를 썼던 작자들은 생활태도를 달리했던 중인계층의 사람들이라고 이해하고자 한다.

안에 비판의 칼날이 숨어 있는 풍자성을 가진 작품이라고 생각하게 되는 것이다. 따라서 현실을 비판하면서 이용후생利用厚生, 경세치용經世致用을 내세웠던 실학풍의 작품에 가까운 작품들이라 하겠다.

> 바) 살구꼿 봉실봉실 핀 밧머리에 이라이라 하는 저 농부야 그 무슨 곡실을 시무랴고 봄밧을 가오
> 예주리 천자강이 홀아비콩 눈씀적이 팟 녹두 기장 청경 차조 새코 씨르기 참깨 들깨 동부 쥐눈이 찰수수를 갈랴함나 그 무엇슬 스무랴 하노
> 그것도 저것도 다 아니오 구곡장진 신곡미등할 쌔에 제일 농량인 긴한 봄보리 가오.
>
> — 耕春麥(樂高 970)

> 사) 져 건너 明堂을 엇어 明堂 안에 집을 짓고
> 밧 갈고 논밍그러 五穀을 갓초 심은 後에 뫼 밋헤 우물 파고 딥웅회 朴올니고 醬ㄱ독에 더덕넉코 九月秋收 다흔 後에 술 빗고 썩 밍그러 어우리 송티 줍고 압늬에 물지거든 南隣北村 다 請ᄒᆞ야 熙皥同樂 ᄒᆞ오리라
> 眞實로 이리곳 지늬오면 부를 거시 이시랴
>
> — (源國 647)

바)에서는 살구꽃 피는 봄날의 놀기 좋은 철에 열심히 일하는 농부의 모습을 드러내 놓았다. 봄보리가 또한 긴요한 곡식이므로 봄에는 무엇보다도 봄보리를 심는 것이 좋다는 점도 강조하고 있다.

사)의 작중화자는 단시조에서 흔하게 보이는 "아이야……" 하는 투의 남을 시킴으로 해서 얻을 수 있는 흥취가 아니라, 몸소 밭을 갈고, 논을 만들고, 곡식을 심고, 우물을 파고, 박을 올리고, 심지어는 더덕을 반찬거

리로 만들고 하는 일련의 노동을 통해서 부러울 것이 없는 행복한 생활을 스스로 만들고자 하는 것이다.

바), 사)는 직접 농사일에 종사하는 농민의 생활상을 보여주고 있는데, 이 점이 단시조에서는 발견할 수 없는 점이다. 또 이 작품에서는 단시조에서처럼 백성을 훈계하는 식의 태도도 안 보인다. 당시 양반사대부들은 사농공상의 상층인 사류에 속하고 사士는 독서하는 사람이라 벼슬길에 나갈 수 있는 계층이면서 대부大夫는 정사의 일을 쫓는 사람이라 하였으니,27) 농사일과는 거리가 멀었다고 하겠다. 실학자들은 바로 이런 점에 대해 비판적이었다.

> 대체 선비란 어떤 사람인가 선비는 어찌하여 손발을 움직이지도 않으면서 땅에서 생산된 것을 삼키며 남의 힘으로 먹는가. 대체 선비가 놀고 먹기 때문에 利가 모두 개척되지 못하고 놀아서는 곡식을 얻을 수 없게 됨을 알면 또한 농사꾼으로 변할 것이다. 선비가 농사꾼으로 변하게 되면 땅에서 나오는 이익도 개척되고 선비가 농사꾼으로 변하여지면 풍속이 순후하여지고 선비가 농사꾼으로 변하여지면 질서를 어지럽히는 백성이 없어질 것이다. 선비 중에는 반드시 농사꾼으로만 변해지지 못하는 자도 있을 것이니 장차 어찌하겠나. 그러면 工匠과 상인으로 변하는 자도 있을 것이다28)

이것은 선비가 놀고만 먹어서는 안 되고, 농공상의 그 무엇이든지 직업을 선택하여 스스로의 손에 의하여 삶을 영위하여야만 한다는 주장인 것이다. 이러한 능동적인 태도는 비단 정약용에 국한된 사상이 아니라, 정도의 차이는 있지만 당시 경세치용, 이용후생을 주장했던 실학자들에

---

27) 박지원의 「兩班傳」에 "讀書曰士 從政爲大夫"라는 말이 보인다.
28) 趙璣濬, 「實學의 展開와 社會經濟的 認識」, 『韓國思想大系』 2, 225~226쪽에서 재인용.

게서 공통적으로 발견할 수 있는 사상이었다.

이와 같은 상황에서 앞의 시조 바), 사)를 읽어본다고 한다면, 이는 실학적 분위기를 나타내는 작품이라고 할 수 있을 것 같다.

여기까지 살펴본 결과, 예를 든 장시조에서는 확실히 단시조 속에서는 발견할 수 없는 새로운 경향을 띠고 있음을 알았다. 그러나 앞에서도 말했듯이, 장시조라고 하여 모조리 이 같은 경향으로 일관하고 있는 것은 물론 아니다. 장시조에서도 주자학적 사고를 나타내는 작품도 더러 있다. 다만 단시조에서 보이지 않던 현실을 비판한다든지 현실을 새롭게 변모시키려 하는 동적인 작품들이 장시조에서는 보인다는 점에서 논의하였던 것이다.

2) 중인 작가층의 개방적 현실 인식

(1) 아노미(Anomie)의 개념

장시조는 그 내용에 있어서, 단시조와 같거나 흡사한 점도 있지만, 남녀 애정을 노래한 작품이 제일 많다.29) 그 중에서도 음방淫放·치정痴情에 모티브를 둔 작품이 특히 많다.30)

음방·치정의 요소는 단시조 속에서는 거의 보이지 않는 터이므로 이것은 장시조의 특색을 나타내는 요소라 할 수 있다. 그러면 왜 단시조에서는 잘 보이지 않던 이런 요소들이 장시조에 와서 흔하게 등장하고 있는 것일까. 나아가서 장시조의 이 같은 현상을 우리는 어떻게 이해해야 할 것인가. 이런 등등의 의문을 우리는 가지게 된다. 이것은 대단히 흥미

---

29) 이능우의 「古詩歌論攷」(293쪽)와 서원섭의 앞의 책(297쪽)에 의하면, 장시조에는 남녀 애정의 문제를 다룬 작품이 제일 많다는 것이다.
30) 이능우, 위의 책, 294쪽.

있는 문제가 아닐 수 없다.

문학은 시대적 상황을 대변하거나 초월하거나 그것을 개량적으로 해석하여 독자에게 의미 있게 전달하는 정보체계라고도 할 수 있다. 이런 의미에서 볼 때 음방, 치정 같은 요소가 장시조에 유독 많이 등장하는 것은 시대적 상황과 작자의 심리상태와 유관하게 된다고 하겠다. 그래서 이 의문을 풀기 위하여 사회학에서 자주 이야기되고 있는 Anomie 이론과 결부시켜 장시조를 연구하고자 한다.

Anomie라는 말을 사회학에서 처음 사용한 사람은 프랑스의 사회학자 Emile Durkheim이다. 그는 1893년에 출판한『분업론(The Division of Labor)』이라는 책에서 이 말을 처음으로 사용하였으며 그 뒤 그가 쓴『자살론(Suicide)』에서 계속 이 말을 사용하였던 것이다.

Durkheim이 쓴『분업론』에선 어떻게 하여 고도로 분화된 사회가 응집력을 확보하게 되느냐 하는 문제를 다루면서 세 가지의 분업형태를 설명하고 있는데, 첫째는 강제된 분업이요, 둘째는 사회의 연대성連帶性을 산출시키지 못하는 분업이요, 셋째는 Anomie의 분업으로 설명하고 있다.

Anomie의 분업이란 산업의 위기 · 노동자와 자본가 간의 갈등 · 점차 전문화 되어가는 과학 등의 추세에서 생기게 되는 종합 내지 상호적용의 결핍과 관련된 분업형태를 말한다.31)

다시 말하면, 그가 분업론에서 사용한 Anomie의 개념은 복잡한 사회체제 내의 전문화된 제부분 간의 상호보완적 관계를 규제하기 위하여 필요한 절차적 규칙이 선명하게 나타나지 않는 상태를 지시하고 있는 것이다.32) 그러나 그가 자살론에서 쓴 Anomie의 개념은 앞서의 분업론에서보다 다소 다르게 사용하고 있음을 본다. 여기서 그는 Anomie의 개념을

---

31) 韓完相,『現代社會와 靑年文化』, 法文社, 1973, 316쪽.
32) 위의 책, 329쪽.

전체 사회를 위해 필요한 도덕적 규범이 선명하게 나타나지 않는 상황으로 풀이하고 있다. 이러한 Anomie 상태는 보통 분열적인 사회변동(예를 들면 전쟁에서 평화로의 전환, 갑작스럽게 부자가 된다든가 그 반대로 몰락한 경우, 심지어는 갑작스러운 배우자의 죽음)으로 인하여 일어나는 경우가 많은데, 이러한 Anomie의 상태가 자살의 중요한 요인이 된다고 하고는 이를 아노미성 자살(Anomic Suicide)이라 하였다.[33]

Olsen 같은 이는 이 같은 다소간 차이를 구별해, 분업론에서의 Anomie 개념을 부조화(不調和, discordance)라 하고, 자살론에서의 Anomie 개념만을 계속 Anomie란 용어로 쓸 것을 제의했던 것이다.[34]

Durkheim에 이어 Anomie 이론을 더욱 발전시킨 사람은 Merton이다. 그는 미국 사회에서 유발하는 일탈행동逸脫行動[35]은 역시 Anomie 현상 때문이라는 것이며, 이 Anomie 현상은 문화적 목표(Cultural goal)와 제도화된 수단(institutionalized means) 사이의 괴리(disjunction)에서 비롯된다고 하였다.[36]

미국 사회의 여론이나 교육은 성공의 가치를 특히 강조하는데, 이 성공이란 미국민이면 누구나(미국민이 아니더라도 마찬가지이겠지만) 다 기대를 걸고 있지만 누구에게나 이 성공을 성취할 만한 합법적인 수단이 갖추어져 있다고 할 수 없다. 불리한 인종집단이나 불리한 계급집단에 속함으로써 성공에 대한 꿈을 실현하지 못하는 사람들도 얼마든지 있는 것이다.

---

33) Durkheim, Le Suicide · 林熺燮 譯, 『自殺論』, 三省出版社, 202~233쪽.
34) 韓完相, 앞의 책, 331쪽.
35) 행동의 규범, 습관, 또는 공통의 형에 동조하지 않는 행동이면 일시적이거나 또는 영속적이거나 간에 일탈행동이라 할 수 있다(G. W. 올포트 · 宋大炫 譯, 『社會心理學』, 正音社, 253쪽).
36) Robert Merton, 『Social Theory and Social Structure』, 1968, p.188.

이와 같이, 성취하고자 하는 문화적 목표는 뚜렷하지만 제도화된 수단이 따르지 못함으로 인하여 괴리가 생기는 이 경우를 Anomie 현상이라 Merton은 설명하고 있다.

한편 Talcott Parsons는 Anomie의 개념을 다음과 같이 설명하고 있다.

아노미란 많은 수의 개인들이 자기네의 개인적인 安定과 社會體系의 순탄한 機能에 본질적으로 필요한 그런 종류의 통합을 심각할 정도로 缺如하는 상태를 뜻한다.
이런 상태에 대한 개인의 전형적인 反應은…… 不安定이다.[37]

Melvin Seeman은 Anomie의 일반적 개념은 소외감정(Alienation)을 논함에 있어서도 불가결의 부분이라고 말한 뒤[38] 이 Anomie의 개념이 너무 확대되어 널리 사회 현상과 정신 상태의 다양성까지도 포함하고 있다고 주장하며, 개인적인 조직파괴라든가 상호불신까지도 Anomie 현상이라고 하였다.[39]

나아가 Anomie 이론을 개인의 심리상태에 적용시켜 Anomie란 말을 쓰는 학자들이 있다.[40] 특히 R. Maciver는 개인의 사회적 결합의 느낌—그의 morale의 주된 원천—이 파괴되거나 치명적으로 약화되어 있는 상태를 Anomia 현상이라 하였으며, 또한 Riesman도 사회적으로 부적응된 사람의 심리상태를 Anomia 현상이라고 규정하고 있다.[41]

---

37) 金璟東, 『現代의 社會學』, 轉英社, 1978, 469쪽.
38) Melvin Seeman, 「On the meaning of alienation」, 『American Sociological Review』 Vol.24, No.6, 1959, p.787.
39) 위와 같음.
40) 원래 Anomia는 희랍어였는데 이것을 불어로는 Anomie라 한다. 그러나 Anomie는 그 대상이 사회집단이라 한다면, Anomia는 그 대상이 개인이라는 차이가 있다.
41) 金炳梓, 『社會心理學』, 經文社, 1978, 511쪽.

그러나 사회적 활동을 규제하는 적절한 규범을 가지지 못하거나, 전통적 규범이 그 힘을 상실한 상태를 Anomie 현상이라고 한 Durkheim의 견해나, 문화적 목표와 제도화된 수단 사이의 괴리현상으로 본 Merton의 견해나, Parsons가 '개인적인 안전과 사회체계의 순탄한 기능에 본질적으로 필요한 그런 종류의 통합을 심각할 정도로 결여한 상태'를 Anomie라 한 견해나, 다소 확대된 느낌을 주는 상기 Seeman의 견해도 궁극적으로는 크게 다를 바 없는 비슷비슷한 설명들이라 하겠다.

또한 Maciver나 Riesman의 견해도 Anomie 현상을 개인의 경우로 이해한 것밖에 차이가 없으므로, 역시 비슷한 설명이 되고 있다.

다시 말해서, 이들이 말한 Anomie 현상의 개념은 애초 Durkheim이 자살론에서 말한 Anomie의 개념과 크게 다를 바가 없는 것이다. 약간 설명을 덧붙여 말하자면, 사회구조에 적응하지 못함으로 해서 일어나는 일탈행동(deviant behavior)으로서 무규범(normlessness)의 상태에 빠진 군집된 심리상태를 Anomie라 할 수 있겠다.

규범(norm)이란 일반적으로 특정 역할을 가지고 살아가는 사람들이 준수해야 하는 규칙(rules), 규정(prescription) 또는 표준(standard)을 의미한다. 따라서 시민, 친구, 부모, 선생 등은 그들의 행위에 필요한 규범이 있는 것이다.[42] 여기에 사람이면 모두가 가지는 원규(原規, mores)와 민습(民習, folkways)이 추가로 포함된다. 원규란 살인과 신성한 것에 대한 모독의 금지 또는 자식에 대한 부모의 책임 규정과 같은 문화적으로 뚜렷한 규범을 의미하고[43] 민습은 그 나라(또는 그 지방)의 일반 대중이 가지는 사회 습속을 의미한다. 따라서 무규범이란 반사회적 행위(anti-social

---

42) Broom Selznick, Sociology, 『Harper & Row Publishers Incorporated』, 49 east 33rd N. Y., p.65.
43) 위와 같음.

behavior)나 반도덕적 행위(immoral behavior)라고 말할 수 있다. 반사회적 행위나 반도덕적 행위가 유발하는 것은 사람들이 사회생활 속에서 갖게 되는 사회적 갈등44)이나 계급적 갈등에 그 원인이 있는 것 같다.

이러한 무규범으로서 Anomie 현상은 사회 안에서 여러 가지 작용을 하게 된다. Albert Cohen은 비행소년들이 만드는 부분문화(Sub-cultures)45)는 Anomie 때문에 일어나는 현상이라 하였다. 하층계급의 청소년들은 주로 중류층의 지위와 성취의 기준에 맞출 도리가 없다는 현실에 대하여, 그 반작용의 수단으로써 비행적인 부분문화를 만든다는 것이다. 이렇게 생겨난 부분문화는 이들이 이룩할 수 있는 현실적인, 반인습적反因襲的인, 일탈적逸脫的인 지위와 성취의 기준들을 제공한다고 하였다.46)

그러나 G. H. Sykes와 D. Martza는 이와 같은 Cohen의 견해와 약간 다른 견해를 펴고 있다. 즉, 하층 계급의 비행소년들은 중류층 가치관을 거부하는 것이 아니라, 그것을 중성화시키고 자기네의 특수한 행동(비행)을 정당한 것으로 인식한다는 것이다.47)

Merton은 이 같은 비행적인 부분문화는 기존의 문화적 목표와 제도적 수단을 거부하고 새로운 것으로 대치하려는 데서 발생하며 이 경우를 반역형(Rebellion)이라 하였다.48)

---

44) 사회적 갈등은 수평적 연관에서의 갈등, 즉, 직업, 산업, 종교, 인종 간의 갈등을 의미하고, 계급적 갈등은 수직적 연관에서 오는 상하의 신분 계층 간의 갈등을 의미한다.
45) 어떤 부분집단이나 범주에 속하는 사람들이 그 사회의 지배적인 문화 유형과는 다른 것을 지닐 때, 이를 부분문화라 일컫는다(金璟東, 『現代의 社會學』, 211쪽).
46) 金璟東, 『現代의 社會學』, 470쪽.
47) 앞과 같음.
48) Merton, 앞의 책, 194쪽.

개인의 적응양식의 유형		
적응양식	문화적 목표	제도화된 수단
Ⅰ. 복종형(Conformity)	+	+
Ⅱ. 개신형(Innovation)	+	−
Ⅲ. 의식형(Ritualism)	−	+
Ⅳ. 은둔형(Retreatism)	−	−
Ⅴ. 반역형(Rebellion)	±	±
(+)	받아들임(acceptance)	
(−)	거부함(rejection)	
(±)	일반적인 가치기준의 거부와 새로운 가치기준의 대치(rejection of prevailing values and substitution of new values)	

상기 Merton이 표로 보인 다섯 가지 적응양식에 대해서 살펴보자면, 첫째의 복종형(conformity)은 문화적 목표와 제도화된 수단을 다 같이 받아들이는 경우로서 모범시민이 여기에 속한다 하겠다.

둘째의 개신형(Innovation)은 문화적 목표는 받아들이되, 제도화된 수단을 거부하는 경우이다. 예를 들면, 돈을 벌고자 하는 목표에 대하여 비합법적인 수단(도둑·사기·위조 등)을 택하는 경우가 되겠다.

셋째의 의식형(Ritualism)은 문화적인 목표는 잊어버리고 제도화된 수단만 택하는 경우인데, 관료조직 속에서 흔하게 볼 수 있는 소위 관료병(bureau pathy) 환자가 이 경우에 속한다 하겠다.

넷째의 은둔형(Retreatism)은 그 사회에서의 문화적 목표나 제도화된 수단, 이 모두를 거부하는 경우로서 정신병자, 자폐성 환자自閉性患者, 부랑자浮浪者, 무숙자無宿者, 방랑자放浪者, 무뢰한無賴漢, 만성음주자慢性飮酒者, 약물 중독자 등이 여기에 속한다 하겠다.

다섯째의 반역형(Rebellion)은 이미 존재하는 기존의 것을 거부하고, 자기 나름대로의 새로운 것을 수용하려는 경우인데, 여성해방운동가나

히피족들의 경우가 되겠다.

(2) 아노미적 반도덕성의 세계관

장시조는 단시조가 가지는 틀(형식면과 내용면)을 파괴한 새로운 형태의 시조라는 의미에서 그 출발의 의의를 가진다.

단시조는 그 발생기라고 하는 고려 말에서부터 고시조시대의 끝이라고 하는 한말韓末까지 지속되어 오는 동안에 주로 전자의 답습을 통한 약간의 변이형태(transformational tendency)가 있었을 뿐이었지 답습을 거부한 기형적 태도(deformational tendency)는 없었던 것이다. 즉, 거의 모두가 전대의 작가들이 인식하고 경험한 사실에 대한 재인식과 재경험을 시조라는 그릇(형식)에 담고 있었던 것이다. 그러나 장시조는 형식면에서나 내용면에서나 닫힌 공간(close room)이라고 할 수 있는 단시조를 형식면에서나 내용면에서 그대로 답습하지 않으려는 태도를 보인 열린 공간(open room)의 시조 형태인 것이다. 이렇게 볼 수 있는 이유로서는 다음의 몇 가지를 예로 들 수 있을 것이다.

첫째, 장시조는 단시조의 고정화된 형식을 파괴하였다. 장시조의 형식에 대하여는 많은 학자들의 설이 있으나, 어느 하나로 통일할 수 없을 정도로 구구하다.

가) 이병기

辭說時調는 初章 · 中章 · 終章에 두 句節 以上 또는 終章 初句라도 平時調 그것보다 몇 字 以上으로 되었다. 그러나 初章 · 終章이 너무 길어서는 아니 된다.[49]

---

49) 李秉岐, 『國文學槪論』, 117쪽.

나) 高晶玉

初·中章이 다 制限 없이 길고 終章도 어느 程度 길어진 時調다.[50]

다) 金鍾湜

辭說時調는 初·中·終 三章의 句法이나 字數가 平時調와 같은 制限
이 없고서 아주 自由스러운 것으로 語調도 純散文體로 된 것이다.[51]

라) 金起東

初·中·終章이 다 定型에서 音數律의 制限을 받지 않고 길게 지어
진 作品을 辭說時調라 하며……[52]

마) 趙潤濟

그 形式은 辭說的이었던 만큼 過去의 모든 拘束을 打破하랴 하는
데서 훨씬 自由로운 形式을 取하여 初·中·終 三章 中에 어느 一章이
任意로 길어질 수 있다는 것이다. 그러나 이것도 嚴格히 말하면 初章
은 거의 길어지는 법이 없고 中章이나 終章 中에 있어 어느 것이라도
마음대로 길어질 수 있다는 것인데, 그 中에서도 大概는 中章이 길어
지는 수가 많다.[53]

바) 鄭炳昱

終章의 제1句를 除外한 어느 句節이나 하나만이 길어진 것을 中型
時調 또는 엇時調라 하고, 두 句節 以上이 길어진 것을 長型時調 또는
辭說時調라고 한다.[54]

---

50) 高晶玉, 『國語國文學要講』, 396쪽.
51) 金鍾湜, 『時調槪論과 作詩法』, 89쪽.
52) 金起東, 『國文學槪論』, 115쪽.
53) 趙潤濟, 『國文學槪說』, 112쪽.
54) 鄭炳昱, 『時調文學事典』의 「時調文學의 槪觀」.

사) 李泰極

長時調(辭說時調 · 長型時調) : 이것은 短時調의 規則에서 어느 두 句
以上이 各各 그 字數가 10字 以上으로 벗어난 時調를 말한다.[55]

아) 徐元燮

總字數面에서 볼 때 辭說時調는 70字에서 80字까지의 字數로 된 時
調라 할 수 있다.[56]

이상에서 보는 바와 같이, 어떤 분은 章의 변화에서, 또 어떤 분은 句
의 변화에서, 또 어떤 분은 음절 수의 변화에서 장시조 형식을 설명하
고 있다. 이와 같이 여러 학설이 등장하게 된 원인은 장시조 그 자체가 거
의 무형식의 시조라는 이유 때문이다. 심지어 3장의 구별이 애매하여 어
디서 각 장을 끊어야 할지조차 모를 작품들도 있는 것이다.

둘째, 단시조 속에 나타나는 시어(Poetic diction)는 양반 사대부들이 주
로 쓰는 문자로 거의 한정되어 있지만, 장시조 속에서의 시어는 고정되
어 있지 않으면서 서민의 쌍소리에서부터 근엄과 위용을 나타내는 말에
이르기까지 상당히 넓게 확산되어 있다.[57]

셋째, 단시조 속에 나타나는 소재는 거의 일정하다. 그러나 장시조는 훨
씬 풍부한 소재를 갖고 있다. 단시조 속에 잘 보이지 않는 것으로 몇 가지
씩만 예로 든다면, ① 등장인물로서, 샛 리뷔쟝ᄉ · 닛비쟝ᄉ · 기쟝ᄉ ·
수철장水鐵匠 · 와야瓦冶ㅅ놈 · 풍유랑風流郎 · 밋남진 · 소딕서방書房 · 애
부愛夫 · 노도령老都令 · 사공沙工놈 · 선머슴 · 수적水賊 · 광딕 · 나근에 ·
갓나희처녀處女 · 개똘년 · 알간나희 · 환양노ᄂ년 · 암거사居士 · 군뢰軍

---

55) 李泰極, 『時調槪論』, 73쪽.
56) 徐元燮, 『時調文學硏究』, 32쪽.
57) 졸고, 「시어(poetic diction)의 확산」, 『韓國文學論叢』 第1輯 참조.

牛 등, ② 동물류로서, 두터비 · 포 리 · 백송골白松骨 · 갈랑니 · 준벼룩 · 셴박회 · 사향쥐 · 쥰치 · 갈치 · 메오기 · 가물치 · 불약금이 · 게올이 · 기 · 돍 등, ③ 식물류로서, 춤 외너출 · 슈박너출 · 츩너출 · 삼디 · 모시 · 춋모종 · 피나모굽격지 · 쏫 리나무 · 검쥬남긔 · 삭짜리 등, ④ 기타로서, 님의 연장 · 방귀 · 갈골아쟝쟐이 · 퉁로구爐口 등으로 미루어 볼 때, 단시조의 소재보다 퍽 다양하다 하겠다.

넷째, 주제면에서 생각해보면, 단시조가 가진 것은 물론 거의 다 가졌다 하겠지만, 단시조에 거의 보이지 않는 음방 · 치정의 요소가 장시조에는 아주 혼하게 등장하고 있는 것이다.

이와 같은 사실들로 미루어 볼 때, 장시조는 단시조에서 파생된 시조 문학이라 하더라도, 단시조의 답습을 거부한 기형적 태도(deformational tension)를 취한 시가 형태임을 알 수 있다. 다시 말해서 열린 공간(open room)의 시조인 것이다.

그러면 왜 장시조는 이런 기형적 태도를 취하고 있는가 하는 의문이 생기게 된다. 이것은 다름 아닌 단시조의 주된 작가층과 장시조의 주된 작가층이 서로 다른 데에 근본적인 원인이 있었다고 생각된다. 주지하다시피, 단시조의 주된 작가층은 양반 사대부층과 거기에 부속된 기녀들이었으며 그들 위주의 전유물(communal art)이 시조였다고 할 수 있다. 그러나 장시조는 중인계층 위주의 전유물이었다고 할 수 있다. 그 이유로서는 다음 몇 가지의 사실이 뒷받침된다.

첫째, 장시조의 작가층을 이야기할 때, 주로 평민들[58]에 의하여 창작되었다고 말하는 수가 있지만, 장시조의 작가들은 평민 위주가 아니라는 사실이다. 시조는 주로 창을 하기 위한 창사唱詞로서 가치를 지니고 있었

---

58) 여기서 평민이라는 것은 일반 양민, 즉, 중인계층 이하를 의미한다.

으므로, 시조의 작가는 창을 할 줄 아는 사람들이었을 것이다. 창을 배우고 익히는 데에도 긴 시간이 필요하며, 또 체계 있는 교육을 요구하므로 정식으로 사범을 통하여 배워야 하는 것이 원칙이다. 창을 배웠으면 그 창을 활용할 기회(주로 연회같은 장소)를 가져야 한다. 그러나 생업에 바쁜 일반 평민들에게는 시조의 창(가곡이든 시조창이든)을 배울 기회가 드물었을 것이며, 또 배웠다 하더라도 이를 활용할 기회는 역시 갖기 어려웠을 것으로 생각된다.

설혹 혼자만이라도 짓고 부른 평민층의 사람이 있었다 해도(또는 혼자가 아니라 여러 사람이 짓고 불렀다 하더라도) 이들의 작품이 시조집에 실리기가 심히 어려운 실정이라는 것을 감안할 때, 오늘날 전하는 시조 작품들은 평민의 목소리라고는 할 수 없다.

근대 유럽문학에 있어서도 일반 평민들은 문학의 창작에 가담할 수가 없었다. 귀족층은 명예와 한가한 여유가 있었다고 한다면, 하층계급은 교육을 거의 받지 못했으므로, 문학적 심상을 글로 표현하기 어려웠고 생업에 바빴던 것이다. 그러나 중류층에 있어서는 경제적 궁핍에서 벗어나 어느 정도 교육을 받을 수 있었고, 또 시간적 여유를 가질 수 있었으므로 이 계층에 의하여 근대 유럽문학은 발전을 보게 되는 것이다.[59]

이와 마찬가지로, 조선시대의 평민층(서민층)은 지배계층(양반 사대부 계층과 중인계층)에 억눌려 살았으며, 지배계층의 수탈대상이 되어 있었기 때문에 교육을 받을 기회가 거의 주어지지 않았었다. 설령 교육 받을 여건이 된 평민이 있었다 하더라도, 과거시험에 응시할 수 있는 신분이 아니어서[60] 배움에 대한 집념이 강할 수가 없었던 것이다. 그러므로 이

---

59) Renè wellek & Austin warren, 『The Theory of Literature』, 96쪽.

60) 四方博, 『李朝人口에 關한 身分階級別의 考察』, 梨大社會學科 번역, 1962의 제1장 참조.

들 평민층은 자연히 문자해득이 어려웠고, 시조 형식에 따른 창작이 불가능한 것이었다고 생각되는 것이다.

둘째, 오늘날 전하는 장시조 작가들은 거의 모두 중인계층에 속하는 인물들이었다.[61]

셋째, 작자 미상의 장시조도 주로 중인계층에서 창작하였으리라 추측할 수 있게 된다. 숙종~영조 무렵은 가악이 극성하던 시기이며, 이 시기에 중인계층에 속하는 창가자唱歌者의 활동이 눈부시었다.[62] 이와 때를 같이하여, 장시조의 전성기도 역시 숙종조에서 영조조에 걸친 약 1세기 동안[63]이므로, 작자 불명의 장시조도 이 무렵에 많이 창작되었으며, 그 작품의 작자는 중인계층 위주였음은 미루어 추측할 수 있는 일이다.

넷째, 고시조집의 편찬자 역시 중인계층에 속하는 사람으로 되어 있는 경우가 많다. 3대 가집이라고 하는 청구영언·해동가요·가곡원류의 편찬자들은 모두 중인계층의 사람들이다. 그 밖의 가집에서도 중인계층의 사람들이 서문 또는 발문에 참여하고 있는 것으로 보아 책 편찬에 직간접적으로 관여하였음을 알 수 있다.

편찬자들이 중인계층 위주라고 한다면, 자연히 그들과 가까운 그들 신분의 작가들이 쓴 작품을 많이 싣게 되었을 것이므로, 무명씨의 경우도 중인계층의 작가일 가능성이 있는 것이고, 또 편찬자 자신의 작품이지만 이름을 밝히지 않았을 가능성도 있는 것이다. 특히 음방·치정의 장시조는 지은이가 분명하지 않다(음방·치정이 사회 도덕에 위배되므로 지은이 이름을 명기하지 않았는지 모른다).

---

61) 최동원 님은 「古時調研究」(173쪽)에서 '長時調의 작가와 唱者는 주로 中人階層이었으며, 그 중에서도 胥吏出身의 歌客이 長時調를 발달시킨 主役들이라 하였다. 최동원 님은 앞의 책에서 이 문제를 깊이 다루고 있다.

62) 위의 책, 172쪽.

63) 위의 책, 174쪽.

이렇게 볼 때, 작가가 알려진 작품들은 물론 중인계층인 위주의 작품들이지만, 작가가 알려지지 않는 장시조[64]도 중인계층의 사람들에 의해 창작되었을 것이라는 추측을 할 수 있겠다.

그렇다면, 중인계층의 작가들은 왜 단시조가 가졌던 형식과 내용을 거부하고 새로이, 열린 공간의 시조를 찾고 부른 것일까. 과연 중인계층은 어떤 인물들로 구성된 계층인가.

중인이란 명칭은 의醫 · 역譯 · 주籌 · 관상觀象 · 율律 · 사자寫字 · 도화圖畵 등의 사무를 맡은 기술관들이 서울의 중심지역인 장교長橋에서 수표교水標橋 사이에 집단으로 거주한 데서 생겨난 명칭이다. 그러나 중인계층이라고 할 때 여기에는 서얼 · 서리 · 군교 · 토관土官 등을 포함시켜 부르는 명칭으로 쓰인다.

이들 중인계층은 고려시대까지만 하여도 양반관료와 별다른 차별 대우를 받지 않고 살아왔지만, 고려 말기부터 조선 초까지 약 백여 년간에 걸친 사회신분층의 재편성 과정에서 양반 사대부계층에 의해 사회적으로 차별 대우를 받게 되었던 것이다.

이들 중인계층의 인물들은 일반 평민과 양반의 중간에 드는 중간층의 인물로서, 양반 정치를 보좌하는 말단 행정 실무자 또는 기술 담당의 관리였다. 이들 중인계층들은 양반 사대부들만이 종사할 수 있는 화華 · 요要 · 청淸의 직職으로 나아가는 길이 제도적으로 막혀 있었으므로, 그들의 직책(실용기술이나 행정실무)은 자연히 세습되었다.[65]

---

64) 최동원 님의 조사에 의하면 장시조의 작품 수는 총 시조작품 수 3,335수 중 525수에 해당되며, 이 중에서도 작가가 알려진 작품 수는 131수라 하였으니, 무명씨의 장시조 작품은 무려 394수나 되는 셈이다(앞의 책 170쪽).
65) 이들은 원칙적으로 잡과시에 합격해야만 관리로서 임명되었다. 그러나 잡과시는 특수 기술을 익혀야 하므로 여기에 응시하는 사람들은 자연히 중인출신의 자제들이었다. 그렇기 때문에 자연히 세습되어 갔다.

비록 올라갈 수 있는 품계를 제한받고 살았지만 실용기술과 행정실무를 통하여 축적한 그들의 각종 지식과 경제적 실력은 양반을 능가하는 경우가 많았다. 그리고 말단 행정실무를 통한 이권과 외국과의 밀무역을 통한 재산의 축적, 또는 특수기술을 통한 재산의 축적이 있었으므로 비교적 안정된 생활을 했던 사람들인 것 같다.

그들은 결혼도 같은 신분끼리 했으며, 한곳에 같이 모여 살았기 때문에 그들끼리는 서로 긴밀한 연관을 맺고 있었다. 또 무슨 일이 있을 때마다 그들끼리 모여 집회를 가졌던 것이다.[66]

그래서 그들은 지식 수준이나 경제적 기반은 양반 사대부들을 능가하는 경우가 많았지만, 아버지가 중인 계층인이라든지, 아버지는 양반 사대부이지만 어머니가 첩이라는 이유 때문에, 출세의 길이 제도적으로 막히고 양반과 다른 차등대우를 받고 살았으므로, 사회제도의 모순과 양반에 대한 반발심을 갖고 살았던 인물들이었다. 그렇기 때문에 그들은 양반 사대부들과 다른 새로운 문화적 목표를 추구하기도 하였던 것이다. 구체적인 예로서, 외래문화인 기독교와 민족문화라 할 수 있는 천도교는 모두 중인계급에 의하여 먼저 수용되었다.[67] 또한 동학의 교주들은 중인계급 중에서도 아전 서자 출신들이었고[68] 양반 사대부들이 유교이념을 신봉하고 있을 때, 중인계층에 있어서는 불교를 신봉하는 이질적 행동을 하는 경우가 많았던 것이며[69] 당시 정치적 패배자의 입장에 있던 남인들에 의하여 먼저 수용되었던 실학도 중인계층에 깊이 전파되어 있었다.

이와 같이, 양반 사대부층과 다른 독자적인 문화적 목표를 추구하고

---

66) 李光麟, 『韓國開化史研究』, 一潮閣, 1974, 270~271쪽.
67) 金泳模, 『韓國社會學』, 法文社, 1978, 190쪽.
68) 위의 책, 191쪽.
69) 李光麟, 『開化黨研究』, 一潮閣, 1973, 10쪽.

있다는 것은 일종의 양반층에 대한 소외의식[70]에서 출발한 일탈행위인 것이다.

Melvin Seeman은 소외감정(alienation)에서 유발되는 현상에는 무능력 (powerlessness)·무의식(meaninglessness)·무규범(normlessness)·격리 (isolation)·자기유리(self-estrangement) 등 다섯 가지가 있다고 했다.[71]

Seeman이 설명하고 있는 소외현상 중에서 '무규범(normlessness)'은 사회적인 활동을 규제하는 적절한 규범이나 전통적 규범을 상실한 상태로 Anomie 현상과 같은 것이다. 즉 Anomie 현상은 소외감정의 일종인 셈이다. Seeman은 Anomie를 설명하는 자리에서 다음과 같이 말하였다.

아노미의 일반적 개념은 소외감정을 논함에 있어서도 불가결의 부분이며, 또한 그것은 우리의 기대성에 대한 개념과도 관계됨이 분명하다. …… 불행히도 무규범(normlessness)의 개념은 너무 확대되어 널리 사회현상과 정신상태의 다양성까지도 포함하게 되었다. 그리하여, 개인적인 조직파괴라든가, 문화적인 파괴라든가, 상호불신까지도 말하곤 한다. 소외감정을 논함에 있어 Anomie란 말을 사용하는 사람들은 주로 사회에 있어서의 수단(means)의 강조에 대한 정밀한 이론 구성에 관심을 가진다. 예를 들면 일반적으로 지지하는 표준의 결여라든가 도구적, 수공적인 태도의 발전에 관한 것을 말한다.[72]

이와 같이 Anomie 현상은 소외감정과 통하는 것이다.

---

70) 여기서의 소외(alienation)라는 말은 사회학에서 말하는 인간이 만든 문화로부터 거꾸로 인간이 지배당하는 경우의 인간의 심리상태가 아니라, 상부계층과 하부계층에 있어서 문화적 의식이 서로 다름으로 해서 유발되는 괴리(disjunction) 현상을 하부계층이 심하게 느끼는 경우로 쓰였다.
71) Melvin Seeman, 「On the meaning of alienation」, 『American Sociological Review』 Vol.24, No.6, 1959, pp.783~791.
72) 위의 책, 787쪽.

Anomie 현상을 조선조 사회 속에서 발견하자면 사회적 갈등에서 찾기보다 계급적 갈등에서 찾는 편이 훨씬 용이할 것이다. 특히 조선조 사회는 계급 간의 알력이 심했던 사회였기 때문이다. 중인계층 사람들이, 양반 사대부계층 사람들이 향유하고 있던 문화적 의식을 버리고, 그들 나름대로의 새로운 문화의식으로서의 서구 종교를 수용한다든가, 새로운 종교를 수립한다든가, 또는 조선조 사회의 통치이념이요, 사회규범이라고 하는 유교를 버리고 불교를 숭상하는 등의 제 행위는 상층계급에 대한 반작용 행위이다. 이것은 Seeman이 말한 '일반적으로 지지하는 표준의 결여' 또는 기존문화에 대한 '문화적인 파괴'라는 의미에서 Anomie의 요소를 띠고 있는 것 같다. Durkheim이나 Merton의 설명으로 풀이한다 하더라도 통치자인 양반 사대부들이 만들어 놓은 기존문화의 사회표준(유교이념)을 흔들어 놓은 것이니, 이 같은 행위의 요인은 역시 Anomie 현상으로 볼 수 있을 것이다.[73] 문학은 사회를 반영하게 된다고 할 때 조선조 문학 속에서도 이 같은 Anomie라는 사회현상이 투영되어 있음을 발견하게 되는 것이다.

단시조는 양반 사대부들이 발견한 그들 위주의 전유물이요, 오락물이요, 교양물이었다. 그렇기 때문에 양반 사대부의 취향 안에 갇힌 단시조는 닫힌 공간의 시가로 굳어간 것이다. 단시조는 시조문학의 표준이요, 규범에 해당하였지만, 장시조는 단시조의 이런 성질에서 벗어난 시조문학의 변이형태요, 열린 공간의 시가임은 앞에서 설명한 바와 같다. 장시조 그 자체가 단시조에서 왔기는 하지만, 단시조의 형식과 내용을 거부하고 나선 일탈적인 문학인 셈이다. 곧 인간사회로 비유하여 말하면 문

---

73) 이것은 반발 심리로 볼 수도 있다. 그러나 반발 심리 안에는 도피, 저항, 소외, 아노미 등의 개념이 포함되므로, 반발 심리라고 한다면 그 개념이 커지어 막연한 느낌이 있다.

학의 세계 속에서의 아노미적 경향(a Anomic tendency)이 장시조라고 할 만하다.

또, 장시조를 창작한 작가의식에서 보아도 장시조 속에 등장하는 여러 요소 중에서 아노미적 경향의 요소를 추출해 낼 수 있을 것이다. 주로 양반 사대부층에서 창작한 단시조에서는 거의 보이지 않는 음방·치정 같은 반도덕적(또는 무규범적) 요소가, 주로 중인계층에서 창작한 장시조 속에 아주 흔하게 나타나는 것은, 앞서 설명한 중인계층의 제 사실로 미루어 볼 때, Anomie 현상의 결과로 볼 수 있을 것이다.

이것을 알기 쉽게 표로 보이면 아래와 같다.

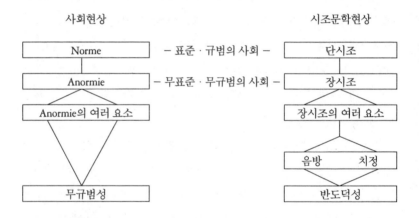

반도덕성(무규범성)을 내용으로 하는 장시조들은 크게 두 가지로 나누어 설명할 수 있다. 하나는 비행의 성관계요, 또 하나는 노골적인 성의 유희현상이 그것이다. 이것들은 규범(유교이념이 주는 도덕관념)에서 벗어났거나, 규범을 무시한 현상이며, 사회집단구성원 간의 행동을 통제하는 규범적 가치의 조직화된 추세(organized set of normative values)로 볼 수 없는 일탈행위이다.

가. 비행(非行)의 성관계

도덕이란 말은 넓은 의미로서는 인간들 사이의 올바른 관계를 뜻하지만 좁은 의미로서는 올바른 성관계를 뜻한다.[74] 따라서, 비행의 성관계는 올바른 성관계가 아닌 도덕에 어긋나는 일종의 범죄행위이다. 그러면 과연 여기에 속하는 작품들은 어떤 것이 있는지 몇 작품만 예를 들어 보자.

개를 여라문이나 기르되 요개ᄀᆞ치 얄미오랴 믜온님 오게 되면 꼬리를 회회치며 지뛰락 나리뛰락 반겨서 늿닷고 고온님 오게 되면 뒷방울 바둥바둥 무로락 나오락 캉캉 즛ᄂᆞᆫ 요 도리암개 쉰 밥이 그릇그릇 날진들 너 먹일 줄이 이시랴.

— 만횡(瓶歌 924)

내게는 怨讐ㅣ가 업서 개와 닭이 큰 怨讐로다. 碧紗窓 깁픈 밤의 픔에 들어 자는 임을 자른 목 느르혀 홰홰쳐 울어 닐어 가게 ᄒᆞ고 寂寞重門에 왓는 님을 믈으락 나오락 캉캉 즈저 도로 가게ᄒᆞ니 암아도 六月流頭 百種前에 서러저 업씨 ᄒᆞ리라.

— 朴文旭(靑謠 67)

작품상으로 볼 때, 작자는 고운 임과 미운 임을 가지고 있다. 미운 임은 개가 반기는 것으로 보아 정당한 임인 것 같다. 그러나 고운 임은 개가 물려고 하는 것이라든가 적막중문寂莫重門에 몰래 찾아와 날이 새기 전에 작자 곁을 떠나야 하는 것으로 보아 정상적인 부부관계의 임은 아니다.

ᄉᆞ람마다 못할 것은 남의 님 꾀다 情드려 놋코 말 못ᄒᆞ니 이연ᄒᆞ고 통ᄉᆞ정 못ᄒᆞ니 나 죽갯구나. 꼿이라고 뜻어를 ᄂᆡ며 닙히라고 훌

---

74) Joseph G Brennan, 郭江濟 역, 『The Meaning of Philosoph』, 學文社, 1977, p.421.

터를 닉며 가지라고 꺽거를 닉며 해동청 보라매라고 제 밥을 가지고
굿여를 낼가 다만 秋波 여러번에 남의 님을 후려를 내여 집신 간발ᄒ
고 안인 밤중에 월장도쥬ᄒ야 담 넘어갈 제 싀익비 귀먹쟁이 잡녀석
은 남의 속닉는 조금도 모로고 안인 밤중에 밤스람 왓다고 소릭를 칠
제 요닉 간장이 다 녹는구나. 참으로 네 모양 그리워서 나 못살게네.

― (樂高 918)

남의 집 며느리에게 정들여 놓고 밤중에 몰래 담을 넘어 가는데, 시아
버지에게 들켜 어쩔 줄 모르겠다는 내용이다. 역시 남의 아내를 넘보는
부도덕한 행위이다.

이 작품에서는 행동의 주체자가 남자인 경우이다.

믜남편 그놈 廣州廣德山 싸리뷔 장스 소딕남진 그놈 朔寧이라 잇
뷔 장스 눈정의 거른 님은 뚝닥 두드려 방마치 장스 드를르마라 홍둑
개 장스 빙빙도라 물네 장스 우물젼의 치다라 간당간당 ᄒ다가 워랑
충청 풍덩 빠져 물 담복 떠닉는 드레꼭지 장스 어듸가 이 얼골 가지
고 됴릭박 장스못 어드리.

― 만횡(瓶歌 933)

본남편은 싸리비장수이다. 그런데, 작중 인물은 본남편을 두고, 여러 샛
서방을 따로 정해놓고 있다. 거기다 또 샛서방을 하나 더 얻으려 한다.[75]

듕놈도 사름이양ᄒ야 자고 가니 그립삽딕 듕의 송낙 나 베옵고 닉
족도리만 듕놈 베고 듕놈의 長衫은 나 덥삽고 닉 치마란 듕놈 덥고 자
다가 깨야보니 둘의 思郞이 송낙으로 ᄒ나 족도리로 담북 잇튼날 ᄒ

---

75) 장시조 작품 속에는 장사치와 아낙네와의 수작을 내용으로 하는 작품들이 몇 편
등장한다. 이것 역시 조선조 사회에서의 도덕성에서 벗어나 있다.

던 일 生覺호니 못 니즐가 호노라.

— 編數大葉(甁歌 1084)

승려와의 정사를 내용으로 하고 있다. 승려신분으로서 남의 여자를 넘 본다는 것도 또한 남의 아내가 승려와 놀아난다는 것도 윤리도덕에 위배 되는 것이다(이 같은 승려들의 성적 탈선행위를 읊은 장시조는 이 외에 도 몇 작품이 더 보인다). 작자는 승려들의 행실이 실제로 이러했다는 뜻 으로서의 고발을 목적으로 하고 있다기보다 가상으로서의 이러한 행위 를 그려 본 것이라 하겠다. 말하자면 규범에서 떠난 무규범의 세계를 나 타내고자 하는 의도에서 탈선 승려가 등장한 것이라 생각할 수 있다.

나. 성적 유희(性的 遊戲)

여기에는 성기 자체에 대한 묘사와 성행위에 대한 묘사의 두 요소가 있다. 먼저 성기에 대한 묘사를 읊은 작품 한 수만 소개한다.

밋남진 그놈 紫聰 벙거지 쓴놈 소딕書房 그놈은 삿벙거지 쓴놈 그 놈 밋남진 그놈 紫聰 벙거지 쓴놈은 다 뷘 논에 정어이로되 밤中만 삿 벙거지 쓴 놈 보면 샐별 본 듯 호여라.

— 言樂(靑六 830)

본남편의 그것은 자줏빛 말총으로 만든 벙거지요, 샛서방의 그것은 삿 갓벙거지 쓴 모양이다. 그런데, 본남편의 그것은 벼를 다 벤 논에 선 허 수아비로되, 밤중쯤 샛서방의 삿갓벙거지를 보면 샐별 본 듯하다는 것 이다.

다음은 성행위에 대한 묘사를 한 작품 몇을 소개한다.

드립더 바드득 안으니 세 허리지 자늑자늑 紅裳을 거두치니 雪膚
之豊肥ㅎ고 擧脚蹲坐ㅎ니 半開흔 紅牧丹이 發郁於春風이로다. 進進
코 又退退ㅎ니 茂林由中에 水春聲인가 ㅎ노라.

— 樂時調(甁歌 975)

셋괏고 사오나온 저 軍牢의 쥬정 보소 半龍丹 몸똥이에 담벙거지
뒤앗고서 좁은 집 內近흔되 밤듕만 둘녀들어 左右로 衝突ㅎ여 새도
록 나드다가 제라도 氣盡턴디 먹은 濁酒 다 거이네 아마도 후酒를 잡
으려면 저 놈브터 잡으리라.

— 申獻朝(蓬萊樂府)

이 외에도 이런 유의 작품들은 장시조 속에 많이 있다.

그러나 이것은 장시조 속에만 있는 것이 아니라, 같은 조선조 문학인
판소리에서도 또 가면극(특히 도시가면극), 인형극 같은 민속악 속에서
도 가끔 발견할 수 있는 현상이기도 하다. 그러면 이것도 또한 Anomie 현
상의 결과로 봐야 할 것이냐 하는 의문이 생길 수 있다. 그러나 이 문제는
성질상 장시조의 그것과 같다고 할 수는 없을 것 같다.

첫째, 판소리나 가면극, 인형극은 흥행예술로서 광대나 사당패라고 하
는 직업 예술인의 생활도구였던 것이다. 그렇기 때문에 이들의 연희 내용
에는 관람객의 동원이라는 문제가 포함되어 있다. 사설 속에 한문으로 된
유식한 문자가 섞여 나오는 것은 양반 좌상객들을 위함이라면, 양반에
대한 풍자를 삽입한 것은 일반 서민, 천민의 기호에 맞추고자 함이었다.
여기에 또한 반상에 관계없는 흥밋거리로서 성문제가 등장한 것이다.

둘째, 판소리, 가면극, 인형극에 등장하는 인물 중에는 장시조에서와
마찬가지로 비정상적, 반도덕적 언동을 하는 인물이 등장하는데, 이는
광대나 사당패라고 하는 유랑민의 생활의 반영일 수도 있다. 빈곤과 불

안정한 뜨내기 유랑민들은 비정상적이고 반도덕적이며 기존 문화에 위배되는 일탈행위를 자행할 수도 있었다고 보아진다. 그들은 그들의 현실 생활의 비참성을 오히려 희극적 재담거리로 바꾸어 생활도구로 삼았던 것이라 할 수 있다.76)

셋째, 장시조 속에 나타나는 무규범성(반도덕)이 판소리, 가면극, 인형극의 창작 소재로 활용되었다고도 할 수 있다. 18C는 장시조의 전성기였다. 그러나 19C에 오면 장시조는 쇠퇴하기 시작하여 19C 후반 즉 조선 말에 와서는 거의 소멸 단계에 이른다.77) 대신 이 시기는 판소리나 잡가와 같은 민속악이 발달하고 그 세력이 팽창한 것이라는 사실로 볼 때,78) 장시조의 내용이 민속악 계통으로 흘러들어가 민속악의 동력이 되었다고 할 수 있게 된다. 그러니까, 상부계층에 대한 계급 갈등에서 오는 무규범성이 아니라, 앞 시기에 홍성한 문학내용의 일부를 답습한 상태였다고 할 수 있다는 것이다.79)

---

76) 徐鍾文, 「변강쇠歌 硏究」, 『판소리의 理解』, 創作과 批評社, 283쪽.
77) 최동원, 앞의 책, 194쪽.
78) 위의 책, 310쪽.
79) 장시조의 무규범성과 민속악 계통의 무규범성은 그 성질이 다르다 할 수 있다면 시대를 거슬러 올라가 고려속요 속에서의 무규범성은 어떻게 설명될 수 있겠는가 하는 문제가 또 남아 있다. 이것은 고려속요가 발달하게 된 사회적 배경에서 찾을 수 있겠다. 몽고 지배하에서의 고려 왕실은 권신배들과 어울려 퇴폐와 음란 속에 빠져 있었음을 여러 기록이 제시하고 있다. 그들의 이런 생활과 결부되어 나타난 것이 고려속요인 것(최동원, 위의 책, 37쪽)이라면 역시 계급적 갈등에서 오는 Anomie 현상과는 다른 차원에 속한다 하겠다.

문장 구조와 접속 관계

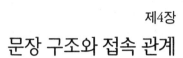

제4장
문장 구조와 접속 관계

1. 문장 구조

1) 간결한 의미 표현

고시조는 그 의미 전달이 명료하다. 수식어를 극히 제한한 간결한 문장 구조로서 작중화자의 의중을 곧바로 청자에게 들려주는 문학이었다.

1) 미암이 밉다 울고 쓰람이 쓰다 우니
　　山菜를 밉다는가 薄酒를 쓰다는가
　　우리는 草野에 뭇첫시니 밉고 쓴 줄 몰니라.

　　　　　　　　　　　　　　　　　　　－ (花樂 224)

2) 곳 지고 속닙 나니 時節도 變ㅎ거다.
　　풀소게 푸른버레 나뷔되야 느다는다.
　　뉘라서 造化를 자바 千萬變化ㅎ는고.

　　　　　　　　　　　　　　　　　　　－ (珍靑 141)

이처럼 고시조는 가급적 수식어를 배제하려 하였고 전달하고자 하는 바를 명료하게 들려주려고 한 문학이었음을 알 수 있다. 이것은 고시조가 음악적 상태에서 시적 의미를 전달하는 문학이었기 때문이기도 하지만, 창사唱詞로서가 아니고 율독律讀에 의해 음영吟詠되었다 해도 의미를 순식간에 청자에게 전달하여야 했기 때문이다. 그러나 더 근원적인 원인은 고시조의 창안이 성리학자들이었고 조선조를 관류해오면서 그들의 정서와 도덕을 솔직히 고백하는 문학으로 승계되어왔다는 점을 간과할 수 없다. 성리학자들은 선비로서의 의義를 행하고 불의不義를 용납하지 않으면서 예禮를 존숭하였으며 출처거취出處去就가 분명한 사람들이었다. 이러한 그들의 선비정신은 시조 한 수로써 명료한 시적 발언을 하게 된 것이며,1) 현대에 와서는 선비정신의 구현과는 거리가 멀지만 작자 자신의 정서를 곡해의 여지없이 진솔하게 나타내어왔던 점은 시조문학의 한 전통이라고 할 수 있다.

고시조는 태생적으로 구술문학과 연관된다. 시조집에 수록되었다고 해도 수록되기 이전에는 구전하여 온 경우거나 수록된 작품 그 자체도 음악으로 아니면 음영吟詠으로 실현하였으므로 구술문학형태에서 멀리 떨어져 있지 않았다.

구술문학과 문자문학과의 차이는 여러 가지로 설명이 가능하다. 구술문화에 입각한 사고와 표현의 특징에 대해 Walter J. Ong은 다음과 같이 밝히고 있다.2)

1) 종속적이라기보다 첨가적이다.

---

1) 임종찬,『현대시조탐색』, 국학자료원, 2004, 148쪽.
2) Walter. J. Ong, 이기우 · 임명진 역,『구술문화와 문자문화』, 문예출판사, 1995, 60~92쪽.

2) 분석적이라기보다 집합적이다.

3) 장황하거나 다변적이다.

4) 보수적이거나 전통적이다.

5) 인간의 생활세계에 밀착된다.

6) 논쟁적인 어조가 강하다.

7) 객관적 거리 유지보다는 감정이입적 혹은 참여적이다.

8) 항상성이 있다.

9) 추상적이라기보다는 상황 의존적이다.

　고시조는 필사를 통해 전파되어왔다는 의미에서 보면 온전한 구술문화 형태는 아니라고 하겠다. 그러나 앞서도 이야기했듯이 음성에 의해 시적 의미가 독자 위주보다 청자 위주로 전달되어 왔다는 점에서 보면 구술문화에 접근되어 있음을 알 수 있다. 실지로 고시조는 구비전승의 요건을 갖추고 있을뿐더러[3] 상당 기간을 구비되어오다가 나중에서야 가 책에 기록되는 경우가 허다하였다고 본다.

　시조의 각 장 끝은 서술어로 되어 있다. 한 장은 한 의미단위로 되어 있고 세 의미단위가 유기적 결합에 의해 하나의 완결된 의미체로서 한 작품이 되고 있다. 각 장과 장끼리는 논리적으로 엮이게 된다는 말과 같다. 문자문화는 시간의 제한이 없다. 문자문화에 있어서는 쓰인 의미의 파악을 위해서 몇 번이고 되풀이 읽을 수 있지만 구술문화는 시간제한이 있다. 순간적으로 의미 파악이 되어야 한다. 그렇기 때문에 특히 민요나 시조의 경우는 의미 파악을 더디게 하는 긴 수사는 금물이다. 시조의 한 장은 간단한 하나의 문장형태이거나 문장형태에 가깝다.[4] 이렇게 된 것도

---

3) 이 방면의 연구로는 최재남의 「구비적 측면에서 본 시조의 시적 구성」, 『서울대 대학원 국문학 연구』 제64집이 있다.

4) 임종찬, 앞의 책, 23~36쪽.

시조가 음성에 의해 순식간에 청자에게 의미를 전달하기 위함이다. 또한 정보의 전달력을 강화하기 위해서도 수식어는 가급적 피해야 하는 것이다.

Ong이 위에서 언급한 구술문화는 분석적이라기보다는 집합적이라 말했는데 사고와 표현의 구성요소들은 뿔뿔이 흩어져 있다기보다 한데 모여서 덩어리가 되는 경향이 있음을 말한다. 고시조에는 대구법이나 통사적 공식구가 자주 등장하는데 이것은 정보 내용을 기억하기 좋게 하는 장치 중의 하나라 하겠다. 또 Ong은 구술문화는 추상적이라기보다는 상황 의존적이라고 했다. 이 말은 기하학적 도형 대신 구체적 실물(이를테면 원을 쟁반, 사각형은 거울, 문으로 비유)로 표현하거나 추상적 카테고리에 의한 분류, 형식논리적인 추론절차, 정의 등의 항목과는 무관하다.[5] 거기다 사실성을 능가하는 은유나 상징 수법과는 거리를 두고 있다. 고시조에는 은유나 상징으로서 의미를 강화시키는 수법이 흔하지 않다. 1), 2)에서 보듯이 고시조는 직설적이면서 전달하려는 의미가 왜곡됨이 없도록 표현하고 있다.

> 3) 시니 흐르는 골에 바회 쓰려 草堂 닷고
>   달아릭 밧출 갈고 구름 속에 누엇시니
>   乾坤이 날 불너 니르기를 함쎄 늙쟈 ᄒ더라.
>
>   — (花樂 365)

3)은 각 장의 구성이 자연스러운 통사 구조로 되어 있고, 초·중장의 결과로 종장의 의미가 도출되도록 하고 있어서 의미 해석이 자연스럽다.

---

5) Walrer, 앞의 책, 88쪽.

4) 가만히   오는비가
　　락수저서   소리하니,   [락수] 簷溜

　　오마지   안흔이가
　　일도업시   기다려저,

　　열릴듯   다친문으로
　　눈이자조   가더라。
　　　　　　　　　　　－ 최남선,「혼자안저서」전문6)

5) 내놀든   옛동산에   오늘와   다시서니
　　山川   依舊란말   옛詩人의   虛辭로고
　　예섯든   그큰소나무   버혀지고   없구료
　　　　　　　　　　　－ 이은상,「옛동산에 올라」일부7)

　여기서 보듯이 각 장의 끝은 종결어미나 연결어미로 되어 있다. 연결
어미란 종결어미에 접속부사를 더한 형태이므로(예를 들면 위의 '다시
서니'는 '다시 섰다. 그랬더니'가 줄어진 형태다) 각 장은 한 문장으로서
온전히 이룩되어 있다고 할 수 있다. 거기다 띄어쓰기를 무시한 음보식
표기를 한 점도 특이하다.8)

　고시조에서 현대시조로 나아오는데 기여했던 최남선, 이은상뿐 아니
라 이병기, 조운 등등의 시조에서도 이 같은 점은 그대로 승계되어 왔고,
현대시조의 방종을 경계하면서 현대시조의 모범적 사례를 보인 현대시
조총선(現代時調選叢)(새글사, 1959)에 실린 작품들이나 1950년대 출판

---

6) 최남선,『百八煩惱』, 東光社, 1926, 109쪽.
7) 이은상,『鷺山時調集』, 漢城圖書株式會社, 1932, 73쪽.
8) 이것은 시조를 음보로 묶어 읽어야 시조의 정형을 느끼게 된다는 점을 강조한 표기
　이기 때문에 시사하는 바가 크다고 할 수 있다.

한 개인 시조집에 실린 작품들 또한 고시조의 작시 형태를 벗어나려 하지 않았다.

6) 등에 아해 업고 머리에 밥을 이고
　밭 가는 男便 찾아 길 바쁜 아낙네야
　세상의 꽃다운 모습 네게 또한 보니라
　　　　　　　　　　　　　　 — 金午男, 「꽃다운 일」 전문9)

7) 노랑 장다리 밭에
　나비 호호 날고

　초록 보리밭 골에
　바람 흘러가고

　紫雲英 붉은 논뚝에
　목매기는 우는고
　　　　　　　　　　　　　　 — 丁薰, 「春日」 전문10)

이번에는 1990년대 창작한 중국 거주 동포들의 작품을 예로 들어 보기로 한다.

8) 백두산 푸른 솔이 빙설 우에 꼿꼿해라
　광풍이 몰아쳐도 허리 굽힘 있을손가
　장하다 활개치는 솔 불어예는 휘파람
　　　　　　　　　　　　　　 — 리상각, 「솔」 전문11)

---

9) 金午男, 『時調集』, 城東工業印刷部, 1953, 64쪽.
10) 丁薰, 『碧梧桐』, 學友社, 1955, 15쪽.
11) 『중국조선족시조선집』, 민족출판사, 1994, 43쪽.

9) 동강 난 반도가 비에 젖어 우는고나
   무참히 잘리운 네 아픔을 보느니
   차라리 이내 허리를 잘라냄이 어떠냐
                    – 김철, 「동강 난 지도 앞에서」 전문12)

여기서도 고시조대로의 원칙을 고수하고 있음을 확인할 수 있다.

1960년대 이전에 시조를 창작하였던 시인들은 시조의 형식을 원형대로 보존하면서 시조 내용을 현대화하려고 하였고, 중국 거주 동포들조차 시조의 장점과 생명력이 간단한 형식 속에 명료한 시의의 표출에 있음을 알고 이를 실현하려 하였음을 확인한 셈이다.

2) 의미 해석의 어려움

한국현대시의 기점은 1926~1927년경 정지용 등이 이미지즘 계열의 모더니즘시를 발표한 이후13)로 보면서 다다이즘, 초현실주의, 신고전주의 경향의 시가 등장하여 언어의식 문학적 감수성의 측면에서 우리 시를 한 차원 높은 단계로 발전시킨 것으로 인정하고 있다. 이것은 전통의 고수나 감상적 세계를 벗어나 세계 문학과의 연계와 내면의식을 포함시킴으로서 시를 단순한 평면적 묘사를 초월하였음을 의미한다고 하겠다.

여기서 한 걸음 더 나아가 논리적 일관성을 일부러 파괴하기도 하고 논리적 해석을 어렵게 하는 난해시가 등장하기도 하였던 것이다. 이러한 자유시의 경향은 그것대로 의미가 있다하겠으나 이러한 경향은 한 때 유행으로 끝나고 오늘날에 와서는 이런 시는 찾아보기 힘들다. 그런데 한

---

12) 위의 책, 43쪽.
13) 鄭漢模, 「韓國近代詩硏究의 反省」, 『현대시』 1집, 1983 참조.

때 유행한 이러한 풍조를 시조가 받아들여야 한다면 시대착오적이라 아니할 수 없다. 다시 한 번 말하지만 시조는 그것이 활자화되어 있다 해도 시조로서의 현현顯現은 성조聲調에 의해 정형을 나타내었을 때이다. 독자가 아니라 청자의 자격으로(때로는 작자 자신이 청자가 되어) 시조의 율독律讀 소리를 듣고 그 결과로 비롯되는 음악성과 함께 시의詩意를 파악하였을 때 시조의 진가가 나타난다는 말이다. 활자화된 자유시는 낭독을 통해 감상할 수 없다는 말은 아니다. 어떤 자유시는 낭독하기에 적당하여 낭독을 해야만 시의 진맛이 드러나는 경우도 있지만 낭독으로서는 의미 전달이 불가능한 자유시도 있다. 그런데 시조는 정형시이기 때문에 정형으로서의 인지는 음성에 의해서 이루어진다는 점에서 시조와 성조는 떨어질 수 없는 관계라는 말이다. 그러므로 시조는 율독을 통해서도 시의가 쉽게 청자에게 전해져야 하는 시다. 그렇기 때문에 자유시의 방종에 가까운 난해성을 모방할 필요가 없다는 것이다.

현재 한국에서 발표되는 시조 작품들은 어떤가?

> 10) 이른 봄 양지밭에 나물 캐던 울 어머니
> 곱다시 다듬어도 검은 머리 희시더니
> 이제는 한 줌의 귀토(歸土) 서러움도 잠드시고
>
> 이 봄 다 가도록 기다림에 지친 삶을
> 삼삼히 눈 감으면 떠오르는 임의 樣子
> 그 모정 잊었던 날의 아, 허리 굽은 꽃이여
>
> 하늘 아래 손을 모아 씨앗처럼 받은 가난
> 긴긴 날 배고픈들 그게 무슨 죄입니까
> 적막산 돌아온 봄을 고개 숙는 할미꽃
> ― 조오현, 「할미꽃」 전문14)

1960년대 이전에 발표된 작품들은 고시조의 형식미를 고스란히 이어 받으려 하였음을 앞서 지적한 바 있다. 10)의 조오현은 1960년대 등단한 시인이지만 시조의 정통성을 그대로 이어 받았다. 가난 속에서 살다 가신 어머니를 할미꽃에서 연상하는 이 작품은 동 시대를 살았던 사람들에게 찡한 감동을 공유하게 한다. 최근 발표되는 작품들은 10)과 같이 시조의 형식미를 살리면서 이해가 쉽게 되는 작품도 있지만 일부에서는 시적인 감동은 고사하고 의미 파악을 가로 막는 잡다한 수식어를 등장시키는가 하면 형식의 파괴가 시조의 현대화로 인식하여 시조가 아닌 것을 시조라 우기는 경우가 허다하다. 이러한 시조들이 범람하는 추세라는 데에 문제의 심각성이 있다.

시조가 음풍농월식의 한가와 서정 위주의 표층적 묘사의 단순함을 벗어나야 한다는 의미를 지나치게 강조하다 보니 시조가 난해의 길을 걷게 된 것일까. 그렇다고 해도 문맥이 정돈되지 않고 무슨 의미를 함유하고 있는지조차 감을 잡을 수 없는 난해를 위한 난해는 시조가 갈 길이 아니라고 본다.

> 11) 성난 짐승 떼처럼
> 몰아치는 폭풍 속을
>
> 사람도 별도 잠긴
> 이승의 속울음 하나
>
> 목 젖은 紙燈에 실어
> 絶海에 띄우느니.
>
> — 김남환, 「태풍 속에서」전문15)

---

14) 『시조월드』 2005 하반기, 98쪽.

11)을 자연스러운 통사 구조로 바꾸면 이렇다.

　① 성난 짐승 떼처럼 몰아치는 폭풍 속을 → 폭풍이 성난 짐승 떼처럼
　　몰아친다.
　② 사랑도 별도 잠긴 이승의 속울음 하나(를)
　③ (내가) 목 젖은 紙燈에 실어 絶海에 띄우느니

이렇게 바꾸어 보면, 의미의 흐름은 ① '몰아치는 폭풍' → ② '이승의
속울음 하나' → ③ '(그것을) 紙燈에 실어 絶海에 띄우느니'로 이루어진
것으로 알 수 있다. 이는 고시조처럼 읽거나 듣는 순간 의미 해석이 되는
것이 아니라 다 읽고 나서 그 상징성을 조합해야만 어느 정도 해석이 가
능하도록 해 놓은 것이다. 덧붙여 초장에서 제시된 목적어처럼 보이는
'폭풍 속을'은 중장이나 종장의 어느 통사 구조에 포함되지 않고 있다. 이
는 각 장이 의미적으로든 통사적으로든 하나의 문장의 자격을 지녀 초장
과 중장의 의미가 종장에 자연스럽게 귀결되어 있는 고시조와는 다른 양
상이다.

이는 '폭풍 속을'을 목적어구가 아닌 위치어로 파악하면 다음과 같이
달리 해석할 여지가 생기기도 한다.

　① 성난 짐승 떼처럼 몰아치는 폭풍 속에
　② 사랑도 별도 잠긴 이승의 속울음 하나(를)
　③ (내가) 목 젖은 紙燈에 실어 絶海에 띄우느니

여기서 중요한 것은 제목처럼 '폭풍 속'이 지은이가 있는 위치라고 한
다면, '이승의 속울음 하나'가 무슨 뜻을 의미하는지 쉽게 알 수가 없다.

15) 『시조세계』 2004 봄호, 58쪽.

다음의 시조는 위의 것과는 달리 의미 파악에는 큰 어려움이 없어 보인다. 그러나 각 장은 하나의 완전한 의미 형태가 되어 이것들이 유기적 결합을 이루어야 시조라 하겠는데 그렇지 못한 작품의 예가 되겠다.

12) 겹으로 융단 깔로
    차려 놓은 가설무대

   회초리로 둘러 때리며
   양떼처럼 몰고 가는

   남산 길
   싹쓸이 바람
   장단 맞춘 피리 소리.

                         – 정위진, 「늦가을」 전문16)

이 시조는 초장과 중장, 그리고 종장의 앞 구가 합하여 마지막 명사인 '피리 소리'를 꾸며주는 구조를 취하고 있다. 즉 전체적인 흐름이 종장의 '피리 소리'에 귀결되어 있는 것이다.

   겹으로 융단 깔고 차려 놓은 가설무대(에)
   회초리로 둘러 때리며 양떼처럼 몰고 가는   피리 소리
   남산 길 싹쓸이 바람(처럼) 장단 맞춘

이 구조를 하나의 문장으로 펼쳐 보이면 다음처럼 보일 수 있다.

---

16) 위의 책, 62쪽.

겹으로 융단 깔고 차려 놓은 가설무대에
회초리로 둘러 때리며 양떼처럼 몰고 가는
남산 길 싹쓸이 바람처럼 피리 소리가 장단 맞춘다.

시조가 3장으로 되어 있다는 말은 세 개의 의미 형태가 유기적으로 결합되어 있다는 말인데 수식되는 말로만 짜여 있는 이 경우를 두고 시조라 하기 곤란할 뿐더러 고작 피리소리가 장단 맞춘다 하는 정도의 정보가 시적인 정서 전달을 하고 있다고는 볼 수 없다.

다음의 시조도 위의 시조와 비슷한 구조를 취하고 있다.

> 13) 늙은
> 　　퇴기(退妓)의
> 　　부스럼 같은
> 　　화장독과
>
> 　　급격히 쪼그라든
> 　　자궁마저 다 드러낸
>
> 　　한 떨기
> 　　폐경기 목련이
> 　　담장 위로
> 　　무너진다.
> 　　　　　　　　　　　　　　　　－ 曺桂煥, 「자목련 지는 풍경」 전문[17]

여기서 초장과 중장이 어떻게 종장과 연관되는지 살펴보자.

---

17) 『시조문학』 2001 봄호, 65쪽.

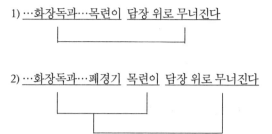

1) …화장독과…목련이 담장 위로 무너진다

2) …화장독과…폐경기 목련이 담장 위로 무너진다

제목을 생각하지 않는다면 1)인지 2)인지를 알아볼 길이 없다. 그러나 제목을 고려해서 생각한다면 2)라고 보여진다. 2)라고 해도 13)은 초장 중장이 목련을 수식하기 위해 동원되어 있다. 목련이 어떤 형태인가를 설명하는데 말을 낭비하였고 정작 의미를 간추리면 어떠어떠한 목련이 담장 위로 무너진다로 귀결되고 있어서 3장 구성을 하고 있지 않다.

고시조는 수식어를 절제하고 정제된 형식미를 드러내려고 하였다. 그러나 12), 13)은 3장 구성을 하고 있는 듯이 보이지만, 한 장 혹은 두 장이 다른 장의 수식어 기능 밖에 하지 못하고 있기 때문에 장으로서의 독자적 구실을 확실히 보여주었던 고시조나 1960년대 이전의 시조 형태와는 판이하지 않는가.

2000년대에 들어서면서 열린 시조를 주장하면서 시조의 일대 혁신이 일어나야 한다는 움직임이 있었다. 시조 잡지 이름도 아예 '열린 시조'라고 하여 시조 창작의 구태를 벗어나려고 하였다. 취지는 나무랄 일이 못된다. 그러나 형식의 파괴가 시조의 열림이라고 한다면 그 열림은 시조의 포기를 의미한다. 형식을 파괴해야 한다면 무엇이 시조인가. 자유시와 어떻게 변별되는가. 그렇게 할 이유와 그래서 얻는 것이 무엇인가가 문제이기 때문이다. 앞서 파격을 보여준 작품들은 열린 시조를 주장하기 위해서 창작된 작품일까.

이 경우보다 더 심한 경우를 예로 들어보기로 한다.

14) 해진 우산 하나로 칠흑의 폭력 떠받치는

해진 우산 가는 뼈대의 푸른 긴장 팽팽하다.

내 등에
느끼며 새긴
그 甲骨文, 젖은 손등.
— 宋船影, 「스물아홉의 비망록」 전문18)

초, 중장의 문장 짜임은 대략으로 따지면 이렇다.

여기서 보듯이 수식어가 너무 많아서 소란스럽다. '푸른 긴장 팽팽하
다'란 말이 주 의미인데 이 말을 꾸미는 말이 소란스러워 의미 파악을 힘
들게 한다. 종장도 마찬가지다. 종장은 다음 두 가지 경우로 해석할 수 있
다고 본다.

①그 갑골문을 내 등에 느끼며 새겼다.
젖은 손등을 내 등에 느끼며 새겼다.

---

18)『시조세계』 2002 봄호, 126쪽.

② 그 갑골문을 젖은 손등에 느끼며 새겼다.
　그 갑골문을 내 등에 느끼며 새겼다.

위와 같이 두 문장을 하나로 묶어 종장을 만든 것 같은데 어느 경우로 해석해야 하느냐가 문제다. '갑골문'과 '손등'이 함께 '느끼며 새겼다'에 걸리는 건지 아니면 '젖은 손등에'와 '내 등에'가 '느끼며 새겼다'에 걸리는지를 모르겠다. 이렇게 혼란스러운 문장 구조로 되어 있다. 말의 연관성으로 봐서도 의미 파악이 쉽지 않다. 더 자세히 말하자면 이렇다.

첫째, 각 장의 통사 구조로부터 주어와 서술어의 관계가 불명확하다. 그렇기 때문에 초장의 '떠받치는'이 수식하고 있는 요소가 두드러지지 않다. 둘째, 초 · 중 · 종장이 유기적 결합을 이루지 못하고 있다. 초장과 중장의 주된 내용은 '푸른 긴장이 팽팽하다'이며, 종장의 내용은 '갑골문을 내 등에 느끼며 새겼다'로, 둘 사이의 의미적 상관성이 불명확하다. 굳이 따지자면 '칠흑의 폭력'이 전체의 흐름을 좌우하는 시어로 등장해야 하는데 '칠흑의 폭력'이 의미하는 것이 '갑골문'인지 아니면 '젖은 손등'인지, 그것도 아니면 시조에 드러나지 않은 '비'인지 정확하게 파악하기 어렵기 때문이다. 아울러 '젖은 손등'이 지니는 통사적 지위도 불분명하다. 의미적으로 보았을 때는 '내 등'과 같이 '젖은 손등'은 위치어로 파악해야 하는데 그렇게 된다면 종장은 '그 갑골문을 젖은 손등에 내 등에 느끼며 새겼다'로 해석된다(②). 그러나 지은이가 표현한 구조 '그 갑골문, 젖은 손등'에 주안점을 둔다면 '젖은 손등'은 다시 목적어로 해석해야 한다 (①). 따라서 종장의 의미도 '젖은 손등'을 어떻게 파악하느냐에 따라 달리 해석된다.

고시조나 앞서 예로 든 1960년대 이전의 작품들, 나아가 중국 동포 시조에서 볼 수 있었던 단아한 형식의 정렬된 의미와는 판이하게 다르지 않는가. 시조의 형식이란 음보율의 고수에만 있는 것이 아니다. 장을 구성하는 문장 이것도 대단히 중요한 형식 요건임을 알아야 할 것이다. 앞의 예시 작품들은 일단 시조로서의 장 구성이 되어 있지 않은 것들이다.

시조가 이렇게 해도 될까? 의미 소통을 의도적으로 어렵게 하는 것은 외국어를 모르는 사람에게 외국어로 말하는 것처럼 황당하다.

문학작품 속에는 독자를 향한 작가의 노력이 숨어 있다. 동화는 비록 어른이 작가이지만 어린이를 독자로 모시려는 작가의 노력에 의해 만들어진다. 단어나 주제, 표현, 소재 등등 어린이가 이해할 수 있는 세계가 내재해 있는 것이다. 그래서 작품 속에는 독자가 포함되어 있다고 한다. 11), 12), 13), 14)는 어떤 독자층을 겨냥한 작품들인가. 작품의 고도한 문학성을 연구자 같은 독자의 수준으로는 이해가 되기 어렵다는 말인가.

시는 말장난이어서는 안 된다. 특히 시조는 시조 형식이 주는 음악성에 얹어서 읽혀져야 하기 때문에 들어서 쉽게 이해되어야 한다. 이해가 쉽다는 말이 의미의 단순성을 뜻하지는 않는다.

15) 따끈한 찻잔 감싸 쥐고 지금은 비가 와서

부르르 온기에 떨며 그대 여기 없으니

백매화 저 꽃잎 지듯 바람 불어 날이 차다
　　　　　　　　　　　　　　－ 홍성란, 「바람 불어 그리운 날」 전문19)

이 작품은 앞서와 같은 수사의 남용이 없고 일견 보기엔 시조의 정도

19)『중앙일보』2005년 12월 18일.

를 걷는 작품 같아 보인다. 그러나 읽다 보면 이게 과연 시조인가 하는 의문을 가지게 된다. 이것은 다음과 같은 문장을 시조 형식에 맞추기 위해 억지를 부린 때문이다.

> 15)-1 (나는)따끈한 찻잔 감싸 쥐고(있다)
> 지금은 비가 와서 부르르 온기에 떨며 (있다)
> 그대 여기 없으니 백매화 저 꽃잎 지듯 바람 불어 날이 차다.

고시조는 말할 것 없고 1960년대 이전의 시조, 나아가 중국 동포 시조에서 보면, 시조의 각 장은 의미상으로나 문법상으로 한 문장으로서 구실을 하고 있음을 보아왔던 터다. 물론 15)-1은 세 문장으로 되어 3장 형태를 가진 것처럼 보인다. 15)-1을 시조라 한다면 초장도 그렇지만 종장이 음보율을 위반하고 있다. 결국 15)는 15)-1을 음보율로 맞추기 위한 표기라고 하겠는데 시조가 아닌 것을 시조처럼 표기했다고 해서 시조로 둔갑되지는 않는다. 비가 와서 부르르 온기에 떨며 있다는 말도 신통스럽지 못하다. 이게 무슨 의미인가. 주의미를 따진다면 찻잔을 쥐고 온기에 떨며 그대 여기 없으니 날이 차다는 내용이다. 이런 표현을 시적 표현이라 하기는 곤란하다. 그런데 이 작품이 다름 아닌 2005 중앙시조 대상 작품이라고 하니 어찌된 일인가. 시적인 표현성, 의미의 충만성, 이미지의 선명성, 주제의 참신성 이런 것들이 제대로 갖추어져야 훌륭한 작품이라 하겠는데, 이런 것들을 두고서라도 시조가 아닌 것을 시조대상작품이라니 이게 보통일은 아닌 것 같다.

> 16) 물 스미듯 봄빛 아리는
> 동방(東方)의 하늘 받들고

실향(失鄕)의 방황(彷徨)들을
타이르듯 목련(木蓮)이 피네

추녀여 너의 가락은 없고
「재즈」가 소음(騷音)는 뜰.

― 이호우, 「목련(木蓮)」 전문20)

재즈는 외래문화, 추녀는 전통문화를 암시한다고 할 때 지은이는 목련의 개화는 외래문화가 소음으로 진동하는 한국사회의 타이름이라고 본 것이다.

이처럼 비록 시조는 짧은 시 형식이지만 함축하는 의미는 큰 것으로도 나타낼 수 있고 독자에 따라서는 더 큰 의미로도 해석이 가능해질 수 있는 시 형태다. 부산한 수식어를 등장시키고 문장 구성을 어지럽게 하여 의미 파악을 어렵게 하는 작품은 시조로서는 폐품이라고 할 수밖에 없다.

17) 잔잔한 가슴 흔들어 구름 한 점 흘러들면
    세레나데 느린 음률에 실려오는 얼굴, 얼굴들
    망초도 하얀 어깨를 들썩이며 무너진다.

    가만히 눈을 감고 갈앉힌 물 그림자
    내 추억의 자맥질에 낮달이 졸다 깨면
    골짜기 휘돌아 가며 뼈를 껎는 소쩍새

    아카시아 사잇길로 떨어지는 별똥별
    떠난 이는 감감하고 향기만 되살아와

---

20) 『詩文學』 1966. 8.

바람이 스칠 때마다 비수 되어 찌른다.

— 이순희, 「호반에서」 전문21)

이 작품은 번다한 수식어를 동원하지도 않았고 의미 해석을 어렵게 하는 표현도 하지 않았다. 16)이 관념을 바탕에 두고 있다면 17)은 호반에서 느낀 정서를 선명한 심상으로 나타낸 작품이라 할 수 있다. 2000년대에 등단한 시조시인 중에는 이같이 시조의 본령을 어기지 않으면서 시조를 새롭게 가꾸어가는 분도 있다.

현대시조가 타성적 굴레에서 벗어나지 못하고 있다고 생각한다면 비유의 참신함과 주제나 소재의 신선함, 이미지의 선명함, 구성의 정확성 등이 드러나는 작품 세계를 보여주는 일이라 할 것이다. 거듭 말하지만 난삽한 문장으로 의미 파악을 어렵게 하고 잡다한 수식어를 남용하여 의미가 정돈되지 않는 작품, 거기다 3장으로서의 문장 구성이 되지 않은 작품을 현대시조의 모범인양 대접받는 풍토22)가 계속된다면 현대시조의 앞날이 심히 걱정된다 아니할 수 없다.

2. 접속 관계

여기에서는 시조의 각 장에서 나타날 수 있는 접속 관계를 나타내는 접속 부사의 의미 기능에 대하여 살펴보기로 한다. 물론 시조 작품들에

---

21) 『2002년 신춘문예 당선시집』, 문학세계사, 2002, 185쪽.
22) 앞서 연구자가 바람직한 작품들이 못된다고 지적한 여러 작품들이 있었는데, 이 작품들의 지은이들은 이러저러한 문학상을 한 개 이상 받은 분들이다.

서는 각 장의 연결 기제가 접속 부사의 형태로 제시되기보다는, 주로 접속 어미의 형태로 실현되거나 문장의 형태로 실현되는 경우가 대부분이다. 각 장이 문장의 종결형으로 끝나는 경우에는 그 연결의 양상을 문맥으로 파악할 수밖에 없다.

하지만 이러한 문맥적인 연결의 양상도 결국은 접속 어미나 접속 부사의 의미 기능으로 살펴볼 수밖에 없을 것이다. 이러한 점에서 각 장의 접속 관계를 접속 부사 또는 접속 어미의 의미 기능을 중심으로 살펴보려 하는 것이다.

먼저 조사 대상으로 삼은 정형시조에서는 '그리고, 그래서, 그런데, 그러면, 그러므로' 등과 같은 접속 부사들을 각 장들 사이에 상정할 수 있었다. 따라서 여기에서는 먼저 접속 부사들이 나타내는 의미 기능을 간단하게 제시하고, 그 의미적인 연결 방식의 구체적인 양상에 대해서 다루고자 한다.

먼저 『표준국어대사전』에 제시된 이들 접속 부사의 의미 기능을 제시하면 다음과 같다.

　ㄱ. 그리고 : 단어, 구, 절, 문장 따위를 병렬적으로 연결할 때 쓰는 접
　　　　속 부사.
　ㄴ. 그래서23) : 앞의 내용이 뒤의 내용의 원인이나 근거, 조건 따위가

---

23) 여기에는 '그러니'도 포함시켰다. '그러니' 또는 '그러하니'로는 『표준국어대사전』에는 등재되지 않았다. 즉, 기본형인 '그렇다(그러하다)'에 어미 '–니'가 결합된 것으로 보아, 형용사의 활용형으로 보고 있다. 그런데 다른 사전에서는 '그러니'를 접속 부사로 보는 경우도 있다. 표준국어대사전에 제시된 '그러하다'의 뜻은 ① 앞말이 뒷말의 원인이나 근거, 전제 따위가 됨, ② 어떤 사실을 먼저 진술하고 이와 관련된 다른 사실을 이어서 설명하는 의미로 제시되어 있다. 물론 쓰임에 따라 '그러니'로 써야 할 경우 '그래서'로 써야 할 경우가 있다. 예를 들면 "① 듣기 싫다. 그러니 그만해라, ② 듣기 싫었다. 그래서 그만해라 했다"와 같이 '그래서'의 후행문

될 때 쓰는 접속 부사.

ㄷ. 그런데[24] : 「1」 화제를 앞의 내용과 관련시키면서 다른 방향으로
이끌어 나갈 때 쓰는 접속 부사.
「2」 앞의 내용과 상반된 내용을 이끌 때 쓰는 접속 부사.

ㄹ. 그러면 : 「1」 앞의 내용이 뒤의 내용의 조건이 될 때 쓰는 접속 부사.
「2」 앞의 내용을 받아들이거나 그것을 전제로 새로운 주장을
할 때 쓰는 접속 부사.

ㅁ. 그러므로 : 앞의 내용이 뒤의 내용의 이유나 원인, 근거가 될 때
쓰는 접속 부사.

그러나 위 접속 부사에 제시된 의미 기능은 기본적인 의미로 제시된
것이지, 모든 경우를 망라할 수 있는 것은 아니다. 또한 실제 시조 작품들
에서는 접속 부사가 실현되기보다는 연결 어미에 의해서 드러나는 경우
가 많으며, 연결 어미가 실현되지 않고 문맥에 따라서 그 접속 관계가 드
러나는 경우가 많다. 이것은 상황이나 문맥에 따라서 이들의 의미가 달
라질 수 있다는 것을 의미한다. 그러므로 각각의 시조 작품들 속에 나타

은 명령이나 제안문이 올 수가 없고 그렇지 않는 경우에는 '그래서'와 '그러니'가
함께 쓰일 수가 있다. 환경적인 경우에 따라 '그래서'와 '그러니'가 같게도 또는 다
르게도 쓰인다고 본다. 장기열, 「국어 접속부사의 특성과 그 기능」, 『福祉行政研
究』 제19집, 2003 참조.

24) 본고에서는 '그런데'의 의미 영역이 '그러나'의 의미 영역까지 포괄한다는 점에서
'그러나'를 '그런데'에 포함시켰다. '그런데'와 '그러나'도 환경에 따라 달리 쓰일
때가 있을 것이다. 이를테면 앞 문장에 대한 국면의 전환을 위해서는 '그러나'가
'그런데'와 함께 쓰이지만, 앞 문장과 후행 문장과의 대립·대조의 경우에는 '그런
데'보다는 '그러나'가 자연스럽다. 하지만 반대로 다음과 같은 경우가 있다. "① 비
가 왔다. 그런데 땅이 젖지 않았다. ② 비가 왔다. 그러나 땅이 젖지 않았다"라는
문장이 있다 하자. 이 ②의 경우 '그러나'는 '그런데'에 대용어로 쓰였다고 보는 것
이 타당하다. 왜냐하면 ①의 '그런데'는 '그런데도 불구하고'의 '그런데'이고, ②의
'그러나'는 '그런데'를 대신한 대용어로 보이기 때문이다. 이 점 어학자들의 자문
을 얻고 싶다.

나는 초장과 중장의 관계, 중장과 종장의 관계, 초·중장과 종장의 관계, 초·중·종장의 관계 속에서 이들 접속 관계의 의미를 파악해야 정확한 의미 파악이 가능할 것이다.

하지만 의미적인 연결 관계에서 볼 때, 초장과 중장이 어떠한 관계에 있다 하더라도 아직은 완결된 내용을 나타내지 못하기 때문에 초·중장과 종장과의 의미 연결 관계를 중심으로 살펴볼 것이다. 또한 한 편의 시조가 완전한 의미를 나타내기 위해서는 종장에서 그 내용이 완결되어야 한다고 보기 때문이다.

이러한 관점에서 본고에서는 초장과 중장이 종장에서의 의미 마감을 위해 어떠한 양상으로 존재하는가를, 초장과 중장이 '그래서'라는 접속 부사로 종장과 연결되는 유형을 '그래서'型, '그런데'라는 접속 부사로 연결되는 유형을 '그런데'型으로 나누어 살펴본다.

1) '그래서'型

'그래서'형은 초·중장과 종장이 사건의 시간적 선후 관계 또는 인과적 관계로 연결되는 경우에 해당한다. 이 경우 초장과 중장은 '그리고, 왜냐하면, 그러면, 그런데' 등으로 연결되어 다시 종장과의 연결 관계를 나타내었다.

(1) 그리고+그래서

여기에서는 초장과 중장이 '그리고'로 접속되고, 이것이 다시 종장과 '그래서'로 연결되는 경우를 살펴본다.

1) ㄱ. 萬壽山 萬壽峯에 萬壽井이 잇더이다

그 물로 비진 슐을 萬年酒라 ᄒ더이다

진실노 이 盞 곳 잡으시면 萬壽無疆ᄒ오리다

― <大東 315>

ㄴ. 이런들 엇더ᄒ며 저런들 엇더ᄒ리

萬壽山 드렁츩이 얼거진들 긔 엇더ᄒ리

우리도 이ᄀᆞᆺ치 얼거져 百年ᄭᆞ지 누리이라[25]

― <太宗, 瓶歌 797>

ㄷ. 가마괴 눈비마자 희는듯 검노미라

夜光明月이 밤인들 어두오랴

님 向ᄒ 一片丹心이야 變홀 쑬이 이시랴

― <朴彭年, 海一 25>

먼저 이 작품들은 모두 각 장이 하나의 문장으로 끝나 있다. 그런데 표면적으로는 접속 관계를 나타내는 표지가 없지만 문맥을 통하여 앞과 뒤 문장의 의미를 통해 접속 관계를 파악하는 것이 충분히 가능하다.

1)의 작품들은 모두 초장과 중장 사이에 '그리고'라는 접속 부사를 상정할 수 있다. 하지만 이들이 모두 같은 의미 기능을 나타내지는 않는 것으로 보인다. 즉, 1) ㄱ에서는 '나열'이 중심 의미로 나타나고, 동시에 첨가의 의미도 드러나는데, 1) ㄴ에서는 '첨가'가 중심 의미로 나타나면서 나열의 의미가 나타난다. 한편 1) ㄷ에서는 까마귀가 아무리 흰 눈을 맞아도 검은 것처럼, 밤에 비치는 달 또한 밝다는 의미를 나타내면서 '강조'의 의미가 드러난다.

---

25) 이 작품은 '그리고+그래서' 또는 '예를 들면+그래서'로도 볼 수 있을 것이다.

2) 목 붉은 山上雉와 홰에 안즌 松骨이와
　집 압 논 푸살미 고기 엿는 白鷺 ㅣ로다
　草堂에 너희 아니면 날 보닉기 어려워라

— <瓶歌 595>

　2)는 초장과 중장이 하나의 문장으로 되어 있는데, '山上雉', '松骨이', '白鷺'라는 단어들의 대등 접속으로 이루어진다. 따라서 문장의 접속이 아니라 단어의 접속이라는 점에서 다른 작품들과는 구별된다. 다시 말해 章章으로서의 한 의미 형태를 완성하지 못하고 다음 장과의 연계하에 한 의미 형태를 완성하고 있으므로 시조로서의 파격인 셈이다.

3) ㄱ. 삿갓셰 되롱의 입고 細雨中에 호뫼 메고
　　　山田을 홋믹다가 綠陰에 누어시니
　　　牧童이 半羊을 모라다가 줌든 날을 씌와다

— <金宏弼, 瓶歌 72>

　ㄴ. 千萬里 머나먼 길희 고은님 여희옵고
　　　닉 ᄆᆞ음 둘ᄃᆡ 업셔 냇ᄀᆞ의 안자시니
　　　져 물도 닉 ᄋᆞᆫ ᄀᆞᆺ ᄒᆞ여 우러 밤길 녜놋다

— <王邦衍, 瓶歌 59>

　ㄷ. 瑤空애 둘 붉거늘 一長琴을 빗기 안고
　　　欄干을 디혀 안자 古陽春을 틋온 말이
　　　엇더타 님 향흔 시름이 曲調마다 나ᄂᆞ니

— <張經世, 沙村集>

　ㄹ. 활지어 팔에 걸고 칼 ᄀᆞ라 엽히 ᄎᆞ고
　　　鐵甕城邊에 筒箇 볘고 누어시니

보완다 보와라 소리에 줌 못드러 호노라

- <林晋, 瓶歌 511>

ㅁ. 늬히 됴타 호고 남 슬흔 일 하지 말며
남이 흔다 호고 義 안이여든 좃지 말니
우리도 天性을 직희여 삼긴 디로 호리라

- <朱義植, 瓶歌 390>

ㅂ. 大棗 볼 불근 골에 밤은 어이 쓰드르며
베빈 그르헤 게는 어이 누리는고
슐 익쟈 체장ᄉ 도라가니 아니 먹고 어이리

- <黃喜, 詩歌 27>

ㅅ. 金生麗水 ㅣ 라 흔들 물마다 金이 나며
玉山崑崗이라 흔들 뫼마다 玉이 나랴
아모리 女必從夫 ㅣ 들 님마다 조츠랴

- <瓶歌 714>

ㅇ. 이셩져셩 다지늬고 흐롱하롱 닌 일업늬
功名도 어근버근 世事도 싱슝상슝
每日에 흔 盞 두 盞호여 이렁져렁 호리라

- <瓶歌 831>

3)은 크게 세 경우로 나누어 볼 수 있다. 먼저 3) ㄱ~ㄹ은 연결 어미 '-고'로 초장과 중장이 연결되어 있다. 곧 초장과 중장이 대구의 형식을 취하면서 하나의 의미 단위가 되어 종장과 연결된다는 것이다. 3) ㅁ~ㅅ 은 대등적 연결 어미 '-(으)며'로 연결되어 초장과 중장을 대등적으로 연 결하면서 '나열'의 의미를 나타낸다. 이것이 하나의 의미 단위가 되어 종

장과 연결되었다. 3) ㅇ은 초장과 중장이 '나열' 또는 '첨가'의 의미로 대
등하게 연결되어, 종장과 한 의미 단위로 연결되었다.

4) ㄱ. 興亡이 有數ᄒ니 滿月臺도 秋草ㅣ로다
　　 五百年 都業이 牧笛에 부처시니
　　 夕陽에 지나ᄂᆞᆫ 客이 눈물 계워 ᄒ노라

　　　　　　　　　　　　　 － <元天錫, 甁歌 515>

　　 ㄴ. 秋江에 밤이 드니 물결이 ᄎ노믜라
　　 낙시 드리오니 고기 아니 무노믜라
　　 無心흔 달ㅂ빗만 싯고 뷘 ᄇᆡ 져어 오노믜라

　　　　　　　　　　　　　 － <月山大君, 源國 255>

　　 ㄷ. 綠駬霜蹄 슬 지게 먹여 시ᄂᆡ물에 씨셔 타고
　　 龍泉雪鍔 들게 ᄀ라 다시 ᄲᅡᇂ혀 두러메고
　　 丈夫의 爲國忠節을 젹셔볼가 ᄒ노라

　　　　　　　　　　　　　 － <崔瑩, 甁歌 799>

　4) ㄱ～ㄴ은 초장이 한 문장으로 완결되어 있고 접속어가 실현되지 않
았으므로 중장과의 관계는 문맥에 따라 추출해야 한다. 이때 초장과 중
장은 각각 대등 나열의 접속 관계를 나타낸다. 4) ㄷ은 각 장이 모두 연결
되어 하나의 문장으로 이루어져 있다. 초장과 중장, 중장과 종장이 어미
'-고'로 연결되는 것을 볼 때, 이들은 모두 대등 접속의 의미를 나타내는
듯 보인다. 그런데 이들의 접속 양상은 차이가 있다. 즉, 초장과 중장은
대등적으로 연결되는 것으로 보아야 하지만, 중장과 중장은 연결 어미의
형태에 따른 접속 관계라고 보기보다는 문맥적인 연결로 보아야 한다.
즉, 종장은 초장과 중장의 내용에 대한 결과로 풀이해야 한다는 것이다.

이상의 내용을 바탕으로 도식화하여 제시하면 다음과 같다.

(2) 왜냐하면+그래서

이것은 초장과 중장이 '왜냐하면'의 인과 관계로 연결되어, 이것이 다시 종장과 '그래서'라는 인과 관계로 연결되는 경우이다.

5) ㄱ. 五丈原 秋夜月에 어엿불슨 諸葛武候
　　　竭忠報國다가 將星이 써러지니
　　　至今에 兩表忠臣을 못늬 슬허ᄒ노라
　　　　　　　　　　　　　　　　　　　　　　－ <郭興, 瓶歌 49>

　　ㄴ. 싀벽비 일긴 날의 일거스라 아희들아
　　　뒷 뫼 고ᄉ리 하마 아니 즈라시랴
　　　오늘은 일 것거 오너라 싀 술 안주ᄒ리라
　　　　　　　　　　　　　　　　　　　　　　－ <積城君, 瓶歌 528>

　　ㄷ. 이러니 저러니 ᄒ고 날 ᄃ려란 雜말 마소
　　　내 당부 님의 盟誓 오로다 虛事ㅣ로다
　　　情밧긔 못일 盟誓를 ᄒ여 무슴 ᄒ리오
　　　　　　　　　　　　　　　　　　　　　　－ <瓶歌 815>

5) ㄱ은 '諸葛武候'를 주어로 볼 것인가 아니면 호격어로 볼 것인가의 문제가 있다. 즉, 장의 연결로 본다면 호격어로 처리해야 할 것이고, 바로

뒤에 있는 '竭忠報國다가'와의 관계로 본다면 주어로 처리해야 한다는 것이다. 5) ㄴ~ㄷ은 초장과 중장이 하나의 문장으로 실현되어 종장과 인과관계로 연결되어 있다.

이것을 도식으로 나타내면 다음과 같다.

(3) 그러면+그래서

여기에서는 초장과 중장이 조건이나 가정의 연결 기능을 가진 '그러면'으로 접속되어, 다시 종장과 '그래서'라는 인과 관계로 연결되는 경우를 살펴본다.

6) 희여 검을씨라도 희는 것시 셜우려든
  희여 못 검는 듸 눔의 몬져 흴 쑬 어이
  희여셔 못 검을 人生인이 그를 슬ㅎ ㅎ노라

                    — <海一 376>

6)은 초장이 조건 또는 가정의 의미로 중장과 연결된다. 이것이 다시 종장의 '슬ㅎ ㅎ노라'의 이유가 된다. 이때 중장과 종장이 서로 연결 관계를 형성하는 것인지, 초장과 중장이 함께 종장과 연결 관계를 형성하는 것인지를 판단하기 어렵다. 그러나 후자의 경우로 보아야 할 것인데, 그이유는 문맥으로 볼 때 중장의 내용만이 이유가 되는 것이 아니라 초장과 중장이 함께 하나의 텍스트를 이루고, 이것이 종장과 연결 관계를 맺

는 것으로 보는 것이 타당하기 때문이다.

이것을 도식으로 나타내면 다음과 같다.

(4) 그런데+그래서

초장과 중장 사이에 전환의 '그런데'라는 접속어를 상정할 수 있고, 이 것이 다시 종장과 인과의 '그래서'라는 접속 관계를 상정할 수 있는 경우 이다.

7) ㄱ. 烏騅馬 우는 곳에 七尺長劍 빗겻는듸
　　百二函關이 뉘 짜이 되단 말고
　　鴻門宴 三擧不應을 못내 슬허ᄒᆞ노라

　　　　　　　　　　　　　　　　－ <南怡, 甁歌 61>

　　ㄴ. 朔風은 나무긋티 불고 明月은 눈 속에 춘듸
　　萬里邊城에 一長劍 집고서서
　　긴 ᄑᆞ름 큰 흔 소ᄅᆡ에 거칠 거시 업세라

　　　　　　　　　　　　　　　　－ <金宗瑞, 甁歌 325>

　　ㄷ. 白雪이 ᄌᆞᄌᆞ진 골에 구룸이 머흐레라
　　반가온 梅花는 어늬 곳이 퓌엿는고
　　夕陽의 호을노 셔셔 갈 곳 몰나 ᄒᆞ노라

　　　　　　　　　　　　　　　　－ <李穡, 甁歌 51>

ㄹ. 간 밤에 우던 여흘 슬피 우러 지닉여다

　　이제야 生覺ᄒ니 님이 우러 보닉도다

　　져 물 거스리 흐리고져 나도 우러 녜리라

　　　　　　　　　　　　　　　　　－ <甁歌 589>

8) ㄱ. 碧梧桐 시믄 ᄯᅳᆺ은 鳳凰을 보려ᄐ니

　　나 시믄 타신가 기ᄃ려도 아니온다

　　無心ᄒᆫ 一片明月이 뷘 가지에 걸여셰라

　　　　　　　　　　　　　　　　　－ <甁歌 705>

ㄴ. 늙어 말녀이고 다시 져머 보려터니

　　靑春이 날 속기고 白髮이 거의로다

　　잇다감 곳밧츨 지날 졔면 죄 지은듯 ᄒ여라

　　　　　　　　　　　　　　　　　－ <樂서 386>

7) ㄱ~ㄴ은 초장과 중장이 형태적으로 '-(으)ㄴ/는데'라는 어미로 연결되어 있고, 7) ㄷ~ㄹ은 초장이 한 문장으로 완결되어 있으며 전환 관계로 접속되어 있다.

8)은 형태적으로는 인과의 연결 어미인 '-(으)니'로 연결되어 있지만, 의미적으로는 '그런데'로 접속되어 있다. 그러므로 이 연결 유형에 포함시켰다.

9) 春山에 눈 노기ᄂᆞᆫ ᄇᆞ람 건듯 불고 간 ᄃᆡ 업다

　　져근듯 비러다가 ᄆᆞ리 우희 불이고져

　　귀 밋틱 ᄒᆡ 무근 셔리를 녹여볼가 ᄒ노라

　　　　　　　　　　　　　　　　　－ <禹倬, 甁歌 45>

위 작품은 각 장이 한 문장으로 종결되어 있으며, 접속 부사나 어미가

실현되어 있지 않다. 그러므로 의미적으로 그 연결 관계를 파악해야 한다. 초장에서는 봄바람이 이미 사라졌지만, 중장에서는 그것을 다시 불러 일으켜 시적 화자의 머리에 불리고자 한다는 것이다. 그리하여 종장에서는 그 결과로 어떤 효과를 얻을 것인가를 언급한다는 점에서 초장과 중장은 역접 관계로, 중장과 종장은 인과 관계로 해석할 수 있다. 따라서 이 경우의 의미 연결 관계는, 초장은 중장에 대한 배경이 되고, 중장은 초장에 대해 전경이 됨을 알 수 있다.

이것을 도식으로 나타내면 다음과 같다.

2) '그런데'型

'그런데'형은 초 · 중장과 종장이 역접 관계나 전환 관계로 연결되는 경우에 해당한다. 이때 초장과 중장 사이의 연결 관계는 주로 '그리고, 그래서, 그래도, 그러면'에 의해 드러난다.

(1) 그리고+그런데

이 경우는 초장과 중장이 '그리고'라는 첨가, 대등, 나열의 접속 관계를 나타내고, 이것이 다시 종장과 전환 또는 역접의 관계로 연결된 것이다.

10) ㄱ. 흔 손에 가시를 들고 쏘 흔 손에 막되 들고

늙는 길 가시로 막고 오는 白髮 막티로 치랴트니
白髮이 제 몬져 알고 즈림길로 오더라
— <禹倬, 甁歌 47>

ㄴ. 功名과 富貴란 餘事로 혀여 두고
廊廟上 大臣네 盡心國事 ᄒ시거나
이렁셩 저렁셩 ᄒ다가 내죵어히 ᄒ실고
— <李德一, 漆室遺稿>

ㄷ. 두고 가ᄂ 의 안과 보닉고 잇ᄂ 의 안과
두고 가ᄂ 의 안은 雪擁藍關에 馬不前 쑨이언이와
보닉고 잇ᄂ 의 안은 芳草年年에 恨不窮을 ᄒ노라
— <甁歌 859>

ㄹ. 天心에 돗은 둘과 水面에 부는 ᄇ람
上下聲色이 一中에 갈렷는이
살름이 中을 타 낫신이 어줽이는 혼 가지라
— <朱義植, 海一 264>

10) ㄱ～ㄴ은 초장과 중장이 '-고'라는 연결 어미로 접속되어 있고,
10) ㄷ은 접속 조사인 '-과/와'로 연결되어 있다. 이것은 전자가 문장의
연결이라면, 후자는 단어의 연결임을 나타낸다. 따라서 10) ㄷ에서는 초
장과 중장이 의미적으로 분리되지 않고 하나의 단락을 이룬다는 것을 의
미한다. 10) ㄹ에서 초장과 중장의 접속 관계는 어떤 형태로도 실현되어
있지 않다. 다만 내용상 초장에서 '달과 바람'이라는 단어 접속을 나타내
고, '上下聲色' 또한 '달과 바람'과 함께 동등한 자격을 지니는 것으로 해
석하는 것이 옳다는 점에서 단어들의 접속으로 처리하는 것이 좋을 것이
다. 그런데 이때는 단어를 연결해 주는 '-과/와'가 없고 구句가 단절되어

있는 듯하므로, 첨가의 의미를 나타내는 '그리고'가 생략된 것으로 파악하는 것이 좋겠다.

11) ㄱ. 일심어 느즛 퓌니 君子의 德이로다
　　風霜에 아니 지니 烈士의 節이로다
　　至今에 陶淵明 업스니 알 니 덕어 ㅎ노라

- <成汝完, 源國 120>

ㄴ. 이시렴 브듸 갈짜 아니 가든 못 홀쏜야
　無端이 슬튼야 눕의 말을 드럿는야
　그려도 하 애도래라 가는 쯧을 닐러라

- <成宗, 海周 8>

ㄷ. 江西의 議論이 높고 茶飯은 蒲塞로다
　菽栗의 맛슬 아던동 모르던동
　술리예 흔 바쾌 업스이 갈 길 몰나 ㅎ노라

- <張經世, 沙村集>

ㄹ. 花灼灼 범나븨 雙雙 柳靑靑 괴꼬리 雙雙
　놀즘승 길즘승 다 雙雙 ㅎ다마는
　엇디 이 내몸은 혼자 雙이 업ᄂᆞ다

- <鄭澈, 松星 75>

11) ㄱ~ㄴ은 각 장이 하나의 문장으로 완결되어 있고, 11) ㄷ은 중장과 종장이 하나의 문장으로 완결되며 11) ㄹ은 각 장이 모두 연결되어 한 문장을 이루고 있다.

먼저 11) ㄱ은 초장과 중장의 연결 관계로 볼 때 대등적으로 접속되어 있으며, 특정 대상의 자질을 논하고 있다는 점에서 첨가라고 볼 수도 있다. 종장은 앞서 말한 바를 뒤집어 결론에 이르고 있으므로 역접의 관계에 있다. 11) ㄴ은 초장과 중장이 동일하게 의문형으로 종결되어 있다. 그러므로 이들의 접속 관계는 문맥으로 파악할 수밖에 없다. 또한 동일한 문장 유형으로 종결되었고 이것이 종장에서 시적 화자의 의도를 나타내기 위한 목적이라면 이들이 대등적으로 접속되는 것으로 보아야 할 것이다. 11) ㄷ은 초장이 완결된 문장이고 중장과 종장이 하나의 의미 단위를 이루고 있다. 이때 초장과 중장에서는 특정한 대상에 대한 언급에 있어서 필요한 것들을 대등적으로 나열하고 덧붙였다. 그리고 종장에서는 그것이 어찌되었든(또는 어찌하였든) 시적 화자의 태도를 나타내었다.[26] 11) ㄹ은 지금까지 다룬 접속 관계와는 다른 양상을 보인다. 즉, 초장에서는 각 개체들이 짝을 지어 있음을 보이고, 중장에서는 이러한 개체들의 부류 단위로 확장하여 짝을 짓고 있음을 나타낸다. 또 중장의 3구째까지가 초장과 함께 하나의 의미 단락으로서 중장의 4구에 있는 'ᄒ다'와 결합하여 한 의미 단위를 이룬다. 그러므로 대등 접속이라기보다는 포괄적인 부류, 즉 상위어로 나아가는 확장 관계라고 보는 것이 나을 듯하다.[27]

　　12) ㄱ. 泰山이 놉다 ᄒ되 하늘 아릭 뫼히로다
　　　　　오르고 쏘 오르면 못 오를 理 업건마는

---

26) 이때 초 · 중장과 종장의 접속 관계를 완전히 역접이라고 보기에는 무리가 있어 보이고, 전환이라고 하기에도 무리가 있어 보인다. 다만, 앞에 제시된 내용과는 무관하게 시적 화자의 태도를 나타낸다는 의미로 파악되므로 역접에 포함시킨 것이다.
27) 이 경우 '그래서'라는 인과 관계로 해석할 수도 있지만, 이것은 원인과 결과의 관계로 보기에는 무리가 있다. 오히려 초장의 내용에 대하여 '이처럼, 이와 같이' 등과 같은 접속어로 요약, 정리되는 연결 관계로 보는 것이 의미 해석에 있어서 더 효과적인 것으로 생각된다. 그런데 기존의 접속 관계로는 이에 대한 처리가 어렵기 때문에 '그리고'가 나타내는 첨가의 의미 기능을 확장 적용시켜 이러한 의미를 나타내는 것으로 처리하고자 한다.

스룸이 제 아니 오르고 뫼흘 놉다 ᄒᆞ돗다[28]

- <楊士彦, 源國 109>

ㄴ. 兄弟 열히라도 처서믄 ᄒᆞᆫ 모미라
　　ᄒᆞ나히 열힌주롤 뉘 아니 알리마ᄂᆞᆫ
　　엇더더 욕시메 걸여 ᄒᆞᆫ 됴민 주롤 모ᄅᆞᄂᆞ뇨

- <李叔樑, 汾川講好歌>

12)의 작품은 모두 초장이 한 문장으로 완결되고, 중장과 종장이 연결 어미로 접속되어 한 문장을 이루고 있다. 초장에서는 어떤 자연의 이치를 나타내면서 그것에 의해 나타나는 인식의 결과를 보여준다는 점에서 '그러니'라는 접속 부사에 의해 연결되어 있다고 볼 수 있다. 그런데 중장과 종장은 모두 '―마는'이라는 역접의 연결 어미로 접속되어 있고, 연결 어미가 없다 하더라도 문맥에 따라 충분히 역접의 관계로 접속되어 있음을 알 수 있다.

이것을 도식으로 나타내면 다음과 같다.

(2) 그래서＋그런데

이 경우는 초장과 중장이 '그래서'라는 인과의 접속 관계를 나타내고, 이것이 다시 종장과 전환 또는 역접의 관계로 연결된 것이다.

---

28) 이 작품은 '그리고＋그런데' 또는 '그래서＋그런데'로 볼 수도 있을 것이다.

13) ㄱ. 秋江 볼근 돌에 一葉舟 혼자 저어
　　　낙대를 썰처 드니 자는 白鷗 다 놀란다
　　　어듸서 一聲漁笛은 조차 興을 돕ᄂᆞ니
　　　　　　　　　　　　　　　　－＜金光煜, 靑珍 154＞

　　ㄴ. 草堂에 일이 업서 거문고을 베고 누어
　　　太平聖代를 숨에나 보려 ᄒᆞ니
　　　門前의 數聲漁笛이 줌든 날을 ᄭᅵ와라
　　　　　　　　　　　　　　　　－＜柳誠源, 甁歌 65＞

　　ㄷ. 碧海ㅣ 竭流後에 모래 모혀 섬이 되여
　　　無情芳草는 해해마다 푸르르되
　　　엇지타 우리의 王孫은 歸不歸를 하ᄂᆞ니
　　　　　　　　　　　　　　　　－＜具容, 源增 9＞

　　ㄹ. 간밤의 부든 ᄇᆞ람 눈 셔리 치단 말가
　　　落落長松이 다 기우러 가노ᄆᆡ라
　　　ᄒᆞ물며 못 다 픤 곳치야 일너 무엇 ᄒᆞ리오
　　　　　　　　　　　　　　　　－＜兪應孚, 甁歌 66＞

　　13) ㄱ~ㄷ은 초장이 문장으로 끝맺지 않고, 초장과 중장이 '－아/어
(서)'로 연결되어 있다. 이 연결 어미의 의미가 그대로 이들의 접속 관계
를 보여 주고 있다. 13) ㄱ은 초장과 중장이 함께 하나의 의미 단락을 이
루고 있고, 13) ㄴ~ㄷ은 전체 장들이 하나의 문장으로 끝맺어 의미 단락
을 이루고 있다. 13) ㄹ은 각 장이 문장으로 끝맺어 있으므로, 문맥으로
그 접속 관계를 파악해야 한다. 초장에서는 의문형으로 문장이 끝나 있
지만, 실제로는 의문의 의미를 나타내지 않는다. 즉, 바람과 눈서리가 쳐
서 낙락장송이 다 기울어 간다는 의미로서, 중장과 인과 관계의 의미를

나타낸다. 이러한 초 · 중장의 의미 단락이 종장에 와서 시적 화자의 의도를 드러냄에 있어서 전환의 관계로 접속되어 있음을 알 수 있다.

14) ㄱ. 이 몸이 죽어죽어 一白番 고쳐 죽어
白骨이 塵土되여 넉시라도 잇고 업고
님 向ᄒᆞᆫ 一片丹心이야 가싈 줄이 이시랴
— <鄭夢周, 甁歌 52>

ㄴ. 三冬에 뵈옷 닙고 岩穴에 눈비 마자
구름 ᄭᅵᆫ 볏뉘도 쐰 적이 업건마ᄂᆞᆫ
西山에 ᄒᆡ지다 ᄒᆞ니 눈물 겨워 ᄒᆞ노라
— <曹植, 甁歌 13>

ㄷ. 눈물이 珍珠라면 흐르지 안케 싸두었다가
十年後 오신 임을 구슬 城에 안치련만
痕迹이 이내 업스니 그를 설워하노라
— <源增 79>

ㄹ. ᄆᆞᄋᆞᆷ이 어린 後ㅣ니 ᄒᆞᄂᆞᆫ 일이 다 어리다
萬重雲山에 어ᄂᆡ 님 오리마ᄂᆞᆫ
지ᄂᆞᆫ 입 부ᄂᆞᆫ ᄇᆞ람에 힝혀 귄가 ᄒᆞ노라
— <徐敬德, 甁歌 96>

14) ㄱ~ㄷ은 전체 장이 하나의 문장을 형성하고, 14) ㄹ은 초장이 하나의 문장을 이루고 중장과 종장이 한 문장으로 완결된다. 14) ㄱ~ㄴ은 초장이 '-아/어(서)'라는 연결 어미로 접속되어 있으므로 선행 사건으로 인하여 후행 사건이 발생한다는 의미 관계로 파악할 수 있다.

14) ㄷ의 '-다가'라는 연결 어미는 본래 전환의 의미를 나타내는 것이

다. 그러나 문맥으로 볼 때, '눈물을 싸 두고 그래서 10년 후에 임이 오면 그것으로 만든 성에 모시려 한다'는 의미를 나타낸다고 볼 수 있다. 그렇다면 전환이라기보다는 선행 동작(또는 사건)의 결과로서 후행 동작(사건)이 나타나는 것으로 파악 가능하다. 이러한 점에서 초장과 중장의 접속 관계를 전환으로 보지 않고 인과 관계로 본 것이다. 이것이 종장과 전환 또는 역접의 관계를 이루고 있는 것이다. 14) ㄹ은 초장에서 시적 화자의 심리적 상태를 나타내고, 중장과 종장에서 그 이유를 드러내는 것으로 볼 수 있으므로 인과 관계로 접속되어 있음을 알 수 있다. 중장과 종장은 '-마는'이라는 연결 어미로 접속되어 역접이라는 것을 알 수 있다.

이것을 도식으로 나타내면 다음과 같다.

(3) 그래도+그런데

이 경우는 초장과 중장이 '그래도'라는 양보의 접속 관계를 나타내고, 이것이 다시 종장과 전환 또는 역접의 관계로 연결된 것이다.

　15) 玉을 돌이라 ᄒ니 그려도 읻ᄃ릐라
　　　博物君子는 아ᄂ 法 잇건마ᄂ
　　　알고도 모로ᄂ 체 ᄒ니 글노 슬허ᄒ노라
　　　　　　　　　　　　　　　　　　　－ <洪邏, 甁歌 176>

이 작품은 초장이 하나의 문장으로 맺고, 중장과 종장이 한 문장으로 이루어져 있다. 먼저 초장과 중장은 동일한 옥이라는 대상물에 대한 가치 평가를 하는 주체가 어떤 당파에 속해 있는가에 따라서 그것이 옥과 돌로 평가되는 것에 대한 탄식을 나타낸다. 중장은 초장의 내용을 전제로 하면서 '博物君子'의 경우에는 초장과는 다를 것이라고 예상을 한다는 점에서 '그래도'라는 접속어를 상정할 수 있다. 그리고 중장과 종장의 관계는 형태적으로도 '-마는'이라는 연결 어미로 접속되어 있으며, 내용적으로도 역접의 관계라는 것을 쉽게 알 수 있다.

이것을 도식으로 나타내면 다음과 같다.

(4) 그러면+그런데

이 경우는 초장과 중장이 '그러면'이라는 조건, 가정의 접속 관계를 나타내고, 이것이 다시 종장과 전환 또는 역접의 관계로 연결된 것이다.

16) 이 뫼흘 헐어내야 져 바다흘 메오면은
蓬萊 고온 님을 거러가도 볼엿만은
이 몸이 精衛鳥 ᄀᄐ여 바자닐만 ᄒ노라

— <徐益, 海一 87>

이 작품은 초장에 '-(으)면'이라는 가정이나 조건의 연결 어미가 실현되어 있고, 중장에는 '-마는'이라는 역접의 연결 어미가 실현되어 있어서 그 접속 관계를 형태적으로 알려 주고 있다. 또한 그 의미적 연결 관계도 여기에서 벗어나지 않는다. 이 경우는 초·중장과의 연결 관계는 '그래서+그런데'와도 유사한 의미 형태를 띤다.

이것을 도식으로 나타내면 다음과 같다.

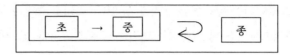

■ 제5장

주제적 분류

제5장
주제적 분류

1. 사물을 통한 감응과 향수(鄕愁)

1) 감응의 원류

사물을 통한 감응을 나타낸 시조들은 자연을 통한 감응에서 유추된 것
이라고 여긴다면 경정론景情論의 사상이 반영되었을 것이다. 사대부들은
한시의 창작과 함께 시조 창작을 주도하였다. 사대부의 사상에 대한 이
론적 근거를 경정론에서 살펴보자. 중국 문예 이론의 고전인 유협劉勰의
『문심조룡(文心雕龍)』, 「물색(物色)」 대목을 보면

> 시기마다 자연물이 있고 그 자연물은 각기 용모가 있다. 감정은 자
> 연물에서 옮겨지고 글은 감정으로써 촉발된다.[1]

---

[1] 劉勰, 「물색 편(物色篇)」, 『문심조룡(文心雕龍)』, "歲有其物, 物有其容; 情以物遷, 辭
以情發."

각 시기마다 자연물의 형태가 다르므로 그에 따라 인간의 감정도 다르게 나타난다는 것이다. 비록 같은 자연물을 보더라도 인간의 감정은 모두 다르게 촉발된다는 견해이다. 곧 작가의 주관적 정신과 객관적 자연물이 결합된 상호융합을 말하는 것이다.2)

유협의 객관경물과 주관정의의 상호교융에 대한 언급은 다른 곳에서도 볼 수 있다.

> 등고(登高)하여 시를 짓는 뜻은 대개 물(物)을 봄으로써 정(情)을 일으키는 것이다. 정(情)은 물(物)로써 흥을 일으키게 되므로 그 뜻은 반드시 명쾌하고 물(物)로써 정(情)이 보여 지기 때문에 사(詞)는 반드시 화려하다.3)

물物을 보고 난 후 정情을 일으키는 것이 시를 짓는 것이라 하였다. 물物과 정情이 서로 교융함으로써 각각 화려함과 명쾌함을 얻는다는 것이다.4) 이러한 유협의 이론은 그 후 물物과 정情이라는 용어의 표현만 조금씩 바뀌었을 뿐 많은 이들에게서 같은 논리로 전개된다.

조선시대 사대부들의 사상에는 유교적 관념이 지배적이었고, 그들은 사물이 가진 속성을 통해 자신의 유교적 사상과 일치를 보이려는 시조들을 많이 창작하였다. 그러한 시조들은 대부분이 교훈적이고 관념적 성격의 작품들이다. 사물이 가진 속성을 깨닫고 익혀서 자신의 내면 수양과 나라에 대한 마음, 그리고 군주에 대한 유교적 관념을 드러내는데 사용하였다. 동양의 사상에는 서양과는 달리 외부의 절대적 존재를 설정하지

---

2) 박세나, 「조선 전기 사대부 시조의 경정론적 연구」, 전북대 석사논문, 2001.
3) 劉勰, 「전부편(詮賦篇)」, 『문심조룡(文心雕龍)』, "原夫登高之旨, 蓋睹物興情。情以物興, 故義必明雅; 物以情觀, 故詞必巧麗."
4) 박세나, 「조선 전기 사대부 시조의 경정론적 연구」, 전북대 석사논문, 2001.

않고 개인의 자주적 주체성을 강조하기보다는 사회나 공동체를 우선시하는 성격이 강하다. 사회와 공동체 안에서 자신의 인격과 덕성을 수양하고 마음을 다스리는 것을 미덕으로 알고 행동으로 옮기며 살아왔다. 그들은 자연물이 가진 속성을 심미적 대상으로 여기며 동시에 인간의 덕성을 유추해 내어 유교적 관념을 드러내는 매개물로 사용하였다.

사물이 가진 속성에 감응하여 자신의 생활 윤리로 드러내고자한 소재들은 주로 선비들의 기품을 보여주는 것들이다. 사대부들의 기품을 보여주는 사물은 주로 어떠한 것이었으며, 그 사물에 내재하는 속성에 감응하여 그들이 익히고자한 관념과 사상은 어떠한 것이었는지를 다수의 작품을 통해 살펴보고자 한다.

2) 감응물

(1) 꽃(花)

> 어리고 성긘 柯枝 너를밋지 아냇더니
> 눈 期約(기약) 能(능)히 직혀 두세 송이 픠엿고나
> 燭(촉) 줍고 갓가이 스랑헐 제 暗香(암향)좃 ᄎ 浮動(부동)터라[5]
> 　　　　　　　　　　　　　　　　　　　　　－ 안민영[6]

매화의 덕성을 예찬한 작품이다. 추운 겨울 눈 내리는 시기에 피젰다

---

5) 일명 '영매가(咏梅歌)'라고도 하는데, 모두 8수로 된 연시조이다. 작자가 헌종 6년(1840) 겨울, 스승인 박효관의 산방(山房)에서 벗과 더불어 금가(琴歌)로 놀 때, 박효관이 가꾼 매화가 책상 위에 있는 것을 보고 지은 것이다.
6) 자 성무(聖武). 호 주옹(周翁). 서얼(庶孼) 출신이다. 1876년(고종13) 스승 박효관(朴孝寬)과 함께 조선 역대시가집『가곡원류(歌曲源流)』를 편찬 간행하여 근세 시조문학을 총결산하는데 공헌하였다.

는 약속을 지켜 피어난 매화 꽃송이를 보며 사람도 언제나 약속을 어기지 않고 실천으로 옮겨야 한다는 교훈적인 내용도 담고 있다. 자신을 믿어주는 대상에 대해 신뢰를 지켜주는 그 모습에서 나오는 그윽한 향에 눈을 감고 취하듯 감상을 한다. 매화가 추운 겨울날 피어나는 모습에서 고고한 절개를 보여주듯 작가도 믿음을 지켜주는 모습을 가지고 내면에서 풍기는 그윽한 향기를 갖고자 하는 서정을 드러낸 작품이다.

종장의 '암향부동暗香不動'은 송나라 임포林浦의 '山園小梅(산원소매)' 시 중, '疏影橫斜水淸淺 暗香不動黃昏月'(성긴 그림자, 옆으로 비껴 물은 맑고 잔잔한데, 그윽한 향기 풍기는 어스름 달밤)이라는 구절에서 인용한 것이다.

> 국화야 너는 어찌 三月春風(삼월 춘풍) 다 보닉고
> 落木寒天(낙목한천)에 네 홀노 피엿는다
> 아마도 傲霜孤節(오상고절)은 너쑨인가 흐노라
>
> — 이정보[7]

선비가 지켜야 할 강직한 지조와 절개를 사군자의 하나인 국화의 미덕을 노래한 작품이다. 봄바람이 따뜻할 때에 피는 다른 꽃들과 달리, 낙엽이 지는 추운 가을날에 서릿발을 이겨내고 피는 국화의 절개를 찬양하고 있다. 당시 사리사욕에 눈이 어두워 자신의 지조를 헐값에 팔아버리는 사람들을 우의적으로 비판하면서, 작가 자신은 국화가 지닌 속성처럼 어떠한 어려움과 시련 속에서도 지조와 절개를 지키겠다는 다짐을 노래한

---

7) 이정보(李鼎輔, 1693~1766). 조선 후기 영조 때의 문신. 탕평책을 반대했다. 이조판서 때 김원행 등 선비를 기용, 세인을 놀라게 했다. 양관대제학·성균관지사·예조판서 등을 거쳐 중추부판사가 되었다. 글씨와 한시에 능하였고 시조의 대가로 78수의 작품을 남겼다.

것이다. '傲霜孤節(오상고절)'은 바로 작가 자신의 모습으로 볼 수 있다. 가을날 피어나는 국화의 속성에 감응하여 자신의 삶에 대한 의지를 다지는 작품으로 볼 수 있다.

(2) 나무(木)

> 나모도 아닌 거시 플도 아닌 거시
> 곳기는 뉘 시기며 속은 어이 뷔연는다
> 뎌러코 四時(사시)에 프르니 그를 됴하 ᄒᆞ노라
>
> — 윤선도[8]

대나무는 겨울에도 시들지 않음과 부러지기는 쉽지만 꺾이지 않고 굽혀지지 않은 '청고한 절개'를 상징하는 말로 사용되고 있다. 대나무에 나타난 사상적 표출은 초장에서 '나모도 아닌 거시 플도 아닌 거시', 중장에 '곳기는 뉘시기며 속은 어이 뷔연는다.' 나무도 풀도 모두 시드는 풍상한 설風霜寒雪에 비목비초이면서 사시四時에 푸르고 곧게 자라나는 모습은 세찬 바람에도 굽히지 않으니 청한한 절개를 지닌 선비의 기풍과 고고한 선비의 기상이 풍긴다 할 수 있다. 더구나 속이 텅 비어 있지만 꺾이지도 굽히지도 않고 곧으니 청빈한 삶에서도 곧음의 신념을 간직한 채 항상 푸르름을 지키고 있어 군자의 모습이라 할 수 있다. 선비 스스로가 마음을 비워 대의명분을 세우는 것으로 근본을 삼는 유교이념의 본질을 대나무가 가진 속성에 감응하여 자신도 그러한 속성을 지닌 선비로 살겠다는 서정을 노래한 것이다.

---

8) 윤선도(尹善道, 1587~1671). 조선 중기의 문신ㆍ시인. 치열한 당쟁으로 일생을 거의 벽지의 유배지에서 보냈으나, 경사에 해박하고 의약ㆍ복서ㆍ음양ㆍ지리에도 능통하였으며, 특히 시조에 뛰어나 정철의 가사와 더불어 조선시가에서 쌍벽을 이루고 있다.

눈마즈 휘여진 디를 뉘라서 굽다턴고
구블 節(절)이면 눈 속의 프를소냐
아마도 歲寒孤節(세한 고절)은 너쓴인가 ᄒ노라

- 원천석9)

정치적 격변기의 시조로, 고려왕조에서 조선왕조로 교체기의 상황에
접어든 시점에 자신의 고뇌와 안타까움을 드러내면서 변함없이 지조를
지키겠다는 다짐을 표현한 것이다.

초장의 눈은 새 왕조에 협력을 강요하는 압력 또는 그러한 세력을 상
징하고 '디'는 절개를 지키는 고려 유신을 나타낸다고 볼 수 있다. 중장의
말미에 '프를소냐'하는 반문은, 작가 자신이 조선 왕조에 저항하고 있지
는 않지만 내적으로는 고려왕조에 대한 절개를 꿋꿋이 지키고 있음에 대
한 자부심의 표현이다. '눈 맞아 휘어진 대나무'의 모습에서 자신의 입장
을 드러낸 작품이다. 종장의 구절은 '논어'의 '歲寒然後 知松柏之後彫(날
씨가 차가워진 후에야 소나무와 잣나무가 시들지 않음을 안다)'는 구절
과 상통한다고 하겠다. 작가는 대나무의 곧은 성질에 감응하고 고려왕조
에 대한 절의를 상징하는 소재를 사용하여 곧은 심정을 드러내고 있다.

더우면 곳 픠고 치우면 닙 디거늘
솔아 너는 얻디 눈서리를 모르는다
九泉(구천)의 불희 고든 줄을 글로 ᄒ야 아노라

- 윤선도

---

9) 원천석(元天錫, 1330(충숙왕 17)~?). 고려 말, 조선 초의 문인. 진사가 되었으나 고
려 말의 혼란한 정계를 개탄하여, 치악산에 들어가 은둔생활을 하였다. 조선의 태
종이 된 이방원을 가르친 바 있어, 태종이 즉위한 뒤로 여러 차례 벼슬을 내리고 그
를 불렀으나 응하지 않았다.

이 작품에서는 소나무를 벗으로 삼겠다고 하였다. 소나무의 덕성은 절개와 지조로 상징되어 왔으며 늠름한 자태와 겨울의 추위에도 불변하는 강하고 숭고한 관념을 가지므로 예로부터 선비들에게 예찬의 대상으로 여겨져 왔다. 소나무의 표상성은 대개 지조, 절개를 드러낸다. 가을이면 고엽이 떨어지면서도 푸른 잎이 향상向上하여 그 위세가 풍상에 시들지 않고 모든 초목이 눈과 얼음에 파묻힌 엄동의 시절에도 늠름하고 천지간에 꿋꿋이 서 있는 모습을 유지한다. 작가는 소나무가 가진 이러한 속성에 감응하여 자신의 삶의 자세를 배우고 따르려 하였다. 소나무처럼 '변하지 않는 사람', '겉과 속이 다르지 않은 사람'을 벗으로 삼겠다는 작가 내면의 지조와 정신을 나타내었다고 볼 수 있다.

(3) 달(月)

> 쟈근 거시 노피 떠서 만물을 다 비취니
> 밤듕의 光明(광명)이 너만ᄒ니 또 잇ᄂ냐
> 보고도 말 아니 ᄒ니 내 벋인가 ᄒ노라
>
> — 윤선도

초·중장은 달에 대한 설명과 가치평가이며 외형적 묘사를 하였다. 종장에서 달의 속성을 두 가지로 나타내었다. 외적인 면으로 달은 어둠속에서의 밝음이라는 고매한 성품을 가졌으며, 또 밤하늘에 높이 떠 있어 우러러 보는 대상으로 많은 사람들에게 존경을 받고 이로움을 주는 속성에서 감응을 얻고 있다. 내적인 면에서는 위대한 힘을 과묵한 인품에 비겨서 벗을 삼는 이유를 설명하였다. '너만 ᄒ니 또 있느냐?'고 반문한 것은 그 가치의 절대성과 위대성을 강조한 것이다. 그러면서 달을 '너'라고 말할 수 있는 대상은 흉금을 털어놓을 수 있는 대상으로 인식하였기 때

문이다. 보고도 말 아니하는 존재는 믿음직스럽고 묵중한 덕을 지녔으니
벗으로 삼고 광명한 달이 혼탁한 세상의 모든 허욕과 비리, 부정부패를
비춰보고도 말 아니하는 과묵한 군자를 상징하는 의미의 달이다. 달이
가진 내적·외적인 속성에 작가는 감응하고, 또 자신도 달이 가진 덕성
을 삶의 가르침으로 여기겠다는 다짐을 나타낸 작품이다.

(4) 물(水)

> 산은 녯 산이로딕 물은 녯 물이 안이로다
> 晝夜(주야)에 흐르거든 녯 물이 이실쏘냐
> 人傑(인걸)도 물과 ᄀᆞᆺ으야 가고 안이 오노민라
>
> — 황진이

황진이의 시조는 산과 물과 인걸을 등장시켜 초장의 가설, 중장의 증
명, 종장의 비유 및 종결의 순서로 논리를 펴 나가고 있다.

여기서 '인걸'이 특정인인 서화담이라면 이 시조는 무정한 사람을 그
리워하는 애련의 노래가 될 것이고, 인생무상을 절감하는 화자의 철학적
대상이라면 자연을 통하여 인생을 관조하는 노래가 될 것이다. '인걸을
물과 같다'고 하여 물의 유동流動을 통하여 인간의 무정함과 인생의 무상
을 드러내고 있다. 변함이 없는 우직한 산과 끊임없이 흘러가는 물과의
대비를 바탕으로, 불변의 존재인 산과 달리 흐르는 물과 사라지는 인걸
을 연결하여 인생에 대한 허망함을 느끼고 있다. 물을 통해 인생사의 허
망한 감흥을 드러낸 시조라 볼 수 있다.

3) 감응의 여운

예로부터 고매한 인품을 기르고 덕성을 키우기 위해 생활주변의 사물에서 감응을 얻어왔다는 문학적 근거를 유협의 경정론 사상의 이론을 바탕으로 하였다. 그는 물物을 보고 난 후 정情을 일으키는 것이 시작詩作이라 하였다. 물物과 정情이 서로 교융할 때 물物의 속성을 깨닫고 자신의 소회所懷를 드러내는 것을 감응이라 볼 수 있을 것이다.

시조를 창작하고 향유한 사대부들은 유교적인 관념이 지배적이었고 사물을 통한 감응에서 그들의 사물관에 대한 사상을 엿볼 수 있을 것이다. 사대부들은 감응의 대상을 인공물이 아닌 자연물에서 많이 얻었으며 주로 꽃, 나무, 달, 물 등이었다. 이러한 자연물이 가진 속성에서 선비로서 지녀야 할 덕성과 정신, 마음가짐, 삶의 자세 등을 감응한 후 시조로 나타내었다.

엄동설한 속에서도 푸름을 유지하는 모습, 가을날 서리가 내리는 역경 속에서도 피어나는 꽃들, 어둠 속에서의 밝음, 막힘이 없이 맑게 흐르는 물의 모습 등에서 선비이자 사대부로서 지녀야 할 지조와 절개, 도덕적 기품 등 그들의 정신적 세계를 여실히 드러내었다 하겠다. 도덕적 순결성과 고매한 인품을 높이 여기고 낮은 곳에서 덕성을 닦아 사물이 가진 속성에 감응하여 사대부 생활의 지침으로 여겼던 것이 아닌가 여겨진다.

4) '고향'의 개념과 본래적 의미

'고향'이라는 개념은 학문적으로 정확하게 정의된 채 사용되지 않았고,

다양한 관점에서 다양한 의미로 사용되어 왔다. '고향'은 복합적 내용을 담은 광범위한 의미 범주를 지니고 있는 것이라고 할 수 있을 것이다. 이를테면 '고향'은 '푸근함'과 '안정됨', 그리고 '평화로움'과 같은 인간의 내면적인 상태의 의미로 쓰이기도 했고, '삶의 질'의 표현으로 사용되기도 했다. 뿐만 아니라 '전통'과 '전통적인 것'을 의미하기도 했고, '이상향'이나 '유토피아'의 개념을 지니기도 했으며, 단순히 '출신지'를 뜻하는 지정학적 개념으로 쓰이기도 했고 현재적 선호選好와 관련해서 사용되기도 했다.

우리말에서의 '고향'이라는 말의 본래적 의미는 '옛 향리鄕里'라는 뜻을 가지고 있다. 이는 곧 '자기가 태어나고 자라난 고장'이란 뜻일 터이다. 이처럼 고향은 일반적으로 '시골', '고원故園', '고산故山', '향관鄕關', '향리', '향토鄕土', '향촌鄕村' 등의 낱말과 동의어 내지 유사 개념으로 쓰이고 있다. 여기서 '고향'의 개념을 크게 다음 네 가지 지평으로 나누어 살펴본다면 그 뜻을 이해하는 데 도움이 될 것이다.

첫째, 고풍성의 지평이다. '고향'의 '故'는 '예' 내지 '오래됨'을 뜻하므로, 고향은 급변하는 시대에 따라 변모한 그런 새로움의 세계가 아니라 '예스러운 모습'을 가리킨다. 둘째, 회상성回想性의 지평이다. '고향'의 '故'는 또 '떠나보낸'이나 '떠나온'의 의미가 있으므로, 고향은 내가 떠나온 지나간 과거에서의 내 삶의 공간이다. 그래서 고향은 늘상 '추억' 및 '동심'과 결부되어 있다. 셋째, 은닉성隱匿性과 순수성純粹性의 지평이다. 고향은 일반적으로 '시골'과 바꾸어 쓸 수도 있을 정도로 도회지처럼 노출되는 때 묻은 공간이 아니라 감춰지고 숨겨진 영역이다. 넷째, 풍경성風景性과 풍물성風物性의 지평이다. 고향은 어떤 곳이든지간에 대개 어린 시절 뛰어놀던 들녘과 강, 산과 바다가 있으며, 또 고유의 풍물이 있는 것이다. 그래서 그것은 인위적 문화의 저편에 있는 천연적 자연을 지니고 있으며, 그 나름의 고유성을 지니고 있다. 이러한 네 가지 지평은 우리에게서 '고향'이 무엇을 뜻하는지 그 의미를 드러내주는 요소가 된다고 할 수 있다.

인간의 삶의 공간으로서의 '고향'을 사회학적으로 연구한 대표적인 학자는 짐멜과 퇴니스이다. 짐멜은 '고향'을 그의 '공간의 사회학'의 범주에서 다루고 있다. 인간의 삶은 상징적 장소 결속 내지 속지성屬地性을 지니고 있는데, 이 고향은 그것과 결부된 사회적 내지 인격적 연대로서 언어·관습·풍속 등을 지닌 것으로 특징지어진다는 것이다. 그러나 그것은 어느 정도 가계적 형태와 근원적 조직의 요소를 가지므로 국가처럼 공간적인 원리만을 따르는 것이 아니라 초공간적 속성을 지닌다. 이익사회나 국가에 귀속되지 않고 자연스럽고 비좁은 '공동사회'에 속한다는 것이다.

이런 본래적 의미에서의 '고향'은 자연 풍경과의 만남의 장소라고 할 수 있다. 인간은 다른 모든 피조물과 같이 자연 가운데 살고, 넓은 의미에서 자연의 일부분을 이룬다. 하지만 그는 자연을 대상으로 하여 인식과 경험의 활동을 한다. 자연으로서의 고향은 자연관과 세계관이 형성되는 토대이며, 또 삶의 뿌리와 밑동이 자라는 터전과 못자리라 할 수 있다. 아울러 고향은 가계의 혈연관계 속에서의 결속이 있는 장소이기도 하다. 고향에서는 도시화된 공동체에서와 같이 '군중 속의 고독'이나 '익명의 타자' 같은 것은 있을 수 없다. 대부분의 고향은 마치 가정의 연장이나 확대와 같은 것으로, 여기에서는 어떤 이해 문제로 인해 친소 관계가 형성되지 않고 사랑과 정, 그리고 혈연적 유대감이 지배하게 된다. 거기에서 우리는 가족에 대한 무한 책임을 배우는 것이다. 이뿐만 아니라 고향은 언어·관습·전통 등을 공유하고 있는 이웃들과의 공동체의 장소라고도 할 수 있다. 그런 이웃은 수평적 상호 체험의 또래 집단뿐 아니라 상하적 체험의 어른들과 후배들도 해당된다. 이 이웃들과의 만남과 공동적인 삶의 장은 우리가 경험하는 최초의 사회인 것이다. 이렇게 고향은 자연·가족·이웃들과의 관계에서 삶의 뿌리가 착근着根되는 생활 공간인 것이다. 이렇게 볼 때 '고향'은 결국 자연적 측면과 인간적 측면의 두 요소를 지니고, 이 두 가지 조건은 상보적으로 고향의 생활 공간을 만드는 것이다. 그리고 인간은 이 속에서 자기 정체성이 확립되고, 그 정체성에 대한 자기의식도 싹이 트게 되는 것이다.10)

이처럼 고향의 개념과 본래적 의미에 따라 분류함으로써 '고향'이 가지는 복합적인 층위에 대해서 살펴보았다. 여기서 한 가지 주의해야 할 사항을 지적하는 것을 잊어서는 안 될 것이다. 그것은 '고향'이 '선험적인 공간'임과 동시에 '구성된 공간'이라는 사실이다. 가령, 근대적 공간에서의 '고향'의 의미와 전근대적 공간에서의 '고향'의 의미는 서로 겹치는 부분이 존재하지 않는 것은 아니지만 의미의 격차가 상당하다고 할 수 있다. 따라서 '시조'라는 장르에서 구현되는 '고향'의 의미는 후자의 측면에서 살펴야 하는 것이 옳을 것이다. '고향'이라는 말 속에는 '선험적인' 정서의 힘이 강력하게 작동하고 있기 때문에 이와 같은 구분을 간과하기 쉽다.

5) 고향에 대한 열망을 실현시켜 주는 매개물

고향은 그곳으로부터 떠났을 때라야만 상기할 수 있는 정서라고 해도 과언이 아닐 것이다. 따라서 고향을 그리는 사람이 있다면 그는 틀림없이 그곳으로부터 떠나온 자이다. 근대적 질서 속에 놓여 있는 개별자들

10) 전광식, 『고향』, 문학과지성사, 1999, 24~31쪽.

의 삶은 '이동'이 본격화되고 지속되어가는 탓에 '실향失鄕'은 피할 수 없는 것처럼 보인다. 그러나 전근대적 질서 속에서 삶의 터전으로부터 떠난다는 것, 다시 말해 '실향'은 일상적으로 체험할 수 있는 것이 아니었다. 대개의 사람들은 태어난 그곳에서 죽을 때까지 살아갈 수밖에 없었던 탓에 '고향'이라는 개념을 각인하고 있었던 것은 아니다. 그런 점에서 볼 때, 고향은 이동이 자유로운 물적 기반 위에서 구성된 개념적 측면이 강하다고 할 수 있을 것이다. 다시 말해 철도나 연락선 등의 운송수단의 보급과 삶의 터전을 옮길 수 있는 사회적 여건 속에서 비로소 '고향'이라는 개념이 구축될 수 있었던 것이다. 그러나 '고향'을 그저 근대적으로 구성된 개념이라고 서둘러 규정지어서는 안 될 것이다. 전근대적 질서 속에서도 삶의 공간을 이탈하거나 이동해야 할 상황에 놓일 수 있기 때문이다. 예컨대 관리가 되어 한양으로 가거나 지방행정관으로 부임하는 일, 또 중국이나 일본 등 타국으로 연행하는 일을 통해 조상의 묘가 묻혀 있는 영역으로부터 이탈, 다시 말해 이향離鄕의 계기가 존재한다는 것이다. 이뿐만 아니라 전쟁 시 포로나 벼슬에서 좌천되어 유배될 때 또한 '고향'이라는 표상이 구성될 수 있는 조건을 가진다고 하겠다.

고시조에서 '고향'을 그리는 작품은 그리 많지 않은데, 흥미로운 것은 타향살이에 대한 서러움이나 고향을 그리워하는 화자의 마음을 달래주는 매개물이 '새'로 형상화 되고 있다는 점이다. 고시조에서 자연과 조화를 이루고자 할 때 사용된 주요한 제재는 '새'와 '꽃'이었음은 이미 잘 알려져 있다.[11] 특히 '새'는 상고시대 기록물에서부터 널리 사용된 소재이기도 했는데 이들 기록에서 '새'는 성스러운 이미지와 속세의 이미지를 동시적으로 지니고 있어서 자연의 원리를 인간에게 전달하는 매개자의

---

11) 김홍규, 「새를 소재로 한 고시조연구」, 고려대 석사논문, 1982.

역할로 나타난다. 설화에서도 이러한 양상은 비슷하게 전개되며 원시종 교인 샤머니즘에서도 '새'는 자연의 원리와 인간의 세계 사이의 간극을 좁히거나 일치시키는 기능을 부여받는다.[12] 보다 가까운 시기의 문학기 록인 고시조의 제재로도 빈번히 사용되는 조류는 기러기, 백구, 두견, 봉 황, 학, 가마귀, 꾀꼬리, 닭, 매종류, 기타 새 종류로 나눌 수 있는데 총 66 종 이상의 새가 등장하고 있지만 가장 빈도가 높은 조류는 '기러기'라고 한다.[13] 이는 기러기가 전통적으로 통신수단으로 사용되고 있었기 때문 이기도 하고 자연과 서정적 자아의 관계를 가장 명백하게 표현할 수 있 었기 때문으로 여겨진다.

그러나 고시조가 추구하는 완결된 삼장三章형식의 세계는 1920년대에 이르게 되면 더 이상 유지 못한다. 시조부흥운동이 진행되고 전통과 자유 시에 대한 질문이 계속되는 와중에 시조는 명백히 반동적인 지점으로 돌 아서버린다.[14] 시조의 세계에 안착한다는 것은, 삼장구조의 완결된 세계 를 승인하는 것이므로 식민지 현실을 그대로 수긍하는 사태와 다를 바 없 었던 것이다. 식민지 현실은 이미 기계와 전기가 장악한 전혀 낯선 세계 로 진입하고 있었으므로 고시조의 새처럼 자연의 연장으로서 자아와 관계 맺는 것은 불가능해진다. 여기에 도달하기 위해서는 다른 전략이 요청되 는데 특히 김소월의 시에 나타나는 새는 철도와 매체에 의해 생산된 공 간이 전통, 자연에 파국을 일으킨 흔적을 보관하고 있어서 흥미롭다.

12) 권민진, 「고전문학에 나타난 새의 의미와 그 변천」, 부산대 석사논문, 1982, 22~ 40쪽.
13) 김홍규, 앞의 논문, 6~9쪽.
14) 임재서는 자유시가 조선에 등장하기 시작하면서 전개된 형식의 문제 가운데서 시 조부흥운동이 율격에서 보다 자유로웠던 사설시조에 주목하지 않고 엄격한 음수 율을 지닌 평시조에 주목한 것도 민요시 운동의 연장선상에서 펼쳐진 형식 찾기 의 한계로 지적한다. 임재서, 「민요시론 대두의 의의」, 『한국 현대시론사 연구』, 문 학과지성사, 1998, 84~91쪽.

어제도하로밤
나그네집에
가마귀 가와가와 울며새엿소.

오늘은
또멧十里
어듸로 갈까.

山으로 올나갈까
들로 갈까
오라는곳이업서 나는 못가오.

말마소 내집도
定州郭山
車가고 배가는곳이라오.

여보소 공중에
저기러기
공중엔 길잇섯서 잘가는가?

여보소 공중에
저기러기
열十字복판에 내가 섯소.

갈내갈내 갈닌길
길이라도
내게 바이갈길은 하나업소

— 김소월, 「길」[15]

15) 김소월, 김용직 편, 『김소월 전집』, 서울대출판부, 1996, 150쪽(이하 인용은 본문

김소월의 시에서 나타나듯 장소에 대한 감각은 현존하는 장소가 아니라 소멸한 장소에 대해 집중하는 것처럼 보인다. 사람이 다니는 '길'을 아무리 걸어도 시적 화자가 길의 목적지로 설정할 수 있는 곳은 주어지지 않는다("님게신곳 내고향을 내못가네 내못가네", 「山水甲山」, 218쪽). 길은 더 이상 특정한 장소로 화자를 이동시켜주는 방향 제시의 역할을 할 수 없다. 근대적 길은 장소를 표준화함으로써 시적 화자가 지녀야 할 방향감각을 도리어 상실하게 해버린다("집도 없는 몸이야", 「제비」, 51쪽). 뿐만 아니라 시적 화자의 상황 자체가 시적 화자를 중심으로 사방으로 길이 뻗어나가고 있지만 어떤 길도 선택하기 어려운 상황("열十字복판에 내가 섯소")에 놓여 있다는 것을 알 수 있다. 근대적 공간으로 재편되면서 자율적 공간을 폭력적으로 균질화한 결과 어떤 장소에서도 머무를 수 없음이 강제되고 있다는 것을 알려주고 있는 셈이다. 다시 말해 근대적 교통수단을 통해 빠른 시간 내에 목적지에 도달할 수 있었지만 이는 공동체를 파괴시켜 얻은 부산물에 불과할 따름이다. 전통적인 장소가 "갈내갈내 갈"려 근대적 공간이 되자 "오라는곳이 업서 나는 못"간다는 표현이 이를 적실하게 증명해주고 있다.

그런데 여기서 주지해야 할 지점은 "내집도 (……) 車가고 배가는곳"이지만 고향에 갈 수 없게 되었다는 상실감 자체에 있지 않고 도리어 사멸하고 있거나 파괴되고 있는 어떤 것을 불러들이려고 한다는 점이다. 김소월의 시에 자주 나타나는 부재의 존재가 '민족'이라는 지적을 참조16)하더라도 이때 김소월이 불러들이고자 하는 것은 동일화과정에서 대상화된 '자연'이 아니라 전통적인 시가에서 보이는 자아와 결합된 바로 그 '자연'이다. 「길」의 시적 화자가 "내게 바이 갈 길은 하나 업"다고

에 쪽수만 표기).
16) 정우택, 「한국 근대시 형성과정에서 '님'의 위상」, 『문학교육학』 6, 2000.

우울하게 읊조리는 대목은 상실했거나 지속적으로 상실되고 있는 그러한 자연을 내면에 유지하고 있기 때문에 가능해진 표현이라는 것이다. 그러므로 "기러기"와 시적 화자 사이에 벌어진 간극("써가는져기러기 / 알을까두고 / 색기를치지못[하]고가노랍니다", 「제법인전」, 423쪽)을 극복하는 것은 시적 화자의 내면에 상실된 대상을 '애도'하여 떠나보내지 않고 '무덤' 속에 보관하면서 지속적으로 불러들임으로써 가능해진다. "가신님 무덤까엣 금잔듸"(「金잔디」, 198쪽)라고 부르거나 "불너도 主人 업"(「招魂」, 145쪽)음에도 계속 부를 수 있는 힘을 얻는 원인이 이런 점에서 비롯된다.[17]

이처럼 식민지 시기의 자유시에서(김소월이라는 특정 시인에 국한되기는 했지만) 형상화되는 '새'가 화자의 상실감을 확인케 하는 형상물에 불과한 반면 고시조의 '새'는 자연의 연장으로 화자와 합일의 관계를 이룸으로써 소망과 염원을 실현시켜주는 매개물의 역할을 하고 있다는 점에서 주목할 필요가 있다.

北海上 便紙傳튼 蘇中郎의 기러기야
千里에 期約을 두고 너는 슈이 오거니와
우리도 날릴곳 빌일진듸 님의 곳에 가리라

　　　　　　　　　　　　　　　　　　　－ 호석균

金風이 부는 밤에 나무닙 다지거라
寒天明月夜에 기럭이 우러녤제
千里에 집써난 객이야 즘못일워 흐노라

　　　　　　　　　　　　　　　　　　　－ 송종원

17) 김만석, 「철도와 근대시의 상상력－김소월 시의 경우」, 동남어문학회, 2006.

고시조에 나타난 제재로서 조류는 다양한 면모를 보이고 있지만 주제
적으로 큰 테두리를 벗어나지 않는데, 인용한 시조에 나타나는 것처럼
이별과 연정, 은일과 부귀영화, 충군과 애국, 고향에 대한 그리움에 관한
주제로 거의 요약될 수 있다.[18] 고시조에 나타나는 새는 시적 자아가 놓
여 있는 상황과 달리 공간을 자유롭게 탈피할 수 있는 이미지로 형상화
된다. 전답과 공동체에 한정된 삶을 영위해야만 했던 대다수 조선의 백
성들에게 장소를 탈피하는 행위는 존재가 위험에 노출되는 상황에 처할
것임은 분명하다. 그런 점에서 "집써난 객"이 "줌못일워 ᄒ"는 이유는
역설적으로 '장소'에 부착되어 있기 때문이다. 그러한 상황 속에 놓인 시
적 자아와 달리 '새'는 지금-여기를 벗어나 '저기-너머' 다시 말해 잃어
버린 것(곳)을 복원할 수 있는 장소로 이동할 수 있는 매개물의 역할을 하
고 있음을 확인할 수 있다. 가령, 다음과 같은 시조에서도 '새'가 갈 수 없
는 곳을 향한 시적 자아의 열망을 실현시킬 수 있는 매개물로써 기능하
고 있다는 것을 확인할 수 있다.

> 露天에 우려네ᄂᆞᆫ 기러기 瀟湘으로 갈쟉시면
> 太平 城都을 應當이 지날쎠니
> 우리의 望鄕消息을 傳ᄒ여줄가 ᄒ노라

한데서 우는 "기러기"는 시적 화자가 처해 있는 상황을 "城都"에 전해
줄 수 있는 매개자의 역할을 하고 있다. 이때의 '기러기'는 단순히 소식을
전하는 '메신저messenger'의 역할에 국한되는 것이 아니라 시적 자아가 가
지고 있는 소망과 염원이 투사된 형상물이라고 할 수 있을 것이다. 이처
럼 '새'라는 형상물이 시적 자아의 열망을 드러내는 매개물로만 기능하

---

18) 김흥규, 앞의 논문 참조.

는 것은 아니다. '새'는 떠나온 자의 표상으로 기능하기도 한다.

> 기러기 다 나라가고 셔리는 몃변 온고
> 秋夜도 김도길샤 客愁도 하도하다
> 밤중만 滿庭月色이 故鄕본듯 ᄒᆞ여라
>
> — 조명리

　"고향의 까마귀만 봐도 반갑다"는 말이 있듯이 외지에서 고향의 정에 향수를 느끼는 것은 인간의 상정일 것이다. 흔히 달 밝은 밤이면 중천의 달을 매개로 하여 멀리 떨어진 이의 안부를 궁금해 하고 그리워함은 예로부터 풍아風雅의 상식이다. 인용한 시조 역시 고향에 두고 온 부모·형제를 그리며, 나그네로서 외딴 타향에서 잠 못들어 전전반측輾轉反側하는 모습을 그리고 있다. 이때의 기러기는 별다른 역할을 하고 있지 않은 것처럼 보이지만 "기러기 다 나라가고 셔리는 몃변 온고"와 같은 구절에서 알 수 있는 것처럼 '기러기'는 고향으로부터 멀어진 시적 화자의 이탈감이나 본원적 장소로부터 떨어진 거리감을 가늠할 수 있는 지표로 작용한다는 것을 알 수 있다. 다만 이 작품에서 고향에 대한 시적 화자의 열망을 형상화하는 것은 '뜰 가득히 비치는 밝은 달을 보니 고향에 있는 듯한 착각마저 든다'는 구절에서 확인 할 수 있는 것처럼 '밝은 달'이라고 할 수 있다. 이때의 밝은 달은 앞의 '기러기'와 유사한 기능을 하고 있다는 것을 쉽게 확인할 수 있다.

> 逍遙當 돌 붉근밤에 룰爲ᄒᆞ여 안ᄌᆞ는고
> 솔바람 시닉쇼릭 듯고지고 내草堂에
> 這달이 故鄕에 빗최거든 이닉消息 傳ᄒᆞ럼

하늘 위에 떠 있는 밝은 달은 '새'라는 매개물보다 시공간의 제약에서
더욱 자유로워 보인다. 고향을 떠나온 시적 화자가 보고 있는 '달'은 고향
하늘 위에도 똑같이 떠 있을 것이므로 그것을 바라보며 고향을 그리워하
고 있는 자신의 심경을 전해줄 수 있는 메신저의 역할을 할 수 있는 매개
물의 역할을 할 수 있는 것이다. 이처럼 '고향'에 관한 시조는 대체적으로
고향을 떠나온 화자가 '지금-여기'(이향離鄕의 공간)를 벗어나 '저기-그
곳'(시원始原의 장소)으로 가고자 하는 열망을 표출하며 '새'와 '달'과 같
은 형상물이 그것을 매개하는 역할을 하고 있음을 확인할 수 있다.

2. 자연과 삶

1) '자연'에 대하여

아리스토텔레스의 정의에 의하자면 자연이란 '그 자체 안에 운동의 원
리를 가진 것'이다. 이와 같은 그리스의 자연관에서 자연은 조금도 인간
에게 대립하는 것이 아니고 오히려 그러한 생명적 자연의 일부로서 그것
에 포함되어 있다. 자연은 인간에게 대하여 이질적이거나 대립적이지 않
고 그것과 동질적으로 조화하고 신마저도 자연을 초월하는 것이 아니고
거기에 내재적이다. 자연은 인간이나 신까지도 포괄하고 살아 있는 그대
로의 자연이며 일정의 '범자연주의'가 밑바탕에 있었다고 말할 수 있다. 하
지만 근대에 들어서면 살아있는 자연을 원형으로 한 그리스의 자연관은
생명을 배제한 무기적 자연관으로 바뀌게 된다.

고시조에서의 자연은 인간사회와 자연이 온전한 조화를 이루는 이상

적인 세계상을 보여주고 있다. 그리고 자연의 조화와 일체된 삶을 그려
냄으로써 그 조화로움을 사회로까지 연속시키려는 의지를 보여주기도
한다. 이렇게 고시조가 자연을 빌려 인생을 읽고 의지한다거나 자연의
섭리를 좇아 인생을 해석하고자한 시각과는 달리 현대시조에서의 자연
은 문명화되었으며 문명비판을 강조하기도 한다. 즉 인간과 자연이 조화
를 이루는 구체적인 양상을 보여주지 못하고 있다. 현대시에서는 자연을
자연 그 자체로 대상을 삼지 않고 이를 새로운 시각으로 이미지화하고
풍경화함으로써 자연과의 거리를 두고 있다. 하지만 이러한 시대적 변화
에 따라 자연에 대한 시적 인식에 달라졌다 해도 공통된 것은 자연이라
는 거대하고 풍요로운 터전을 대상으로 창조의 세계를 나타내었다고 할
수 있다.

자연을 바라보는 인식은 동, 서양이 약간의 차이를 가진다. 중국에서
는 유, 불, 도를 막론하고 정신과 물질을 이원적인 것으로 보지 않고 자연
과 인간은 분리되지 않고 연속된 채 조화를 이루고 있다고 보았다. 현실
에서 자연과 조화를 추구하며 안분자족하는 것을 하나의 종지로 삼았다
고 할 수 있다. 반면 서구의 낭만적 자연관에서는 현실은 죄와 타락, 인간
성 상실에 빠진 세계이며 상대적으로 평화와 위안을 주는 낙원으로서의
의미를 지닌 자연의 모습을 기대하였다.[19] 예를 들자면 중국의 시인들이
자연 속에 이미 들어와 자연을 관조하며 인식과 자연에의 합일을 이루고
있다면 워즈워드는 자연에 대한 회의와 귀의 사이에서 고독한 몸부림을
치며 자연과의 합일을 위해 노력하는 과정에 있다는 것이다.[20]

우리 선조들의 삶의 애환을 그려낸 고시조에서 자연은 시골에서의 한

<hr>

19) 토마스 먼로 저, 백기수 역, 『Oriental Aesthetics』, 열화당, 1984, p.86.
20) 배다니엘, 「중국 자연시와 워즈워드 자연시에 나타난 자연관 서사 비교」, 2002 논
문 참조.

가로운 생활을 노래한 강호한정과 전가한거田家閑居의 노래, 또 곤궁하게 살면서도 평안한 마음으로 천도를 지키겠다는 안빈낙도 등의 노래를 통해 자연과의 합일을 추구하고 있다. 강호는 주로 무위자연의 유유자적한 공간과 귀거래로 나타내어졌는데, 귀거래란 정치 현실과 대비되는 일종의 은신처를 말하며 무위자연의 유유자적이란 속세를 떠나 아무 속박 없이 조용하고 편안한 삶을 의미하였다. 이러한 공간은 시적 상상력의 공간이었으며 예술창조의 정서적 기반이 되었던 것이다. 여기에서는 '자연'이라는 큰 틀에서 시조와 시조에 나타난 자연에 대한 합일과 조화를 꿈꾸는 그들의 사랑을 살펴보고자 한다.

2) 강호한정의 자연

고시조에서의 강호라는 말은 산수, 산림, 청산, 죽림 등의 말과도 비슷하나 빈도수가 가장 많은 말은 '강호'라 할 수 있다. 그리고 자연은 강호와 동의어로 공간적인 의미의 산수를 가리키는가 하면, 인생의 본질에 되돌아가 있는 상태를 가리키기도 한다. 강호공간에서 이루어지는 자발적이고 무상적인 행위들을[21] 이끄는 정서 상태가 곧 자연이며 강호한정은 이 정서 상태에 대한 관습적인 명칭이다.

강호한정의 노래인 우리의 고시조에서 무위자연으로서의 자연관이란 인공이 가해지지 않은 천연 그대로의 상태나 사물인 것으로 자연을 보는 관점이 극대화되면서 자연에 몰입하는 태도다. 있는 그대로의 자연이기에 우리의 삶 또한 있는 그대로 손대지 않고 그래서 때 묻지 않은 삶을 살아가는 것을 이상으로 하는 태도가 된다. 자연은 우리가 동화해야 할 대

---

21) 정재호, 「강호가사소고」, 『한국가사문학론』, 집문당, 1982.

상이기에 거기서의 삶은 격식이 없고 자연스러우며 이러한 무위자연의
태도는 노자 · 장자 이래로 여러 사람에게서 표방되고 추구되어 왔던 것
이기도 하다.22)

秋江에 둘 붉거늘 빅를 타고 도라보니
믈 아릭 하늘이오 하늘 우희 안자거니
어즈버 神仙이 되건지 나도 몰나 ᄒ노라

- 이정보

강호라고 하는 자연을 있는 그대로 즐기고자 하는 태도가 드러나 있
다. 이러한 자연 속에서 삶은 그 자체로 아름다운 것이었다.

시별지고 죵다리ᄯᅦᆫᆫ 호믜메고 사립나니
긴풀 춘이슬에 다젓거다 뵈잠방이
두어라 時節이됴흘션져 졋다 무슴ᄒ리

- 이재

하늘에는 종달새소리, 동녘 하늘에는 햇살이 눈부시고 밤사이 내린 이
슬이 풀잎에 구슬같이 맺혔다. 생동하는 농촌의 하루가 싱그럽다. 은사
에게는 자연이 하나의 도피처가 되지만, 농사꾼에게 땅은 삶의 젖줄기로
서의 대지로 엄숙한 생활의 일터가 된다. 이른 아침에 하루의 절반 일을
해 둔다면 그 날은 즐거운 날이 된다. 또한 이슬에 베잠뱅이가 젖더라도
신경 쓰지 않으며 시간을 헛되이 보내지 않겠다는 농민들의 순박하고 건
강한 이미지가 이 시조에 깔려 있다.

---

22) 김대행, 『시조유형론』, 이화여자대학교 출판부, 249~250쪽.

아희야 되롱삿갓찰화 東澗에 빗지거다
긴ᄂ긴 ᄂ틱에 미날엽슨 낙시미여
져고기 놀라지마라 ᄂ기 겨워 하노라

– 조존성23)

위의 시조는 대자연 안에서 풍류를 즐기는 강호한정가이다. 세상 부귀
영화 다 버리고 자연과 더불어 여유로움을 즐기는 모습이다. 내 흥을 못
이겨 낚시질하는 흉내를 내 볼 따름이라고 읊고 있는 동간조어東澗釣魚
라는 제목의 시조로 물고기를 낚는 것이 목적이 아니라 물고기와 더불어
자연과 함께 즐기는 한가로움을 노래하고 있다.

이 시조 초장의 첫 구가 모두 아희야로 시작되었기 때문에 "호아사조"
또는 "호아곡리"라고 불린다. 벼슬에서 파직되어 초야에 묻힌 은사의 생
활은 나물 캐기, 낚시질, 농사일, 술 마시기로 요약되는데, 이 시조에도
그것이 차례로 읊어져 있다.

산슈간 바회 아래 뛰집을 짓노라ᄒ니
그몰론 ᄂ들은 웃ᄂ다 흔다마ᄂ
어리고 햐암의 뜻대ᄂ 내분인가 하노라

보리밥 풋ᄂ믈을 알마초 머근후에
바회끗 믈ㄱ의 슬ᄏ지 노니노라

---

23) 이 시조를 쓴 작가 조존성은 74년의 생애 가운데 37년이란 반생을 조정 관직에서
진퇴를 거듭하는 파란만장한 길을 걸었다. 그때마다 산촌에 묻혀 시시때때로 떠
오른 감정을 시조로 읊었는데 그 내용은 한결같이 자연에서 한낱 촌로로 사는 맛
과 멋을 노래하였다. 그것은 벼슬길에서 은퇴하면 누리고 싶은 미래를 노래한 것
이라고 볼 수 있다. 그러나 끝내 노후를 정든 고향 산천에 깃들이지 못하고 나랏일
에 이끌려 다니다 죽은 인물이라고 할 수 있다. 박광정,『역사와 함께하는 옛시조
문학산책』, 청림, 220쪽.

그나믄 녀나믄일이야 부를줄이 이시랴

– 윤선도

「만흥(漫興)」이라 제목이 붙은 이 시조는 작자가 병자호란 때 왕을 호
종하지 않았다 하여 영덕에 유배되었다가 풀려나 56세 때인 인조 20년
(1642) 고향에 있을 때 지은 산중신곡 20수 중의 하나이다. 혼란한 정계
에서 물러나 자연을 완상하면서 마음 편히 살려는 초연한 심경을 표현했
다. 보리밥, 산나물 같은 거친 음식에 만족하며 자연 속에서 유유자적하
고 있으니, 세상의 어떤 부귀영화도 부럽지 않다는 것이다. 이것은 논어
의 술이 편에 나오는 "나물먹고, 물마시고, 팔을 베고 누웠으니"라는 공
자의 사상이 바탕에 깔려있다²⁴⁾고도 할 수 있겠다. 이 시조의 이면에는
현실 사회와 자신의 이상이 도저히 타협할 수 없음을 알 때에는 고인의
도를 밟아 깨끗이 명리를 버리고 자연을 찾아서 정신적으로 평화로운 생
활을 한다는 도피사상과 결백성이 깃들어 있다. 그리고 임금과 권력계급
의 폭정 아래서 삶을 유지하기 위해 나타나는 소극적이고 보수적이며 정
적인 습성이 시조 속에 나타남을 볼 수 있다.

말업슨 靑山이요 態업슨 流水ㅣ로다
갑업슨 淸風이요 님주업슨 明月이라²⁵⁾
이中에 病업슨 이몸이 分別업이 늙으리라

– 성혼

---

24) 성낙은 편저, 『고시조산책』, 국학자료원.
25) 한춘섭 편저, 『고시조해설』, 홍신문화사, 113쪽. 송(宋)의 소식(蘇軾)이 그의 적벽부
(赤壁賦)에서 "천지와 만물 중에는 다 주인이 있는데 강가의 바람과 산 사이의 밝
은 달은 임자가 없어서 귀로 이것을 듣고서 노래하고 눈으로 이것을 보고서 글을
쓴다"고 한데서 나온 말.

이 시조는 옛사람이 자연에 순응하고 조화를 이루는 생활을 잘 보여준다. 자연과의 관계는 조화로운 순응관계였으며 이것은 무위사상으로부터 나오는 것이었다. 희로애락, 선악과 시비를 초월한 순수자연의 세계이다. 무위자연 속에서 인간은 자연의 섭리에 자기를 내맡기고 순응하여 자연의 오묘한 숨결을 듣고 존재의 진리를 깨닫게 된다. 자연 속에서 영원함과 불변함을 찾고 자연을 유일한 진실로 생각했던 것이다.

'말없고 태 업고 값없고 임자 없는 세계와 병 없고 분별없는 자아의 주객일치, 천인합일의 경지가 유교적 이념이면서 미적 정서가 된다'고 본 김준오는 그의 『시론』(삼지원, 1982)에서 이런 서정적 자아의 원형을 쉴러(F. Schiller)의 '소박한 시인'의 개념과 연결시키고 있다. 쉴러는 시인을 '자연으로서 존재'를 소박한 시인이라 하고 '상실한 자연을 추구'하는 시인을 감상적 시인이라 했으며 시인이 순수한 자연으로서 있는 동안 전체가 조화된 존재로서 행동하며 감성과 이성, 사물을 받아들이는 능력과 자율적인 행동능력이 서로 대립되지 않는 상태에서 활동한다.[26]는 것이다. 60 평생을 거의 벼슬하지 않고 학자로서, 자유인으로 살아간 지은이의 모습이 소박한 시인으로서, 세계인 자연과 자아의 합일을 잘 드러낸 시조라고 할 수 있을 것이다.

> 歸去來 歸去來ᄒ되 말뿐이오 가리업싀
> 전원이 將蕪(장무-장차 잡초가 우거지니)ᄒ니 아니가고 엇지홀고
> 초당에 청풍명월이 나명들명 기ᄃ리ᄂ니
>
>   - 이현보

이 시조는 효빈가라고 하는데 도연명이 벼슬을 버리고 고향으로 돌아

---

26) 김준오, 『시론』, 삼지원, 2006, 38~39쪽.

갈 때 지은 귀거래사를 흉내 내었다는 뜻이다. 초장과 중장은 '귀거래사'의 첫머리를 그대로 옮겨 놓은 듯하며 농암가와 생일가를 이 시조와 합하여 흔히들 귀전록歸田錄이라 한다. 강호생활을 즐기며 유유자적하는 생활 속에서 자연을 노래하는 산수를 찬양하는 시인들 중 그 주창자로 이현보를 들 수 있는데 이현보는 경상도 고향땅에서 명농당(明農堂, 愛日堂)을 지어 분수에 배를 띄워 놀며 시가로 흥을 돋구었다고 한다. 강호 자연 속에 파묻혀 시가를 벗하고 살았던 이들의 시풍을 강호가도의 흐름으로 볼 수 있을 것이다.

3) 현대시조에서의 자연

고시조에서 자연은 복잡하고 번거로운 세속과는 구별되는 무위의 세계이다. 강호의 자연 속에서 자연과 합일되어 조화를 꿈꾸어 오던 그들의 삶이 현대시조에서는 자연 가운데에서 행유하면서 위로하고 어루만져 달래는 여유 공간으로 인식하였다.

볕설도 살이 올라
장독대에 고인 한낮

솜병아리 서너놈이
봄을 문채 조올고

화신은
속달로 와서
남창에 앉음이여.

― 김사균,「春景」전문27)

우리 시가의 전통적 제재인 자연 속에서 화자는 자연과 일정한 거리를 두고서 봄의 정경을 관조한다. 그것은 죽림지사가 자연을 보고 감각할 뿐 자연을 소유하지 않으려 했던 삶의 태도와 같다는 것을 보여준다. 고시조에서 보였던 갈등의 해소처로서 자연을 바라보고 있음을 느낄 수 있다. 시인들은 현실에 대한 부정과 불만을 나타낼 때, 자연에 기대고 자연을 동원하여 왔으며, 자연을 인식하는 방법을 두 가지로 나타내고 있다. 하나는 김사균의 시조와 같이 자연에 대한 주관적 해석을 배제하고 자연 가운데 행유하면서 인간을 위무하는 행락의 여유 공간으로 인식한 경우이다.

> 풍경 소리 떠나가면 절도 멀리 떠나가고
> 흐르는 물 소리에 산은 감감 묻혔는데
> 적막이 혼자 둥글어 달을 밀어 올립니다.
>
> — 정완영, 「망월사의 밤」 전문28)

자연을 인식하고 있는 방법 중 또 하나는 위의 시처럼 자연에 대한 서경화를 밝히려 드는 이치적인 자연시이다. 자연과 작품 속 화자가 가까이 있으면서 자연에다 나름대로의 해석을 가한 경우이다. 자연의 자기화 自己化라 부를 수 있다.

위의 백수 정완영의 시조에서 절은 풍경 소리에 의해 확인된다. 적막이 둥그렇게 떴다고 생각해보면 작중화자 자신도 풍경 소리, 물 소리와 더불어 자연을 지배하는 존재가 되어 있는 것이다. 여기서 작중화자는 자연의 이법에 순종하기보다는 자연을 모양 바꾸고 역동적으로 변화시

---

27) 『부산시조』, 부산시조시인협회, 1994.
28) 정완영, 『정완영 시조 전집』, 토방, 2006, 165쪽.

키고 있다. 한편으로 생각해 볼 때 풍경 소리, 물 소리가 역동적 존재로
사물을 변화시킨다고 한다면 작중화자 자신도 이것과 이치를 같이 하는
존재가 되므로 자연과 하나되는 인간초월의 모습을 보인다고 할 수 있다.

> 철 따라 찾아간 절
> 절에 들지 아니하고
>
> 건너편 너럭바위
> 신록 위에 올라 앉아
>
> 해종일 절 바라보다가
> 나도 절이 됐더니라
>
> — 정완영, 「新綠行」

정완영의 「新綠行」에서는 역동적 존재 대신 작중화자 자신이 자연 속
에 동화되어 몰아된 순간을 나타내고 있다.

이처럼 현대시조에서도 작중화자가 자연에 부합하는 존재이면서 자
연의 원리하에 자신을 세우고 자연 속에 동화되어 몰아의 경지를 나타내
는 시들도 많다고 할 수 있다. 하지만 과거 고시조의 작품 세계에서 보이
는 심미적 대상으로서, 정감의 대상으로서의 작품이 그만큼 많지는 않
다. 자연을 자연 그대로 보고 즐기고 자연을 심정의 토로 대상으로 하여
자연에 의지하고 자연과 하나가 됨으로써 감정을 해소하려는 작품들이
보기 힘들다는 것이다.

4) 세계에 던져진 존재

존재에 의해 세계는 구성된다는 인식은 그 자체로 근대적이다. 데카르트는 이러한 인식의 근거를 정립했다고 알려져 왔다. 너무나도 유명한 탓에 이제는 식상해져버린 '코기토Cogito', 다시 말해 '나는 생각한다, 고로 존재한다'는 명제는 세계가 존재의 자기 확신에 의해 구성되는 것임을 증명하는 것이라고 할 수 있을 것이다. 세계는 존재에 의해 구성되는 것일까? 그렇다면 현실에 존재하는 무수한 갈등을 어떻게 설명해야 할까? 삶이 세계와의 갈등 속에서 벗어날 수 없으며 그 갈등의 대부분이 결코 해결할 수 없는 속성을 가지고 있는 것이면 존재에 의해 세계가 구성된다는 명제는 이성을 최고의 가치로 삼고 있는 근대적 주체의 오만이라고 할 수 있지 않을까? 사정이 이러하다면 이렇게 말을 바꿔보는 것은 어떨까? 존재가 세계를 구성하는 것이 아니라 그저 세계에 던져진 것이라고. 존재에 의해 세계가 구성된다는 저 오래된 근대 주체의 자기 확신은 존재는 그저 세계에 던져진 것일 뿐이라는 말로 바꿔 불러야 할 것이다. 문학이야말로 존재가 세계에 던져진 것임을 명증하게 보여준다고 할 수 있다. 따라서 존재와 세계는 언제나 불화할 수밖에 없으며 문학은 그 불화를 통해 승화의 방식을 끊임없이 고민하는 실천적 운동이 아닐까.

그런 점에서 볼 때 '소망과 염원'은 문학의 존재 방식과 긴밀히 연결되어 있는 주제라고 할 수 있다. 그것은 우선적으로 정서적 측면부터 살펴볼 수 있을 것인데, 가령 정서란 모순되는 충동의 갈등에서 비롯되는 것이므로 정서를 유발하는 갈등의 성격이 어떠한가를 살펴보는 일이 선행되어야 할 것이다. 갈등은 외적인 요인에 의해서 생기는가 하면 자기 내적인 요인만으로도 올 수 있다. 그런가 하면, 마땅히 그러해야 할 당위나 그렇게 되어야 할 현실이 실제는 그러하지 못하기 때문에 올 수도 있다. 그러나 대체로 갈등은 외적 자극에 의해서 내면세계의 지적·감정적 평형이 깨질 때 나타난다.

대표적인 것으로 이별을 들 수 있는데, 이별이라는 상황은 어느 경우에나 갈등의 요소가 된다. 함께 있고자 하는 욕망과 함께 있지 못하는 현실은 모순된 상황이기 때문이다. 이별은 자신으로부터 비롯되는 것이 아니고 밖에서 던져지는 충격이다. 그런데, 개인적 가치나 욕망의 갈등은 대체로 밖으로부터 오는 반면에 공공적 가치나 명분상의 갈등은 안에서 비롯되는 구분을 보이는 점이 흥미롭다.

> 가마귀 눈비 마자 희는듯 검노믹라
> 夜光明月이 밤인들 어두우랴
> 님 향흔 一片丹心이야 變할 줄이 이시라
>
> — 박팽년29)

님 향한 일편단심은 물론 작자 개인의 것이지만 이는 개인적 욕구라기보다는 공공적 이념으로 설정된 것이다. 이는 욕구에 관련된 문제라기보다는 가치관이나 윤리관에 기초를 하고 있는 것이기 때문이다.

> 귀먹은 소경이 도여 산촌에 들어시니
> 들은 일 업거든 본 일이 이실손냐
> 임이야 살앋노라만ᄂ 말 못하야 ᄒ노라
>
> — 이항복

---

29) 박팽년(朴彭年 : 1417~1456). 자는 인수(仁叟), 호는 취금헌. 사육신 중의 한 사람. 세종 때 성삼문 등과 집현전 학사였으며 벼슬은 충청도 감찰사에 이어 형조참판이 되었으며 성삼문, 하위지, 유성원, 유응부, 이개, 김질 등과 단종의 복위를 꾀하였으나 김질의 밀고로 발각되어 형장의 이슬로 사라짐.

말을 하고 싶은 것은 물론 개인적 욕구이지만 그러지 못하는 상반된 상황은 밖으로부터 나에게 부여된 현실이다. 그러나 여기서의 현실은 박해하거나 제한하는 현실과는 거리가 있다. 다만, 그런 현실이라 할지라도 모순으로 받아들일 것인가 하는 문제는 개인적 태도의 문제다. 세상일을 알고 싶은 욕구와 그러지 못하는 현실의 상반성이 문제인 것이다. 바른말을 하는 것이 옳다고 믿는 가치관이나 윤리 의식과 님을 향한 일편단심을 버려서는 안 된다는 공공적인 가치관의 추구가 부딪혀 갈등이 되고 있는 것으로 보아야 할 것이다.

이렇듯 공공적 가치를 추구하는 도덕론적인 갈등은 대개 내적인 갈등으로 생겨나고 개인적이고 본능적인 갈등은 밖으로부터 오는 갈등으로 출발한다. 전자는 당위와 현실 사이의 갈등이라면 후자는 욕구와 현실 사이의 갈등으로 분류할 수 있을 것이다. 시조에는 이 두 가지 유형이 두루 나타나는데, 이는 시조가 명분론적이며 선언적 어투를 갖는다는 것과 함께 인간의 본능적 일반성에서도 그리 멀리 벗어나 있는 것은 아니라는 징표가 된다.[30]

5) 가치의 전이를 통한 갈등의 해결

시조에 있어 '소명과 염원'이라는 주제는 갈등의 해소 방식으로부터 출발하지 않을 수 없다. 따라서 일차적으로 문학 행위가 갈등의 해소 방식인 점을 전제하면서 그 다음의 단계로서 작품 내에서의 해결 양상이 어떠하며, 그 특징과 유형 그리고 그 의미는 무엇인가를 헤아려 보는 순서로 진행되는 것은 필연적인 것으로 보인다.

---

30) 김대행, 『시조유형론』, 이화여자대학교 출판부, 1986, 272~280쪽.

작품 속에 담겨 있는 갈등 즉, 모순된 충동은 해결이 제시될 수도 있고 미해결인 상태로 남아 있을 수도 있다.

> 人生이 쑴인 줄을 져나다 아노라닉
> 아노라 ᄒᆞ오시나 아ᄂᆞ 니를 못 불너고
> 우리는 眞實로 아오민 醉코 놀녀 ᄒᆞ노라
>
> — 송종원

> 人生이 긔 언마오 白駒之過隙이라
> 어려서 혬 못 나고 혬이 나쟈 다 늙거다
> 어즈버 中間 光景이 쩍 입슨가 ᄒᆞ노라

인생이 덧없다는 것을 화제로 삼은 점에서 두 편의 시조는 같다. 나아가, 오래도록 살고 즐기고자 하는 본능적 욕구와 그러할 수 없는 현실 사이의 상반되는 충동에서 갈등이 시작되는 점에서도 같다.

그러나 그 해결의 방식은 다르다. 앞의 것은 취해서 논다는 태도 즉 어찌할 수 없는 갈등이므로 체념한다는 전환으로 이를 해소하고 있다. 반면에 뒤의 시조는 갈등이 여전히 갈등인 채로 머물러 있음을 보여준다. '어즈버'라는 감탄사 이하의 탄식이 그러하다. 탄식을 함으로써 속에 맺힌 갈등을 쏟아냈다는 일차적 효용으로서의 해소는 했다 하더라도 작품 속의 갈등은 여전히 갈등인 채로 머물러 있는 것이다.

갈등이 갈등인 채로 작품 속에 그대로 남아 있는 시조는 '그를 슬허 하노라'라든가 '나도 몰라 하노라'라든가 '오락가락 하노라' 같은 감탄사도 이런 유형의 전형성을 이루는데 시조에는 이런 유형이 대다수라는 점이 특색으로 지적될 수 있다.

시조가 갈등을 해결하는 것보다는 그대로 머금고 있는 것으로 대종을 이룬다는 사실은 시조의 정서를 이해하는 데 중요한 단서가 될 것이다. 언어적 해결이 비록 현실적인 해결에는 미칠 수 없는 것이라 하더라도 미해결인 상태로 둔다는 것은 대단히 특색 있는 태도인 것이다.

그렇다면 정서적 해소를 표출하고 있는 경우는 어떠한가? 그 유형을 몇 가지로 나누어 생각할 수 있다. 먼저 갈등을 수용하고 조화시켜버리는 태도다.

> 궂득이 저는 나뉘 채 주어 모지 마라
> 西山 히 지다 둘 아니 도다 오랴
> 가다가 酒幕의 들면 갈동말동 ᄒ여라

바삐 가고자 하는 욕구와 해가 지기 때문에 더는 갈 수 없는 상황 사이의 갈등에 대하여 아무 곳에서나 머물 수 있는 여유를 보임으로써 갈등의 상황을 수용함으로써 갈등을 해소해버린다. 이 같은 조화와 수용의 태도는 그 구체적 방법으로써 가치의 전이를 방어기제로 채택하고 있음을 확인할 수 있다. 갈등이 벌어지는 상황은 가치의 포기라는 좌절을 강요하게 되지만, 문제가 되고 있는 가치로부터 다른 가치로 전이를 해버림으로써 갈등으로부터 벗어나게 되는 것이다. 시조에 나타나는 소망이나 염원 또한 이러한 가치의 전이와 긴밀한 연관을 가지고 있을 것임에 틀림없다.

> 님의게셔 오신 片紙 다시금 熟讀하니
> 無情타 ᄒ려니와 南北이 머러셰라
> 죽은 後 連理枝 되어 이 因緣을 이오리라

— 유세신[31]

'괴로움이 수반되지 않는 사랑은 쾌락적인 거짓 사랑'이라고 한 괴테의 말을 떠올리지 않더라도 사랑은 절망과 허무감의 원천이기도 하다. 그렇기에 사랑을 지혜롭게 가꾸고 아름답게 결실시킨다는 것은 결코 쉬운 일이 아니다. 보고픈 임이건만, 오매불망痛寐不忘하는 임이건만, 올 뜻은 없고 편지만 보내주니 얼마나 무정하고 야속하였을 것인가? 그러나 돌이켜 생각하면 남북으로 멀리 떨어져 있는 몸이니 어쩔 수 없는 일인지도 모른다. 차라리 죽어서 연리지連理枝가 되어 영원히 헤어지는 일이 없었으면 좋겠다고 새삼 다짐하는 작자의 심경을 확인할 수 있다. 임에게서 온 편지를 읽고 또 읽지만 임 계신 곳과 내가 있는 곳의 거리가 너무도 멀기에 살아서 만나기는 쉽지 않을 법하다. 하여 살아서 만나지 못하고 그리워만 하는 임이라면 죽은 뒤는 화목한 부부가 되어 인연을 잇겠다는 소망은 이승의 가치를 저승의 가치로 전이하여 갈등으로부터 벗어나는 양상을 확인할 수 있다.

세츠고 큰아큰 믈 쎄 이내 실음 둥재게 실어
酒泉바다헤 풍들읫쳐 둥둥 두골아쟈
眞實로 글어곳 홀양이면 自然 삭아 지

— 이정섭[32]

벼슬을 저마다 ㅎ 면 農夫되리 뉘 이시며
醫員이 病 곳치면 北邙山이 져러ㅎ랴
아희야 殘ㄱ득 부어라 나 뜻대로 ㅎ 리라

— 김창업[33]

---

31) 유세신(分世信 : 연대 미상). 호는 묵애당(黙駭當). 영조 때의 가인으로 시조 6수가 전한다.
32) 이정섭(李廷燮 : 연대 미상). 자는 계화(季和), 호는 저촌(樗村). 종실 임원군 표(杓)의 아들. 조상의 덕으로 벼슬이 저랑(正郞)에 이르렀다.

인간의 우수고뇌憂愁苦惱는 한없이 많다. 그것을 몽땅 말에다 실어다 술바다에 둥둥 띄워 버리면 내 마음이 가벼워질 것이라는 것이 첫 번째 시조의 주 내용이다. 이는 곧 자신이 술에 빠짐으로써 모든 고뇌를 망각해 보려 하는 것이다. 그래서 이 노래는 은둔할 수도 없는 현실적인 삶의 괴로움을 술로 달랠 수밖에 없다는 술에 대한 예찬의 뜻을 담고 있다고 보아도 좋을 것이다. 결국 이 노래는 현실이 아무리 부조리해도 거기에서 떠날 수 없는 인간의 숙명과, 그 부조리를 이겨내는 길을 술에서 밖에 찾지 못하는 인생고의 표현인 것이다. 이에 반해 두 번째 시조는 작자의 소탈한 풍류와 인명이 재천이라는 깨달음과 남아다운 자기 의지의 주체성을 유감없이 발휘하여, 작자 자신의 체념과 달관의 높은 경지에서 비롯되는 것이기 때문에 도학자의 풍모까지 느끼게 한다. 하지만 또 한편으로 감상적 허무주의인 듯 보여, 무기력하게 보이기도 한다. 선의지善意志와 악의지惡意志, 이성과 본능, 대아와 소아, 영靈과 육肉의 이원적 투쟁의 장소가 바로 인간의 마음 아니던가. 극기克己란 바로 내가 나를 이기는 것에 다름 아닐 터이다. 곧 나의 의지의 힘으로 나의 본능, 욕망, 감정, 충동의 과도한 발동을 억압하고 통제하는 것이다.

하여 이 두 시조에서 갈등의 해결을 통한 가치의 실현은 술이라는 매개에 의지하지 않고서는 도달할 수 없는 것이고 그 도달의 지점 또한 결국 세계와의 갈등을 해소하는 것이라기보다는 가치의 전이를 통한 갈등의 해소에 다름 아니다. 이런 점에서 본다면 시조에 나타나는 '소망과 염원'은 현실을 구체적으로 변화시키거나 변혁하는 것이 아니라 이처럼 미

---

33) 김창업(金昌業 : 1658∼1721). 자는 대유(大有), 호는 노가재(老稼齋) 또혼 석교(石郊). 숙종 7년에 진사에 급제, 동교에 집을 짓고 농사로써 생애를 꾀했으며, 그 집을 노가재라 이름함. 숙종 38년에 맏형인 김창집을 따라 중국에 다녀왔으며, 경종 1년에 맏형과 함께 해도(海島)에 유배되었다가 그곳에서 죽음.

해결의 방식으로 남겨지되 그것을 다른 방식으로 수용하여 현실과의 조화를 꾀하는 것이라고 할 수 있을 것이다.

6) 소망과 염원의 종착지, 한(恨)의 정서

이처럼 대부분의 시조에서 갈등이 해소되지 못한 상태로 머물러 있다는 것은 무엇을 뜻하는가? 그리고 이와 연관해서 가치의 전이나 체념의 방식 혹은 차원을 달리하는 꿈에 의탁함으로써 문제를 해결하려 하고 있다는 것 사이에는 어떤 상관 관계가 있는 것인가? 여기서 중요한 것은 체념의 방식이 방어기제에는 포함되지 않는다는 점이다. 체념은 일체의 갈등에서 도피하는 방식이며 심리적으로도 가장 소극적인 해결 방식이다. 기억에 남아 있는 한 그것은 갈등의 양상으로 상존하기 때문이다. 바로 여기에 해석의 단서가 있을 것이다.

갈등을 어떤 양식으로든지 해결하려는 태도와 그냥 그대로 두는 태도 사이에 차이가 있듯이, 신념을 표방함으로써 갈등을 잠재우는 방식과 체념해버리거나 가치를 다른 곳으로 전환해버림으로써 해소하는 방식 사이에는 차이가 있다. 전자들이 적극적인 해소의 방식이라 한다면 후자로 묶이는 것들은 소극적인 해소의 방식이다. 그런데, 시조에 나타난 갈등 해소의 방식은 소극적인 방식이 주로 선택된다는 특성을 보이고 있다.

이러한 소극성이 이른바 한(恨)의 정서를 형성하는 태도적 요인이라 할 것이다. 한은 그 속성으로서 갈등의 수용이라는 태도를 가지며 돌이킬 수 없다는 의식과 함께 해결할 수 없다는 의식이 자리 잡고 있기 때문이다. 인간은 모든 것을 극복하고 초월할 수 있는 존재인가 하는 문제에 대한 철학적 해석은 따로 할 일이지만, 적어도 시조가 보이고 있는 정서적 해결의 방식은 갈등의 원인을 내적인 자신의 문제로 파악하고 있음을 보여주며, 그 자연스러운 결과로, 해소의 방식도 자신의 문제로 해결하고자 하는 지향을 보이는 것이다. 극복과 초월의 논리보다는 순응이라는 합리성의 결합은 갈등을 그대로 표출하거나 가치 전이 혹은 체념을 통해서 해소함으로써 한의 정서에 이르는 것이다.

그러므로 시조에 나타나는 소망과 염원이라는 주제는 한의 정서와 불가분의 관계에 있다고 할 수 있을 것이다. 이를 두고 시조라는 장르의 한계를 지적할 수도 있겠지만 다른 측면으로 생각할 때, 이러한 '잉여의 정서'야말로 시조라는 장르에서만 확인할 수 있는 것이라고 한다면 그 나름의 의의를 망각해서는 안 될 것이다. 해결되지는 않으나 끊임없이 해결하려는 의지가 투영된 흔적의 적층을 우리는 한恨이라고 불러도 좋을 것이다.

3. 풍류의 멋과 호방한 기상

1) 풍류의 의미

풍류란 사전적 풀이로 '우아하고 멋스러운 정취'라고 되어 있다. 신정일은 자신의 저서 『풍류』, 「옛사람과 나누는 술 한잔」에서 "풍류는 자연을 가까이 하는 것이고 맛과 멋과 운치 그리고 글과 음악과 술등 여유롭고 즐겁고 아름답게 노는 모든 것을 포함한다"라고 했다. 또한 신은경은 『동아시아 미학』에서 "한 · 중 · 일 삼국에서 쓰이는 '풍류'라는 말은 대체로 멋스럽고 품격이 높고 속세를 떠나 있는 것, 미적인 것에 관계된 의

미범주를 지칭하는 개념으로 인식되어 왔다. 이로 볼 때, 동아시아 고유한 예술의 특성을 이해하는 데 풍류라는 말이 디딤돌이 될 수 있으리라는 가능성을 확인하게 된다."

'풍류'란 '미적 인식美的認識'에 기반한 일종의 놀이문화라고 일차적 성격 규정이 가능할 것이다. 또한 '풍류'는 놀이문화의 원형인 동시에 '예술문화의 원형'이 되기도 한다. 한마디로 3국의 공통된 풍류 개념을 표현한다면, 그것은 '예술적으로(혹은 미적으로)노는 것'으로 규정할 수 있다고 본다. 중국의 경우는 '호쾌하게, 어디에고 구속됨 없이' 일본의 경우는 '우아하고 세련되게'라는 의미이며, 우리나라의 경우는 '운치 있고 멋있게'의 의미가 될 것이다. 노는 것이되, 정신적인 영역까지 포함하고 거기에 심미적 요소가 갖추어져 있을 때 비로소 풍류라는 말이 사용되고 있다는 점을 주목해야 할 것이다.[34]

이밖에 최재남은『선인들의 생활문화와 문학』에서 풍류의 멋을 "흥을 풀고, 신나게 즐기는 일을 묶어서 일단 풍류라고 명명할 수 있다면(……) 우선 경기체가의 향유에서 이러한 진폭을 확인할 수 있을 것이다. 풍류는 자연을 가까이 하는 것, 음악을 아는 것, 멋이 있는 것, 예술에 대한 조예, 여유가 있는 것, 자유분방한 것, 즐거운 것, 현실을 초탈하는 이상적인 무엇 등 실로 다양한 상황에서 여러 가지 용례로 쓰이고 있으며 멋, 여유, 자유 등을 기본 속성으로 한다"라고 하였다.

이렇게 볼 때 풍류란 놀이적 요소를 다분히 가지면서도 단순히 노는 것만이 아닌 미적인 요소와 예술적인 요소가 가미된 것이라는 것을 알 수 있다. 신은경은 '풍류' 개념을 다시 '풍류성'과 '풍류심'이라는 두 가지 미학용어로 제시했다. '풍류가 철철 흐르는 승무', '풍류한 선녀', '風流奇

---

34) 신은경,『풍류』, 보고사, 1996.

話(풍류스러운 기이한 이야기)' 등과 같은 어떤 상태를 형용하는 말로 사용되는 예가 적지 않음을 지적하고 이때의 '풍류하다', '풍류스럽다'라고 하는 형용사는 바로 대상이 풍류성을 내재하고 있다는 것을 의미한다는 것이다. 풍류성이란 풍류현상을 성립시키는 '대상' 자체에 내재한 속성에 관계된 것이며, '풍류심'이란 대상과의 교감·합일을 지향하면서 그 대상에 내재한 풍류의 본질을 인식, 감득感得하고 향수享受, 표현하는 '주체'의 심적 작용에 관계된 것으로 규정하고자 했다.

그는 또 '풍류심'을 '흥'과 '한恨', '무심無心'의 세 유형으로 제시했다. 이때 '흥'은 대상 및 현실과 적극적 관계를 맺고 긍정적 시선으로 이를 포착하는 데서 오는 밝은 느낌이 기반이 되는 풍류심 유형이고, '한'은 대상이나 현실 속에서 겪는 소외의 체험이 기반이 되므로 이에 대한 소극적이고 부정적 시각이 내재되어 있고 '흥'과는 달리 유암성幽暗性을 띤 풍류심 유형이라고 했다. '무심'은 현실세계를 지배하는 긍정/부정, 선/악, 희/비 등의 이분적 분변작용分辨作用을 넘어서려는 데서 오는 초월적 미감이다. '흥'의 미가 즐거움을, '한'이 비애의 정감을 주된 정조로 하는 것이라면 '무심'은 초탈의 태도가 주조를 이룬다고 서술했다.

'흥'은 왕에서 아래 천민까지, 지식층/무식층, 권력층/소외층 할 것 없이 전 계층 모두에 걸쳐 향유될 수 있는 것이라면, '한'은 주로 소외의 계층과 밀접한 연관을 지닌다. '무심'에는 분별의 경계를 넘어서고자 하는 지적 작용이 요구되므로 사고나 인식작용에 익숙해 있는 지식층과 친연성을 지닌다. 또 '무심'이 자연 중심적 풍류심 유형이라면, '한'은 철저하게 인간 중심적 미유형이다.[35] 이러한 풍류의 의미를 바탕으로 해서 고시조 속에 나타나는 풍류의 요소들을 나누어서 살펴보고 오늘날 자유시

---

35) 신은경, 앞의 책, 89~90쪽.

와 비교하여 살펴보고자한다. 또한 '풍류'의 한 속성인 '흥'이 나타나는 시조들은 '민요'와 함께 보겠다.

2) 관(觀)으로 나타난 무심(無心)

아래 두 시조는 관觀으로 나타난 무심無心으로 풍류의 뚜렷한 본질 중의 하나인 자연과의 합일, 회귀의 본성이 잘 드러나 있다.

　頭流山 兩端水를 녜듯고 이지보니
　桃花쁜 묽은물에 山影조츠 잠겨셰라
　아희야 武陵이 어딘미오 나는 옌가 ᄒ노라

　　　　　　　　　　　　　　　　　　　　　　　－ 조식

　摩尼洞깊픈골로 斷髮嶺 올라셔니
　금강산 만이천을 歷歷히 다볼로다
　아히야 믈밧비몰아라 어셔가려 ᄒ노라

　　　　　　　　　　　　　　　　　　　　　　　－ 조식

한자어 '觀(관)'은 '見(견)'이나 '視(시)'와 구분되어 쓰이는 경우가 종종 있다. 이 글자들은 모두 '보다'라고 하는 의미를 담고 있지만, '見'이나 '視'가 단순히 물체의 형상이 눈에 비쳐 알게 되는 시각작용視覺作用의 측면을 지시하는 것에 비해, '관觀'은 '내관內觀'과 '정관靜觀' 등의 정서로써 정신적 깊이를 지시하는 쪽으로 쓰이는 경향이 있는 것이다. 즉, 육체적 눈으로 보는 것이 아닌 내면의 깊이를 헤아리는 눈으로 사물의 본질을 꿰뚫어 보는 것을 의미하는 것으로 불교에서의 '혜안慧眼'과 상통한다고 할 수 있다. 바라봄의 생생한 체험을 수용하기 위해서 그 전제로 '텅 빔'이 요구되는 것이다. 이같이 텅 빔의 상태 속에서 사물의 본질을 보는 것을 '정관靜觀'이라고 하거니와, '관'이란 상하·전후가 없는 비공간적 비시간적 전일성의 상태를 의미한다고 볼 때36) 정관은 바로 무심의 상태에서 가능해지는 것임이 자명해진다.

옛날 우리의 선인들은 두류산을 오르내리며 몸과 마음을 닦으며 수양을 했다. 두류산의 정기에서 곧은 기상과 절개를 배우려고 애를 썼다. "선인들의 유산 체험은 보편화되어 있었고 실제 산에 노닌 체험을 기록한 유산기가 집약될 수 있을 정도이다. 그 가운데 이름이 널리 알려진 산에 노닌 유산기와 각기 자기 고장의 산에 노닌 유산기가 두루 기록되었다. 두류산은 김종식과 그 문하인 김일손 등의 유산록을 비롯하여 조식의 기록이 있다."37)

위의 시조에서 '도화'는 여성을 상징하며 그것도 두류산의 양단수에 떠 있는 '桃花(도화)'라면 여성 중에서도 선녀라고 볼 수 있다. 낙원을 '武陵桃源(무릉도원)'이라 하여 이때 무릉도원의 '桃'가 '복숭아 도'이다. 선녀가 내려와 노닐 듯이 맑은 물, 산이 물속으로 내려앉은 모습, 이것 역시 물과 산의 합일이다. 물은 여성성을 지니며, 산은 남성성을 지닌다. 이것이 의미하는 것은 남성과 여성을 구분하는 이분법적 논리가 아니라 남성과 여성을 합친 중성성을 나타낸다. 음과 양의 대극이 아니라 음과 양의 조화가 자연스럽게 잘 어우러진 모습으로 볼 수 있다. 선녀가 내려와 노니는 물속에 산의 그림자가 고요히 잠겨진 모습 역시 같은 것으로 해석해 볼 수 있겠다. 각기 다른 속성을 가진 것이지만 하나가 되고자 하는 본

---

36) 위의 책, 427쪽 재인용. 李符永, 韓國道敎 思想硏究會 編, 「老子『道德經』을 중심으로 한 G. G. Jungdml 道槪念」, 『道敎와 韓國思想』, 아세아문화사, 1987, 233쪽.
37) 최재남, 『선인들의 생활문화와 문학』, 경남대 출판부, 2002, 163쪽.

성을 드러내주고 있다. 종장에서는 속세를 천국이라고 표현하여 천국과 속세가 함께 있는 양극을 모두 포괄한 심적 상태이다. 이렇게 볼 때 자연이 곧 무릉도원이라는 화자의 시선은 자연회귀, 자연합일의 마음이다.

'摩尼洞(마니동) 깁픈골로'에서 '금강산'은 '無'의 경지이며, '馬'은 '유'로서 움직임, 변화가 많은 세속적인 것을 상징한다. 여기서 '만이천봉우리'는 노장에서 말하는 다양성의 상호조화를 전제로 하고 있다. 이렇게 볼 때 봉우리의 모양새는 각양각색이지만 그것이 서로 조화를 이루어내어 금강산이라는 웅장한 모습으로 있는 것이다. 이러한 속성을 배우고 자연과 하나가되기 위한 내면노력으로 종장의 '말 밧비몰아라'라고 구체적으로 표현한다.

> 물아일체화된 세계 있는 그대로의 사물현상 속에 주체가 용해되어 주체와 객체를 둘로 갈라낼 수 없는 상태로 표현된다. 대상 속에서 나 자신을 잃어버림으로써 대상뿐만 아니라 나 자신을 알게 되는 경지, 즉 '以物觀物的(이물관물적)' 태도에 기반하여 '我'를 消除(소제)하는 무조작. 무인위의 경지, 사물의 원래 모습의 자족함을 긍정하여 아가 어느새 물의 본모습과 하나가 되는 경지, 사물 · 대상 속으로 뛰어들어가 내면적으로 그것을 느끼고 스스로가 거기서의 생명과 함께 하나가 되는 경지로 언술화되는 것이다.[38]

'풍류의 본질로서 가장 뚜렷하게 부각되어 오는 것은 자연친화적 요소일 것이다. 동양의 예술을 서양의 것과 비교할 때 인생과 자연과 예술을 하나로 통합하여 보는 시선 여부가 중요한 기준의 하나로 제기 되곤 한다. 자연을 인간이 이용하고 정복해야 할 대상으로 보는 것이 서구적 관점이라면, 인간도 자연의 일부로 보면서 자연과의 합일 내지는 자연으로

---

38) 신은경, 앞의 책, 413쪽.

의 회귀를 예술이나 道(도)의 최고 가치의 상태로 보는 것은 동양적 관점이라고 할 수 있다. 전자가 인간과 자연을 분리하여 보는 이분화된 관점이라면, 후자의 경우는 자연과의 합일을 추구하는 일원론적 관점이라 할 수 있을 것이다.[39)]

그 강에 가고 싶다
사람이 없더라도 강물은 저 홀로 흐르고
사람이 없더라도 강물은 멀리 간다.
인자는 나도
애가 타게 무엇을 기다리지 않을 때도 되었다.

강가에서 그저 물을 볼일이요
가만가만 다가가서 물깊이 산이 거기 늘 앉아 있고
이만큼 걸어 항상 물이 거기 흐른다.
— 김용택, 「그 강에 가고 싶다」

김용택의 시 일부로 1연과 3연이다. 자연에서 몸과 마음을 닦는 화자의 모습이 엿보인다. 강은 틀에 얽매이지 않는다. 누가 본다고 흘러가고 안 본다고 흘러가지 않는 것이 아니다. 물은 꼭 자신을 담는 그릇의 크기만큼만 채워지며 더 이상 욕심을 부리지 않고 흘러가 버린다. 여기서 자연물인 '강물'과 '산'은 '無心'을 나타내며, '사람'은 '有'를 나타낸다. '유'가 '무'와 하나가 되고자 하는 모습이 잘 드러난다. 화자는 늘 틀에 박혀서 남의 눈치를 보며 살아가는 삶에서 벗어나 잠시나마 자연과 하나가 되고자 하는 것이다. 애타게 그 무엇을 기다리지 않아도 자연은 봄이 가면 여름이 오고 여름이 가면 겨울이 온다. 강물 역시 바다가 기다리지 않아도

---

39) 위의 책, 76쪽.

바다로 자연스레 흘러가는 것이다. "인자는 나도 / 애가 타게 무엇을 기다리지 않을 때도 되었다"라고 하여 욕망에서 초월한 초연의 경지를 자연에서 배우고 있는 것이다. 사람처럼 역행하거나 거스르지 않는 강물을 시인은 '사람이 없더라도 강물은 저 홀로 흐른다'라고 표현해 낸다. 흐른다는 것은 자연스러운 것이며, 그러한 자연과 '가만가만 다가가서' 가까워지고 싶은 자연 친화적, 자연합일의 마음이 내포되어 있다.

노장 사상에 있어 '자연'이란 物을 대표하는 것으로서 山水의 현상계만을 지칭하는 것이 아니고, 道가 존재하는 곳, 나아가서는 도가 존재하는 방식, 또는 도에의 지향성을 뜻하는 것이 된다. 그러므로 동아시아의 예술에서 최고의 가치를 부여하고 최고의 경지로 인식되는 '자연과의 합일' 혹은 '물아일체物我一體'의 상태는 유가儒家보다는 노가사상道家思想과 더 관련이 깊다는 것을 확인할 수 있다.

3) 취락적(醉樂的), 향락지향적 태도

'흥興'은 우리말로 '신이 나서 감탄하는 소리'[40] '신이 날 때 내는 콧소리'라 하여 감탄사에 어원을 두는 것으로 풀이된다. 여기서 '신이 난다'고 하는 것에 대하여 1) 무당이 神이 오르는 것, 2) 성적인 의미로 '腎나다', 3) 신[靴]이 날다[飛]에서 온 말로 설명된다.[41] 이외에도 가야금의 제2현을 '흥'이라고 하며, 양금의 오른쪽 괘 왼쪽 넷째 줄 중려의 입소리를 '흥'으로 나타내기도 한다.[42]

---

40) 위의 책, 96쪽 재인용. 한글학회 지음, 『우리말 큰사전』, 어문각, 1990, 1997.
41) 위의 책, 96쪽 재인용. 김민수, 『우리말 語源辭典』, 태학사, 1997.
42) 위의 책, 96쪽 재인용. 한글학회 지음, 앞의 책.

유교이념 이후 시대는 성리학적 유교이념이 예술의 미적 가치를 결정하는 유일한 기준이 되는 역할에서 밀려나는 시기를 말한다. 이 같은 시대변모에 발맞추어 미의식이나 예술 담당층, 각각의 예술 장르에도 변화가 있을 것임은 말할 나위가 없다. '흥'의 정서도 제약 없이 표출되어 나타난다.[43] 아래 세 편의 시조 역시 가치기준의 다원화로 흥이 어떠한 규제를 통해서 걸러지지 않은 채 표출된 예라고 볼 수 있다.

金樽에 ᄀ득흔 술을 슬커댱 겨오로고
醉흔後 긴노릭에 즐거움이 ᄒ도ᄒ다
어즈버 석양이盡타마라 ᄃᆞᆯ이조ᄎᆞᆺ 오노믹라[44]

- 정두경

술씨야 이러안ᄌᆞ 거문고를 戱弄ᄒᆞ니
밧긔 셧는 학이 즐겨셔 넘노ᄂᆞ다
아희야 나문 술 부어라 興이 다시 오노믹라

곳 픠면 ᄃᆞᆯ 성각ᄒᆞ고 ᄃᆞᆯ 붉음연 술 성각ᄒᆞ고
곳 픠쟈 ᄃᆞᆯ 붉쟈 술 엇으면 벗 생각ᄒᆞ네
언제면 곳 알래 벗 ᄃᆞᆯ이고 翫月長醉ᄒᆞ련요

- 이정보

'술과 달과 꽃과 벗과 음악', 이러한 요소들은 당시에 술을 중심으로 이루어져 있음을 엿볼 수 있다. 술을 취하도록 마시면 '흥'이 절로 난다고 읊고 있다. 여기서 흥의 절제와 규제는 찾을 수 없다. 좋은 술로 권커니 작커니 하는 모습을 호방한 것으로 그려내고 있다. 이를 신은경은 "성리

---

43) 위의 책, 177쪽.
44) 위의 책, 79쪽.

학적 사유의 기반을 이루는 합리성, 중도사상, 도덕성이 삶과 사유의 가치기준, 나아가 예술적 가치기준을 결정하고 지배하는 양상에서 벗어나 좀 더 자유롭게 인간의 성정을 표출하고 희로애락을 발산하는 양상을 예술전반에서 엿볼 수 있게 되는 것이다. 그리하여 이 시기의 '흥'은 '정서적 방일'과 '취락적 경향'과 맞물려 있는 것이 특징적이다"라고 언급했다.

'金樽에 ㄱ득흔 술을'에서 취한 후에 '긴 노래'라고 하여 '흥'에 내포되어 있는 즐거움의 요소인 '歌'에 해당하며 흥겨운 상태를 '즐거움이 ㅎ도 ㅎ다'라고 하여 즐거움이 가슴 넘치도록 치밀어 오르는 감정을 나타낸다. 또한 '석양'은 저녁을 의미하며, 저녁은 어두움을 말하는 것이다. 하지만 곧 '달'이라는 매개체를 가져와서 밝음으로 전환하고 있다. '달'은 무속에서 풍요의 기원이며, 여성적 이미지로서 생산성을 의미하기도 한다. 이러한 흥겨움이 오래토록 지속되기를 바라는 마음 또한 '긴 노래'와 '석양과 달'의 시간적 거리로서 나타내고 있는 것이다.

'술씌야 이러안즈'에서 '흥'은 '거문고를 戱弄 ㅎ니'와 '학이 즐겨서'로 歌舞의 즐거움으로 나타난다. 이 즐거움은 음악과 함께 '학춤'의 우아미를 함께 갖춘다. 이러한 신나는 '흥'은 곧 콧소리가 다시 나오는 '아희야 나문술 부어라 흥이 다시 오노미라'로 연결된다.

4) 함께 하는 흥

'이정보'의 시조에서 볼 수 있는 것은 '꽃'과 '달'과 '술', '벗'으로 '꽃'은 만개의 기쁨을 주는 계절의 흥취, '달'은 발랄함과 포근함의 정서로서 이러한 환경적인 요소가 어우러진 장소에서 '술'로서 심장을 흥분시키고 얼굴을 상기시키며, 기분은 상승되어 벗과 함께 오래토록 '흥'으로 취하고 싶어 한다.

『악학궤범』5권의 무보를 보면 지당판(池塘板)이라 하여 연못을 상징하는 네모 널빤지를 놓고 그 주위에 연꽃 칠보등롱. 연통(蓮筒)을 놓는다. 그 연꽃 모양의 두 연통에는 동녀(童女)를 숨어있게 하고, 청학과 백학이 나와 연통을 중심으로 춤을 추다가 연통을 쪼면 그 속에 숨어 있던 두 동녀가 나오고 두 학은 이를 보고 놀라 뛰어 나가는 내용으로 되어 있다.

— 『두산 백과사전』

여기서도 알 수 있듯이 연못에 연꽃이 핀 모습이 짝을 이루며, 연통 또한 두 개로 짝을 이룬다. 학 역시도 '청학'과 '백학'으로 두 마리이다. 그 연통 속에 동녀도 두 사람이다. 이것은 아래에서 지적한 '흥'이라는 글자가 합성으로 이루어진 글자로서 '힘을 합 한다'는 의미를 내포하는 것과 무관하지 않다. 혼자만의 흥이 아닌 여러 사람이 함께 한다는 데서 더 신나고 '흥'은 고조되어 되살아나는 역할을 하는 것이다.

오르며 나리며 나막신 소리에 흥
물만두 이밥이 중치가 네누나 흥
에루화 데루화

— 흥타령[45]

여기서 '흥흥'은 바로 '신이 날 때 내는 콧소리'의 대표적 용례라 하겠다. 한자어 '興'은 '마주들다'는 뜻의 '舁'와 '同'의 합성으로 이루어진 글자로서 '힘을 합한다'는 의미를 내포한다.[46] 마주 들어서 힘을 합하기 위

---

45) 위의 책, 96쪽.
46) 위의 책, 97쪽 재인용. 諸橋轍次, 『大漢和辭典』, 東京: 大修館書店.

해서는 상대가 있어야 하고 따라서 '興'이라는 글자는 둘 이상의 구성원을 전제로 하여 성립된다고 할 수 있다.[47]

노다가세 노다가세
저 달이 떴다 지도록 노다가세
아리아리랑 스리스리랑 아라리가 났네
에으헤 아리랑 웅웅웅 아라리가 났네

─「진도 아리랑」

1) 노세노세 젊어서 놀아
   늙어지면은 못노나니
   화무는 십일홍이요
   달도차면 기우나니라
   얼씨구 절씨구 차차차
   지화자 좋구나 차차차
   화란춘성 만화방창
   아니노지를 못하리라
   차차차 차차차

2) 가세가세 산천경계로
   늘기기나 전에 구경가세
   인생은 일장의 춘몽
   둥글둥글 살아나가자
   얼씨구 절씨구 차차차
   지화자 좋구나 차차차
   춘풍호류 호시절에
   아니노지를 못하리라

차차차 차차차

3)은 1)의 반복임.

—「노세 노세」

　대부분의 원시 사회가 축제와 오락의 사회였으며, 비문명권의 사람들은 지금도 하루 서너 시간만 노동한다는 것이다. 기억하자. 놀이는 '무엇을 하느냐'의 문제가 아니라는 것을. 놀이는 무엇이건 '노는 것, 어떤 일을 할 때 취하는 특정한 태도'이며, 움직임으로만 포착되는 동사이다. 우리는 언제라도 그만 둘 수 있는 가벼운 마음과 순전한 즐거움으로 놀지만 바로 그 순간 어느 때보다도 집중하고 긴장한다.

　외부의 자극에 수동적으로 반응하고 조금씩 마비 상태가 되어 더 큰 자극을 욕망할 때 나는 놀고 있는 게 아니라 욕망의 노예가 된 채 매뉴얼대로 움직이는 아바타에 불과할 뿐. 노는 것, 무언가를 진심으로 즐길 수 있는 천진함은 언제라도 그것을 그만 둘 수 있을 때 바로 내가 놀이의 주인일 때 가능하다.[48]

　위의 민요「진도 아리랑」에서 '저 달이 떴다 지도록 노다 가세'라고 하여 노는 동안 밝음과 신남의 흥이 묻어난다. 또한 달의 은은한 빛은 우아한 분위기를 연출한다. 콧바람과 휘파람이 어우러져있는 흥겨운 자리에 은은하고 우아한 분위기를 더한다면 더할 수 없는 흥으로 승화할 수 있다. 이러한 노는 분위기는 계속 이어지는 것이 아니라 '저 달이 떴다 지도록 노다 가세'라고 하여 잠시 잠깐의 힘겨웠던 노동이나, 일상에서 벗어나 여유로움을 찾고 다시 제 자리로 돌아간다는 것을 의미한다.

　'노세 노세'를 살펴보면 '흥'은 '둥글둥글 살아나가자' 와 '춘풍호류'로

---

48) 한경애,『놀이의 달인, 호모루덴스』, 그린비, 2007, 73~83쪽.

드러나 있다. '홍'이라는 글자를 살펴보아도 아래위가 '둥글둥글'과 짝이
잘 맞는다는 것을 알 수 있다. 봄바람이 알맞게 부는 계절에 떠나는 기분
은 최고의 홍을 유발한다고 볼 수 있겠다.

조선조 각종 문헌이나 기록에서 드러나는 '풍류'라는 말의 쓰임을 종
합하여, 대강 다음과 같이 다섯 가지로 묶어 볼 수 있다.[49]

(1) 신라적 의미에 근간한 풍류개념
(2) 경치 좋은 곳에서 연회의 자리를 베풀고 노는 것
(3) 예술 또는 예술적 소양에 관계된 것을 나타내는 표현
(4) 사람의 인품. 성격. 교양. 태도. 외모. 풍채 등이나 사물의 상태가 빼
    어나는 것을 형용하는 표현
(5) 남녀 간의 情事를 나타내는 말

다음 고시조는 유한한 인간의 삶을 슬픔의 정서가 아닌 잘 노는 것 (즉
위에서 굳이 분류해 본다면 (2)번에 해당 하겠다)으로 승화시켜 생로병사
의 한계를 뛰어넘는 홍을 발현하고 있다.

   늘거든 다죽으며 졈으면 다사ᄂᆞ냐
   져건너 더무덤이 다늘근의 무덤이랴
   아마도 草露人生이 아니놀고 어이하리

   인생을 헤아리니 흔바탕 쑴이로다
   됴흔일 구즌일 쑴속에 쑴이어니
   두어라 쑴갓튼人生이 아니놀고 어이리

─────────────────────
49) 신은경, 앞의 책, 52쪽.

위의 두 시조는 인생이 마음대로 되는 것이 아니며 꿈같은 것이라고 보고 있다. 이러한 꿈같은 인생을 '허무함', '허탈감'이라고 표현해 내지는 않는다. 그래서 생전에 삶을 뒤돌아보고 잠시 잠깐이라도 복잡하고 번거로운 일상에서 벗어나 여유롭고 즐겁게 놀아보자고 한다. '늘거든 다 죽으며'에서 생과 사는 인간의 마음대로 되는 것이 아니며 순서가 있는 것이 아니다. 종장에서는 풀잎에 맺힌 이슬과 같이 잠시 잠깐 왔다가 가는 인생이니 아니 놀 수가 없다고 한다. 유한한 생을 '무덤' 곧 자연의 세계, 즉 영원한 자유와 제한받는 자유를 함께 넘나듦으로써 생로병사를 뛰어넘는 신나는 흥을 발현해 내고 있다.

'인생을 헤아리니'를 보면 세속의 온갖 기쁨과 슬픔도 모두 한바탕 꿈으로 생각하고자 한다. 종장에서 '두어라'라고 하여 모든 것을 있는 그대로 여유자적하게 바라보라는 의미를 내포하고 있다. '유한한 것에 대한 집착에 얽매이지 말고 자유롭게 마음을 두어라'라는 것으로도 볼 수 있을 것이다. 꿈은 이상의 세계이지만 곧 현실에서 직시하고 있는 문제가 다른 형상으로 드러나는 것이기도 하기 때문이다.

위에서 살폈던 '술, 음악과 춤, 벗과 꽃'이 함께한 풍류는 놀이적 취향에 예술적인 아름다움이 가미된 것이었다면(단지 절제되지 않은 취함은 같지만) '늘거든 다 죽으며'와 '인생을 헤아리니'는 놀이의 내용보다는 노는 것 자체에 중점을 두는 것이 강하게 나타나 있다.

만일 어부가 생계를 위하여 배를 타고 낚시질을 한다면 아마도 흥은 일지 않거나 감소될 것이다. 하지만, 생계수단이라고 하는 실제적인 목적 없이 그 자체를 즐긴다고 할 때, 다시 말해 칸트가 말하는 '무목적성의 목적성'에 조준되어 있을 때 고기 잡는 '일'은 흥겹고 즐겁고 재미있는 '놀이'로 전환된다. 세상만사 온갖 근심을 잊을 정도의 몰입을 수반할 것이다.[50]

낙양성 십리하에 높고 낮은 저 무덤은
영웅호걸이 몇몇이며 절세가인이 그 누구냐
우리네 인생 한번가면
저 모양이 될 터이니
에라 만수 에라 대신이야
(……)
한송정 솔을 베어 조그맣게 배를 지어
술렁술렁 배 띄워놓고 술이나 안주 가득 싣고
강릉 경포대 달구경 가세
두리둥실 달구경 가세
에라 만수 에라 대신이야

－「성주풀이」

사람이 살면은 몇백년이나 살더란 말이냐
죽음에 들어서 남녀노소 있느냐
살아생전 시에 각기 맘대로 놀(거나 헤ー)

－「육자배기」

위의 두 민요는 속세에서의 명예, 권력, 부, 아름다운 용모도 결국은 '무덤'이라는 자연물로 희석되고 돌아가기 위한 것이라고 노래한다. 하지만 이러한 유한한 인생에 대한 슬픔과 시름을 내 보이지는 않는다. 죽음을 자연스러운 하나의 과정으로 받아들이고 그러한 바탕 아래 삶을 즐겁게 하기 위한 하나의 방법으로 놀이를 들고 있다. 「성주풀이」에서 '우리네 인생 한번가면'이라고 해서 유한한 인생을 사시사철 푸르른 솔로 만든 배에 싣고 경포대로 달구경 가는 것으로 흥을 돋운다. '술이나 안주를 가득 실은 배'라고 하여 함께 달구경을 가는 사람이 많음을 암시함으

---

50) 위의 책, 122쪽.

로써 혼자만의 사색에서 얻은 '흥'의 발로가 아니라 여럿이 함께하는 '흥'의 발로로 해석이 된다. 그리고 '달'은 밝음과 설렘으로 '흥'을 더욱 뒷받침할 수 있는 자연물이다. 또한 후렴구는 신이 내려주는 태평으로 여러 사람의 기원이 담긴 바람은 오래토록 태평성대와 기쁨을 누릴 수 있다는 것을 암시한다.

'풍류'는 주체가 즐거움을 자각하는 행위의 형식에 대한 제한이며, 동시에 그 형식을 구성하는 내용에 대한 적절한 제한이라고 할 수 있다. 이 제한은 풍류의 성격을 결정하는 요인이 되며 또한 풍류의 목적을 알 수 있게 하는 기본이 된다.51) 이렇게 살펴본 결과 풍류란 잘 노는 것에 예술적인 가치와 미적인 가치를 더한 것이라고 말할 수 있겠다. 시대에 따라 그 의미가 조금씩 바뀌어 왔지만 위에서 고시조 몇 편을 골라 민요와 함께 살핀 결과 조선시대에 와서 취락적醉樂的, 향락지향적으로 예술이나 특히 놀이적 요소가 부각되는 것을 알 수 있었다. 놀이적 요소에서도 놀이의 내용보다는 놀이 그 자체를 강조한 작품들이 많았다.

5) 호방(豪放)의 모습

> 녹이상제(綠駬霜蹄) 살지게 먹여 시냇물에 씻겨 타고,
> 용천 설악(龍泉雪鍔)을 들게 갈아 두러메고,
> 장부(丈夫)의 위국충절(爲國忠節)을 세워 볼까 하노라.
>
> — 최영52)

---

51) 손오규, 「산수문학에서의 풍류」, 『백록논총』, 1999.
52) 최영(崔瑩, 1316~1388)은 고려 말기의 장군이다. 유교 사대부와 손을 잡은 이성계와 대립하다가 위화도 회군 이후 권력에서 밀려난 후 처형당했다.

고려 말 팔도 도통사로 명문을 날린 작가는 수차에 걸친 왜구와 홍건 적의 침입을 격퇴하였으며, 명나라를 치고자 군사를 일으키기도 했으나, 이성계의 회군으로 실패하고 그에게 피살되어 끝내 무인다운 기개와 포부가 좌절되고 말았다.

이 시조는 하루에 천 리나 달린다는 준마(녹이상제)를 타고 용천검을 갖춘 대장부의 늠름한 기상과 무인으로서 기개를 한껏 펼치고자 한 그의 위국충절이 직서적으로 나타나 있다. 녹이상제라는 최고의 말을 타고, 용천검이라는 고도로 단련된 칼을 가지고 나라를 생각하는 활달한 기상과 내면에서 우러나는 장부의 호기를 직접 드러내고 있다.

용어 설명에서 언급한 내용을 비추어 보면 호豪는 원대하고 활달한 자신의 기상을 위국충절로 나타내겠다는 것이고, 방放은 녹이상제를 타고 용천설악을 둘러매고 나아가는 장수의 용맹함을 드러낸 것이라 볼 수 있다.

> 朔風(삭풍)은 나무 긋틔 불고 明月(명월)은 눈 속에 츤듸
> 萬里邊城(만리 변성)에 一長劍(일장검) 집고 셔서
> 긴 프람 큰 흔 소릐에 거칠 거시 업세라
>
> — 김종서[53]

이 작품은 조선 초기 북방 개척을 주도하였던 시기에 쓰여 진 것으로 그의 무인다운 호방한 기상이 잘 나타나 있다. 시조의 초장에는, 북쪽에서 불어오는 한 겨울의 매서운 바람이 나뭇가지를 휩쓸고 하늘의 달까지 얼어 있는 듯 차갑게 보이는 북쪽 국경 지방의 한겨울 추위가 묘사되어 있다. 중장에는 함경도 땅 육진의 성벽 위에 긴 칼을 집고 서서 국경 너머

---

53) 김종서(1390~1453). 조선 초의 무신으로 세종의 사랑을 받던 명장이었으며, 문종 때는 우의정, 단종 때에는 좌의정이 되었으나 계유정란 때 수양대군에게 그 아들과 함께 첫 희생자로 피살되었다.

를 바라보는 작가의 모습이 나타나 있다. 긴 휘파람을 불며 거침없는 기개를 과시하는 종장은, 여진족을 징벌하여 국토를 넓히고 육진을 개척한 그의 기개와 감회가 나타나 있는 부분이라 하겠다.

이 시조에 나타난 호豪는 긴 휘파람을 불고 큰 한소리로 북방의 세계를 나의 호기로 덮어버리겠다는 것이며, 방放은 종장의 '거칠 것이 없다'는 말로 어떠한 외물이라도 자신의 기상을 얽어 맬 수 없다는 기개를 드러내었다.

이 호기는 지용智勇을 겸비한 한 장군의 개인적인 기상이기보다는 신흥 조선의 생기 찬 호흡이며 시대의 세찬 입김을 드러낸 것이라 볼 수 있다.54)

> 長白山에 旗를 곳고 豆滿江에 믈을 싯겨
> 서근 져 션븨야 우리 아니 스나희냐
> 엇덧타 인각화상(獜閣畵像)을 누고 몬져 ㅎ리오.
>
> — 김종서

전문을 풀이하면 다음과 같다. 백두산에 기를 꽂고 두만강에 말을 씻기니 / (남을 모함하고 치기만 하는) 썩어빠진 선비들아, 우리는 사나이가 아니더냐. / 나라를 위해 공을 세운 대장부의 화상이 기린각55)에 먼저 걸리지 않겠느냐(우리 같이 나라를 지킨 대장부의 그것이 먼저일 것이다).

백두산에 기를 꽂고 두만강에 말을 씻기고 있는 그의 거칠 것이 없는 호기는 변방 방어에 힘을 쏟아 이를 이룩하고 육진을 일으켜 여진족을 부수고 이를 다스리는데 부족이 없었던 그의 역량으로 보아 신흥 조선의 패기를 만방에 과시하는 상징적 의미의 시조로 해석을 할 수 있다. 하지

---

54) 김영식, 「고시조와 현대시조에 나타난 충효사상 연구」, 수원대 석사논문, 2000.
55) 해동가요와 가곡원류 등에는 육련각(淕練閣)으로 되어 있는데, 당나라 때 국가에 공훈이 많은 사람의 화상을 그려 걸었던 집이다.

만 국내에 있는 일부 비겁한 반대파(수양대군의 손발이 되어 한평생 자기 코앞의 행복만을 누리기 위해 이웃을 해치고 시기, 질투, 권모술수, 아부, 아첨으로 날을 세웠던 당시의 선비들)에 의해 북방지역의 영토 회복에 대한 대망을 이루지 못하자 그 울분을 중장에서 썩어빠진 선비들에게 직접적으로 호령을 하고 있으며, 종장에서는 충군위국忠君爲國의 정열에 불타는 한 무인으로서의 떳떳한 자부심 속에 일부 비겁한 문신들에 대한 멸시가 과감하게 나타나 있다.

이 시조에 나타난 의미를 분석해 보면 민족의 영지라 하는 백두산에 국가의 웅혼함을 상징하는 깃발을 꽂고, 두만강 물로 말을 씻겨 북방의 영토를 무신인 화자가 개척하려는 애국의 업적을 호豪로 드러내었고, 방放으로는 일신一身의 영화만을 이루려는 선비들의 썩은 정신을 외적인 면으로 표현하였다. 기세가 웅장하고 감정이 치열함을 잘 보여 주는 시조이다.

> 장검(長劍)을 빠혀 들고 백두산에 올라보니
> 대명천지(大明天地)에 성진(腥塵)이 즘겨세라
> 언제나 남북풍진(南北風塵)을 헤쳐볼고 ᄒ노라.
>
> — 남이56)

이 시조는 남이[南怡] 장군이 세조 13년(1467)에 이시애李施愛의 난亂과 건주위建州衛를 평정한 후 돌아올 때 지은 것이라 추정되는데, 남만南蠻과 북호北胡를 밀어붙여 나라의 안녕을 이루어 놓으리라는 결의를 온

---

56) 남이 장군은 17세에 무과에 급제하여 세조 때에 장군으로 총애를 받고 이시애의 난을 토벌한 공으로 일등공신이 되었으며 건주위를 토벌, 27세에 병조판서가 되었다. 예종 즉위년에 대궐 안에서 야직 중 혜성이 떨어지자 묵은 것이 가고 새 것이 온다고 말한 것이 유자광에 의해 역모로 몰려 28세에 처형당하고 말았다.

누리 위에 읊어 보며 젊은 장군으로서의 호기豪氣와 큰 포부가 잘 나타난 작품이다. 전란을 평정하려는 장수의 꿋꿋한 웅지雄志와 호탕한 기개가 잘 나타나 있는, 구국충정이 끓어 넘치는 시조이다.

남북풍진을 헤치고 대륙적인 기개를 떨치는 무인으로서 나라의 평화를 가져와야겠다는 기상을 호豪로 볼 수 있으며, 이러한 자신의 기상을 그 어떠한 것도 막을 수 없다는 방放을 나타낸 시조라 할 수 있다.

이 시조가 불리어진 시기에 같은 호기豪氣를 노래하며 그의 생리를 그대로 드러내 보인 한시漢詩로 다음과 같은 것이 있다.

> 白頭山石磨刀盡(백두산의 돌은 칼 가는 데에 다 닳아버렸고)
> 豆滿江水飮馬無(두만강의 물은 말이 마셔 말라버렸구나)
> 男兒二十未平國(사나이 스물에 나라를 평정하지 못하면)
> 後世誰稱大丈夫(후세에 어느 누가 대장부라 일컬으리)

백두산의 돌은 칼을 갈고 무예를 연마하느라 다 닳아 없어졌으며, 군사 훈련을 하느라 지친 말들이 두만강의 물을 다 마셔 버렸으니, 이 정도의 기량이면 충분히 나라를 평안하게 할 수 있을 것이며 스물의 나이에 이러한 뜻을 이루지 못하면, 후세에 어느 누가 대장부의 호칭을 받을 수 있겠는가 하며 무신으로서의 기상을 여실히 보여주고 있다. 지금의 관점으로는 어린 나이지만 나라의 평안을 염원하고 그 바람은 자신으로부터 이루어질 수 있다는 자부심을 은연중에 보이고 있다. 자신의 기상과 원대한 이상을 드러내기 위해 과장적 표현을 과감하게 사용하였다. 자신의 기개로 나이 스물에 나라를 평정하여 대장부의 호칭을 누리겠다는 호豪와 그 어떠한 외물도 자신의 의지와 기상을 막을 수 없을 것이라는 방放이 잘 나타나 있다.

4. 관조와 풍자, 그리고 비판

1) 시간의 흐름과 변화-한탄

우리는 시간의 흐름과 변화 앞에서 지난날을 안타까워하고 흘러가버린 인생을 한탄하기도 한다. 이것은 만고의 진리이며 자연의 이치이다. 김준오는 『詩論』(삼지원, 2006)에서 시간의 변화는 자아와 세계를 다양하게 하며 자아와 세계와의 관계를 풍요롭게 해 준다는 점에서 인생에서의 가치를 가진다고 말하고 있다. 인간은 한 순간도 같은 요소를 지니는 일이 없으며 모든 세포는 끊임없이 새로워지며 낡은 것은 없어진다. 육체뿐만이 아니라 정신 역시 마찬가지이며 기질이나 성격, 정욕이나 환락과 같은 자연 감정 역시 동일한 것이 아니며 새로 생기고 또한 끊임없이 소멸하여 간다.

이런 변화로 인해 우리는 늘 동일성을 꿈꾸고 연속적이며 변하지 않는 것을 인생의 또 하나의 가치양상으로서 찾게 되는 것[57]이다. 이러한 시간의 변화로 자아와 세계는 더욱 풍요로워지지만 흘러간 시간은 다시 되돌아오지 않는다는 것을 생각하면 지나간 시간을 꿈꾸게 되고 육체와 정신의 늙음에 때로 한탄하게 된다.

그렇다면 먼저 한恨이란 무엇인가? 한자 사전에 의하면 恨이란 마음과 뿌리의 한을 나타내기 위한 간艮으로 이루어져 恨이란 쉽사리 사라지지 않고 마음속에 맺혀 있는 응어리라는 풀이로서 중문대사전에 나온 怨(원) · 憾(감) · 悔(회)등과 영어의 pathos, deploring, resentment, moan 등

---

57) 김준오 『시론』, 삼지원, 404쪽.

으로서도 다 설명할 수 없는 그 이상의 어떤 의미가 있다[58]고 볼 수 있다. 이에 대해 오세영은 그의 글에서 한恨이란 풀래야 풀 수 없는 감정, 서로 모순되는 복합적 감정, 이렇게 할 수도 없고 저렇게 할 수도 없는 딜레마의 감정[59]이라고 말한 바 있다. 현실적으로 이루어질 수 없는 불가능의 상황인 줄 알면서도 단념할 수 없는 강한 미련으로 恨이 생기게 된다는 것이다.

우리의 문학을 가리켜 恨의 문학이라고도 한다. 인생사가 허무하고 뜻대로 되지 않고, 쓰라린 슬픔을 마음속에 '恨'으로 눌러두고 한숨짓는 옛사람들의 마음을 문학의 힘을 빌려 삭혔기 때문에 '한의 문학'이 된 것이다. 인생무상이나 회고가, 늙어버림을 한탄한 백발탄과 시절에 대한 아쉬움에 관한 한탄과 탄식 등이 주가 된 시조를 많이 찾아볼 수 있다. 이러한 恨의 정서는 한국시의 원형이라고 할 수 있으며 고시가에서부터 현대시에 이르기까지 이어져 왔다. 여기에서는 이런 시간의 흐름과 변화, 어찌할 수 없음에 대한 恨과 안타까움을 한탄한 노래인 시조와 인생과 자연에 대한 관조를 통해 쓰인 시조를 찾아보고자 한다.

고려 말에 창작된 초기의 시조들은 대개가 이념보다는 개인의 정감을 읊었으며 늙기 서러워하는 백발탄들이거나 은자들의 생활을 노래한 것으로 자연의 낭만적인 생활보다는 청빈이나 절개 있는 유교적인 생활을 바탕으로 한 것들이(최영, 이존오, 이색, 곽여, 서견의 시조 등) 많았다. "나무도 병이 드니 정자라도 쉴 이 없다 / 호화히 서 잇을 젠 올이 갈이 다 쉬더니 / 잎지고 가지 꺾어진 후에는 새도 아니 앉는다(송강)"고 인생무상을 '한탄'하였으며 "흥망이 유수하니 만월대도 추초로다 / 오백년 왕업이 목적에 붙었으니 / 석양에 지나는 손이 눈물겨워 하더라"이른바 이러한

---

58) 김동주, 「한국시가에 나타난 한의 정서에 대한 고찰」참조.
59) 오세영, 「모상실의식으로서의 한」, 『김소월 연구』, 새문사, 1982, 20~21쪽.

'회고가'들이 고려의 유신들에 의하여 구슬프게 읊어졌다. "오백년 도읍지를 필마로 돌아드니 / 산천은 의구하되 인걸은 간데업네 / 어즈버 태평연월이 꿈이런가 하노라"이는 한낱 사라져 버린 지난날의 꿈을 아쉬워하며 그것을 노래하고 읊조리며 마음의 한과 슬픔을 다스려왔던 것이다.

白日은 西山의 지고 黃河는 東海로든다
古來 英雄은 북망으로 가단말가
두어라 物有盛衰니 恨훌줄이 이시랴

― 최충

최충의 시조는 대자연 앞에서 인생무상을 느끼게 하는 시조다. 태어나서 자라고 늙고 죽는다는 것은 자연의 이치이고 만유의 법칙이다. 자연에 순응하는 생활 자세와 불교에서의 회자정리, 윤회사상으로써 자연의이치 앞에 어찌할 수 없는 인간의 한계와 체념이 들어 있다. 인간의 생로병사가 모두 자연의 질서이므로 자연의 질서에 따라야 한다는 것이 기본적인 인식이다. 이 시조는 동양적 달관과 체념의 유교사상이 우주의 철학적 이론과 결부되어 인생을 받아들이는 초연한 자세와 함께 대자연의법칙에 순응하라는 가르침을 잘 나타내고 있다.

청춘에 보던 거울 백발에 곳쳐 보니
청춘은 간듸 없고 백발만 뵈는고야
백발아 청춘이 제 갓스랴 네 쫏츤가 ᄒ노라

― 이정개

늙음을 한탄하고 젊음을 동경하는 것은 우리의 공통된 감정이다. 청춘을 열망하며 백발로의 변화를 한탄하고 있는 시조이다.

흔손에 가시를들고 또흔손에 막딕들고
늙는 길 가시로막고 오는 白髮 막딕로치랴트니
白髮이 졔몬져알고 즈름길로 오더라

– 우탁

우탁의 작품은 탄로嘆老와 백발白髮을 소재로 한 작품이 많은데 다가오는 늙음과 백발, 그리고 죽음의 공포마저도 가시와 막대로 치려하는 어리석음은 인간 내면의 깊은 허무감과 무상감을 느끼게 한다.

그리고 우리 민족의 恨의 정서에서 나타나는 이러한 탄식은 고시조에서는 백발탄이나 회고가에서, 나아가 현대시조에서는 소월의 시에서처럼 님의 부재나 상실, 그리고 욕망의 좌절 등 자신의 슬픔만을 한탄하는 것으로, 또는 님에 대한 그리움과 원한에서 생기는 恨으로 나타나기도 하였다.

2) 삶의 미적 거리 – 관조

관조라는 말은 사전적으로 말하자면, 고요한 마음으로 사물이나 현상을 관찰하거나 비추어 보는 것이며 예술에서는 미美를 직접적으로 인식하는 일이며 불교에서는 모든 사물의 참모습과 나아가 영원히 변하지 않는 진리를 비추어 보는 것을 말한다. 정적이고 지적이며 객관적으로 사용되는 관조는 작품 속에서 시인이나 작품의 화자가 어떤 대상을 그리되 가급적 감정을 보이지 않고 대상에 집착함 없이 냉정하게 그리는 것을 말한다. 즉 대상의 고요한 본질 세계를 응시하게 될 때 관조적이라고 한다.

이제까지의 우리시에서 사용된 관조라는 말은 한 발 뒤에서 사물을 관찰하고 바라보는 것으로서 조금은 소극적이고 방관자적이었다 할 수 있다. 하지만 그 내면에는 사물을 종합적, 직관적이면서 간결하게 통찰해 내는 우리 선조들의 깊은 안목이 내재되어 있었다. 정종진의 논문 「한국 현대시평과 관조론」에 의하면,

> 오직 물화된 이후의 고립된 지각만이 자기와 대상을 모두 시간과 공간으로부터 단절시켜 버림으로써 자기와 대상이 저절로 의기투합하여 주객합일의 경지를 이루도록 한다. 이미 하나가 되었다함은 바로 이외에는 다시 아무것도 없다는 것이니, 그러므로 하나는 즉 일체가 되는 것이다. 하나가 곧 모든 것이라면 하나는 바로 원만구족의 상태로써 스스로 유쾌한 기분을 느낄 수 있도록 해주는 것이 된다. 주객이 의기투합하여 하나가 되어서 스스로 유쾌하게 느끼게 되는 이때는 환경과 세계와 더불어 대융합을 얻게 되며 대자유를 얻게 되는데 이것이 곧 장자가 말하는 '화(和)'이며 유(遊)이다.[60]

관조는 직관적 시관이며 '고립'의 상태[61]로 장자에서 부각된 관조라는 말은 고립화와 집중화를 통해 시인의 의식을 반영시킨 세계를 구체화한다는 것이다. 이러한 시의 경지는 入神의 경지인데 시의 최고 경지인 입신이란 '상상적으로 사물의 생명을 파고들며, 그 정수와 그 정신을 구체화하는 것'[62]으로 정의할 수 있다. 중국 시가에서는 의경義境이라 하여 작자의 주관 정의와 객관 물경이 서로 융합하여 이루어진 예술의 경지를 말한다[63]고 하였다. 동양에서 사용되는 관조 또는 의경과 비슷한 것으로

---

60) 徐復觀, 『중국예술 정신』, 동문선, 1990, 131쪽 재인용.
61) 관조는 불가의 禪과도 긴밀히 연관되어 있다.
62) 유약우, 『중국시학』, 동화출판사, 1984, 115쪽.
63) 정종진, 「한국 현대시평과 관조론」, 1993. 12 참조.

서구에서는 '거리'라는 용어가 사용된다. 김준오는 그의 『시론』에서 미적 거리란 작가나 독자가 자기의 사적이고 공리적인 일체의 관심을 버린 상태를 뜻하는 것으로 시공간적 거리가 아니라 내면적 거리라고 말하고 있다.

> 심리적 거리란 우리가 작품에 임해서 작품에 표현된 행위, 인물, 정서들이 절박한 실제 생활과는 아무런 관련이 없다는 감각기관의 인식이다. 이와 같이 작품을 공리적 관심으로부터 분리시킴으로써 이런 심리적 거리는 예술의 특수한 효과를 발휘케 한다. 부적당한 거리 작용은 부자연스럽고 인위적이게 한다.[64]

목어를 두드리다
졸음에 겨워

고오운 상좌아이도
장이 들었다.

부처님은 말이 없이
웃으시는데
西域 萬里ㅅ길

눈부신 노을 아래
모란이 진다.

— 조지훈, 「古詩 1」

---

64) Edward Bullough, 『Psychical Distance as a Factor in Art and Aesthetic Principle』, p.94. 심리적 거리란 말은 영국의 블로흐가 1912년에 처음 사용한 용어이다. 김준오, 앞의 책, 327쪽에서 재인용.

이 시는 정적 속에서 피어나는 법열과 숙명적인 한恨을 나타내고 있다. 비록 정적이고 소극적인 모습일지라도 그 속에는 깊은 내적 긴장과 성찰이 함께 이루어져 있으며 내적인 미적 거리를 유지하여 적극적으로 대상에 몰입하지 않으면 이룰 수 없는 관조의 모습 또한 보여주고 있다. 직관과 고립의 상태에서 대상을 관찰하고 객관적 미적 거리를 잃지 않았음을 알 수 있다.

> 落日은 西山에 져서 東海로 다시나고
> 秋風에 이운풀은 봄이면 프르거늘
> 엇더타 最貴혼 人生은 歸不歸를 ᄒᆞ느니
>
> — 이정보

위의 시조는 인생에 대한 관조와 다시는 돌아오지 않는 인생을 한탄하고 인생무상을 노래하고 있다. 인생에서의 늙음을 한탄하고 찬란하고 화려했던 시절을 동경하는 것은 주된 우리의 감정이며 열망인 것이다.

> 곰살가운 오죽 사이 햇살 잘게 부서지고
> 무심한 바람꽃이 시린 가슴 헤집는데
> 마당에 나는 은행잎 세월 함께 날려본다
>
> 회화나무 걸친 낮달 호수 속에 살랑이고
> 오십천 고운 물빛 천 년 세월 잠겼는데
> 죽서루 추녀 끝 풍경 저 혼자 한가롭다
>
> — 하주용,「죽서루 풍경」

시인에게 있어서의 풍경은 바슐라르가 말한 바 있는 어떤 공간적 미학을 양산해 내는 것이 아니라, 단지 시간적 흐름에 동조하고 있는 조형물이자 시인 자신의 대치물로 작용65)하고 있다. 이 시에서 낮달은 천 년 세월에 잠겨 있는 과거의 현재적 낮달일 뿐이다. 이처럼 낮달이 있는 풍경은 세월과 맞닿아 있으며 시인은 대상과 자신을 밀착하여 自와 他의 거리를 좁히고자 하였다. 삶의 흔적들을 비끼어 관조하려는 태도가 잘 드러나 있다.

3) 풍자의 유형

고시조가 작금의 시대에도 그 가치를 가지는 것은 현대시조와 그 형식이나 표현, 의미의 전달 양상이 크게 벗어나지 않기 때문이다. 현대시조 연구의 토대를 제공하고, 우리의 사유체계에 대한 연속적인 연구를 위해서라도 고시조를 연구하는 것은 의미가 있다 하겠다.

고시조가 향유되는 시대와 현대의 복잡 다양한 정치, 경제, 사회적 상황과는 담고자 하는 사유체계의 양상이 달라진 것은 자명한 일이다. 그래서 고시조를 연구하는 것은 반드시 그 시대의 사유체계로 대상을 바라보아야 한다는 것이다.

고시조에 대한 고찰을 통해 현대시조의 나아갈 지평을 탐구하고자 하는 것이겠지만, 본고는 구체적으로 고시조의 풍자 양상을 시적 화자의 객관성 유무를 기준으로 나누어 고찰하고자 한다.

풍자는 크게 직접적 풍자와 간접적 풍자로 나눈다. 직접적 풍자는 풍자하는 목소리가 일인칭으로 발언된다. 또 이것은 화자가 누구를 대상으로 이야기하는가에 따라 다시 나누어진다. 독자들을 대상으로 이야기하는 경우와 작품 속의 작중 인물에게 이야기 하는 경우인데 이런 화자들

---

65) 졸고, 「흔적에 대한 그리움」, 『시조평론』, 2006.

은 상대역이라고 하고 풍자적 발언자의 말을 끌어내어 유도하는 것을 주요기능으로 한다. 간접적 풍자(Indirect Satire)는 직접 상대해서 이야기를 하는 것과 전혀 다른 문학적 형식으로 되어 있다. 가장 흔한 형식이 허구적 설화의 형식인데, 여기에서 풍자의 대상이 되는 것은 스스로 생각하고 말하고 행동하는 것으로 해서 자신은 물론 자신의 견해까지 희화화시키고 때로는 작가의 논평이나 서술 양식으로 해서 더욱 우스꽝스러워지는 작중인물이다.[66]

또 이렇게 풍자하는 화자에 따라 풍자의 방법을 나누는 방식 이외에도 풍자는 그 대상에 따라 인신공격적인 직설적 풍자. 정치권력을 비판하는 정치적 풍자. 사회나 인류 전체를 비판하는 고급적 풍자. 세태를 비판하는 시인 스스로 자기 자신을 비판하는 개인적 풍자 등으로 나눌 수 있다.

또 어조에 따른 풍자로도 나눌 수 있는데, 멜빌 클라크Melville Clarke에 의하며 'wit(기지)', 'ridicule(조롱)', 'irony(아이러니)', 'scrcasm(비꼼)', 'cynicism(냉소)', 'sardonic(조소)', 'invective(욕설)의 일곱 가지로 나누어 설명한다. 기지는 독자가 기발한 착상에 의해서 놀라고 희극적 충격을 받는 것을 뜻하고, 조롱은 우롱이 있지만 억제되고 놀려대는 야유의 어조를 가지고 있다. 이에 비해, 아이러니는 왜곡을 무기로 삼아 그 속에 함축, 암시 및 생략을 담은 역전의 형식이다. 비꼼은 아이러니에서 신비성과 세련미를 없앤 나머지의 것이라 할 수 있고, 냉소는 작가의 공허한 웃음을 배경으로 풍자하는 것이며, 조소는 웃는 것보다 오히려 우는 어조이다. 욕설은 조소가 겨우 억제하는 분노를 터트린 것이다.[67]

이처럼 풍자의 유형은 다양한 방식들이 존재하고 있기에, 구체적으로 연구 범위와 방법을 정확하게 제시하지 않으면 모호해질 수밖에 없다.

---

66) Arthur Pollard, 송낙헌 역, 『풍자』, 서울대 출판부, 1986, 31쪽.
67) 위의 책, 85~99쪽.

따라서 본고는 시인이 처한 역사적 환경과 그 속에서 표현하고자 했던 시인의 목적 양상과, 객관성의 유무에 따라 '사회 비판정신과 현실 풍자', '자기 부정정신과 이상 풍자'로 나누어 분석하고자 한다.

'사회 비판정신과 현실 풍자'는 자신을 제외한 외적 인물이나 사건 등에 대하여 객관적 위치에서 풍자를 가하는 형태를 말한다. 비판 하고자 하는 대상을 극명하게 드러내기 위한 방법으로 직설적 풍자로 설정했으며, 공격적 대상을 구체적으로 드러내지 않으려는 방법으로 우회적 풍자로 설정하였다.

'자기 부정정신과 이상 풍자'는 자기 자신을 포함한 사회 전반에 대해 주관적 위치에서 풍자를 가하는 형태로 설정하였다. 풍자의 대상이 자기 자신일 경우에는 개인적 풍자를 사용하며, 개인과 외적 문제를 동시에 비판하기 위해서는 도덕성을 강조한 도덕적 풍자를 사용한다. 따라서 개인적 풍자가 자신에 관한 풍자라면, 도덕적 풍자는 도덕적 기준을 가지고 그에 도달하지 못하는 자신과 세계에 대한 풍자를 담고 있다고 할 수 있다.

직설적 풍자는 깊은 사고 없이 표현될 수 있으므로 표현의 속도성이 뛰어나고 읽는 동안의 감정을 쉽게 자극하여 시의 이해를 빠르게 시킬 수 있는 장점도 있다.

반면 직설적 풍자는 풍자가 지닌 멀리 돌아 공격하는 방법에 한계적 모순을 보여 시가 가지고 있는 깊이만큼 금세 그 밑을 드러낸다. 문제는 이런 구조가 문학적 가치를 회득하기에는 많은 난점이 있음을 지적하지 않을 수 없다.

풍자는 보다 깊은 곳에 침잠해 있으면서도 가장 높은 곳에 있는 대상을 공격할 수 있을 때 그 효과가 증가되며 문학적으로 가치 측면에서 좋은 평가를 받을 수 있기 때문이다.

직설적 풍자와 우회적 풍자의 차이는 언어의 선택을 비어로 했느냐, 아니면 시적인 언어를 사용했는가로 구분되어 지는 것이 아니라, 말하지 않고 말하기가 얼마나 이루어졌느냐에 달려 있다. 즉 풍자하고자하는 대상도 그리고 풍자하는 주체도 작품 표면에는 보이지 않지만 자세히 들여다보면 누구를 비판하고자 하는지 알 수 있는 시가 우회적 풍자라고 할 수 있다. 얼마나 멀리 돌아 그 회전의 원심력만큼 강력하게 공격하느냐가 우회적 풍자의 성패를 좌우한다고 할 수 있다.

4) 고시조의 풍자 양상

(1) 사회 비판정신과 현실 풍자

'사회 비판정신과 현실 풍자'는 자신을 제외한 외적 인물이나 사건 등에 대하여 객관적 위치에서 풍자를 가하는 형태를 말한다. 비판 하고자 하는 대상이 구체적으로 드러나 있지 않기에 우회적 풍자에 속한다. 다음 작품을 보자.

> 가) 구름이 無心튼 말이 아므도 虛浪ᄒ다
> 中天에 써이셔 任意로 돈이면서
> 구타야 光明흔 날빗츨 ᄯ라가며 덥ᄂ니
>
> — 이존오

가)는 공민왕 때, 요승妖僧 신돈이 왕의 총애를 힘입어 진평후라는 관직을 받고서 나라를 어지럽게 하므로 이를 개탄하여 지은 노래이다. 당시 정언으로 있던 지은이가 신돈을 탄핵하는 상소를 올렸다가 도리어 좌천되었는데, 이 시조는 그때 쓴 것이라고 한다. 간신은 '신돈'을 '구름'에,

'왕의 총명'을 '날빛'에 비유한 것으로 우회적 풍자에 속한다. 하겠다. 발상이 매우 뛰어났고, 이존오가 죽은 지 석 달 만에 신돈이 역모의 죄로 처형되자 왕은 이존오의 충성심을 기려 대사성에 추증追贈하기도 하였다.

> 나) 이런들 엇더ᄒ리 저런들 엇더ᄒ리
> 萬壽山 드렁츩이 얼거진들 긔엇더ᄒ리
> 우리도 이ᄀᆺ치얼거져 百年ᄭ지 누리이라
>
> — 정몽주

나)는 이방원이 정몽주(鄭夢周, 1337~1392)의 속셈을 떠보느라고 지은 「하여가(何如歌)」이다. 이에 대해서 정몽주는 「단심가(丹心歌)」[68]로 응답하였다. 직설적인 말은 내비치지도 않고 느긋하다.

혁명 전야前夜에 고려의 중추적인 충신 정몽주를 회유하기 위해 지었다는 이 노래는 일명 「하여가(何如歌)」라고도 한다. 결국 「단심가(丹心歌)」로써 굳은 절개를 화답했던 정몽주는 이방원의 심복 조영규에게 선죽교에서 살해되고 만다. 이와 같은 사연을 가진 이 노래는 정치적 복선을 깔고 있으면서도 아주 부드러운 정서를 바탕으로 하여 우회적으로 풍자하고 있다.

> 다) 나모도 병이드니 亭子라도 쉬리업다
> 豪華히 셔신제ᄂᆞᆫ 오리가리 다쉬더니
> 닙디고 가지것근후ᄂᆞᆫ 새도아니 안ᄂᆞᆫ다
>
> — 정철

---

68) 이 몸이 주거주거 一百番(일백번) 고쳐 주거,
　　白骨(백골)이 塵土(진토) ㅣ 되여 넉시라도 잇고 업고,
　　님 向(향)ᄒᆞᆫ 一片丹心(일편단심)이야 가실 줄이 이시랴. 『청구영언』.

다) 역시 우회적 풍자인데, '나무'는 권력을 상징하고 있다. 그런 나무가 권력을 갖고 있을 때는 오며가며 많은 사람이 찾더니 권력을 잃고 난 후에는 아무도 알아주지 않은 정치적 세태를 비판하고 있다.

라) 唐虞[69]를 어제본듯 漢唐宋 오늘본들
  通告今 達事理ᄒ는 明哲士를 엇덧타고
  직설씌 歷歷히모르는 武夫를어이 조츠리

                                          - 소춘풍

라)의 소춘풍은 성종 때의 함흥 명기로, 재색 겸비의, 인생을 달관하고 자유분방하게 산 명기였다. 학문과 풍류를 아울러 좋아하였던 성종 임금께서 문무백관과 더불어 술잔치를 베풀고 소춘풍을 불러 술을 따르게 하였다. 이때에 문관인 영상 앞에 술을 따르고 이 노래를 불렀다고 한다.

태평하였던 요순 시대이며, 문물이 발달했던 한, 당, 송에 이르도록 모르는 일이 없는 똑똑한 선비님들을 마다하고, 제 설자리도 분간 못하는 무부를 어찌 따르겠느냐는 뜻이다. 이는 무신을 얕본 수작이고 무신에 대한 비판을 직설적으로 표출하고 있다.

(2) 자기 부정정신과 이상 풍자

'자기 부정정신과 이상 풍자'는 자기 자신을 포함한 사회 전반에 대해 주관적 위치에서 풍자를 가하는 형태로 설정하였다. 풍자의 대상이 자기 자신일 경우에는 개인적 풍자를 사용하며, 개인과 외적 문제를 동시에 비판하기 위해서는 도덕성을 강조한 도덕적 풍자를 사용한다. 따라서 개인적 풍자가 자신에 관한 풍자라면, 도덕적 풍자는 도덕적 기준을 가지고 그

---

69) 도당씨와 유우씨, 곧 요임금과 순임금. 여기서는 태평스럽던 요순시대를 말한다.

에 도달하지 못하는 자신과 세계에 대한 풍자를 담고 있다고 할 수 있다.

> 라) 朱門에 벗님네야 高車駟馬 됴타마쇼
> 토끼 죽은 後ㅣ면 기ㅁ즈 숨기이ᄂ니
> 우리ᄂ 榮辱을 모로니 두려온일 업세라
>
> — 김천택

　라) 고차사마는 귀하고 높은 신분의 사람이 탔다. 표면적으로는 고거
사마가 좋다고 함부로 타지 말라고 경계하는 듯하나, 그 이면에는 정치
적 영욕을 쫓아가는 세태를 풍자하고, 자신은 영욕을 모르니 두려운 일
이 없다고 하고 있다. 부귀를 누리는 사대부더러 이용당한 다음에는 희
생될 수 있으니 너무 거들먹거리지 말라 하고 자기와 같은 무리는 아예
벼슬할 수 없는 처지이니 두려운 일이 없다고 했다. 개인과 외적 문제를
동시에 비판하기 위해서 도덕성을 강조한 도덕적 풍자에 속한다고 할 수
있다.

> 마) 쏙닥이 오르다하고 나즌듸를 웃지마라
> 네압해 잇는것은 나려가는 일쑨이니
> 평지에 올을일잇는 우리아니 더크랴
>
> — 「194」

　마) 역시 꼭대기에 올랐다고 낮은 데를 비웃지 말라고 하고 있다. 높은
곳에서는 내려가는 일 밖에 없고, 평지에 있는 우리는 오를 일 밖에 없으
니 우리가 더 낫다는 것을 표현하고 있다. 역시 '우리'라는 표제어를 사
용하여 개인 외적 문제를 비판하기 위한 도덕적 풍자에 속한다고 할 수
있다.

바) 하하 허허 흔들 내 우음이 정 우룸가
  하 어척 없서서 늣기다가 그리 되게
  벗님늬 웃디를 말구려 아귀 쯱여디리라

– 권섭

바)는 꼭 즐거워서가 아니라, 허탈한 마음일 때도 웃을 수 있다는 것을 생각하게 해 주는 작품이다. 초장에서 겉으로 웃고 있다고 '진짜 웃음'인가를 반문하고 있다. 이 물음은 우리로 하여금 '과연 즐거워서가 아니라면 어떤 상황에서 웃을 수 있을까?' 생각하게 한다. 화자는 이에 대한 답을 중장에서 스스로 제시하면서 자신의 웃음을 '허탈한 웃음, 어처구니 없는 실소'라고 말한다. 또 종장에서는 일반 벗님들에게 진정한 즐거운 웃음이 아니면 입이 찢어지게 할 수도 있다고 하면서 진정한 웃음을, 더 나아가 진정한 웃음이 가능한 세상을 갈구하고 있다. 작품만으로는 화자가 쓴 웃음을 짓는 구체적인 이유가 없지만 지은이인 권섭이 혼미스러운 정치현실을 보고 쓴 웃음을 짓도록 한 것이 아닌가 생각된다.

이렇게 볼 때 바)는 도덕적 기준을 가지고 그에 도달하지 못하는 자신과 세계에 대한 풍자를 담고 있는 도덕적 풍자라고 할 수 있다.

사) 말ᄒ면 雜類ㅣ라 ᄒ고 말 아니면 어리다 ᄒ네
  貧寒을 남이 웃고 富貴를 싀오나니
  아마도 하늘 아릭 살을 일이 어려워라

– 주의식

사)에서 살기 어렵다고 한 것은 자기 처지일 수도 있다. 과거를 보고 벼슬을 했어도 사대부로 나서지는 못했으며, 그렇다고 빈천한 무리를 자처하면서 쟁이 노릇만 하는 자기가 안타까워서 하는 말로 볼 수 있다.

아) 長安甲第 벗님네야 이 말슴 들으시소
　　몸 치레 홀연이와 마음 치레 ᄒᆞ여 보소
　　솔直領 장도리 風流에란 브듸즑여 말으시

- 김수장

아)는 서울의 명문귀족들에게 몸치레만 할 것이 아니라 마음치레도 하
라 권하고서 마음치레란 다름이 아니라 자기네가 제공해주는 음악에서
찾아야 한다고 했다. 아)는 자신이 설정한 도덕적 기준을 가지고 그에 도
달하지 못하는 세계에 대해 풍자하고 있다고 볼 수 있다.

　고시조를 풍자의 대상에 따라 '사회 비판정신과 현실 풍자', '자기 부정
정신과 이상 풍자'로 나누어 분석해 보았다. 고시조에서는 비교적 사회
비판의 풍자가 많이 나타났다. 그것도 주로 '정치적 풍자'가 많았다. 이는
정치적인 상상력을 통해 정치의 부패와 모순에 대한 폭로를 뜻한다. 정
치적 상상력이란 시적 상상력보다도 정치적 상상력이 우세하게 작용하
고, 정치적 모순 속에서 선함과 악함의 구조가 비교적 선명하게 드러나
지만 그 표현 양상을 보면 비교적 직설적 표현보다는 상황을 유추해 낼
수 있는 우회적 방법이 많이 사용되었다. 문명 전반의 부조리와 모순을
대상으로 하고 있을 뿐, 그 대상이 명확하게 어떤 계층이나 계급 혹은 인
물로 규정되기 어렵지만 전후 맥락과 역사적 사건을 통해 그 대상이 누
구인지를 알 수 있도록 되어 있다.

　'자기 부정 정신과 이상 풍자'는 현실의 모순을 자신이 달리 처리할 도
리가 없을 때 생기는 무력감에서 출발하였다. 이것은 자아탐구의 한 방
법이라고 할 수 있는데, 타인이나 대상이 추구한 모든 진리가 허위였음
이 발견되었을 때, 그렇다고 해서 새로운 진리를 떠올릴 수 없을 때, 자기
자신의 모습을 드러내고 묘사할 수밖에 없다는 논리에서 제기된다.[70]

풍자는 대상의 부정적인 면에 대한 비판정신의 소산이다. 작가는 시대의 죄악을 정면으로 공격치 않고 측면 혹은 이면으로 공격하기 위해 다양한 기법이 사용된다. 풍자는 저항하려는 본능에서 생기는 것이며, 예술화된 항의[71]라고 할 수 있기에 출발은 저항정신이라 할 수 있고, 그것을 강력히 내세웠을 때는 적극적 사회 참여의 우국문학이 되기 쉬운 경향이 있다. 무엇보다도 우선적으로 풍자는 작가와 관련된 것이기에 작품을 통해 작가의 현실 인식의 성격과 지향을 확인한 후 고찰한다면 풍자의 면면을 확인할 수 있겠다.

5. 색정(色情)의 해학과 사랑

1) 고시조와 애정 문제

유교 이념이 지배하는 조선시대에 들어와 시조가 크게 발전할 수 있었던 것은 정제된 형식을 갖춘 시조의 논리성이 신흥사대부의 이념과 맞아떨어졌기 때문이다.

그런데 고시조에서 인간의 세속적인 욕망—특히 육욕을 바탕으로 하는 애정문제를 어떻게 표현하였을까를 살펴보는 것이 이 글의 내용이다. 사실 전체 시조문학사에서 애정의 문제를 표현한 작품은 많다. 진동혁의 『고시조문학론』(영문출판, 1992)을 보면 시조의 양상을 내용에 따라 어떻게 나누었는가를 고찰하고 있다. 그 내용을 보면『古今歌曲』에서는

---

70) 김윤식, 『한국근대문예비평사 연구』, 일지사, 1976, 251쪽.
71) Arthur Pollard, 송낙헌 역, 『풍자』, 서울대 출판부, 18쪽.

단시조 294수를 19항으로 분류했는데 '염정艶情'이라는 항목을 찾을 수 있다. 또 육당 최남선의 『時調類聚』에도 '남녀류'라는 분류항목이 나옴을 알 수 있다.

그러나 이러한 구분에 따르면 일반적인 애정의 주제가 되어 범위가 넓어진다. 본고에서 볼 작품은 남녀 간 이성의 애정, 특히나 육욕에 바탕한 애정사를 표현한 에로티즘으로서의 문학적 완성이 돋보이는 고시조만 논의 자료로 삼겠다. 전재강은 「고시조의 애정문제」(『문학과 언어』 제11집, 1995)에서 애정을 절대적 애정 관계와 상대적 애정 관계로 나누고 있는데 그가 말하는 절대적 애정 관계란 임금에 대한 충성을 노래했던 그전의 시조 관행과 당대 상황의 완고성에 기초하여 이성에 대한 사랑도 절대적 지향성에 기초한 것으로 그려진 작품을 말한다. 반면 님이 변하기도 하며, 약속을 어기기도 하고, 내가 유혹하고픈 대상이 되기도 하는 존재로 서정적 자아에게 인식된다면 그것은 상대적 애정 관계라는 것이다. '색정의 해학'[72]과 관련된 주제를 가진 시조는 후자에 해당된다고 보아야겠다.

2) 불균형의 매개

불교에서는 색色을 정신적인 것이 아닌 모든 물질적 형태를 띠는 것이라고 말한다. 색정이란 염정[73]과는 구별되는 선정적인 것, 혹은 육체적

---

72) 해학이란 한마디로 풀이하기가 어려워서 어떤 때는 희극적인 것의 모든 형태나 요소, 즉 익살―골계(滑稽), 빗댐―(諷刺), 비꼼―(反語), 슬기와 재치―(機智) 등 웃음거리 전반을 말하기도 하고 또 어떤 때는 오직 인생의 달관에서 오는 멋(風流, 韻致,洒落)과 그 회심의 미소만을 뜻하기도 한다. 이상근, 『해학 형성의 이론』, 경인문화사, 2002, 3쪽. 구상, 『한국의 해학』 재인용.

인 것이다. 이러한 면이 아래 사설시조에 나타나 있다.

> 드립더 보득 안으니 셰허리지 ㅈ늑ㅈ늑 紅裳을 거두치니 雪膚之
> 豐備ᄒ고
> 거각준좌(去殼蹲坐)ᄒ니 반개한 홍모란이 발욱어춘풍(發郁於春
> 風)이로다
> 進進코 又退退ᄒ니 무림산중에 수용성(水舂聲)인가 하노라

우선 붉음과 하양의 색채 이미지가 뚜렷하게 대비된다. 붉은 치마 아
래는 하얗고 푸진 여성의 살이, 그리고 그 하얀 것 속에는 봄바람에 반쯤
이나 피어버린, 아까 그 치마보다 더 붉은 것이 숨어 있다. 매우 노골적인
정사 장면을 유쾌하게 묘사한 것은 무성한 수풀 사이에서 나는 소리라는
점에서도 확인된다. 舂은 절구질을 뜻한다. 절구질 소리도 그냥 절구질
소리가 아니라 水, 물기를 동반한 절구질이다. 굳이 프로이트의 해석을
빌리지 않더라도 이것의 상징은 분명하다.

이 시조가 사람들 앞에서 읊조려졌다면 청자들의 반응은 어떠했을까?
언어로 매개되는 표상을 자신의 정서 속에서 다시 재구성했을 것이다.
그리고 그 상징하는 이미지가 웃음과 심미적 쾌감을 느끼게 할 것이다.

음담패설을 듣는 사람은 이야기를 들은 이후에 자기 나름대로 해석을
한다. 이때 자신의 표상 속에서는 직접적인 음담패설로 재구성해내는데,
직접 표현되는 것과 듣는 사람이 알아챌 수 있는 것 사이에는 거리감이
있어야 한다. 노골적인 장면을 그대로 보여주는 것은 음란물이지 음담패
설이 될 수 없는 까닭이다. 이야기 속에서 표현된 것과 재구성해내는 것
사이에는 불균형의 관계가 있다고 할 수 있는데 이때 내포적 의미와 외

---

73) 艶情. 艶은 곱다, 아름답다.

연의 거리가 멀수록, 불균형의 관계가 클수록 더욱 세련된 농담이 되는 것이다.

모란과 절구질은 일상 언어로 볼 때 전혀 성적인 표현이 아니다. 그러나 이것이 메타포로 사용될 때 서로 관련이 없던 것들이 성性적인 암시가 된다. 류정월은 이에 대해 옛날의 음담패설은 끊임없이 청자에게 '말 바꾸기'를 통한 재구성을 머릿속에서 하도록 요청한다고 하였다.

> 옛날 음담이 표방하는 '점잖음'의 비결은, 연관이 없는 두 항목, 즉 표현되는 것과 자극되는 것 사이의 '불균형'의 관계에 있다는 것이다. 즉 성적(性的)인 것을 표현하면서도 그 방식이 전혀 성적이지 않을 때, 다시 말해서 성적인 내용을 암시하는 표현자체가 오히려 성적인 것과 아주 거리가 멀 때, 우리는 그 성적 농담 혹은 음담을 점잖은 것으로 느끼게 된다는 것이다. 포르노 잡지나 야한 동영상을 볼 때 우리는 머릿속에 뭔가 다른 것을 재구성할 필요가 없다. 그 표현 자체가 곧 자극물이 되어버리기 때문이다. 그러나 옛날의 음담패설은 머릿 속에서 뭔가 재구성하기를, 그러니까 그 표현에서 무엇을 어떻게 말 바꾸기한 것인지를 찾아내기를 촉구하기 때문이다.[74]

성기나 성행위를 언급하는 것은 너무 본능적이고 천하게 여겨질 수 있다. 그러나 질적 가치가 높은 것으로 말 바꾸기를 한다면, 그 유머는 품위있는 것이 된다. 그 언어가 함축하는 바에 따라 문학적인 성취를 이루기도 한다.

---

74) 류정월, 『오래된 웃음의 숲을 노닐다』, 샘터, 2006, 90쪽.

3) 두 편의 화답가

유기환은 『저주의 몫 · 에로티즘-조르주 바타이유』에서 심정적인 에로티즘과 육체적인 에로티즘을 구분하고 있다. 그는 육체의 에로티즘은 남자와 여자라는 불연속적 개체의 상대적 와해를 전제로 한다고 하였다. 알몸과 알몸이 서로에게 몸을 열어 하나로 뒤섞이는 것은 교통을 갈망하는 인간의 욕망이라는 것이다.

알몸이 우리에게 긴장과 전율을 불러일으키는 것은 일상성, 정상성의 일탈을 의미하기 때문이다. 알몸은 존재의 불연속성, 폐쇄성을 포기하겠다는 선언이나 다름없다. 교통을 갈망하는 알몸은 존재의 동요를 야기한다. 동요는 알몸과 알몸을 서로에게 열어 하나로 뒤섞이게 한다.75)

그와 비교해 심정의 에로티즘이란 쉽게 말해 사랑의 열정을 가리킨다. 연인이 나에게 소중하다면, 그것은 내가 오직 그에게만 나의 경계를 열 수 있고, 오직 그 만이 나를 위해 자신의 경계를 열 수 있다고 믿기 때문이다. 심정적이든 육체적이든 에로티즘은 서로가 사랑함으로써 타자와 소통하고 있다는 느낌을 갖고자 한다. 서로 연속성을 구현하고 있다는 느낌을 공유하고 싶은 것은 인간의 근원적인 욕망이다.76) 옛사람이라고

---

75) 유기환, 『저주의 몫 · 에로티즘-조르주 바타이유』, 살림, 2006, 168쪽.
76) 에로스(eros)라는 그리스 단어는 '원하다', '부족하다', '염원하다', '없는 것을 욕망하다', '사랑을 요구하다'는 의미를 갖고 있다. 헤시오도스의 번역자인 아타나자키스(Athanassakis)에 의하면, 카오스와 가이아와 함께 에로스가 삼위일체의 한 지위를 갖는 것은 세계창조에 있어 조물주의 촉매제로서 아주 근본적인 역할을 함을 의미한다. 랠프 에이브러햄 지음, 김중순 옮김, 『카오스 가이아 에로스』, 두산동아, 1997, 236쪽.

해서 이러한 욕망이 없을 수는 없다. 고시조에는 남녀가 서로 노래를 주고받으며 정욕을 대담하게 드러낸 예가 있다.

北天이 몱다커를 우장(雨裝)없시 길을나니
산의는 눈이오고 들에는 챤비온다
오늘은 찬비마즈시니 얼어줄가 ㅎ노라

이것은 「한우가(寒雨歌)」라 불리는 백호 임제의 노래이다. 선조 때 풍류객이자 시인이었던 백호는 평양기생 한우에게 이 시를 추파삼아 읊었다 한다. 한우는 자기의 이름에 찰 한寒자를 쓸 만큼 도도하고 자존심이 강한 여성이었을까? 백호는 한우라는 이름을 빗대어 자신이 찬비를 맞았노라 한다. 그런데 비를 맞긴 맞았는데 그냥 맞은 것도 아니라 산에는 눈이 오고 들에는 찬비 오는 모진 날씨이다. 이 남자는 자신이 우장도 없음을 내비친다. 그 우장 없이 나선 것의 원인은 북녘 하늘이 맑다는 말 때문이었다. 북천은 어디인가? 백호는 천하를 떠돌았다하니 꼭 그렇다고 단정 짓기는 어렵지만 평양을 의미한다고 보아도 될 것이다. 바로 한우가 있는 곳이다. 결국 '너한테 홀려 이리 되었는데 네가 받아주지 않으면 난 얼어 죽을 수밖에'라는 은근한 협박을 하고 있다. '춥다, 그러니 네 품안에 들자.' 이것이 고전적인 유혹의 수법이기도 하려니와 은근슬쩍 '얼어잘까 하노라'라는 말로 상대의 마음을 떠보려는 수작이다.

그러면 차가운 빗줄기는 이를 어떻게 받았을까? 풍류가객에게는 그에 걸맞는 고상함과 은근함이 깃든 풍류로 받아야 격이 맞는다. 그렇다고 여자 체면에 넙죽 감정을 내비치는 것도 멋이 없다.

어이 얼어잘이 므스일 얼어잘이

원앙침(鴛鴦枕) 비취금(翡翠衾)을 어듸두고 얼어자리
오늘은 춘비맛자신이 녹아잘까 ᄒ노라

한우寒雨의 이 시조는 『청구영언』과 『해동가요』에 전하여진다.

왜 얼어 자시렵니까? 무슨 일로 얼어 자시렵니까? 하고 말을 떼더니 원
앙침과 비취금을 이야기한다. 원앙침은 원앙새를 수놓은 아름다운 베개
이다. 이것은 운우지락을 나누는 사이에서나 베는 물건이 아닌가.

게다가 백호가 "얼어 잘까하노라"라고 한 것에 대하여 "녹아 잘까 하
노라"로 답하고 있다. 그 술자리에 있던 사람들에게는 이 대답이 너무나
재치 있어서 신선한 충격으로 다가왔을 것이다. 왜냐하면 되받아쳐야 할
정확한 지점을 알고 하는 언사이기 때문이다.[77]

'얼어잘이'를 남녀 간의 육체적 사랑을 뜻하는 고어 '얼다'[78]로 풀이할
수도 있겠으나 그렇게 된다면 '녹아잘까'와 펀치라인이 형성되지 않는
다. 그러니 여기서는 몸이 차갑게 얼어서 잔다라는 말이 맞을 것이다.

'몸을 녹인다'는 것은 단순히 추위에 지친 심신을 위무한다는 것만은
아님이 분명하다. 왜냐하면 원앙금침의 주인이 바로 자신, 한우이기 때
문이다. '찬비를 맞았다'는 표현도 중의적이다. 찬비가 내리는 바깥의 풍
경과 대비되는 따스한 이불 속. 특히 둘이 누워 살을 맞대는 풍경은 이성
간의 애정이 싹틈을 표현할 때 많이 쓰이는 장면이다. 『소나기』에서 소
년과 소녀는 비를 피해 들어간 짚더미에서 무릎이 닿는다. 많은 영화에

---

77) 리처드 바우만이라는 미국의 설화연구가는 전문 이야기꾼이 말하는 동일한 우스
개를 10년 가까운 시간차를 두고 연구하면서 핵심적인 부분은 아무리 오랜 세월
이 흘러도 변하지 않는다는 사실을 입증한 바 있다. 이 핵심부가 빠지면 우스개는
김이 빠진다. 마치 한 대 얼어맞은 것처럼 충격적이며, 반전이 일어나기도 하는 이
부분을 일반적으로 펀치라인(punch-line)이라고 부른다. 류정월, 앞의 책, 70쪽.
78) 황진이의 시조에 '얼오님 오신 날 밤이어든 구비구비 펴리라', 서동요에 '선화공주
님은 남 그즈지 얼어두고'라는 표현이 보인다.

서도 우산 속 연인을 표현한다.

또 다른 화답가를 하나 더 살펴보면 이 시조 또한 중의적인 표현을 써서 저의를 드러내고 있다.

> 玉을 玉이라커든 형산백옥(荊山白玉)만 여겼더니
> 다시보니 자옥(紫玉)일시 的實ㅎ다
> 맛츰이 활비비잇더니뚜러볼까 ㅎ노라

옥이라고는 저 먼 중국의 형산에서 나온다는 하얀 옥인 줄 알았는데, 다시 보니 자줏빛 옥이 분명하다. 이렇게 해석할 수도 있겠지만 여기서 자옥은 중의적으로 보아야 할 것이다. 앞에서처럼 기생의 이름이 자옥일 수도 있지만, 옥문玉門이나 자줏빛깔이라는 상징을 떠올리면 여성의 성기를 지칭하는 말일 수도 있다. 또 자옥이라는 말은 천상의 선녀가 부는 통소를 뜻하기도 한다. 여성의 입술이 직접적으로 닿는 천상의 악기 이름이 자옥인 것이다.

'적실하다'라는 말은 틀림없이 확실하다라는 뜻이다. 그런데 이 '的'이라는 것이 과녁 또는 표적을 의미한다고 할 때, 적실하다는 것은 '뚫어주어야 할 것'으로 변모한다. 그렇다면 자옥은 여성을 의미하는 자옥이 맞다.

그렇기 때문에 종장에서 때마침, 어쩜 그렇게 딱 맞게도 나에게 활비비가 있는 상황인 것이다. 활비비는 송곳의 옛말이다. 겉으로는 점잖고 완만한 표현이지만 그 주제는 실로 정열적인 욕망이 숨겨져 있다.

이와 유사한 내용의 시조가 정철의 '옥이 옥이라커늘'이다.

> 옥이 옥이라커늘 번옥(燔玉)만 너겨떠니
> 이제야 보아하니 진옥(眞玉)일시 적실하다
> 내게 살송곳 잇더니 뚜러볼까 하노라

정철이 진옥眞玉이라는 기녀와 주고받았다는 시조이다. 위의 시에 비하면 훨씬 더 노골적이다. 그냥 활비비도 아니고 살[肉] 송곳이 아닌가. 번옥은 번燔, 즉 돌가루를 구워서 만든 옥이다. 이것은 사람이 인공적인 기술을 가해 만든 옥이므로 그 가치가 떨어질 것이 자명하다. '너를 별 볼 일 없게 여겼는데 아닌게로구나'라며 희롱하고 있는 것이다. 절제와 암시로 이쪽에게 주파수를 날린다면 이쪽 또한 그에 맞는 주파수를 되받아야 할 터이다.

다음은 진옥의 화답가이다. 진옥은 정철이 강계로 귀양 갔을 때 함께 살림을 차렸던 기생이라고 전해진다.『병와가곡집』에는 진옥이라는 이름대신 같은 내용의 시조 작가가 철이鐵伊라고 기록되어 있다.

> 철(鐵伊) 철이라커날 섭철만 여겼더니
> 이제야 보아하니 정철일시 분명하다
> 내게 골풀무 있으니 녹여볼까 하노라

섭철은 불순물이 섞여 순수하지 못한, 변변치 못한 쇠를 이른다. 그렇다면 정철은 무엇인가? 송강 정철鄭澈이요, 정철正鐵 혹은 정철精鐵로서의 정철이다. 正鐵은 무쇠를 불려서 만든 쇠붙이고 精鐵은 불순물이 섞이지 않은 잘 단련한 좋은 쇠붙이이니, 남성에 대해 이것만큼 애욕적인 찬사가 있을까.

이것을 송강의 인품이 높음을 표현한다고 보는 견해도 있는데 그것은 앞의 시에 대한 화답가로 적절치 않다.[79] 왜냐하면 뒤에 나오는 골풀무가 살송곳 못지않게 에로틱하기 때문이다.

혹자는 이것을 바느질할 때 손가락에 끼는 골무이며 그래서 남근을 품

---

79) 박광정,『역사와 함께 하는 옛시조 문학산책』, 청림, 1997, 149쪽.

는 여성의 그것을 의미한다고 해석하였는데 이것 또한 잘못 파악한 것이다. 골풀무는 말 그대로 풀무질 기구, 불을 피우기 위하여 바람을 일으키는 기구의 하나이다. 그런데 왜 그냥 풀무가 아니라 골풀무인가?

골풀무는 땅바닥에 장방형長方形의 골을 파서 중간에 굴대를 가로 박고 그 위에 골에 꼭 맞는 널빤지를 걸쳐 놓은 것이다. 이것은 작은 바람을 일으키는 손풀무나 피스톤의 왕복운행을 통해 바람을 일으키는 나무상자형 풀무와는 다르다.[80] 골풀무는 널빤지의 두 끝을 두 발로 번갈아 가며 디뎌서 바람을 일으키는데 이것이 누워있는 사람의 다리를 연상시키지 않는가? 아기는 어디서 태어나느냐는 어린 아이의 질문에 '다리 밑에서 주워왔지'라는 옛사람들의 농은 교량으로서의 다리가 아니라 사람, 특히 생산능력이 있는 여자의 다리인 것이다. 크기가 큰 골풀무의 경우는 세 사람씩 양편으로 올라서서 널을 뛰듯 발을 구른다. 그 리듬감과 요요搖搖함은 운우지락을 연상시키기에 충분하다. 그런데 단련된 쇠를 녹여볼까 한다니 그 화력이야 짐작하고도 남는다.

이것은 고도의 해학성을 가진 문학적 표현이다. 진옥은 해학이라는 수사를 씀으로써 능동적으로 정철의 언사에 대응한다.[81] 정철이 중의적인 표현을 써서 진옥을 떠보았다면 진옥은 그러한 정철의 중의적 수법을 거꾸로 차용하면서 더 저속하게, 더 능동적으로, 더 멋들어지게 우위에 올라섰다. 진옥은 정철의 살송곳에 '조종'당하는 것이 아니라 때로 '조롱'한다.

---

80) 위의 책, 151쪽에서는 골풀무를 피스톤 운동으로 잘못 해석하였다.
81) 해학은 일반적으로 수동적 환경에서 능동적 환경으로 전환할 때 생기는 산출물이다. 물론 우호적인 분위기를 만들기 위한 경우도 있지만 대개가 공세를 당한 경우에 발생하는 경우가 더 많다. 따라서 비록 수세자가 되었다 하더라도 공세자로 전환하려는 적극적인 노력을 경주하여야 한다. 이상근, 『해학 형성의 이론』, 경인문화사, 2002, 596쪽.

옛 음담에 등장하는 여성은 대부분 남성들의 유혹에 약하다. 당하다가도 즐기고 싫어하다가도 밝히고 아프다가도 병이 낫는다. 여성학에서는 이처럼 여성이 남성의 성기에 의해 지배당하는 것을 '팔루스의 조종'이라는 표현으로 설명하기도 한다. 그러나 기생은 그런 관계에서 비교적 자유로운 여성으로 비쳐진다. 기생은 페니스에 의해 '조종'당하는 것이 아니라 때로 페니스를 '조롱'한다.[82]

4) 사랑의 뜻과 유형

사전적 사랑의 뜻은 "인간의 근원적인 감정으로 인류에게 보편적이며, 인격적인 교제, 또는 인격 이외의 가치와의 교제를 가능하게 하는 힘"이라고 되어 있다. 에리히 프롬은 사랑이란 상대방의 생활과 성장에 대한 적극적 관심이며, 상대의 욕구를 충족시켜주기 위한 자발적 반응이고, 상대를 있는 그대로 보며 상대방의 개성을 존중할 줄 아는 태도, 그리고 서로가 무엇을 느끼고 바라는지를 아는 것이라고 했다.

우리는 보통 사랑을 나눌 때 남녀 간의 사랑, 친구 간의 사랑, 형제간의 사랑, 부모와 자식 간의 사랑, 부부간의 사랑, 신과 사람과의 사랑으로 나눈다. 옛날의 관점에서 본다면 임금과 신하의 사랑도 매우 중요한 것으로 덧붙일 수 있다. 이러한 사랑의 종류 중에서도 여기서는 고시조 속에 드러난 남녀 간의 사랑에 대해서 중점적으로 살피고, 아울러 자유시에서는 사랑의 의미가 어떻게 변화되어 나타나고 있는지를 보고자 한다.

남녀 간의 사랑은 크게 정신적인 사랑과 육체적인 사랑으로 나눌 수 있다. 먼저 플라토닉 러브라고 불리어지는 정신적인 사랑은 육체를 도외

---

82) 류정월, 앞의 책, 90쪽.

시 한 순수하고 정신적인 연애로 고대 그리스 철학자 플라톤에서 유래한 호칭이지만 실상 플라토닉 러브는 플라톤 자신의 사랑과는 거의 관계가 없다. 이것과 관련해서 플라톤은 자신의 작품 『향연』과 기타의 작품에서 사랑을 찬양하였다. 하지만 결국 그것은 지혜에 대한 사랑, 즉 철학을 말하고 있다. 반면 육체적인 사랑인 에로스는 정신적인 사랑을 배제한 육체만을 탐닉하는 사랑을 의미한다. 고대 그리스 신화에 대표적인 인물로 미의 여신 아프로디테를 들 수 있다. 그에 반해 에로스의 부인인 푸쉬케는 정신적인 사랑의 대표적 인물로 볼 수 있을 것이다.

남녀 간의 사랑은 정신만을 고집해서도 안 되며 육체적인 사랑만을 뒤쫓아 가서는 더욱 안 된다. 육체와 정신이 온전하게 결합될 때 성숙된 사랑의 모습으로 나아가게 된다.

심리학자인 J. A. Lee는 광범위한 면접과 여러 문학 자료에 근거하여 사랑에 대한 6가지 유형 열정적인 사랑(eros), 유희적 사랑(ludus), 친구 같은 사랑(storge), 소유적인 사랑(mania), 실용적인 사랑(pragma)을 제시하였다. 그의 분류 근거에 따르면 열정적인 사랑은 강한 감정이 특징이며, 유희적 사랑은 사랑을 일종의 게임으로 여겨서 사랑에 빠지거나 헌신할 의사가 없고 정서적으로 통제된 관계를 맺는다. 반면 친구 같은 사랑은 사랑을 많은 시간과 활동을 공유하는 특별한 우정이라고 여긴다는 것이다. 소유적인 사랑은 의존성과 질투가 특징이다. 사랑받는다는 사실을 반복적으로 확인하고자 하는 강박적인 욕구가 있다. 그리고 실용적인 사랑은 논리적이고 실용적인 쇼핑리스트 같은 사랑이다. 쇼핑 목록을 작성하듯 원하는 상대의 자질 요건을 의식적으로 구체화해둔다.

미국의 작가 헬렌 G. 브라운 여사는 "인간은 사랑할 때 고통에 대한 방어력이 가장 약해진다. 또 모든 열정 중에서도 가장 강력한 것이 사랑이다. 이것은 인간의 지혜로는 결코 정복할 수 없는 인간적인 감정이 바로 사랑이기 때문이다. 사랑이란 일단 시작되면 통과하는 기차와 같다. 이미 예정된 코스가 있기 때문에 그 어떤 방법으로 통제하려고 해도 기차는 그 터널을 통과할 수밖에 없다."[83] 그녀는 또 "사랑이란 불가사의한 것이다. 그 어떤 말로도 단정 지을 수도 정의를 내릴 수도 없다. 사랑이란 현상이 꾸준히 우리 인간에게 지속되어 왔음에도 불구하고 사랑에 대해 독립된 학문 영역이 아직까지 정립되지 못하고 있는 것은, 모든 학문이 논의가 가능한 영역에서 연구가 진행되기 때문이다. 그러나 사랑은 전혀 논의를 진행시킬 수 없을 만큼 다양하고 애매모호하며 불가사의한 것이다. 그 때문에 사랑을 예찬할 수는 있으나, 사랑을 연구할 수는 없다"[84]라고 언급했다.

이렇게 사전적 의미, 심리학자, 문학가가 말하는 사랑의 뜻에 대해서 대강 살펴보았다. 사랑이란 '이러이러한 것이다' 하고 단정 지을 수 없이 복잡한 것임에는 틀림이 없다. 하지만 사람들은 누구나 자신이 가진 사랑에 대한 가치의 척도로 사랑을 이해하고 해석하며, 나름에 맞는 사랑을 해 나가고 있다. 이러한 사랑의 이론을 바탕으로 하여 다음 장에서 고시조 속에 남녀 간 사랑과 이별이 어떠한 형태로 드러나 있는지를 중점적으로 살피고 그러한 사랑이 자유시까지 어떻게 변화하고 연결되어 있는지를 알아보고자 한다.

---

83) 『사랑받는 여자 인정받는 여자의 조건 25가지』, 9쪽 인용. 헬렌지 브라운은 미국의 대표적 작가로 『코스모폴리탄(Cosmopolitan, New York)』지의 창간자이자 편집인임. 저서: 『sex and single girl』.
84) 같은 책, 11쪽.

5) 사랑의 모순

(1) 끊임없는 물음

사랑이란 무엇일까? 사랑을 위해서 때로는 목숨을 초개같이 버리기도 하고 사랑이 어리석은 사람을 이끌어 대학자가 되도록 만들기도 한다. 사랑에 대한 물음은 계속되었지만 동서고금을 막론하고 정확하게 해답을 내릴 수 있는 것은 아닌 듯 하다. 그만큼 사랑은 개인적인 성향이 강하며, 창조적인 생명체이다. 아래의 시조는 조선시대의 애정이 갖는 비표정성非表情性과 비개방성非開放性을 기저로 하여 억압을 위주로 삼는 사회규범 속에서도 사랑에 대한 애끓는 물음을 반복하고 있는 좋은 예이다.[85]

> 소랑이 엇더터니 두렷더냐 넙엿더냐
> 기더냐 쟈르더냐 발을러냐 자힐러냐
> 지멸이 긴줄은 모로되 애 그츨만 ㅎ더라
>
> ―「청구영언(靑丘永言)」

위 시조에서도 사랑에 대해서 여섯 번이나 반복해서 묻는다. 이렇게 간절히 다그쳐 물어도 '애를 끊을 만 하다'는 말 밖에는 사랑을 대체할 만큼의 정확한 해답이 없는 것이다. 니체는 내게 있어 '최고 가치'는 존재하며, 그것이 내 사랑이다. 나는 결코 "무슨 소용이 있단 말인가"라는 말은 하지 않는다. 나는 허무주의자가 아니다. 나는 끝에 대한 질문은 하지 않는다. 내 단조로운 담론에는 "왜 당신은 날 사랑하지 않으세요"라고 말할 때의 그 똑같은 유일한 '왜'를 제외하고는, 왜라는 말이 없다. 사랑이 완벽하게 만든 이 나를 (그렇게도 많이 주고 또 그렇게도 행복하게 만들어

---

85) 韓春燮, 『古時調解説』, 홍신문화사, 1985.

준)어떻게 사랑하지 않을 수 있단 말인가? 사랑의 모험이 끝난 후에도 살아남는 그 끈질긴 질문, "왜 당신은 날 사랑하지 않았어요?" 혹은 "내 마음의 사랑이여 말해 보세요. 왜 당신은 날 버렸나요?"[86]라고 사랑에 대한 지극히 개인적인 물음과 답을 요구하고 있다.

사랑은 종장의 표현 '지멸이 긴줄은 모로되 애 그츨만 ᄒᆞ더라'처럼 만났다 헤어지는 운명을 거부할 수 없는 계속되는 물음의 연속이다. 이렇듯 정신과 육체가 합일된 사랑을 보여주고 있다. 이러한 연장선에서 현대시 「사랑하지 않는 자 모두 유죄」를 밑에서 보고자 한다.

> 내가 미치도록 그리워하지 않았기 때문에
> 아무나 나를 미치게 보고 싶어 하지 않았고
> 그래서, 나는 행복하지 않았다.
> 사랑은 내가 먼저 다 주지 않으면 아무것도 주지 않았다.
> 버리지 않으면 채워지지 않는 물 잔과 같았다.
>
> — 노희경, 「사랑하지 않은 자, 모두 유죄」

사랑은 물 잔으로 대체되어 있다. 물의 이미지는 바슐라르Gaston Vachelard의 4원소론과 접목시켜 생각할 수도 있다. 바슐라르의 이 원소론은 물, 불, 공기, 흙의 조화를 통하여 이미지화되는 경우를 말하고 있는데, 예를 들면 물과 흙이 결합되었을 때 지진이나 홍수로 나타나서 그 이미지의 세계는 공포와 두려움이 되는 수도 있고, 물과 공기의 결합은 파도나 물보라 아니면 안개 그 자체에서 머물 수도 있을 것이고, 물과 불의 결합은 어쩌면 흥분 아니면 예상치 못했던 잠재의 그 어떤 카타르시스Catharsis로 이미지화하면서 형상화할 수 있다.[87]

---

86) 롤랑 바르트, 김희영 역, 『사랑의 단상』, 학문출판사, 2003.
87) 신승행, 『문학과 사랑』, 학문출판사, 2003, 27쪽.

물은 생명체의 근원이며(모체의 양수 속에서 자라나는 태아를 보더라도)생명체를 담는 그릇을 사랑에 비유한 것은 적절한 표현이다. '잔' 역시 사랑에 대한 물음이 계속되듯이 모양과 색깔이 각양각색이며 그 속에 무엇을 담는가에 따라서 용도가 바뀔 수 있다. 이러한 각양각색의 물음에 대한 대답으로서의 사랑을 '물 잔과 같았다'라고 표현할 수밖에 없다. 그렇다면 끊임없이 자신을 버리고 비워내는 연습을 하면서 또 다른 모습을 있는 그대로 받아들일 수 있는 것이 사랑이라고 말할 수 있겠다.

현대시 속에서 사랑은 고시조 속에서 살폈던 사랑의 형태와는 전혀 다른 이미지로 연결되어 있다. "사랑은 물잔이다"라고 은유하고 있다. 이것은 자유시가 가지는 형태의 자유로움에서 오는 것이며, 또한 사랑 역시 고시조의 '애 그쓸만 ᄒ 더라'에서 '내가 먼저 다 주지 않으면 아무것도 주지 않았다'라는 계산적인 사랑으로 바뀌어져 있다. 그만큼 이해타산적, 경제적인 것이 되어버렸다.

(2) 기다림

사랑은 존재의 가치를 확인할 수 있게 해주며, 아울러 용기와 인내를 길러주는 구심점 역할을 한다. '괴로움이 수반되지 않는 사랑은 쾌락적인 거짓 사랑'이라고 시인 괴테는 말한 적이 있다. 다음은 편지만을 보내오는 임을 무작정 기다리는 괴로움을 읊은 사랑의 시조이다.

> 님의계셔 오신 片紙 다시금 熟讀ᄒ니
> 무정타 ᄒ려니와 南北이 머러셰라
> 죽은 後 連理枝 되여 이 寅緣을 이오리라[88]
>
> — 유세신

---

[88] 『歷代時調全書』 이하 단시조 인용은 모두 이 책에서 함.

편지는 기다림의 상징이다. 답장을 쓰고 답장을 받는다는 것은 사랑을 주고받는 행위이다. 우리는 부치는 순간부터 답장을 기다리게 된다. 사랑에는 기다림의 행복과 함께 고통이 수반되는 것을 '편지'로 잘 형상화하고 있다. 거리상으로도 남과 북이라는 대치되는 방향을 제시하여 기다림이 길어질 것을 예시하고 있다. 종장에서 연리지가 되어 인연을 이을 것이라는 간절한 기다림의 소망을 보여주고 있다. 이렇게 본다면 이 시조는 남과 북이라는 방향상의 대치, 연리지라는 한 나무 속에 다른 두개 나무의 공생, 생과 사의 연결을 통해 사랑을 하나의 끊임없는 기다림으로 표현하고 있다. 죽어서도 연리지가 되어 임과 인연을 이어 나가겠다는 영원한 사랑을 노래하고 있다.

욕망과 마찬가지로 사랑의 편지 또한 회답을 기다린다. 그것은 은연중에 회답을 요구하며, 또 회답이 없을 경우 그 사람의 이미지는 변질되어 다른 것이 되어 버린다.[89] 이와 마찬가지로 '또 기다리는 편지' 속에 사랑의 기다림은 어떻게 표현되어 지고 있는지를 살펴보자.

지는 저녁 해를 바라보며
오늘도 그대를 사랑하였습니다.
날 저문 하늘에 별들은 보이지 않고
잠든 세상 밖으로 새벽달 빈 길에 뜨면
사랑과 어둠의 바닷가에 나가
저무는 섬 하나 떠올리며 울었습니다.

외로운 사람들은 어디론가 사라져서

---

89) 롤랑 바르트, 김희영 역, 『사랑의 단상』, 233쪽.
    어원: 변질되다를 뜻하는 프랑스어의 'alterer'는 라틴어 'alterare'에서 유래한 것으로 'aster'는 '다른 어떤' 것을 가리킨다. (역주) 인용.

해마다 첫눈으로 내리고
새벽보다 깊은 새벽 섬 기슭에 앉아

오늘도 그대를 사랑하는 일보다
기다리는 일이 더 행복하였습니다.
　　　　　　　　　　　　　　－ 정호승, 「또 기다리는 편지」

　저녁 해와 새벽달, 사랑과 어둠, 섬과 첫눈을 대치시켜 사랑의 기다림
을 표현해 내고자 한다. 지는 해를 바라보는 일은 '오늘도'라는 단어와 결
합하여 긴 기다림의 연속을 암시한다. 섬은 육지와의 단절이다. '편지', '배'
라는 매개체가 없으면 소식을 들을 수 없다. 배가 들어오기만을 간절히
기다리는 삶 그 자체를 상징한다. 첫눈 역시 많은 사람들이 가슴 설레며
간절히 기다리는 것이다. 그렇다면 육지와의 단절된 섬에서 첫눈을 내리
게 하여(좋은 일) 답장이 올 것이라는 암시를 해 주고 있다. 고시조에서
생과 사를 이어주는 것을 '연리지'로 표현했듯이 위의 시에서는 첫눈으
로 표현해 내어 하늘과 땅을 이어주는 다리 즉 생과 사를 이어주는 역할
을 하게했다.

(3) 비현실속 사랑 추구

　사랑은 조선시대의 기본 윤리인 충·효에 대치되는 것으로, 부차적인
충·효에게 그 주된 자리를 빼앗기고 말았다. 그래서 인간의 내부 본연
의 一次性의 사랑을 뒤로 한 채 가슴에 있는 사랑을 숨기고 억누르거나
그리움으로 괴로워하였다.[90]

---

90) 한춘섭, 『古時調解說』, 홍신문화사, 1985; 김종오, 『옛시조 감상』, 정신세계사, 1990.

양반사대부들은 유교 이념을 담는 그릇으로서 시조를 보았으며, 그들이 행세차로 갖추어야 하는 일종의 교양물로써 시조를 이해했다고도 볼 수 있다. 그렇기 때문에 남녀의 사랑을 노래한다 하더라도 남녀의 사랑이라고 하는 표면적인 의미 뒤에는 임금에 대한 충성심이라는 자기 신원이 숨어 있었던 것이다.[91]

이렇게 볼 때 단시조 속에서 사대부들은 이중적인 문학 장치를 통해서 자신들의 내면에 있는 남녀 간 사랑을 드러내어 임금에 대한 충성을 담았다. 사대부의 체면을 지키면서 두 가지(충, 남녀 간 사랑)를 동시에 만족할 수 있는 기쁨을 누렸던 듯하다.

> 꿈에 돈이는 길히 즈최곳 날쟉시면
> 님계신 窓밧이 石路ㅣ라도 달흐리라
> 꿈길히 즈최업스니 그를슬허 ᄒ노라
>
> — 이명한

> 님 글인 상사몽이 실솔의 넉시 되야
> 추야장 깁푼 밤에 님의 방에 드렷다가
> 날 닛고 깁히 든 줌을 ᄭᅵ와 볼ㄱ가 ᄒ노라
>
> — 박효관

임이란 애정의 대상이 되기도 하며, 있어야 할 현실 위에 물러가야 할 현실이 그것을 가리고 있을 때, 있어서 마땅한 그 당위의 현실을 우리는 실재하지 않는다는 의미에서 꿈이라고 부르기도 한다. 위의 두 시조는 꿈을 통해 현실에서 여러 가지 장벽으로 인해 이루지 못한 또는 이루려

---

91) 임종찬, 『고시조의 본질』, 국학자료원, 1986, 127쪽.

는 사랑을 노래하고 있다. 이명한의 시조 중장의 '님계신 창밧'은 님과 자신과의 사랑의 거리를 표현하고 있다. 이 거리는 주변의 환경일 수도 있고, 사랑의 변화일 수도 있으며, 시련과 역경의 표현이다. 실외는 항상 거센 바람과 비에 노출되어 있는 위험이 따른다. 사랑 역시 마찬가지지만 그러한 것을 뛰어넘어 꿈속에라도 길이 있다면 돌길이라도 닳을 열정으로 사랑에 다가가고자 한다.

박효관의 시조에서는 임을 사랑하는 마음이 꿈속에서조차 '귀뚜라미의 넉시' 되어 님의 방에 들어가 임을 볼 수 있다면 좋겠다고 읊고 있다. 앞 서론에서 보았지만 이러한 사랑을 심리학자 J. A. Lee는 사랑의 유형에서 열정적 사랑(eros)으로 보았다. 사랑하는 사람과 하나가 되고 싶은 욕망, 사랑하는 사람에 대한 과대평가나 우상화, 강렬한 감정을 수반하는 집착 등의 특징을 지닌다. 사랑이 영원할 거라는 신념, 사랑하는 사람에 대한 계속적인 생각이다.

이러한 열정적인 사랑은 옛날이나 지금이나 시대를 초월해서 누구나 꿈속에서 한 번쯤 이루어보고 싶어 하는 것일 것이다. 이러한 관점과는 다른 영원한 사랑을 노래한 현대시를 아래에서 보자.

영원히 사랑한다는 것은
조용히 사랑한다는 것입니다.
영원히 사랑한다는 것은
자연의 하나처럼 사랑하다는 것입니다.
서둘러 고독에서 벗어나려 하지 않고
기다림으로 채워 간다는 것입니다.
　　　　　　　　　－ 유치환, 「영원히 사랑한다는 것은」

위의 시에서 사랑을 영원한 것으로 인식하고 있으며 그것은 자연스러운 것이라고 노래한다. 고독과 기다림으로 채워지는 것이 사랑이라고 읊고 있다. 고시조 속에서처럼 꿈속에서조차 현실 속 온갖 장벽을 허물고 사랑의 그리움과 아쉬움을 열정적으로 토로하지 않는다. 사랑은 자연을 대하듯 자연스럽게 다가오고 또 고독과 기다림 역시 자연스러운 것이라고 사랑을 대한다. 이것은 고시조(단시조)의 정형성에서 비롯된 것일 수 있다. 정형화된 틀에서 비유를 들어 설명한다면 단시조의 정형성을 벗어나 버린다. 때문에 사랑에 대한 직접적인 표현이 들어갈 수밖에 없다. 또한 시대적 상황에서 오는 차이라고 할 수도 있다. 고시조 속에서의 사랑이 더 열정적인 것으로 드러난 것은 그 당시 충. 효라는 장벽 뒤에 사랑이 가려져 있었기 때문으로 추측해 볼 수 있다. 사랑이란 어떤 장벽이 두 사람 사이를 가로막고 있을 때 더 절실해지고 열렬해지기 때문이다.

에리히 프롬Erich Fromm은 그의 저서『사랑의 기술』에서 사랑이란 인간이 자신을 타인들과 분리시키는 벽을 허물어버리는 데에 사용되는 적극적인 힘이라고 기술하였다. 사랑은 인간을 결속시키며, 인간으로 하여금 고립감과 격리감을 극복하도록 도와주며, 자기 자신의 본연의 모습과 고결한 모습을 유지하도록 해줄 수 있다고 지적하였다.

이렇게 볼 때 영원한 사랑을 갈구하고 사랑을 자연스럽게 받아들일 수 있는 힘 역시 사랑에서 발휘된다는 것을 알 수 있다. 고독과 기다림에 맞서는 힘도 모두 사랑에서 출발한다.

6) 이별

(1) 극복 의지

삶은 이별의 연속이다. 만남과 함께 이별은 누구에게나 찾아오는 것이다. 또 철저히 준비할 수 없는 것이 이별이다. 특히 사랑하는 사람과의 만남에서 헤어져야 한다는 것은 감당하기 어려운 괴로움과 고통이 수반된다. 다음은 사랑한 남녀 간 이별 극복 의지를 잘 그려주고 있는 시조 두 편이다.

> 울며불며 잡은사믜 썰쩔이고 가들마오
> 그듸는 장부라 도라가면 잇건마는
> 소첩은 아녀자라 못늬 잇쏨네

> 물은 가쟈울고 님은 잡고울고
> 석양은 재을넘고 갈길은 千里로다
> 져님아 가는날잡지말고 지는 히를 줍아라

위의 두 편 시조는 이별을 극복하려는 의지가 잘 나타나 있다. '울며불며 잡은 사믜'에서는 '소매'는 손과 연관이 있으며, 손은 곧 일의 상징이다. 자신의 대의를 위해서 떠나가는 남자를 적극적으로 부여잡는 것이다. 또한 손은 인연을 의미한다. 우리는 사람과의 만남에서 악수를 하고 손을 부여잡는다. 악수라는 행위를 통해서 또 다른 사람과의 인연을 맺기도 하고 손을 흔들어 작별을 고하는 행동을 보인다. 이러한 인연의 끈인 손을 부여잡음으로써 사랑하는 사람과의 이별을 극복해 보려는 의지를 보여주고 있다. 또한 그러한 의지는 일부종사해서 열녀비를 세우던 조선조 여인들의 삶과 애환이 담긴 '소첩은 아녀자라 못늬 잇쏨네'로 함축되어 있다.

'물은 가쟈울고'에서도 '말'이 지니는 상징성은 일, 남성, 달리는 것으로의 움직임으로 진취적 기상을 나타낸다. 일을 위해서 천리 길을 떠나야 하는 임을 붙잡고 붙잡히면서 다른 자연물인 '해'를 통해서 이별을 극복하거나 지연시켜 보려고 노력하는 것이다. '해'는 변하지 않는 것이며, 언제라도 볼 수 있는 것이다. 하지만 말은 유한하며, 노쇠해지고 변하는 것으로 떠나가는 임과 같은 것이다. 그렇다면 현대시 속에서의 이별 극복의 의지는 어떻게 표현되고 있는지 박래식의 '이별한 이에게'라는 시를 한번 보자.

세상에 이별함이 어찌 나 혼자뿐이랴

나무는 나무끼리 이별을 하고
꽃은 꽃끼리 이별을 하고
바람은 바람끼리 이별을 하고
새는 새끼리 이별을 한다

세상에 슬픈 가슴이 어찌 나 혼자뿐이랴

나무는 낙엽 잃어 야위어가고
꽃은 꽃잎 잃어 생기를 잃고
바람은 갈 곳 몰라 서성거리고
새는 날지 않고 파닥거린다

이별한 연인들이여

별에서 다시 만나리
달에서 다시 만나리

아니, 세상 어느 모퉁이 작은 길목에서
다시 만나리

세상에서 이별함이 어찌 나 혼자뿐이랴

                         - 박래식, 「이별한 이에게」

위의 시는 이별 극복 의지를 군중심리 속에서 찾고 있다. 대부분 사람은 군중 속에 있다고 느낄 때 편안함을 느낀다. 이별 역시 혼자만 겪은 것이 아니며, 호흡하는 생물이라면 자연마저도 맞이해야 하는 순리라고 말하고 있다. 자연스럽게 받아들여야 하며 이별이 있으면 반드시 만남이 공존하고 있다는 것으로 극복의지를 자연스러운 것에서 찾고 있다. 위에서 사랑의 경우를 보았듯이 현대시 속에서는 이별 역시 자연스러운 현상으로 받아들이고 있다. 그만큼 남녀 간 사랑과 이별이 가지는 의미가 희석되어 가는 것으로 해석해 볼 수 있다. 복잡하고 다양한 사회인만큼 사랑의 형태도 복잡해 졌으며, 장애물 역시 많아서 사랑도 이별도 흔한 것이 되어버렸다.

"아무것도 하지 않고 조용히 앉아 있어도, 봄은 오고 풀들은 저절로 자란다." 비소유의 의지를 소유하지 않으며, 오는 것을 (그 사람으로부터) 오도록 내버려두며, 가는 것을 (그 사람으로부터)가도록 내버려두며, 아무것도 소유하지 않고 아무것도 물리치지 아니하며, 받되 보존하지 않으며, 만들되 제 것으로 만들지 않는다.[92] 우리가 이렇게 생각할 수 있을 때 비로소 진정한 사랑과 이별을 대할 수 있을 것이다.

(2) 체념의 경지

누구나 사랑하는 사람을 만날 때 이별 없이 그 사랑이 이어지길 바란다. 하지만 이별은 어쩔 수 없이 다가오고 임과 헤어져 보내는 동안 원망

---

92) 롤랑 바르트, 김희영 역, 『사랑의 단상』, 153쪽. 불교와 선.

과 슬픔이 남지만 인간의 힘으로는 소용이 없다는 것을 알고 체념의 경지로 가는 것이다.

空山에 우는 덥풍 너는 어이 우지는다
너도 날과 갓치 무음 離別ᄒ엿는야
아무리 피나게 운들 대답이나 ᄒ더냐

닷뜨쟈 빈 써나가니 이졔 가면 언졔 오리
萬頃蒼波에 가는 듯 단녀옴세
밤중만 지국총 소리에 익긋는 듯 ᄒ여라

'공산에 우는 덥풍 너는 어이 우지는다'에서 피맺힌 소리로 구슬피 우는 두견새의 울음에 자신의 감정을 이입하고 있다. 그렇게 이별한 님을 못잊어 하는 자신을 두견새를 통해서 나무라며 이별의 슬픔에서 벗어나고자 하고 있다. 두견새는 진달래꽃이 필 때 우는 새이다.

중국 전설 「화양국지」에 두견새에 대한 전설이 나온다. 촉나라의 임금 망제는 이름이 두우였다. 두우는 위나라와의 싸움에서 망한 후 도망하여 복위를 꿈꾸었으나 뜻을 이루지 못하고 억울하게 죽어 그 넋이 두견새가 되었다 한다. 이러한 전설까지 지닌 접동새의 한스러움 만큼이나 이별에 대한 미련이 많지만 그러한 그리움이나 미련, 한스러움이 큰 만큼 체념의 의지도 굳다.

'닷 뜨쟈 빈 써나가니'에서 기약 없이 떠나가는 임을 바라만 보는 심정을 엿볼 수 있다. 끝없는 희생만을 강요당하고 그 희생을 미덕으로 여겼던 조선시대 여인들의 아픔이 잘 드러나 있다. 여기서 '닷'은 정착을 의미하며 사랑의 정착을 원했지만 닷을 들자마자 떠나가는 사람을 붙잡지 못한다. 또한 바다는 육지와 대치됨으로 써 사랑을 갈라놓는 장벽으로 등장한다. '한밤중 노젓는 소리가 나의 애를 끊는 듯하여라'라고 읊고 있다.
노 젓는 소리는 임과 내가 육체적으로 합일되었던 순간의 소리이다. 그
소리는 점점 바다라는 장벽과 함께 이별로서 뚜렷하게 다가오는 것이다.
이러한 이별을 '가는 듯 단녀옴세'라는 짧은 말 한마디로 함축하고 있다.

이별을 준비하며 슬픔을 체념하는 모습이 잘 드러나 있는 조병화의 시
한 편을 아래에서 소개하고자 한다.

헤어지는 연습을 하며 사세
떠나는 연습을 하며 사세

아름다운 얼굴, 아름다운 눈
아름다운 입술, 아름다운 목
아름다운 손목
서로 다하지 못하고 시간이 되려니
인생이 그러하거니와
세상에 와서 알아야 할 일은
'떠나는 일' 일세

실로 스스로의 쓸쓸한 투쟁이었으며
스스로의 쓸쓸한 노래였으니

작별을 하는 절차를 배우며 사세
작별을 하는 방법을 배우며 사세
작별을 하는 말을 배우며 사세

아름다운 자연, 아름다운 인생
아름다운 정, 아름다운 말
두고 가는 것을 배우며 사세

떠나는 연습을 하며 사세

인생은 인간들의 옛집
아! 우리 서로 마지막 할
말을 배우며 사세
                                    ─ 조병화, 「헤어지는 연습을 하며」

라이너 마리아 릴케는 자신의 시작 노트(1924. 10)에서 이별에 대해서
이렇게 읊었다. "이 세상 어디선가 이별의 꽃은 피어나 우리를 향해 끝없
이 꽃가루를 뿌리고 우리는 그 꽃가루를 마시며 산다. 가장 먼저 불어오
는 바람결에서도 우리는 이별을 호흡하나니." 소유하는 것이 사랑이 아
니며 늘 이별과 부딪치게 된다. 그러한 이별이 자연스럽게 오는 것이라
는 걸 인식하고 받아들일 때 이별에 대한 준비도 되며 체념 또한 빠를 것
이다.

위의 시에서는 태어남과 동시에 이별은 동행하는 것이니 자연스럽게
받아들일 수 있도록 마음의 자세를 갖추고 살아야 한다고 말한다. 사랑
할 때의 모습도 아름다운 모습이어야 하겠지만 이별할 때의 뒷모습은 특
히 더 그러해야 한다. 중요하게 생각했던 것에 대한 집착에서 벗어나 남
겨두고 떠날 수 있는 모습이 이별을 대하는 참된 태도이다.

사람살이에 있어서 사랑과 이별은 늘 공존해 왔으며, 현대사회에서나
고대사회에서나 문학 속 주요 테마는 결국 사랑이 바탕에 깔려있다. 고
시조(단시조) 속에 사랑은 충과 효를 바탕으로 한 유교의 이념에 가려져
'임'은 임금으로 이 임금을 모시는 충신은 시조 속에서 애첩이 되어 충성
을 다짐하고 임금을 그리워하는 정이 사랑으로 그려지는 작품이 대부분
이다. 이성 간의 사랑이 절실히 드러나는 것은 귀녀들의 작품이며, 간혹
남녀 간의 사랑과 이별을 노래한 것들이 드물게 지어지기도 했다는 것을

알 수 있었다. 그러한 의미에서 여기서는 드물게 지어졌던 남녀 간의 사랑에 대해서 살폈다. 이러한 영원한 테마인 사랑이 고시조 속이나 자유시 속에서 왜? 라는 물음으로 시작한다는 것을 알 수 있었다. 사랑과 이별은 지극히 개인적인 성향이 강해서 그 명확한 해답을 모르기에 고전이나 현대에도 영원한 문학의 테마가 될 수 있었다.

사랑은 고요한 사람을 열정적이게도 만들 수 있으며, 조급한 사람을 느긋한 기다림으로 채울 수 있는 힘을 준다. 현실적인 사람을 비현실 속에 살게도 만든다는 것을 몇 편의 고시조와 시를 통해서 알 수 있었다. 당시 드물게 지어졌던 남녀 간 사랑과 이별은 단시조의 정형성과 유교 이념에 억압된(장벽이 사랑을 가로막을 때 그 반대급부의 현상) 감정의 표출로 더욱더 직접적으로 표현되었다. 사랑이 있는 한 이별 역시 공존할 수밖에 없다. 세상에 태어나는 순간 우리는 어머니의 자궁과 탯줄을 끊고 이별을 하는 것으로 자연스럽게 이별을 배운다.

오늘을 사는 우리에게 있어서 변함없이 사랑과 이별은 중요한 가치를 지닌다. 하지만 그 중요한 가치는 많은 부분 조금씩 예전의 것과는 다르게 때로는 부분적으로, 또는 갑작스럽게 변화되어져 온 것을 작품을 통해서 볼 수 있었다. 물질이 사람의 정신을 지배하고 물질적인 가치가 때로는 그 사람을 평가하는 잘못된 잣대로 이용되기도 하는 시대에 우리는 살고 있다. 이러한 시대 속에서 사랑과 이별을 담고 있는 고시조(단시조)와 자유시를 함께 살펴봄으로써 변화되어 가는 사랑과 이별, 그것들이 가지는 의미를 다시 한 번 새겨봄직하다.

6. 도덕성과 우국충정

1) 시조문학과 유교 학문

고시조에는 학문의 연마와 도덕성의 함양을 노래한 것들이 많다. 이것은 신진사대부들이 유교사상을 확고한 자기들의 신념으로 삼았던 탓이다. 유교는 요순시대와 같은 이상사회를 현실에서 이루는 것이 목표였다. 그렇기 때문에 개인과 사회와 국가의 실천적인 덕목을 중요시하였다. 따라서 "실천"이 중요한 학문의 목적이자 방법이다.

훈민가류의 시조는 충효, 오륜 등을 가르쳐 유교이념을 실현하려 하였고 풍류와 한가함을 노래한 것도 선비들의 생활을 통해 유교이념을 드러내려 한 것이다. 특히 유교적 학문 활동은 선비들의 생활 중에서도 중요한 것이었기에 시조의 중요한 주제가 되었다.

그것을 좀 더 세부적으로 나누어 보면 시적 자아들이 대상 학문과 일체가 되어 심성 수양이나 도의의 구체적 실천에서 얻었던 기쁨을 주된 정서로 나타낸 것들이 있고, 선현의 가르침이나 훌륭한 인물을 제시하여 배우고자 하는 것, 또 현실의 어려움에도 굴하지 않고 유교사상의 가르침을 지키려는 의지를 노래한 것들이 있다. 전재강은 「시조 문학에 나타난 유교학문과 시적 자아의 성격」에서 학문을 주제로 한 시조가 주체의 측면에서 훈민시조와는 다르다는 점을 지적한다.

훈민시조가 교시 대상인 타자의 실천을 요구하는 것이라면 유교 학문의 시조는 시적 자아가 스스로 실천을 추구하기 때문이다. 유교 사상을 노래한 사대부 작가들이 유교 학문에 있어서는 스스로가 주

체이지만 유교 덕목에 있어서는 교시하는 주체이다.[93]

즉 학문 연마와 도덕성 함양을 주제로 한 시조들은 시적 화자인 선비의 자기고백이자 자기의식인 것이다. 여기서 조선시대의 대표적인 철학자이자 시인이었던 퇴계 이황의 「도산십이곡」을 먼저 살펴보자. 이황은 2천 수가 넘는 시를 남겼고 그의 철학사상은 곧바로 문학으로 이어졌다.

2) 학문의 즐거움

愚夫도 알며ㅎ거니 긔아니 쉬운가
聖人도 몯다ㅎ시니 긔아니 어려운가
쉽거니 어렵거낫듕에 늙는주를 몰래라

이 시조는 「도산십이곡」 언학 6곡이다. 우부, 즉 어리석은 자도 알며 하거니 얼마나 쉬운가라는 말은, 학문 혹은 도를 깨닫기가 쉽다는 말이다. 또 성인도 다 못하였으니 그 얼마나 어려운가라고 말한다. 대부분의 사람은 자신을 성인의 대열에 넣지는 않는다. 그렇다면 우부의 처지와 자신의 처지를 같이 놓고 볼 터인데 왜 퇴계는 성인에게도 학문을 이루기가 어렵다는 것을 지적하였을까? 성인은 그 학문의 어려움을 극복한 자라고 해주어야 하는 게 아닌가. 퇴계가 진정 말하고자 한 뜻은 종장을 보면 짐작이 간다. 학문을 연마하는 것은 쉽든지 어렵든지 기쁜 것이다. 학문을 연마하는 중에는 늙는 줄을 모를 정도로, 다시 말해 세월이 흘러가는 것을 잊을 정도로 지극한 기쁨이 있다는 것이다.

---

93) 전재강, 「시조 문학에 나타난 유교 학문과 시적 자아의 성격」, 『어문학』, 한국어문학연구회, 2006, 290쪽.

솔개 날고 고기 뜀을 뉘라서 시켰던고
활발한 그 움직임 소와 하늘 묘하도다
강대에 해지도록 맘과 눈이 열렸으니
명성 한 큰 책을 세 번 거듭 외우련다

이것은 퇴계의 「천연대」인데 초장에 보면 '솔개 날고 고기 뜀'이 나온
다. 『시경』에 나오는 '연비어약鳶飛魚躍'이라는 구절은 솔개가 날고 물고
기가 뛴다는 뜻으로, 온갖 동물이 생을 즐김을 이르는 말이다. 즉 이 말은
유학적 도의 자연스러움과 일상성을 대표한다.

> 조화가 도덕이라는 생각이 「도산십이곡」의 기저에 놓여있는 전제
> 다. 「언지 6」에서 춘풍과 추야의 질서와 사시와 사람의 가흥, 연비어
> 약의 조화와 「언학 6」의 우부와 성인이 공통으로 수행해야 하는 과
> 제는 같은 내용이다. 그것은 이황이 소리개는 하늘에서 날고 고기는
> 연못에 있고, 수레는 육지로 다니고 배는 물로 다니는 것이 사람의 일
> 상생활에서 부부와 성인이 모두의 길인 인류의 理라고 이해하는 것
> 과 같다. 「도산십이곡」은 자연과 인사(人事) 어느 한 편에 치우치지
> 않고 똑같이 배려하고 있는데 그것은 자연이 바로 도덕적 원리라고
> 이황이 말했던 바 "자연의 사실적 세계를 인간의 시각에서 가치를 투
> 사하여 해석"하는 그의 철학적 성향에 맞물려 있다.[94]

어리석은 필부인 우부는 늘 문제가 어렵기만 하고 고고한 성품을 지닌
성인에게는 늘 모든 문제가 쉬울 것이라는 생각을 하기 쉽지만, 사실은
각자의 품위에서 수양을 하려는 노력이 요구되는 것이다. 이것은 유교에
서 말하는 학문이 궁극적으로 지식의 함양에 있지 아니하고 자신과 세계
에 대한 도덕적 완성에 있기 때문일 것이다.

---

94) 신연우, 『이황 시의 깊이와 아름다움』, 지식산업사, 2006, 203쪽.

3) 성리학적 세계관

「도산십이곡」과 쌍벽을 이루는 것이 율곡 이이의 「고산구곡가」일 것이다. 그 중 한 수를 보자.

> 고산구곡담(高山九曲潭)을 사룸이 모로더니
> 주모(誅茅) 복거(卜居)ᄒ니 벗님닉 다오신다
> 어즈버 무이(武夷)를 상상(想像)ᄒ고 학주자(學朱子)을 ᄒ리라

율곡은 죽기 7년 전에 황해도 해주 고산으로 은퇴하여 서당을 열고『학규』와『격몽요결』을 지어 후학을 길렀으며 주자의 사당을 세우고 퇴계와 조광조를 배향하였다. 위의 시는「고산구곡가」의 제1연으로서 서시序詩의 성격이 강하다. 즉 시를 짓게 된 취지와 동기를 밝히면서 동시에 학문 연마에 대한 자신의 결의를 드러내고 있다.

황해도 해주의 고산에 아홉굽이 계곡은 아직 뭇사람들이 모르는 곳이다. 그러니 속세의 홍진紅塵이 묻지 않은 청정한 곳이라 하겠다. '卜'은 점치다, 헤아리다의 뜻이니 '복거卜居'는 집터를 가려서 잡았다는 뜻이다. 이곳에 내가 풀(茅−띠풀)을 베어내고 집터를 가려잡아 살아가니 벗들이 모두 찾아온다로 해석할 수 있다. 또한 율곡의 일생과 관련하여 확대해서 해석해보면 내가 발견한 명승지에 정사精舍를 여니 후학들이 찾아온다는 뜻이 맞을 것이다. 무이武夷는 성리학의 시조인 주희가 학문을 연구하고 후학을 교육시켰던 구곡계가 있는 무이산을 말한다. 이때 주희가 지은「무이구곡가」를 본받아 읊은 시가「고산구곡가」이다. 그러니 '학주자를 하리라'(성리학을 연마하리라)고 한 것은 당연한 귀결이다.[95]

사대부들에게 학문의 의미는 단순한 지식의 습득이 아니었다. 송대의

정이천은 "마음이 道에 통한 다음에 시비是非를 가리 수 있다"고 말했다. 이 말은 몸과 마음에 의한 공부의 실천을 합리적 이성에 의한 체계적인 앎의 구성보다 중요하게 여기는 것이다. 이것이 '학문 수양' 혹은 '수양으로서의 학문'의 의미이다. 사대부들이 쓴 시조에는 이러한 학문 연마의 즐거움이 종종 도덕성의 함양과 자기 수양의 의지로 나타나는 까닭은 동양철학의 전통과 맥이 닿아있다.96) 이러한 주제는 또 다른 시조에서도 드러난다.

명명덕(明明德) 실은 수레 어디메를 가더니고,
격물(格物)치 넘어들어 지지(至知)고개 지나더라
가기야 가더라마는 성의관(誠意館)을 못 갈네라

위 시조는 명조 · 선조 때의 문신이었던 노수신의 것이다. 노수신은 이

---

95) 주자학에서 말하는 리가 도덕적이고 실천적인 성격을 갖는다는 것은 그 리가 자연의 객관적 리가 아니라는 것을 뜻하며, 나아가 그 리에 대한 탐구가 자연에 대한 직접적 관찰과는 일정한 거리가 있다는 것을 함축한다. 이러한 사실은 이이도 인용하고 있는 정이의 언급에서도 확인되는데, 그가 리를 인식하기 위해 공부해야 할 대상으로 거론한 것은 책과 인물, 실천 속에서 만나는 대상이었지 인간과 무관하게 존재하는 객관 사물 그 자체가 아니었다. 그리고 그러한 공부를 통해 인식해야 하는 리 역시 몰가치적인 자연 법칙이 아니라 의리, 시비, 마땅함과 같은 유가적 가치였다. 주자학의 리는 자연에 대한 직접적 관찰을 통해 파악되는 자연의 리가 아니라 인간의 바람직한 삶의 방식에 대한 리였던 것이다. 한국사상연구회, 『조선유학의 개념들』, 예문서원, 2002, 358쪽.

96) 동양 학문의 공부론 가운데 가장 포괄적인 것이라 할 수 있는 주자의 공부론에서는 禮에 따라 자신의 몸을 단정하게 하는 小學을 바탕으로 하고 그 위에서 마음을 수렴하는 거경(居敬)과 공부와 경서의 강독을 주로 하는 궁리(窮理)의 공부를 말한다. 그리고 소학과 거경과 궁리 세 가지 공부를 하나로 꿰뚫는 공부의 방법이 경(敬)이다. 경은 주자의 '공부의 이론'을 하나의 '체계 아닌 체계'로 만들고. 또한 그의 '공부의 체험'에 하나의 실천적 중심점이 된다. 강영안, 「수양으로서의 학문과 체계로서의 학문」, 『철학연구』 제47집, 철학연구회, 1999, 61쪽.

언적과 학문을 토론했으며 성리학과 양명학에 조예가 깊었다고 전한다.

　이 시조의 내용은 사서의 하나인『대학(大學)』의 어구를 이용하여 마음을 수련하는 것을 마치 길을 떠나는 것에 비유하고 있다. 즉 수레가 지나가고, 고개를 넘어가며, 종국에는 여관에 닿고자 한다는 것이다. 잠시 대학의 내용을 보자.

　　大學之道는 在明明德하며 在新民하며 在止於至善이니라
　　대학지도　　재명명덕　　　재신민　　　재지어지선

　　대학의 道는 명덕을 밝히는 데 있으며
　　백성을 새롭게 하는 데 있으며 지선(至善)에 머무름에 있다.

　명명덕은 '밝은 덕을 밝힌다'로 해석할 수 있다. 주자는 이를 "천부天賦의 허령불매(虛靈不昧 : 비고 신령스럽고 어둡지 않음)한 것으로 모든 이치를 갖추어 온갖 일에 응應해 가는 것"이라고 했다. 노수신은『대학』의 첫 구절에서 '명명덕'을 뽑아서 주 모티프로 삼았다. 이 덕목을 실은 수레가 '어디를 가느냐?'라고 물음으로써 주제를 드러내려고 한다. 중장에 보면 '격물'을 넘어서 '지지'고개를 지난다고 되어 있다. 사실 '격물치지'에 대한 해석 문제 때문에 이후에 주자학과 양명학이 나뉘는 등 많은 학파의 분화가 생겨난다. '격물格物'과 '치지致知'는 유학에서 인식론과 수양론, 나아가 실천론을 관통하는 철학적 개념이다. 격물치지에 관한 보편적인 해석은 그저 '사물의 이치를 밝히는 단계'라고 격물을 해석할 수 있다. 그러나 이 작품의 창작시기에 비추어 보았을 때, 이때 격물이 의미하는 바는 성리학적인 것이 될 것이다. 주자는 격물을 "사물의 리를 궁구하여 그 사물의 리에 이르는 것"으로 해석하였고 이를 따라, 이황은 "리는 사물에 있으므로 나의 마음이 사물에 나아가 그 리를 궁구하여 그 극처까지 이르는 것"이라 하였다. 또 이이는 "대개 온갖 일과 온갖 물에는 리가 있지 않음이 없고 사람의 마음은 온갖 리를 관리하므로 궁구할 수 없는 리는 없다"고 하였다.97) 즉 객관도덕질서에 대한 주지주의적 접근법을 취하게 되는 것이다.

이렇게 사물의 이치를 밝히고 난 연후에 지극한 앎의 단계인 '至知'에 이르게 된다는 것이다.

이렇게 학문을 연마하는 과정이 수레와 고개의 비유를 통해 나타나는데 그렇다면 도달하고자 하는 곳은 어디인가? 그것 또한 대학의 구절에서 빌려와 '성의', 즉 뜻이 성실해지는 단계를 이야기한다. 그러나 이 성의관이라는 목적지를 "못 갈네라"라고 하여서 학문을 연마하고 자기를 수양하는 길이 그만큼 어려운 일이라는 것을 토로한 것이다.

이 시조의 지은이는 주자의 문학관에 영향을 받은 듯하다. 주자는 "文이 道를 실어야 함은 마치 수레가 짐을 실어야 하는 것과 같다. 수레를 만드는 사람은 수레바퀴와 필요한 장식을 갖춰야 한다. 文을 하는 사람은 말씨를 다듬어 보는 이로 하여금 애용토록 해야 한다. 아무리 장식을 하더라도 사람들이 이용하지 않는다면 허식에 불과하므로 無實하다. 수레가 짐을 싣지 않고 文이 道를 싣지 않는다면 아무리 멋진 장식이 있어도 쓸모가 없어진다"98)라고 하였기 때문이다. 성현의 이론을 창작에 접목시킨 경우라 하겠다.

---

97) 한국사상연구회, 『조선유학의 개념들』, 예문서원(한국철학총서 20), 2002, 351쪽.
98) 『朱子語錄』通書解. 이동영, 『儒家文學觀과 詩世界』, 부산대학교 출판부, 1997, 89쪽에서 재인용.

4) 평생의 복

사람이 살아가는 도리를 말해주는 것으로 공명과 부귀에 사로잡히지 말고 덕을 쌓는 것이 가치 있는 삶이라는 사실을 노래한 시조를 하나 더 보겠다.

> 공명에 눈 뜨지 마라 부귀에 심동마라
> 인생궁달이 하늘에 매였으니
> 평생에 덕을 닦으면 향복무강(享福無彊) 하느니라

『해동가요』를 편찬한 김수장金壽長의 시조이다. 심동은 마음이 이리저리 흔들리고 움직이는 것이다. 화자는 강한 어조로 공명과 부귀에 흔들리지 말라고 단언한다. 사람살이의 빈궁함과 영달, 즉 곤하게 살거나 풍족하게 사는 것이 모두 하늘의 뜻이라는 것이다. 그렇다면 인생의 참 뜻은 어디에 있는가 하면 평생의 덕을 쌓는 것이라는 것이다. 향복무강은 끝없이 복을 누리는 것이니 어찌 덕을 쌓는데 힘쓰지 않겠는가 하는 것이 이 시조의 주제이다.

고시조를 '학문 연마와 도덕성의 함양'에 비추어 살펴보았을 때 이러한 주제를 다룬 시조들은 지극한 기쁨을 노래한 것임을 알 수 있다. 그때의 기쁨은 학문의 주체인 시적 자아가 일상생활 속에서 자신을 점검하고 독서를 함으로써 삶과 학문을 일치시켜나가는 실천으로서의 기쁨이다. 이것이 관념적이었든 행동실천적이었든 도의를 실천하고자 하는 의지적인 표현으로 작용하였다.

5) 회고와 우국충정

(1) 회고의 정

회고란 '지난날의 자취를 돌이켜 생각해본다는 뜻'이다. 여기에는 몇 가지 조건이 개입될 수 있다. 먼저 현재는 과거와 동일하지 않을 것이다. 그렇기에 현재를 바탕으로 과거를 곰씹어 꺼내 보는 것이다. 현재를 바탕으로 돌이켜 본 과거는 현재에 충분한 의미와 가치를 절절히 내포하고 있을 것이다. 그렇기에 고시조에 나타난 회고의 정을 살펴보는 것은 작가가 현재의 창작 시점을 기준으로, 과거에 일어났던 사건이나 그 당시 화자가 느꼈던 감정과의 차이를 보다 선명하게 파악할 수 있을 것이기 때문이다. 이를 통하여 작가의 창작 배경이나 작품을 통해 추구하고자 했던 가치를 보다 잘 감상할 수 있기 때문이다.

> 오백년 도읍지를 필마로 돌아드니
> 산천은 의구하되 인걸은 간데 없네
> 어즈버 태평연월이 꿈이런가 하노라
>
> — 길재

고려 말의 충신들에 의해 불린 대표적인 회고가이다. 고려의 500년 도읍지인 송도를 말을 타고 돌아 들여다보니 자연은 변함이 없으나 사람은 간 곳이 없구나! 지난날의 태평스러웠던 세월이 다 꿈만 같구나! 라고 노래하고 있다. 변함없는 자연을 통해 인간사의 무상을 대비시켜 나타낸 작품이다.[99)]

이 작품에서 과거는 태평연월이었고 현재는 그렇지 않다는 것을 알 수

---

99) 이태극, 『고시조 해설』, 홍신문화사, 1988, 41쪽.

있다. 작가는 세계와의 대결을 통해, 지향을 이루기보다는 과거에 천착하여, 과거는 태평연월이었고 그것이 현재에 존재하지 않기에 과거를 돌이켜 그리워하고 모습으로 나타나고 있는 것이다.

> 흥망이 유수하니 만월대도 추초로다
> 오백년 왕업이 목적에 붙였으니
> 석양에 지나는 손이 눈물겨워 하더라
>
> — 원천석

흥망성쇠라는 것이 다 운수에 달려 있는 것이어서, 고려 왕조는 이미 망하고 그렇게도 화려하던 왕궁은 지금 터만 남았구나! 그 왕궁 터인 만월대의 지난날의 번영은 어디가고, 지금은 쓸쓸히 시들어 가는 가을 풀만 엉성하게 우거져 있구나. 고려 500년 왕업이 이제와서는 목동의 구슬픈 피리소리에 담겨져 남아 있을 뿐이니, 해질 무렵에 이곳을 지나는 길손이 눈물겨워하는 구나!

호화롭던 궁전이 사라지고 쓸쓸한 터만 남아 있고, 500년 왕업의 권위는 찾아볼 길이 없고 한낱 목동의 구슬픈 피리 소리만 들려오니, 그가 비록 고려의 유민이 아닐지라도 감회에 젖지 않을 수 없을 것이다.

이 작품에서는 작품 내적으로 대조의 형식을 통해 망한 나라에 대한 감회에 젖는 심정을 보다 절실하게 나타내었다. 이 작품에서 석양에 지나는 손은 화자라고 볼 수도 있고 때마침 지나는 길손이라고 볼 여지도 있다. 원천석이 고려의 유민이 아니기에 충분히 객관적 거리감을 줄 수도 있을 것이다. 그러나 지나는 손이 누구라고 볼 지라도 눈물겨워 할 수밖에 없다는 안타까움이 잘 묻어나 있다.[100]

---

100) 김종오, 『옛시조감상』, 정신세계사, 2003, 301쪽.

선인교 내린 물이 자하동에 흐르르니
반천년 왕업이 물소리뿐이로다
아이야 고국 흥망을 물어 무엇하리오

- 정도전

선인교 밑을 흐르는 물이 변함없이 자하동으로 흘러 내려가는 구나!
그런데 개성이 서울이던 고려는 이미 망하고 말았으니, 그 500년 동안의
왕업이 이제 물소리뿐이로다. 그러나 이미 망한 나라. 그 옛 나라의 흥망
을 이제 새삼스럽게 생각해서 무엇하랴?

망국에 대한 슬픔이나 분함보다는 잊어버리려는 느낌이 강하게 풍긴
다. 이성계의 오른팔로 개국의 일등 공신인 지은이의 입장에서는 당연한
이야기이다. 그러나 고려인으로서 일말의 애수가 마음속에 남아 있는 듯
이 느껴진다.

(2) 우국충정

고시조에 표현된 충의 사상을 살펴보면, 충을 신하가 임금에게 바쳐야
하는 정성으로 보고 있다. 충忠을 말한 경전經典을 보면 "인군을 섬기되 능
히 그 몸을 바치며(事君能致基身),[101] 충신을 주장하며(主忠信), 임금은 임
금노릇하며, 신하는 신하노릇하며, 자식은 자식노릇하며(君君 臣臣 子子)"
라고 하였다. 즉, "군자는 충에 전심專心하며, 그 몸을 다해 왕(또는 上位
子)을 받들며 또한 군君·신臣·자子가 각각 직분과 책임을 서로 존중하고
침범하지 말 것을 이르고 있다. 이러한 가운데 진정한 사회질서와 평화
가 유지되고 왕을 중심으로 한 인정덕치仁政德治도 발전할 것"이라는 뜻
으로 왕에 대한 진정한 충은 이러한 정신에서 이루어졌다고 볼 수 있다.

---

101) 성낙은,『고시조 산책』, 국학자료원, 1996, 23쪽.

충에 대하여 『논어』에서 "사람을 대할 적에 충성되게 하여야 한다(與人忠)", "남을 위하여 일을 도모해 줌에 충성스럽지 못한가(爲人謀以不忠乎)", "말은 충성함을 생각하며(言思忠)", "신하는 임금을 섬기기를 충성으로써 해야 한다(臣事君以忠)"라 하여 모두 충성심, 즉 성실을 가리키는 뜻으로 쓰였음을 알 수 있다.

시조 작품에 충을 대표하는 인물로는 제갈량諸葛亮, 관우關羽, 백이伯夷, 숙제叔齊, 남제운南霽雲, 굴원屈原 등을 말할 수 있다.

고사 속의 인물의 충과 관련된 시조를 제시하면 다음과 같다.

五仗原 秋夜月에 에엿블쓴 諸葛武候
竭忠報國다가 將星이 썰어진이
至今히 兩表忠言을 못내 슬허 ᄒ노라

― 郭興

皇天이 不吊ᄒ이 武鄉候인들 어이 ᄒ리
젹웃덧 사돗씀연 漢室興復 홀는거슬
至今히 出師表 닑을제면 눈물계워 ᄒ노라

― 李鼎輔

제갈량은 촉한의 정치가로서 한漢의 멸망을 계기로 유비가 제위에 오르자 제상이 되었다. 유비가 죽은 후는 후주後主 유선劉禪을 보필하여 재차 오吳와 연합, 위魏와 항쟁하였으며, 생산을 장려하여 民治를 꾀하고, 운남雲南으로 진출하여 개발을 도모하는 등 蜀의 경영에 힘썼으나 위와의 국력의 차이는 어쩔 수 없어, 국세가 기울어가는 가운데, 위의 장군 사마의司馬懿와 오장원에서 대진 중 병몰하였다. 위와 싸우기 위하여 출진할 때 올린 「전출사표(前出師表)」, 「후출사표(後出師表)」는 천고千古의

명문으로 이것을 읽고 울지 않는 자는 사람이 아니라고 일컬어졌다.

위와 두 작품과 관련된 「出師表」는 제갈량이 출병할 때 그 뜻을 적어서 임금에게 바친 글로서 마디마디 그의 지성지충至誠至忠이 넘쳐 사람의 눈물을 자아냈다는 고사이다.

明燭達夜ㅎ니 千秋에 高節이요
燭行千里ㅎ니 萬古에 大義로다
世上에 節義庚全은 漢壽亭侯신가 ㅎ노라

　　　　　　　　　　　　　　　　　　　　　　－ 作者未詳

千古에 意氣男兒 壽亭侯 關雲長
山河星辰之氣요 忠肝義膽이 與日月淨光이로다
至今히 麥城에 깃친 恨은 못닉 슬허 ㅎ노라

　　　　　　　　　　　　　　　　　　　　　　－ 李鼎輔

河東 大丈夫는 威風도 凜凜홀샤
華容에 義擇ㅎ고 七軍을 水葬홀지
뉘라서 麥城受困을 쏘인들 ㅎ여서라

　　　　　　　　　　　　　　　　　　　　　　－ 作者未詳

관우는 삼국시대 촉나라의 무장으로서 후한말의 동란기에 탁현에서 유비를 만나 장비와 함께 의형제를 맺고, 평생 그 의를 저버리지 않았다. 적벽전赤壁戰 때에는 수군水軍을 인솔하여 큰 공을 세우고, 유비의 익주益州 공략 때에는 형주荊州에 머물러, 촉나라의 동방방위를 맡는 등 그 무력과 위풍威風은 조조와 손권마저 두려워하였다. 그러나 형주에서 촉나라 세력의 확립을 위하여 진력하다가 조조와 손권의 협격挾擊을 받아 마침내 사로잡혀 죽음을 당하였다. 위 작품의 밑줄 친 부분에서 볼 수 있듯이 인물들의 충성스러운 마음이 잘 드러나 있음을 확인할 수 있겠다.

1) 首陽山 나린 물이 夷齊에 怨淚ㅣ 되야
   書夜 不息ㅎ고 여흘여흘 우는 뜻즌
   至今에 爲國忠誠을 못늬 슬허 ㅎ노라
   　　　　　　　　　　　　　　　　　　　　　　　－ 洪瀷漢

2) 首陽山 브라보며 夷齊를 한ㅎ노라
   주려 주글진들 採薇도 ㅎ는 것가
   비록애 푸새엣 거신들 긔 뉘 싸헤 낫ᄃ니
   　　　　　　　　　　　　　　　　　　　　　　　－ 成三問

　위의 작품에 인용된 백이, 숙제는 은나라 제후 고죽군 두 아들로서 문왕의 아들인 무왕이 주를 치려는 것을 말리다가 실패하였으므로 주나라 곡식 먹는 것을 부끄럽게 여기어 수양산으로 들어가 고사리를 캐어 먹으며 살다가 죽었는데, 이들의 행적은 유가들의 충절의 본보기가 되어 왔다.

　1)에서 이제夷齊는 은나라를 위하여 끝까지 지조를 지킨 충의지사忠義志士로 보고 있으며, 작가 자신도 병자호란 때 화의를 반대했고, 마침내 청나라에 끌려가 죽임을 당한 義士이다. 특히 종장에서 자신의 위국충성爲國忠誠이 부족함을 개탄하였고, 2)에서 성삼문은 사육신의 한사람으로서 이제가 진실로 절개를 지킬 양이면 그 고사리마저 먹지 않고 죽어야 한다고 도리어 꾸중하고 있다. 그것은 절개를 지킨 것으로 유명한 이제보다도 더 굳은 절개를 지키겠다는 자신의 충의심을 나타낸 것으로 보인다.

　1) 南八兒 男兒ㅣ 死己연졍 不可以不義屈矣여라

웃고 對答ᄒ되 公이 有信敢不死아
千古에 눈물 둔 英雄이 몃몃 줄을 지울고

- 金尙憲

2) 睢陽城 月輝中에 누구누구 男子ㅣ런고
秋霜은 滿春이요 烈日은 霽雲이로다
암으나 英雄을 뭇거든 이 긔러라 ᄒ리라

- 作者未詳

남제운은 당나라 사람으로 절개를 잘 지키는 인물로 위의 1)에서 "남팔南八"은 당나라의 남제운이다. 형제의 배행이 제팔第八이었으므로 이름하였다. 안녹산의 난에 휴양성이 함락되자 장순張巡이 남팔에게 "南八男兒死耳 不可爲不義屈"이라고 격려하여 끝내 적에 굴하지 않았다는 고사에서 절개 있는 사람을 일컫는다. 2)의 작품에서 "휴양성"은 안녹산의 난에 張巡, 남제운 등이 죽음으로 지키던 성으로 이 성을 지키다 여섯 개의 화살이 얼굴에 박혀도 꼼짝하지 않았다는 절개를 지킨 인물들이다.

이 외에도 여러 부류의 충을 노래한 작품들이 많아 열거하기 힘들 정도이다.

이백의 시 등 「금릉봉황대」의 마지막 두 구에서 보면 간신들에 의하여 임금의 총명이 가리워졌고, 따라서 자기가 쫓겨난 채로 임금을 받들어 모시지 못함을 한탄하고 안타까워하고 있는 것이다. 이 부분은 가사의 작품인 정철의 「관동별곡」에서도 찾아볼 수 있는데 예를 들면 "아마도 녈구름 근처에 머믈셰라. 시선詩仙은 어디가고 히타咳唾만 나맛ᄂ니 천지간 장ᄒ 긔별 ᄌ셔히도 홀셔이고"에서 나타난다.

구름이 無心탄 말이 아마도 虛浪ᄒ다

中天에 써이셔 임의로 ᄃᆞ니며셔
구틱야 光明ᄒᆞᆫ 날빗츨 싸라가며 덥ᄂᆞ니
— 이존오

이존오의 시에서도 볼 수 있다. 여기서 '구름'은 신돈申旽을 비유하고 '날빗'은 공민왕을 가리킨다. 간신인 신돈이 공민왕의 총명을 흐리게 하여 국정을 어지럽힘을 한탄하여 지은 작품이다.

赤兎馬 술디게 먹여 豆滿江에 싯겨 셰고
龍泉劍 드ᄂᆞᆫ 칼을 선뜻 ᄲᅦ쳐 두러메고
丈夫의 立身揚名을 試驗헐까 ᄒᆞ노라
— 南怡

이 작품의 내용은 '중국 삼국시대의 관운장이 탔다고 하는 적토마를 살지게 먹여 두만강 물에 씻겨 타고, 용천검 드는 칼을 선뜻 뽑아 둘러메고, 사나이 대장부가 출세하여 이름을 떨침을 시험해 볼까한다'라고 노래하고 있다.

관우는 삼국시대 촉나라의 무장으로서 유비를 만나 장비와 함께 의형제를 맺고 평생 그 의를 저버리지 않았던 인물이다. 남이 장군 역시 젊은 장군으로서 호기와 포부를 잘 드러낸 인물이다. 이 작품에서도 볼 수 있듯이 국란을 평정하고자 하는 무장으로서의 포부를 드러낸 노래이다.

고시조에 나타난 회고의 정과 충의 사상에 대해 살펴보았다. 고시조의 충의 사상은 주로 역사상 인물들의 행적을 끌어와 시상을 전개한 것들이 많이 나타난다.

최미정에 의하면 용사의 개념에 대해 "용사用事로 쓰인 전고典故는 모두 본래의 의미가 아닌, 비유된 의미로 쓰인다. 즉 작가는 원전의 그것을 변용變容하여 새롭게 자신의 작품에 사용한다.[102]라고 지적하였다. 주로 한시에서 전고를 많이 인용하고 있는데 우리의 고 시조에서도 많이 확인할 수 있다.

그것은 송대 수사학의 영향을 크게 받았던 고려나 조선에 있어서 당시 유행처럼 번져 있었을 것이다. 또 중국 문예의 영향으로 중국문학에 심취했던 것으로 보인다. 특히 이백, 도연명, 굴원, 두보, 소식 등의 작품이 많이 인용되었음으로 확인할 수 있다.

고시조의 사유체계를 통해 충의 사상은 주로 고사의 회고나 인물의 행적을 끌어와 자신의 처지에 맞게 변용하여 작품에 사용한 것으로 확인할 수 있다.

---

102) 최미정, 「한시의 전거수사에 대한 고찰」, 국문학연구회, 1974, 17쪽.

개화기시조의 두 방향

제6장
개화기시조의 두 방향

1. 실험의식과 개화 의지

　개화기에는 ① 봉건개화파封建開化派와 ② 급지개화파急進開化派로 양분되는 두 계파가 있었다. ①이 한국사회가 점진적으로 개혁되어야 한다는 주장이었다면, ②는 적극적인 정책실현을 통한 급진적 개혁을 해야한다는 주장이었다.

　①, ② 모두 서양의 기술이 우리보다 앞서 있다는 측면에서는 인식을 같이 하고 있었지만, ①은 우리의 사상思想, 도덕道德, 종교宗敎는 서양보다 훌륭하다는 의미에서 동도서기東道西器의 입장을 취했던 것이다. 이것의 구체적 제안으로서 개화 관계 서적 간행으로부터 외국인교수의 채용, 외국인기사 채용, 훈련원 설치, 상회소商會所와 국립은행國立銀行 설치, 탄광 채굴, 화륜선火輪船의 건조建造, 군항軍港 설치 등등을 건의하기에 이른것이다.[1] 이에 반하여 ②의 입장은 ①에서 한 걸음 더 나아가 서양의 기

---

1) 李光麟, 『韓國史講座』, 一潮閣, 1982, 128쪽.

술 뿐 아니라 사상, 제도까지도 받아들이는 것은 물론이고 외국 종교를 받아들이는 것도 교화敎化에 도움이 된다는 입장을 취했던 것이다.[2]

이러한 주장들을 논하고 있는 사이에 이 땅에는 서양문물이 급속도로 밀려 들어왔고 기독교의 전파도 가속되었다. 이렇게 되자 ①의 입장에 있던 계파에서는 우리 것에 대한 인식을 새롭게 고취시키기 위하여 노력하였는데, 이것의 한 현상으로서 국문 연구와 전통문화에 대한 인식을 새롭게 하기에 이르렀다. 또한 ①이든 ②든 그들의 주의 · 주장을 작품화하여 사회계몽에 박차를 가하게 되었던 것이다. 이러한 사회적 분위기가 결국은 많은 문학 작품을 산출하였고, 여기서 시조문학도 예외가 될 수 없었던 것이다.

이 시기의 시조문학은 장시조보다 단시조가 월등히 많이 창작되었다. 조선후기에 들면서 성황을 이루었던 장시조 창작이 개화기에 들어 시들해지고 대신 단시조가 성황을 이루게 된 데에는 다음 몇 가지 이유 때문인 것으로 판단된다.

첫째, 개화기라는 국운의 위기 상황 속에서는 유장하고 완만한 가곡창보다는 간명하고 단아한 시조창 쪽이 더 적당했으리라 본다. 개화기는 시조문학이 아직 창과 결별하지 않은 시기였고, 장시조는 주로 가곡창으로 불려졌다. 물론 장시조 중에서도 짧은 형식은 시조창(시조창 중에서도 사설시조창)으로 부를 수 있지만, 비교적 긴 장시조는 시조창으로는 용납하기 어려운 것이다. 그래서 진본 청구영언 끝에다가 만횡청류蔓橫淸類라 하여 소위 장시조 작품들을 따로 묶어 편집해 놓고 있는데, 이것은 이들 작품들을 만횡청蔓橫淸으로 부르라는 의미이다. 이때 만횡蔓橫이라 함은 장시조를 창사로 하는 가곡의 곡종曲種이고 청淸은 목청이라는 의미, 즉

---

2) 위의 책, 130쪽.

남청 여청 세細청의 청을 의미한다.

　그런데 가곡창은 시조창과 달리 창법이 까다롭고 창하는 데 필요한 소요시간이 길뿐더러 반주 악기도 제대로 갖추어져야 하는 정악인 셈이다. 여기에 비하여 시조창은 창법이 까다롭지도 않고 소요 시간도 길지 않을 뿐더러 반주도 장고 반주만으로도 족한 형태인 셈이다.

　배우기도 어렵고 반주 음악이 갖추어져야 하는 음악은 전문성이 강조된 음악 형태이므로 시대적 상황에서 볼 때, 개화기에 가곡창을 창한다는 것이 적당하지 않았으리라 본다. 거기다 전문성을 요구하지 않는 찬송가나 창가라는 신곡이 많이 불리고 있는 터였으므로 시조를 창한다 할 때에는 가곡창보다는 시조창이 시대적 상황에서 적당했으리라 본다. 시조창을 위주로 한 가창 활동은 단시조 위주의 창작을 촉진시켰을 것으로 보인다.

　둘째, 장시조는 단시조에 비해 시문詩文의 장문화長文化가 이루어진 형태이다. 시문의 장문화는 전달하고자 하는 시의의 강도를 높이기보다는 시의를 해이하게 하기 쉽다. 개화의 의지를 시화詩化하고자 한다면 여기에는 마땅히 시의詩意의 강도가 문제되었을 것이고 이런 면에서 볼 때, 장시조보다는 단시조 위주의 창작이 이루어졌으리라 생각할 수 있는 것이다.

　장시조의 장문화의 원리는 다음의 두 가지 방법에 의하여 이루어졌던 것이다.

　1. 문장 구성상의 원리
　ㄱ. 어미 활용법 - 연결어미를 활용하는 법
　ㄴ. 항목 열거법 - 항목 또는 사물 명칭의 열거
　ㄷ. 대화 진행법 - 등장인물(보통 두 사람)의 대화 진행
　ㄹ. 연쇄 대응법 - 앞말은 뒷말의 원인이 되는 말꼬리 연결식

2. 타 시가와의 제휴
ㄱ. 민요와의 제휴
ㄴ. 잡가와의 제휴
ㄷ. 가사와의 제휴
ㄹ. 판소리와의 제휴

이러한 방법에 따라 시문을 장문화한다고 할 때, 우선 시의의 강도 면에서 단시조보다는 해이될 수밖에 없는 것이다. 달리 말하면 시의의 응축을 통한 진지성이 강조되지 못한다는 것이다.

장시조는 단시조와는 다르게 시의의 응축을 오히려 기피함으로써 단시조에 비해 완만미 또는 흥겨움, 해학성, 사실성을 노정시켜 시조문학의 새로운 예술미를 보여주었던 것이다.

개화기 시대의 장시조 중에는 바로 이 같은 장시조가 가질 수 있는 장점을 잘 살리고 있는 작품들도 있다.

1) 回生方
팔낭갑이라하 놀로 놀며, 두더지라 싸흐로들냐.
鐵網에걸린뎌금중다리시야, 풀썩풀썩푸드덕인들,
놀싸귈싸네어디로갈싸.
우리는, 어인일인지五臟六腑에잇는피멋는듸로
버적비적밧작밧작싈고싈어더싈을것업서너잡어먹어야,
나살겟다.3)

2) 消火丹
胸中에 불이나서 五臟이 다 틋간다.
黃惠庵을 숨에 맛나 불싈樂을 무러보니

<hr />

3) 『大韓每日申報』(이하 大韓每日申報를 申報로 약칭함), 1909. 7. 6.

憂國으로 난 불이니 復國호 면4)

　1)에는 수사의 남용이 있다. 반복어를 통한 홍청거림도 있다. 또한 비유를 통한 해학도 있지만, 2)에서는 진지성으로 일관하고 있다. 2)는 1)에서처럼의 수사 남용이 용납될 수 없는 형식상의 제약 때문에 2)는 1)보다 시의가 응축될 수밖에 없는 것이다. 시의의 응축을 통한 강열도에 초점을 둔다면 2)와 같은 단시조의 창작이 적당하리라 본다. 또한 양반사대부들이 주로 단시조를 창작했다는 사실은 그들이 자기신원自己身元의 표출表出 또는 사회교화社會教化를 위한 계도적啓導的 서술을 시화한다고 할 때, 역시 단수로 된 단시조가 적당함을 자각한 결과로 볼 수 있는 것이다.

　이상 두 가지 이유에서 개화기에는 장시조보다 단시조가 많이 창작될 수 있었다고 본다. 그러면 실상 단시조는 과연 어떤 형태로 창작되었던가. 물론 고시조대로의 시조형을 답습한 경우도 많지만 그렇지 않은 경우가 허다하고 작품 표기면에 있어서도 색다른 표기가 있었으므로 이런 점에 대해 자세히 알아볼 필요가 있는데, 이런 점은 다음 몇 가지로 요약해서 설명할 수 있을 것 같다.

　첫째, 개화기시조 중에는 시조창을 하기에 편리한 시조 형태로 창작된 작품들이 많다는 점이다.

　3) 花柳節
　　간밤에비오더니, 봄消息이宛然하다.
　　無靈호 花柳들도, 째룰싸러뭐엿는듸
　　엇지타, 二千萬의뎌人衆은, 잠 쌜줄을.5)

───────────────

4)『申報』1909. 1. 8.
5)『申報』1909. 4. 4.

4) 大路行

世上사롬들아, 小路로가지마라.

當當흔너른길이, 녜로부터잇것마는.

어지타, 時俗人心은, 小路로만.6)

주지하다시피 시조창에 있어서는 가곡창과 달리 종장 끝 음보를 창하지 않는다. 종장 끝 음보를 창하지 않는 것은 음악적인 면에서도 찾을 수 있지만,7) 문학적인 면에서도 찾을 수 있겠다.

종장 끝 음보는 보통 '하다 용언'이 오는 자리로 거의 굳어져 있는 곳이다. 고시조 종장 끝 음보가 이렇게 '하다 용언'으로 채워진 것은 이렇게 설명이 된다.

시적 마감에는 닫혀진 마감과 열려진 마감으로 나누어지는데 고시조의 종장은 닫혀진 마감으로 끝맺는 경우가 대단히 많다.8)

① 갑 업슨 淸風明月이 닉벗인가 ᄒ노라

② 丈夫의 爲國忠節을 적셔볼가 ᄒ노라

③ 사람은 어인 緣故로 歸不歸를 ᄒ는고

①은 단정을, ②는 결심을, ③은 영탄을 나타내고 있음을 본다. 어느 것이나 작중화자의 결단이 강하게 나타나 있기 때문에, 즉 논리적으로 끝맺었기 때문에 여기에 더 이상 논의를 첨가하기 곤란하게 되어 있음을

6) 『申報』 1909. 7. 1.

7) 황준연님은 그의 논문 '북전과 시조'(세종연구 1. 1986 세종대왕 기념사업회)에서 시조창이 가곡창에서 파생되었다는 종래의 학설을 뒤엎고, 시조창은 北殿에서 비롯되었다는 새로운 학설을 주장하였다. 北殿의 창이 시조창으로 발전되었다면, 北殿창의 형식이 시조라는 가사를 다 용해시키지 못한 데서 시조 종장 끝 음보를 창하지 않는 것으로 볼 수도 있다.

8) 졸고, 「白水時調의 詩的 世界」(『人文論叢』 34輯, 부산대 인문대 1989), 63쪽.

알 수 있다. 이런 끝맺음을 닫혀진 마감이라 한다. 고시조가 이렇게 '하다 용언'으로 종장 끝 음보를 채우고 있는 것은 작중화자의 결단을 촉구하고자 하니까 자연히 '하다 용언'으로 끝맺는 경우가 많아진 것이다. 이것은 결국 종장 끝 음보를 생략해도 원상복구될 수 있는 말의 세계임을 의미한다. '하다 용언'은 이런 속성을 가진 말이라 할 수 있다.9) 그렇기 때문에 「남훈태평가(南薰太平歌)」, 「시여(詩餘)」, 「가요(歌謠)」, 「시철가」 등의 시조창을 겨냥한 고시조집에서는 원문에 있었던 종장 끝 음보를 생략해서 수록하고 있는 것이다. 그러나 앞의 3), 4)는 고시조와는 달리 창작할 때부터 종장 끝 음보가 없는 상태이지만 앞말에 비추어 온전한 시조작품으로 쉽게 복구할 수 있는 작품이기도 하다.

　　문제는 다음의 작품들에서 찾을 수 있다.

　5) 風雲起
　　　뒷ㅅ산에 구름닐고, 압늬에 안기인다.
　　　바람부러진서리칠지, 눈이올지비가올지.
　　　급하다, 잠자는 동포들아, 이러나소.10)

　6) 滅蟲候
　　　어인벌네완딕, 落落長松다파먹노.
　　　벌네잡는 싸ㅅ자고리, 어대가고아니오나.
　　　쏙山에, 落木聽들닐째면, 져죽으리.11)

　앞의 3), 4)는 고시조에서와 같이 끝 음보를 보완하면 온전한 시조 작

---

9) 고시조에서는 '하다 용언'이 아니더라도 생략 가능한 말이 종장 끝 음보에 오는 것이 보통이다.
10) 『申報』 1909. 4. 3.
11) 『申報』 1909. 6. 29.

품으로 복구시킬 수 있는 것이었는데 5), 6)은 끝 음보를 보완하기를 거부하는 작품, 즉 시조창의 가사로서 완결된 형태들이다.

물론 억지로 종장 셋째 음보를 한 번 더 반복한다면 시조 형식으로 완성이 될 수도 있지만12) 3), 4), 5), 6)이 애초 시조창을 겨냥한 창작이었다는 점에서 볼 때, 이렇게까지 생각할 수는 없다. 3, 4)는 시조창의 가사로서 전통적인 형식에 따랐고, 그렇게 되다보니 시조창을 끝낸 자리에서 가사가 끝나지 않고 의미상 보충되어야 하는 미진함이 있음에 불만하여, 이번에는 이 미진함을 없애기 위해 시조창으로서의 완결된 형태를 추구하고자 한 것이 바로 5), 6)으로 보인다.

그러나 다음과 같은 작품들은 또 다른 일면을 가지고 있음을 본다.

> 7) 學徒야 學徒들아. 學徒責任 무엇인고
> 　　日語算術 안다 ᄒ고, 卒業生을 自處마쇼
> 　　진실노, 學徒의 더 責任은, 愛國思想13)

> 8) 白髮이 伴肅하니. 다시 졈던 참 못ᄒ네
> 　　國家興復 重ᄒ 직칙, 靑年負擔이 아닌가
> 　　진실노, 獨立富强ᄒᄂ 基礎, 壹心團體14)

7), 8)도 종장 끝 음보가 생략된 형태다. 앞서 3), 4)는 종장 끝이 '잠쎌 줄을', '小路로만'으로 끝나서 의미의 완결을 미진하게 한 채 끝내고 있는데, 이런 점의 보완을 생각한 것이 5), 6)이었다고 생각된다. 그런데 이번에는 3), 4), 5), 6)이 모두 주제적 개념을 집약하여 끝맺지 못하는 데에 불

---

12) 이은상의 '가고파'에서처럼 5)는 '이러나소 이러나', 6)은 '져 죽으리 져 죽어' 식으로 고쳐 읽을 수도 있을 것이다.
13) 『申報』 1908. 12. 9.
14) 『申報』 1908. 12. 23.

만하여 7), 8)의 형태로 창작하였다고 볼 수 있겠다. 즉, 7), 8)은 창을 위한 창작이긴 하되 자칫 창에서 우려될 수 있는 것은 창의 음악성이 가사의 문학성을 압도함으로써 가사의 의미 전달이 흐려질 수 있음에 감안하여 주제적 개념어를 종장 끝에다 붙인 것으로 볼 수 있는 것이다. 이렇게 함으로써 개화기시조는 작품을 제공하는 한편, 창가, 찬송가와는 다른 우리의 시조창과 시조문학을 단절시키지 않는 역할을 담당했다고 본다.

둘째, 개화기시조는 창唱의 문학뿐 아니라 창을 떠난 율독을 위한 창작임을 보여주기도 하였다. 우선 3), 4), 5), 6)을 유심히 살펴보면 장章이 끝나는 자리에는 마침표를 붙이고 있음을 알 수 있다.

시조를 3장 구성이라 하는 문학적 이유는 통사 구조에서 찾을 수 있겠다. 종장의 끝은 종결어미로 끝나고 초·중장의 끝은 연결어미나 종결어미로 끝나는 것이 전통적인 시조 형태이다. 장의 끝이 연결어미로 끝난다 해도 연결어미란 결국 의미상으로는 종결어미에 접속사를 더한 형태이므로 각 장의 끝은 쉼표(연결어미)나 마침표(종결어미)를 붙일 수 있는 자리인 셈이다. 즉, 통사적으로는 하나의 의미가 매듭지어지는 것이 장이라 할 수 있겠다. 그런데 3), 4), 5), 6)에서는 각 장의 끝을 모조리 마침표로 처리한 것은 각 장이 나타내는 의미의 매듭이 장의 끝에서 이루어지고 있고, 이러한 의미의 매듭 3개가 유기적으로 결합하여 시조를 이룬다는 측면에서 이런 표시를 한 것 같다. 그리고 3), 4), 5), 6), 7), 8)에서는 장의 중간에 쉼표가 찍혀 있고, 특히 7) 8)에서는 초장 중간에 마침표가 찍혀 있다.

전통적인 시조에 있어서는 2음보와 2음보를 결합한 4음보가 한 장이 되고 있으며, 앞 2음보와 뒤 2음보와의 관계는 주종관계主從關係, 인과관계因果關係, 대등관계對等關係로 이루어지고 있다. 이러한 연관성을 나타내기 위해서, 나아가 율독인律讀人이 율독상律讀上 필요한 Caesura가 올

자리라는 의미에서 각 장의 중간 위치에 쉼표를 찍은 것으로 볼 수 있는 것이다. 그리고 이 두 연관 관계가 이루어진 장의 끝은 2음보와 2음보의 결합을 통한 보다 더 큰 의미의 매듭으로 결속되었음을 의미하게 되는데, 마침표는 바로 이 점을 나타내었다고 볼 수 있다. 즉 2음보 다음은 장으로서는 반장半章이므로 쉼표를, 2음보와 2음보를 결합한 장의 끝은 이제 장으로서 온전한 자리이므로 쉼표보다는 더 큰 쉼을 부가하여 마침표를 찍었다고 볼 수 있다.

종장 첫 음보 위에도 쉼표를 찍었는데, 이것은 종장 첫 음보가 독립어적 요소가 강하게 나타나는 곳임을 의미하는 듯하다. 실지로 '엇지타', '급하다', '진실노' 등에서 보듯이 감정의 강세를 보이는 말들이 와 있는데, 이 말들은 관형어처럼 다음에 연이어 오는 뒷말을 매김하는 그런 말들이 아니라 문장 전체에 연결되는 꾸밈말로서 독립어적 성분이 강한 말들이다. 그리고 종장 둘째 음보 뒤에도 쉼표를 찍었는데, 이 자리는 초중장에서의 2음보에 해당하는 정보량이 여기에 놓인다는 의미인 것은 아닌가한다. 가령, 종장 둘째 음보는 5음절 이상인데 5음절 정도의 우리말은 보통 두 어절 이상으로 이루어지고, 이것은 다시 초중장의 음보 크기로 하면 2음보 크기에 해당하는 곳이라 이러한 표기를 한 것은 아닌가 한다.

7), 8)은 3), 4), 5), 6)과 달리 초장의 가운데에 마침표를 가한 것은 무슨 연유일까. 가곡창에서는 시조작품의 초장이 2장으로 불려지는 것과 연관된 표시일까. 만약 그렇다면 다른 여러 곳에서도 가곡창식의 표기가 따라야 했을 것인데 다른 곳은 그렇지 않으니 가곡창식의 표기라고만 볼 수 없다. 마침표든 쉼표든 율독의 편리를 도모하기 위해 부가한 문장부호라는 측면에서는 같은 것이다.

개화기시조에는 율독의 배려를 위하여 시행 표기를 다음과 같이 표기한 예도 있다.

9) 陽春曲

간히봄 다시오니

식해츈광 녯빗시라

츈광은 녜로부터

변치안코 한빗신데

人事는 어이하여

봄빗 곳지 못흔고[15]

9)는 3장을 6행으로 표기한 예다. 이것은 시조의 시각화를 위한 노력의 일단을 보임과 동시에 앞에서 보인 쉼표나 마침표를 배제시킬 수 있는 율독을 위한 시각화라 할 수 있다. 그리고 앞서 보았던 종장 끝 음보의 생략도 찾아볼 수 없다. 이것은 창을 위한 시조라기보다는 창과 거리를 둔 시조임을 의미한다고도 볼 수 있다.[16]

고시조는 창을 전문으로 하는 가객 또는 창에 조예를 가진 자들만의 전유물일 수 있었다. 그러나 창이 우선되지 않는 시조는 누구의 것일 수도 있는 것이다. 개화기의 급변 상황은 창으로서의 문학을 발전시키거나 창의 보급을 활발하게 할 수만은 없었다. 신식 악보에 의한 양악에 매료된 일반대중들은 자연스럽게 창을 도태시키고 있었던 것이다. 창을 겨냥하였던 시조는 이제 창일 수도 또는 창이 배제된 율독만의 것일 수도 있는 양다리 걸치기의 작품으로 나아가게 된 것은 당연한 추세라 하겠다.

셋째, 파형 시조를 통한 새로운 시조형을 시도한 점이다.

시조가 3장으로 구성된다는 것은 3장 구성으로 인하여 취득되는 시적 논의의 어떠함이 결국 시조만의 유일성을 보장하는 특질이 되거나 아니면 타문학과의 변별성이 강조되는 부분이거나 하는 것이다. 그러므로

---

15) 『申報』 1917. 1. 24.
16) 1915년 무렵 이후의 시조작품들은 시조작품으로서 온전한 형태로 나타난다.

문학에 있어서의 형식이라 하는 것은 내용을 구속하는 틀이라기보다는 내용을 어느 방향으로 심화시키는 결정적 유도 장치라고 할 수 있는 것이다.

개화기에는 여러 형태의 문학형식이 시도되었던 시기이다. 과거에 없었던 형식을 새롭게 시도한 예도 있지만 과거에 있었던 형식을 변형시킨 시도도 있었다. 어느 것이나 개화기라는 시대적 상황에 의해 도출된 형식적 변화인 것이다.

> 10) 석별가
> ▲ 일조－에 홀홀ᄒ다
>   한번 리별 ᄒ 뒤에
>   천만리 타관에
>   외로운 회포
>   셔산에 일모시에
>   (라라) 고향을 바라
> ▲ 뒤길－을 다시 보니
>   구름 밧게 구름만
>   싀벽달 지신밤
>   기럭이 늘어
>   옹옹이 슯히울어
>   (라라) 우리의 심회[17]

10)은 '「카츄샤」창가치' 노래하라고 부기하고 있는 것으로 보아 당시 유행한 「카츄샤」 곡조에 얹어 부르기를 기대하는 가사임을 알 수 있다.

앞 연과 뒤 연에 있어 대응하는 행의 음수音數가 정확하게 일치하고 있는데 이것은 노래가사로서의 의미를 더욱 확실하게 하는 것이다. 그런데

---

17)『申報』1916. 8. 17.

10)에서는 시조의 종장 둘째 음보에 해당하는 부분이 시조 형식과 조금 달라져 있다. 이 점은 앞서 9)에서도 발견되는 일이다. 그리고 다음 11)에서도 마찬가지 현상이 일어나고 있다.

11) 相逢有思
　△ 사랑ᄒᆞᄂᆞ우리靑年들　　　오늘날에셔르맛나니
　　　반가온뜻이 慇懃ᄒᆞᆫ중　　　나라싱각더욱깁헛네
　　　언제나언제나
　△ 靑年들아죠상나라를　　　　亡케ᄒᆞᆷ도ᄂᆡ責任이오
　　　흥케ᄒᆞᆷ도ᄂᆡ職分이라　　락심말고분발합시다
　　　소원을소원을
　　　셩취ᄒᆞᆯ 날이머지안네18)

－「相逢有思」全5聯 중 1 · 5聯

이러한 작품들은 시조형을 변개한 작품들인데, 이렇게 함으로써 새로운 내용을 담을 수 있는 가능성을 실현함과 동시에 독자들에게 새로운 형태를 통한 신선미를 제공하려 의도한 것 같다. 이러한 실험의식은 개화기시조의 한 특징이 되고 있는데 이러한 특징의 분명한 예로서 다음과 같은 민요적 분위기의 시조화를 들 수도 있겠다.

12) 逐邪經
　　이 燈을잡고흐응 房門을박차니흥
　　魃魅魍魎이 줄힝낭 ᄒᆞ노나아
　　어리화조타흐응 慶事가낫고나흥.19)

---

18)『申報』1909. 8. 13.
19)『申報』1909. 2. 9.

13) 射雉日

　　건너산 씨펑이흐웅 콩밧츨녹일제홍

　　우리집슈監이 눈씽굿흐노아

　　어리화됴타흐웅 知和者됴쿠나홍20)

14) 頌祝每日

　　將흐도다흐웅 每日申報홍

　　壹心公道로 前進을 흐노라홍

　　어리화조타흐웅 獨立基礎라홍21)

　　이것들은 앞에서보다 더 파격을 보이는 작품들이다. 이것은 민요인 홍타령형식과 시조 형식을 결합시킨 것으로 보아 시조와는 거리가 먼 것 같지만 공식화된 반복구를 빼버리면 시조의 3장 구성과 유사하다든가 1행, 2행이 시조의 초중장과 닮아 있음을 알 수 있다.

　　당시 위와 같은 작품들이 32수나 발표되었는데, 이러한 홍타령조의 파격시조는 노래체양식으로 전이해서 독자들로 하여금 정서적 충동을 고양시키는 효과를 가져오도록 의도한 것으로 볼 수 있지만22) 한편으로는 공식화된 반복구는 시의 형식적인 신호음으로 간주할 수도 있을 것이다.

15) ＿＿＿　＿＿＿흐웅　＿＿＿　＿＿＿홍

　　＿＿＿　＿＿＿＿　＿＿＿　＿＿＿아

　　어리화　조타흐웅　＿＿＿　＿＿＿홍

　　이 표로 보아 '홍'은 초장 종장의 끝을 알리는 신호음이고 '아'는 중장

20)『申報』1909. 2. 10.
21)『申報』1909. 3. 11.
22) 金榮喆,『韓國開化期 詩歌의 장르 硏究』, 學文社, 1987, 211쪽.

끝을 알리는 신호음으로 되어 있음을 알 수 있다. 그리고 '어리화'는 종장 첫 음보에 위치해서 종장의 시작을 의미하고 '조타흐웅'은 종장 둘째 음보로서의 역할임을 알리는 신호음이 되고 있다. 물론 이론 신호음이 위치함으로써 시가 담당해야 할 시적 정보량이 축소되고 말아 그만큼 시조와의 거리가 생겨났지만, 시조와 민요와의 접맥을 통한 새로운 형태의 시가를 시도했다는 데에 의의가 있는 것이다.

이상의 파형시조를 살펴보니 종장에서 주로 파형되고 있음을 알았다. 종장은 일차적으로 다른 장에 비해 시적 정보량을 많이 함의할 수 있는 곳이고, 이차적으로 시적 논의가 마감되는 곳이기 때문에 시적 마감을 어떻게 처리하느냐에 따라 작품의 질적 측면이 달라지기도 하는 곳이다.

고시조에서는 종장처리가 일종의 통사적 공식구로 짜여 있는 경우가 허다했다.

16) ○ 즐기며 반가와 ᄒ거니 내 벗인가 ᄒ노라
　　 ○ 이제야 養極專城ᄒ니 도라갈가 ᄒ노라
　　 ○ 이後ᄂ 나ᄒ나 더ᄒ니 五皓 될가 ᄒ노라

16)은 여러 작품의 종장에 해당되는 것이지만 '~ᄒ거니(ᄒ니)~ㄴ가(ㄹ가) ᄒ노라'로 된 통사적 공식구(Syntactic formula)의 입장에서 보면 하나의 의미체계이다.

고시조는 16)에서 보듯이 종장에서 통사적 공식구로 짜여진 경우가 허다하다.

개화기의 파형시조는 주로 종장에서 파형이 이루어졌는데, 그것은 고시조가 가졌던 종장의 통사 구조를 깨뜨림으로써 새로운 내용미를 표출하려는 데서 비롯되고 있다 하겠다. 12), 13), 14)에서 보듯이 과감하게 여흥구로써 첫 음보, 둘째 음보를 채우기도 하고, 11)에서 보듯이 시의의 강세를 나타내기 위하여 반복구를 쓰기도 하였다. 또한 10)에서 보듯이 창가와의 연합을 꾀하기 위하여 종장 형태를 근본적으로 바꾸기도 했던 것이다.

이렇게 볼 때, 파형시조는 시조문학(단시조)이 가졌던 고상성(nobleness) 또는 귀족적 취미를 벗어나 시조문학의 세속화(worldliness)를 지향했다고 할 수 있겠다. 폐쇄된 형태, 고정화된 인습적 사고를 파괴함으로써 시조와 현실과의 연관을 도모하고자 했던 것이다. 이것은 시조에 대한 새로운 가치체계의 수립이 될 수도 있고, 이것은 다시 세속화를 통한 독자의 두꺼운 적층형성積層形成을 의미할 수도 있는 것이다.

고정된 기준, 표준화된 의식은 개화기가 요구하는 변혁과 혁신에 위배되었던 것이다. 개화기의 상황은 변혁과 혁신을 통한 새로운 가치체계 수립이라 할 때, 여기에는 시조의 형식에 대한 회의가 따를 수밖에 없었던 것이다.

이러한 파형시조의 성공여부 또는 적정성을 떠나서 시조 형식에 대한 새로운 모색이 도출되었다는 그 자체가 개화기의 부산물일 수 있다. 형식미의 새로운 모색은 기존하는 내용성에서의 변혁까지를 의미한다. 형식과 내용은 이분법적 논리로 설명되지 않기 때문이다.

2. 시조의 근대화(육당시조)

1) 제목에 대한 의식

노래에는 곡명曲名이 있듯이 문학작품에는 제목이 있기 마련이지만, 고시조의 경우에는 거개가 제목이 없고 본문만 기록되어 있는 것이 일반적인 경향이라 하겠다.

> 엇그제 離別ᄒ고 말업시 안젓스니
> 알쓰리 못견딀일 한두가지 아니로다
> 입으로 잇자허면서 가장 슬어허노라
>
> ― (金玉)

이 작품은 조선 말 안민영安玟英의 작품인데, 이 작품에서도 제목이 없다. 같은 조선시대의 시가라도 가사문학에 있어서는 정극인丁克仁의 「상춘곡(賞春曲)」, 조위曹偉의 「만분가(萬憤歌)」, 이서李緖의 「악지가(樂志歌)」, 송순宋純의 「면앙정가(俛仰亭歌)」, 양사준楊士俊의 「남정가(南征歌)」, 백광홍白光弘의 「관서별곡(關西別曲)」, 정철鄭澈의 「사미인곡(思美人曲)」 등에서 보듯이 분명한 제목이 있는데, 시조에 있어서는 제목이 없는 것은 무슨 이유에서일까? 이에 대해서는 두 가지의 해석이 있을 수 있다.

첫째, 고시조는 창唱을 전제로 한 가사歌詞였다는 점이다. 고시조 작가들은 기분에 좌우되어, 즉흥적으로 시조를 창작한 경우가 많았다. 그래서 고시조 작가들은 미리 제목을 정해두고 몇 날 며칠을 창작에 몰두했다기보다, 그때의 기분에 따라 시조를 지은 경우가 대부분이었기 때문에 제목에 대한 인식이 부족했다고 볼 수 있다.

둘째, 고시조에 제목을 붙인다 해도 주제나 소재가 서로 비슷비슷하기 때문에, 제목으로서의 개성이 희미해져 버린다는 점이다. 고시조를 주제 면에서 보면 강호한정江湖閑情, 취락醉樂을 읊은 작품들이 많으며, 고시조를 소재 면에서 보면 화花 · 조鳥 · 월月 · 주酒 · 금琴이 많으므로, 고시조 중에는 참신한 느낌을 주는 작품이 적다고 하겠다. 그래서 고시조에 제목을 붙인다해도 제목으로서의 참신한 어떤 개성을 갖기 어렵게 되므로 거개의 고시조에 제목이 없는 것이 아닌가 생각한다.

그러나 고시조에서도 맹사성孟思誠의 「강호사시가(江湖四時歌)」, 이현보李賢輔의 「어부가(漁父歌)」, 이황李滉의 「도산십이곡(陶山十二曲)」, 이이李珥의 「고산구곡가(高山九曲歌)」, 권호문權好文의 「한거십팔곡(閑居十八曲)」, 정철鄭澈의 「훈민가(訓民歌)」, 김광욱金光煜의 「율리유곡(栗里遺曲)」 등에서 보듯이, 제목이 있는 고시조가 전혀 없는 것은 아니다.

고시조에 보이는 제목들은 대부분 「－歌」, 「－曲」, 「－謠」 등의 일정한 틀 안에 놓인다. 그래서 얼핏 보기엔 훈민가니 강호가니 하는 노래의 종류에 따른 분류 항목과 같은 인상을 주기도 하는 것이 고시조의 제목이다.

육당六堂 최남선의 시조에 오면 고시조와는 달리 모조리 제목이 붙어 있다. 또 고시조의 제목과 같은 「－歌」, 「－曲」, 「－謠」 등의 틀에 박힌 제목을 가지고 있지 않다. 처음엔 육당도 제목에 대한 자각이 막연하였던 것 같다.

國風一首	『少年』 제2년 제8권
太白에 (國風)	〃 제3년 제5권
坌皇靈 (國風)	〃 〃 〃
新國風三首	〃 제6권
鴨綠江 (國風四則)	〃 제7권
國風二首	〃 제8권
大朝鮮情神 (國風七首)	〃 〃
째의 불으지짐 (國風五首)	〃 〃
더위치기 (國風五首)	〃 〃
淸川江 (國風)	〃 제9권[23]

이것은『少年』지 육당의 시조 제목들이다. 뒤에 보는 바와 같이 육당
은「國風 ○首」식의 제목을 주제목으로, 혹은 부제목으로 등장시키고 있
는데, 이러한 제목의 출발은 1907년「大韓留學生會學報」에 발표한「國
風四首」에서부터이다.「國風 ○首」식의 제목이 시조의 제목으로서 합당
한 것인가 아닌가 하는 문제는 잠깐 뒤로 미루고, 우선 육당이 시조작품
의 제목에 국풍國風이란 말을 왜 썼느냐하는 문제부터 풀어보기로 하자.

국풍이라 함은 시경에 나오는 말이다. 주나라 때에, 각국에 흩어져있
던 민요를 각 제후들이 모아서 天子에게 바치던 일이 있었다. 이때 채집
된 각 국의 민요를 일러 국풍이라 하였다. 이 점에 관해서『시경집전(詩
經集傳)』에 다음과 같이 적혀 있다.

> 國者 諸侯所封之城 而風者 民俗歌謠之詩也 謂之風者 以其被上之化
> 以有言 而其言又足以感人 如物因風之動 以有聲 而其聲又足以動物也
> 是以諸侯采之 以貢於天子 天子受之 而列於樂官於以 考其俗尙之美惡

23) 괄호 안에 적힌 國風, 혹은 國風四則, 國風七首, 國風五首 등의 말은『少年』지의 목
차에서만 보일 뿐, 본문에서는 이 말이 빠지고 있다.

而知其政治之得失焉

(나라는 제후가 봉함 받은 영역이고 풍이란 민족가요시다. 일러 말해 풍이라 하는 것은 그것으로 위를 교화시키고 말이 있음으로써 그 말로써 족히 다른 사람을 감화시키니 이는 마치 사물이 바람의 움직임에 따르는 것과 같다. 소리가 있으니 그 소리로써 또한 사물을 움직이는 것이다. 이럼으로 제후들이 채집하여 천자에게 바쳐 천자가 이를 받아들여 악관들에게 그것을 늘어놓게 하여 그 풍속의 미악을 살피고 정치의 득실을 알게 한다)

이렇게 볼 때, 국풍이란 말 안에는 위는 노래로써 아래를 풍화諷化하고, 아래는 노래로써 위를 풍자諷刺하는 풍화와 풍자의 두 개념이 들어 있다고 하겠다.

육당이 시조 제목에 국풍이라 한 것은 시조란 말의 대칭어對稱語로 쓴 것 같다. 그러면 분명히 시조라는 우리식의 명칭이 있는데 국풍이라는 중국식의 명칭을 차용한 이유는 무엇일까? 이 점에 대해서는 두 가지로 생각이 된다.

첫째, 일제의 침략성에 대한 풍자와 일반 대중들에 대한 계몽을 나타낸 풍화의 뜻으로 쓰이었다고 볼 수 있겠다. 육당이 그의 시조작품 제목에 국풍이란 말을 썼던 시기는 1907년에서 1911년 사이에 속한다. 이 시기는 소위 서세동점西勢東漸이라 하여, 이 땅에는 서구 세력의 전파와 일본의 침략주의의 근성이 노골적으로 나타나기 시작한 때이다. 그 당시 조선사회에 있어서는, 민족자존을 위한 투쟁으로서 민족운동이 일어나고 있었다. 이 운동의 구체적인 표현이 곧 항일의병운동抗日義兵運動이었으며, 이 의병운동이 극심했던 시기가 1907에서 1909년 사이가 되겠다.[24]

---

24) 의병의 무력항쟁은 1907년 황제양위, 군대의 강제 해산을 계기로 더욱 치열하게

당시의 의병들은 국가적 측면보다는 민족적 측면을 나타낸 민군民軍들이었으며, 그들이 가지고 있는 정신은 역대 민족사를 통해 길러온 '義'라고 하는 한국정신이었다. 그러나 신예무기를 가진 훈련된 일본군들과, 구식무기를 가진 훈련이 안된 의병들과의 싸움은 뻔한 일이었다. 육당은, 그 당시의 일본사정에 대해서는, 일본유학을 통해서 누구보다도 많이 알고 있었다. 그래서 그는 의병이 되어 격렬한 행동으로 나오지 않고, 현실적인 적응의 입장에서 민중계몽을 위한 문인으로 행세하게 된 것이 아닌가 한다. 육당의 글 속에는 항일적 요소를 쉽게 발견할 수 없지만, 민족의식만은 뚜렷하게 나타나고 있다. 육당이 이런 태도를 취한 것은 민중에게 민족심을 불러일으키고자 하는 계몽적인 생각에서인 것 같다.

바로 이 무렵에 육당은 시조작품 제목에 국풍國風이란 말을 썼으며, 또 민족심을 민중에게 고취시키고자 많은 일들을 하기에 이르렀다. 대략을 더듬으면 다음과 같다.

1907년 국민정신의 진작을 위하여 출판사 창립
1908년 『少年』을 창간하고 휘문, 경신 등 각 중학교에서 한국역사를 강의
1909년 안창호 선생과 같이 청년학우회 설립위원이 되어, 각지를 순회 강연함
1910년 조선광문회를 창립
조선어사전을 편찬하기 위해 周時經 선생에게 어휘 수집 의촉.
이 해, 20여 종의 『六錢小說』이라는 문고 발행(新文館)

확대되어 갔었다. 1908년엔 의병과 일본군과의 교전횟수가 1,797회이며, 이때 교전에 응한 의병 수는 82,767명이었고, 그 이듬해인 1909년엔 교전횟수 1,738회에, 교전에 응한 의병 수는 38,593명으로 줄어들었다(한우근, 『한국통사』, 을유문화사, 1975, 515~516쪽).

1911년 『東國歲時記』, 『洌陽歲時期』, 『京都雜志』, 『熱河日記』를 간
행(光文會)

육당이 시조를 창작하게 된 동기는 시조가 한국문학에 있어서 가장 오
랜 생명을 유지하고 있을 뿐 아니라, 한국인이면 누구나 쉽게 그 가락을
인식할 수 있는, 민족적이라는 데에 있는 것 같다. 그래서 그는 똑같은 시
기에 출발한 신체시와 시조의 양자 중에서 시조 쪽으로 기울어졌던 것이
리라.

육당이 국풍이란 말을 제목에 쓴 작품들 중에는 풍자와 풍화의 입장을
나타내었다고 볼 수 있는 작품이 여럿 보인다.

國風一首

바다야 크디마라 大氣圈 盡삼어도 그 속에 쌀코보면 얼마되지 못하
리라
宇宙에 큰行世못하기는 네나내나 다一般
－ 1909. 9『少年』제3년 제8권

여기서의 '바다'는 미약하지만 풍자의 뜻으로 쓰인 것 같다. 일제의 무
력이 막강하다 하여도 결국은 한도가 있다는 뜻이며, 침략자로서의 일본
이나 피침략자로서의 조선이나 다 같이 우주의 이치로 따지면 보잘 것
없는 존재들이니 힘이 있다고 우쭐댈 필요가 없다는 그런 뜻으로 해석을
할 수 있을 것 같다.

쏘皇靈(國風)

史記를 들어보니 두눈이 恍惚하다
거룩한 일과사람 만흔들 저리만하
그러틋 光榮하옴도 또皇靈이삿다
— 하략 —

여기서 우리 민족은 다른 민족에게 자랑할 수 있는 역사가 있다는 그런 긍지를 민중에게 고취시키려는, 풍화를 의도한 작품으로 보여진다.

이 작품을 쓰던 당시는 육당만큼의 지식과 해외시정에 밝은 사람도 드물었던 때이다. 무엇보다 민중에게 민족주체성에 대한 자각을 불러일으키려 동분서주했던 시기가 육당이 국풍이란 말을 시조 제목에 썼던 시기와 일치한다는 점이다.

이렇게 볼 때, 그가 국풍이란 말을 제목에 쓴 것은 『시경(詩經)』에 보이는 풍자와 풍화의 뜻으로 쓰였다고 볼 수 있게 된다.

둘째, 국풍國風이란 말은 '우리나라의 노래'라는 뜻으로 쓰였다고도 볼 수 있겠다. 육당은 향가도 국풍國風이라 한 적이 있다.[25] 춘원도 '시조는 멀리 삼국적, 아마 더 멀리서 발원한 國風'[26]이라 하였다. 육당이 향가를 국풍이라 한 것이나, 춘원이 시조를 국풍이라 한 것은 다 같이 글자 그대로 '우리나라의 노래'라는 뜻을 가지고 있다. 그리고 『少年』기에 있어서의 육당은 시조를 창과 분리시키지 않은, 시의 입장에서가 아니라 그야말로 노래의 입장에서 시조를 지은 것 같다. 『少年』에 발표한 그의 시조들에서는 종장 끝 음보가 생략된 작품, 즉 시조창을 의식한 작품이 많고,

---

25) 六堂은 삼국유사 해제(六堂, 『최남선 전집』 8, 30쪽)에서 다음과 같이 적고 있다. "대저 鄕歌란 것은 말하자면 國風이라 할 것이니, 조정의 雅頌으로부터 서민의 풍요에 亘하여 그 종목이 많고 所用이 넓었음은 『三國遺事』에 실려 있는 것에서만도 넉넉히 짐작할 바이라."
26) 『百八煩惱』 발문.

또 이 시기의 연작시조 중에는 노래 가사에 흔한 후렴구처럼, 종장들을 동일한 표현으로 나타내고 있다는 점 등을 볼 때, 『少年』기의 그의 시조는 창에서 분리된 시조가 아닌 것으로 볼 수 있겠다(이 점은 뒤에 다시 거론될 것이다).

대개 이와 같은 뜻으로 국풍이란 말이 쓰였다고 할 수 있겠는데, 그러면 과연 「國風○首」식의 제목이, 제목으로서 합당한 것이라 할 수 있겠는가 하는 문제가 남아 있다. 작품의 제목이란 특별한 경우를 제하고는 일반적으로 작문 내용을 대변하는 함축성 있는 간결한 표현으로 되어 있다. 이런 점에서 본다면 육당의 「國風○首」식의 제목은 제목으로서의 일반성을 가지지 못하고 있다. 그러다 『靑春』에서부터는 작품 내용을 대변하는 제목들이 등장하고 있으니, 몇 개만 예로 든다면 다음과 같은 것들이 있다.

『靑春』기의 시조 제목들 :
님, 가을님 생각, 붓, 치위, 동경가는 길, 내 속, 夫餘가는 이에게, 녀름길, 매암이.

『百八煩惱』의 三部 '날아드는 잘새'의 제목들[27] :

---

27) 『百八煩惱』는 3부로 되어 있다. 그런데 1부, 2부는 불교에서 말하는 번뇌사상에 따른 의도적인 창작인 것 같고, 3부는 그렇지 않은 것 같다. 불교에서 말하는 煩惱란 중생의 그릇된 생각에서 일어나는 마음으로 六根(眼·耳·鼻·舌·身·意)이 그 대상이 되고 있다. 六根이 다시 六境(色·聲·香·美·觸·法)에 접하게 되면 六識(眼識·耳識·鼻識·舌識·身識·意識)으로 나타나게 되며, 이 六識이 각각 好·惡·不好不惡과 惡·苦·死의 감정과 접하게 되면 36가지의 번뇌가 일어나게 된다고 불교에서는 말하고 있다. 이 36가지의 번뇌가 중생이 가지는 三界(慾界: 욕심세계, 色界: 형상세계, 無色界: 순수세계)의 각각에 상존하고 있어, 번뇌의 수는 모두 108가지에 이르게 된다고 한다. 『百八煩惱』를 펴낸 날짜도 바로 불탄일이었다. 그리고 이 책을 삼부로 나눈 것과 몇 편의 단수를 제하고는 九首一篇, 三

東山에서, 一覽閣에서, 새봄, 새잔듸, 봄ㅅ길, 시중을 굽어보고, 혼자 안저서, 혼자 자다가, 동무에게, 새해에 어린 동무에게, 세돌, 한우님, 님쯰만, 창난 마음, 웃으래, 어느 마음, 턱없는 원통, 어느날, 漢江의 밤배, 깨진 벼루의 銘

그러나 『靑春』 이후에 와서도 제목으로서 성공적이라 보기 어려운 제목들이 없는 것은 아니다. 이를테면 『백팔번뇌(百八煩惱)』의 일부—部 '동청나무그늘'에 실린 제목들을 보면 '궁거워', '안겨서', '쩌나서', '어썰가'인데, 이들은 모두 한 단어이며, 용언으로 되어 있다. 그리고 이들 제목은 독자들이 제목만 보았을 때, 작품 내용이 과연 어떤 것인지 추측하기 실로 어려운 제목들이다.

이것은 이들 제목들이 작문 내용에 대한 대변성을 너무 약하게 가지고 있기 때문이다. 그러므로 이런 제목들은 일반적인 제목의 성질에서 볼 때, 합당하지 않다고 할 수 있겠다.

가람嘉藍 · 조운曹雲의 시조에서는 「國風○首」식의 제목은 물론 없고, '궁거워', '안겨서' 등의 애매한 제목들도 보이지 않는다. 몇 개씩만 예로 든다.

嘉藍時調集의 제목들 :
溪浴, 大聖庵, 道峰, 天磨山峽, 蘭草, 水仙花, 端香, 젖, 그리운 그 날, 故土, 시름, 病席 등

首一篇으로만 되어 있는 것은 앞서 말한 번뇌의 개념 안에 등장하는 숫자를 의식한 의도적인 편집과 창작이라 보여진다. 그뿐 아니라 『百八煩惱』의 서문이나 목차에서 六堂이 밝힌 바로는 108首 36편의 작품을 『百八煩惱』란 책 안에 싣고자 하였는데, 이것도 의도적이라 할 수 있다(실제로는 111수 37편이 수록되어 있어 三首一篇의 연작이 하나 더 첨가되어 있다. 이것은 六堂의 실수에서 비롯된 것 같다).

曺雲時調集의 제목들 :

石榴, 菜松花, 雪晴, 獨居, 怒濤, 잠든 아기, 책 보다가, 비 맞고 찾아온
동무, 省墓, 아버지 얼굴, 덥고 긴 날 등

그러나 육당시조는 고시조가 거의 제목을 갖고 있지 않은 데 비하여,
모조리 제목을 갖고 있다는 점, 작품 내용을 대변하는 제목이 등장하고
있다는 점으로 미루어 보면, 고시조보다는 제목에 있어 발전을 보였다고
할 수 있지만, 가람 · 조운의 시조 제목들에 비해 보면 아직도 미숙한 데
가 보이는 것이 육당시조의 제목이라고 하겠다.

2) 표기 방식의 변화

고시조집인 『청구영언(靑丘永言)』, 『해동가요(海東歌謠)』, 『가곡원류
(歌曲源流)』 등에서 보면 한결같이 줄글 내리박이식으로 시조가 표기되
어 있다. 그리고 3장의 구별조차도 분명하게 하지 않은 표기도 많다.

```
           ┌ 珍  本 靑丘永言 ……………… 3장구분이 있음.
           │ 六堂本 靑丘永言 ……………… 3장구분이 있음.
    靑丘永言 │ 洪氏本 靑丘永言 ……………… 3장구분이 없음.
           │ 嘉藍本 靑丘永言 ……………… 3장구분이 없음.
           └ 淵民本 靑丘永言 ……………… 3장구분이 없음.


    海東歌謠 ┌ 周氏本 海東歌謠 ……………… 3장구분이 있음.
           └ 石  本 海東歌謠 ……………… 3장구분이 없음


    歌曲源流 및 歌曲源流系 歌集 ……………거의 다 5장 구분
```

이와 같이, 같은 종류의 고시조집이라 하더라도 이본異本에 따라 3장을 구분하기도 하고 구분하지 않기도 하며, 또 어떤 고시조집에 있어서는 5장으로 구분하고 있어 표기법에 통일성이 없다.

> 碧梧桐시믄뜻은 鳳凰을보려투니 나시믄탓인가기두려도아니온다
> 無心한 一片明月만븬가지에걸여셰라
> — (瓶歌 705)

이것은 가곡원류歌曲源流에 보이는 표기법의 예이다. 5장으로 나누어 표기한 것은 작품을 시각화하고자 한 의도로서의 표기가 아니다. 시조작품을 시조창으로 부를 땐 3장으로 부르지만, 시조작품을 가곡창으로 부를 땐 5장으로 부르기 때문에, 가곡원류에서는 5장으로 구분하여 시조작품을 표기한 것이다. 육당도 처음엔 고시조집 그대로의 줄글형식의 표기법이었으며, 3장 구별조차도 분명히 하지 않고 있었다.

> 세월아가디마라너촛틸늬아니라 네발노너가는길가거니말거니뉘
> 라셔 알이마는너가는길에늬나히싸라 구니그를셜워

> 하늘이사람을늬이시믜영웅호걸을쳐음브터분별ㅎ셧스랴 두듀목
> 불쓴뒤고바른길노늬다라셔되느못되느못되느눕아니ㅎ는일을ㅎ
> 는즛가영웅이니우리도십년을갈고가든용쳔금늬여들고반공즁눕히
> 셧는폐일부운을다쓰러붓린후에영웅노리좀ㅎ여보셰

> 어리셕은인간들아精衛의街石填海를비웃디마라 ㅎ고도공업들슬
> 젠들엇디모르리마는積怨疊恨을이리느ㅎ면풀가ㅎ여알고도흠이로
> 다 우리의믜틴시름은그도져도못ㅎ고

기러기훨훨玄海灘上去오落葉은풀풀比叡山頭飛라　萬里타향에외
로운긱의마음갑절이느슬프도다 우리도언제느客苦짐버서놋코歸養高
堂鶴髮親홀가

이것은 육당시조의 최초 작품인 「國風四首」의 전문이다. 첫째 수, 둘
째 수에서는 초 · 중장만 구분하고 있으며, 셋째, 넷째 수에서는 3장 구분
을 하고 있다.

國風一首
바다야 크디마라 大氣圈 盡삼어도 그속에 쌀코보면 얼마되지 못
하리라. 宇宙에 큰行世못하기는 네나내나 다一般
－ 1909. 9『少年』제2년 제8권

이 작품의 표기법은 시조를 3장 12음보의 형식으로 볼 때 각 음보를
떼어놓은 표기법이다. 이 표기법에서는 장의 구분이 되어 있지 않다.

육당도 처음엔 이렇게 장의 구분조차 분명히 하지 않은 표기를 하였
다. 그러다가 '봄마지'(1910. 4『少年』제3호 제4권)에서부터는 3행 단연
식으로 표기하기 시작하였으며[28]『백팔번뇌(百八煩惱)』(1920)에 와서는
수록된 작품 모두를 6행 3연식으로 시조작품을 표기하고 있어 어느 것
하나로 통일하지 않았다.

육당시조에 보이는 3행 단연식 또는 6행 3연식 표기법은 고시조집에
보이지 않는 새로운 표기법이다.『백팔번뇌』의 뒤를 이어 간행된『노산
시조집(鷺山時調集)』(1932)이나『가람시조집(嘉藍時調集)』(1939)에 실린
작품들은 모두 3행 단연식 표기법으로 표기되어 있으나,『조운시조집(曺

---

28) '봄마지' 이후의 작품 중 '大洞江'(1910. 6『少年』제3년 제6권)이란 작품 하나만
　 줄글 형식으로 표기되어 있을 뿐, 그 외에는 모두 3행 단연식 표기로 되어 있다.

雲時調集)』(1947)에 와서는 표기법이 일정하지 않고 다양하게 나타나
있다.

무꽃에 번득이든
흰나비 한 자웅이
쫓거니 쫓기거니 한없이
올라간다

바래다
바래다 놓쳐
도로 꽃을 보누나.

— 「무꽃」

한번 눕혀 노면
옆에 사람 어려워라.

돌아도 잘못 눕고
자다 보면
그저 그 밤!

파랗게
유리窓에 친 서리
반짝이고 있고나.

— 「寒夜」

海門에 진을 치듯
큰 돛대
작은 돛대

뻘건 아침 해를
떠받으며
떠나간다

지난밤
모진 비바람
죄들 잊어버린 듯.

— 「出帆」

　이상의 조운시조들을 볼 때, 그의 표기는 일정한 형식을 갖지 않은, 퍽
자유스러운 표기라고 할 수 있다. 그러나 조운시조의 표기에 보면 장의
구분은 분명히 하고 있다는 점과 각 음보는 나누어 표기하지 않았다는
점을 알 수 있다. 그리고 조운시조의 이와 같은 표기는 다음과 같은 표기
와는 구분이 된다.

당신 가슴에 오는
강은
우람한
산
산이네.
운무(雲霧) 가린 채로
꿈을 낚는 여인이네.

살째기 바위도 열고
독사같이 웃고 있네.

— 김준, 「진달래」[29]

---

29) 『時調文學』通卷 30.

山족족
골짝마다 피어나는
진달래는
피흘려
四月 한 철
봄을 가꾼 죽음으로
해마다
그
피울음소리
어린 넋의 이름이다.
— 下略 —

— 金東俊,「四月마다」30)

　육당시조의 3행 단연식 또는 6행 3연식 표기법이나, 가람시조의 3행 단
연식 표기법이나, 조운시조의 다양한 표기법에서도 3장의 구분만은 분명
히 하고 있으며, 각 음보를 여러 행으로 나누지 않은 표기법을 보여 주었
던 것이다. 이와 같은 표기법은 각 장이 가지는 성격이 서로 다름을 나타낸
것이라고도 할 수 있겠고 율독상 배려에 의한 것이라고도 할 수 있겠다.
　시의 표기가 율독을 암시하고 있다는 것은 하나의 상식이다. 상기 예
의 두 작품에 있어서는 장의 구분도 구의 구분도 없는 자유시에 따른 표
기 방식이다. 이 작품을 율독할 때에는 시조 형식이 주는 리듬의 미각을
제대로 살리기 어려울 것이다.
　최동원 님은 시조의 표기에 대하여 "만약 記寫에 있어서 그 形式을 지
나치게 해체한다든지 전통적인 율격을 경시한다든지 할 때는 시조 아닌
자유시가 되거나 자유시에 아주 가까운 것이 되고 말 것"31)이라고 우려

---

30) 위와 같음.
31) 崔東元,「時調의 文學上 形態攷」,『부산대 문리대학보』제13집, 1970, 21쪽.

하면서 다음과 같이 밝힌 적이 있다.

　時調의 定型性은 그 形態面에서 자유로운 融通性을 지니고 있음이 사실이다. 그러나 이 融通性을 무한히 확대할 수 없는 것이 또한 時調의 特性이라 하겠다. 古時調의 형식을 3장 12구, 3장 8구, 3장 6구 등으로 주장하고 있으니, 現代時調의 記寫에서 반드시 三行單聯, 六行三聯 중의 어느 하나로 단일화해야 한다거나, 이 세 형식의 테두리 안에서 記寫되어야 한다고 못박을 수는 없다고 본다. 그러나 시각적인 효과를 지나치게 고려한 나머지 그 형식의 심한 解體는 時調 本然의 形態를 벗어나고 마는 결과가 되는 것이다.32)

　시조의 표기가 자유시의 표기와 달라야 하는 이유는 시조 그 자체가 자유시와 다르다는 점에서이다. 오늘날 현대시조가 현대시와 구별되는 점 중의 하나는 음보율에 의한 형태면에서 찾을 수 있겠다.

　그런데 형태면에서의 특질을 가지는 시조가 그 표기에서 자유시의 표기와 구별이 되지 않는다면 독자들은 시인지 시조인지 구별하기가 쉽지 않을 것이며, 시조를 율독할 때, 음보율이 주는 율독상의 미각味覺은 맛보기가 힘들 것이다.

　이렇게 볼 때, 육당시조에 있어서의 3행 단연식 또는 6행 3연식 표기법은, 시조의 형태면의 특질을 살리면서 율독상의 미각을 배려한 것이라고 할 수 있겠고, 조운의 다양한 표기법은 시각적 효과를 마음껏 노리면서 율독상의 미각을 깨뜨리지 않은 표기였다고 하겠다.

　결국, 육당시조가 고시조의 줄글형식의 표기에서 벗어나 3행 단연식으로 또는 6행 3연식의 새로운 표기로 나아간 것은 시조 표기법의 다양화를 위하여 문을 연 결과가 되었다고 볼 수 있겠다.

---

32) 위와 같음.

3) 연작(連作)의 시도

고시조 작가들은 주로 양반사대부들이었다. 이들이 시조를 창작한 것은 문학의 순수정신에서가 아니라, 사대부이면 누구나 시조 정도는 지을 수 있어야 행세할 수 있다는 다분히 현실적인 입장에서가 아니었던가 한다. 고시조 전체를 두고 볼 때, 내용면에 있어 전자의 답습이나 모작이 심한 것도 이와 같은 고시조 작가들의 작시조作時調 태도에서 해답을 구할 수 있을 것이라고 본다.

현대시조는 연작 위주로 되어 있는데, 고시조에서는 단수 위주로 되어 있다. 이 이유에 대해서는 여러 가지로 설명이 되겠지만, 근원적인 설명으로는 고시조 작가들이 시조를 창작하는 데에 있어 새로움에 대한 노력이 부족했었기 때문이라 할 수 있겠다. 즉, 이들 고시조 작가들은 창주사종唱主詞從의 오락 내지 교양의 입장에서 시조를 지었기 때문에, 시조 안에 새로움을 담으려고 하는 노력이 자연히 부족하게 되어 앞 사람의 작품과 비슷한 작품이 되기도 하고, 또 앞 사람의 작품을 모작하기도 하였다고 할 수 있겠다. 다르게 생각하면 기존의 교양 체계인 주자적 이념세계에서 벗어나지 않으려는 노력과 작품 창작 목적이 시인으로서의 전문성을 발휘하고자 하는 데에 있지 않고 교양과 오락을 위한 창작 태도에서도 찾을 수 있겠다.

그들은 엘리트의식에 집착하고 있었으므로 그들만의 공유된 의식세계를 서로 확인하려 하다 보니 주제나 소재의 새로움을 추구하는 일에는 인색할 수밖에 없었다고 본다. 이렇게 되자 연작을 한다고 하더라도 시상의 반복에 그칠 우려가 많고, 한 주제를 여러 수首로 표현할 수 있는 능력도 모자랐기 때문에, 고시조 작가들은 단수 위주로 시조를 창작한 것이라고 생각한다. 그러나 연작으로 된 고시조가 전혀 없는 것이 아니다. 몇 개의 예를 든다면 다음과 같은 것이 있다.

盟 思 誠	江湖四時歌	4首
李　　滉	陶山十二曲	12首
張 經 世	江湖戀君歌	12首
李　　珥	高山九曲歌	10首
鄭　　澈	訓民歌	16首
朴 仁 老	五倫歌	25首
〃	慕賢	2首
〃	浴于蔚山椒井	2首
〃	立岩二十九曲	29首
〃	自警	3首
勸 好 文	閑居十八曲	19首
李 賢 輔	漁父歌	5首
趙 在 性	呼兒曲四章	4首
李 廷 煥	悲歌十曲	10首
李 光 煜	栗里遺曲	17首
尹 善 道	山中新曲漫興	6首
〃	山中新曲雨謠	2首
〃	山中新曲五友歌	6首
〃	初宴曲	2首
〃	罷宴曲	2首
〃	夢天謠	3首
〃	遣懷謠	5首
〃	漁父四時詞	40首
周 世 鵬	五倫歌	6首
金 尙 容	五倫歌五章	5首
〃	訓戒子孫歌九章	9首

그러나 고시조에 있어서의 연작에는 문제가 있다. 고산孤山의 '山中新曲'에서처럼, 주제목主題目 아래 소제목小題目들이 여러 개 붙어 있는 작품, 즉 여러 개의 작품이 한 작품으로 묶여져 있는 경우도 있고, 제목이 하나라 하더라도 앞 수와 뒤 수는 주제의식이 서로 달라 한 작품이라고 보기 어려운 것도 있다.

구버는 千尋綠水 도라보니 萬疊靑山
十丈紅塵이 언매나 ᄀ렷는고
江湖애 月白ᄒ거든 더욱 無心ᄒ얘라.

長安을 도라보니 北闕이 千里로다.
漁船에 누어신들 니즌 스치 이시랴
두어라 내 시름 안니라 濟世賢이 업스랴.

이것은 이현보의 '漁父歌' 중 둘째 수와 다섯째 수이다. 둘째 수는 어부와는 하등의 관계를 갖지 않고 있으며, 다섯째 수는 장안에 안주하고 있는 작자의 심정을 읊은 작품으로 어선에 누워 있다고 해도 고기잡이에는 생각이 없고, 다만 우국憂國에 대한 심정뿐임을 나타내고 있다. 둘째 수에서는 자연으로의 도피를 읊었다고 할 수 있으므로 '어부가'란 제목 아래 같이 놓이기엔 무리가 있는 것 같다. 일찍이 가람嘉藍도 위 작품을 그대로 예로 들면서 다음과 같이 밝힌 적이 있다.

> 이와 같이 한 제목만 가지고 여러 首를 나열한 것을 연작으로 보아서는 안 되고 연작을 쓰되, 일부러 마음대로 욕심을 부려 이것을 쓰거나 또는 이것에 끌리어 쓰거나 해서는 아니 되고 다만 그 쓰게 될 경우를 따라 써야만 한다.[33]

'쓰게 될 경우를 따라 써야 한다'는 가람의 말에는 대체로 두 가지의 뜻을 가진다고 보겠다. 첫째는 현대인의 생활감정을 표현하니 연작이 아니고서는 안 될 경우가 생긴다는 점이다. 현대생활은 복잡하다. 따라서 현대인들의 의식구조도 복잡하면서도 미묘하다. 이 복잡하고도 미묘한 현대인의 의식세계를 짧은 몇 줄의 글로는 표현하기는 어려워 연작이 불가피해지는 경우를 생각할 수 있다. 두 번째로는 연작이어야 할 특별한 경우를 생각할 수 있다. 여기에 적당한 예로서 기행시조記行時調나 행사시조行事時調(이를테면 어떤 행사의 축하나 애도의 뜻을 나타낸 시조) 같은 것을 들 수 있겠다. 고시조에 있어서도 이후백李後白의 「숙상팔경(瀟湘八景)」(8首)이나, 박순우朴淳愚의 「동유록(東遊錄)」(6首) 같은 기행시조는 연작으로 되어 있는데, 기행시조에 있어서는 기행한 일정이 많으면 많을수록 작자가 표현하고자 하는 바도 많아지므로 연작이어야 할 경우가 생기는 것이다. 행사시조에 있어서도 마찬가지이다. 일반적으로 행사시조는 행사의 내용을 알리기 위한 목적의식 밑에서 쓰인다. 독자를 통하여 그 목적하는 바를 얻기 위해서는 단수로서는 곤란할 경우가 생긴다고 볼 수 있다. 그러나 연작을 할 때에는 '쓰게 될 경우'라 하더라도 주제가 통일되지 못하면 연작으로서의 실패를 의미하게 된다. 이제 고시조의 연작과 육당의 연작과 가람의 연작 그리고 조운의 연작을 비교해보자.

> 어리고 성긘柯枝 너를 밋지 아녔더니
> 눈 ㄷ 期約 能히 직혀 두세송이 퓌엿고나
> 燭줍고 갓가이 ᄉ랑헐 제 暗香좃ᄌ 浮動터라

---

33) 『嘉藍文選』, 328쪽.

눈으로 期約터니 네 果然 푸엇고나
黃昏에 달이 오니 그림즈도 성긔거다
淸香이 盞에 씻스니 醉코 놀녀 허노라

黃昏의 돗는 달이 너와 긔약 두엇더냐
闇裸의 즈든 곳치 향긔 노아 맛는고야
늬엇지 梅月이 벗 되는 줄 몰랏던고ᄒ노라

　　　　　　　　　ー이상 安玫英의「梅花詞八絶」중의 2, 4, 5首

마슬의 작은 쑴을
쓸어오는 쏠과 시내,

모여서 커진 저가
그대로 쑴의 쑴을

數 없는 이들이 덤벼
바다 되다 하더라.

　其二
뭇 뫼의 그림자를
차례차례 잡아 쌀며,

막으리 업는 길을
마음노코 가건마는,

좀애나 야튼 목지면
여흘 되어 울더라

　其三
무엇이 저리 밧바

쉬울 줄도 모르시나

가기곳 바다로 가
한 통 치고 마 온 뒤면

모처럼 키우신 저럴
못 거눌가 하노라
　　　　－『百八煩惱』 중에 실린 「洛東江에서」의 全文

　연작에 있어서 하나의 우려를 가질 수 있는 것은 작품이 가져야 하는
신선미(新鮮美, novelty)와 긴장감(a tense situation)의 해이이다. T. S. Eliot
은 "詩에서 필요로 하는 것은 계속적으로 구성되어 있는 인식과 평가의
관습적인 형식을 파괴하여 사람들이 세계를 새롭게 하고 그 새로운 면들
을 볼 수 있게 하는 언어기능의 세계라야 한다"[34]고 말하였다. Eliot의 주
장대로 위의 작품들을 본다면, 주제의 통일성을 가졌다는 점은 인정이
되나 지루하리만큼 늘어진 나태한 시상의 처리가 어색하다. 뿐만 아니라
무언가 새롭게 표현하고자 하는 의도가 분명하지가 않다. 안민영의 작품
에서 보면 시상의 중복이 육당의 연작보다 심하고, 고시조에서도 흔히
쓰이는 기약期約, 황혼黃昏, 암향暗香, 청향淸香, 달, 해월梅月 등의 고정된
시어가 등장하여 신선미와 긴장감을 독자에게 주지 않는다. 육당시조의
'洛東江에서'는 안민영의 작품에서보다는 새로운 면이 전혀 없는 것은 아
니다. 즉, 시어의 반복을 피하고 있으며 시상의 중복이 심하지 않다는 점
에서 보면, 안민영의 작품보다는 나은 편이라 하겠지만, 시상을 전개만 하
였지 탄력적으로 압축을 하지 못한 점이나 시어가 설명투에서 벗어나지
못한 점 등이 문제가 되고 있다. 육당의 연작(그의 시조는 연작 위주로 되

---

34) T. S. Eliot, 『The use of poetry & the use of criticism』, p.155.

어 있다)은 거의 모두 이런 투이다.

나의 무릎을 베고 마즈막 누우시던 날
쓰린 괴로움을 말로 참아 못하시고
매었던 옷고름 풀고 가슴 내어 뵈더이다

깜안 젖꼭지는 옛날과 같으오이다
나와 나의 동긔 어리든 八九남매
따뜻한 품안에 안겨 이 젖 물고 크더이다.

— 이병기, 「젖」

어젯밤 비만 해도 보리에는 무던하다
그만 갤 것이지 어이 이리 굳이 오노
봄비는 찰지다는데 질어 어이 왔는고

비 맞은 나무가지 새엄이 뾰족뾰족
잔디 속잎이 파릇파릇 윤이 난다
자네도 비를 맞아서 情이 치나 자랐네

— 曹雲, 「비 맞고 찾아 온 벗에게」

변모해가는 시의 과정은 확실한 논증이 어렵다고 하겠으나, 그러나 앞서 육당의 연작과 가람 · 조운의 연작을 비교해보면 어떤 차이가 있음을 알 수 있게 된다.

첫째, 연작에서의 육당의 언어는 설명투이다. '수없는 이들이 덤벼 / 바다 되다 하더라', '막으리 없는 길을 / 마음 노코 가건마는'에서와 같이 개성적인 표현이 아닌 누구나 알 수 있는 상식적인 이야기가 등장하고 있다. 그러나 가람 · 조운의 시조에 있어서는 '매었던 옷고름 풀고 / 가슴내어 뵈더이다'에서와 같이 설명을 배제한 상황의 처리라든가 '자네도 비를 맞

아서 정이 치나 자랐네'에서의 공감적 조응(synaesthetic correspondence)
을 통한 은유적 암시미를 독자에게 주고 있다. 다시 말하면, 육당은 언어
를 대중적인 수준에서 사용하였기 때문에 설명투에서 벗어나지 못하고
있다고 하겠다.

둘째, 연작에 있어서의 육당시조는 새로움에 대한 동경이 모자란다. 즉
독자에게 부여하는 시적 감동의 역동성이 부족하다는 것이다. 앞서의 가
람·조운의 작품에서 보듯이, 이들은 자칫 일상적이라 할 수 있는 소재
를 비일상적인 정서로 유도시켰다. 위 육당의 연작은 미리 소화된 상태
라 할 수 있다면 가람·조운의 연작은 생활체험에 뿌리를 박은 시적진실
을 가지고 있기 때문에 감동의 역동성이 크다고 하겠다. 육당의 연작들
은 거의 다가 이런 투로 되어 있지만, 가람·조운의 연작들은 시적 감동
의 역동성이 큰 작품들이다. 이렇게 볼 때, 육당의 연작은 안민영의 연작
보다는 다소 진전을 보이고 있지만, 가람·조운의 연작보다는 성공적이
라 할 수 없다고 하겠다.

4) 종장(終章) 처리

(1) 종장 첫 음보

고시조에 있어서의 종장 첫 음보는 감탄어구가 아니면, 두어라. 아희
야, 우리도, 어즈버, 아마도 등등의 투어套語로 거의 고정화된 자리이다.

「歷代時調全書」에 수록된 3,335수의 작품 중에서 종장 첫 음보에 등
장하는 빈출도가 높은 투어 몇 개를 골라 그 수를 조사해보니 다음과 같
았다.

아마도 ·· 500首
아희야('童子야'의 27首 포함) ····················· 214首
두어라 ·· 189首
우리도 ·· 166首
어즈버 ·· 100首

위 예의 투어들의 首는 모두 1,169로서 전체의 35%에 해당된다. 이것은 결코 적은 숫자가 아니다.

이와 같은 투어가 고시조에 많은 이유는 무엇일까?

첫째, 새로운 시심을 시조 속에 담아 보려는 시적 소양의 부족과 창작을 위한 시간적 여유의 부족에서 온 결과로 본다. 빈출도가 높은 이들, 아마도, 두어라, 따위는 대개 조선후기의 작품에 많이 나타나는데[17] 이것은 후세의 작가들이 고인의 작품을 모방하다 보니, 고인들이 썼던 말들을 그대로 답습한 데서 온 소치라고도 하겠다. 그리고 조선후기의 숙종·영조조 무렵에는 가악이 매우 성행하던 때이며, 이 시기에 와서는 그 앞 시기와는 달리 평민들이 가악에 많이 참여하고 있었다.[18]

평민들이 가악에 많이 참여하였다는 것은 시조문학이 평민계급에까지 널리 전파되었다는 증거가 된다. 송강松江이나 고산孤山의 작품 속에서는 두어라, 아마도 등의 투어들이 잘 나타나지 않고 있는데, 이것은 이들이 평민들과는 다른, 사대부들로서 시간적인 여유를 가지고 시조를 창작하였으며 또 시적 소양이 많았기 때문이라고 보여진다. 그러나 평민계급에서는 창작을 위한 한가한 시간적 여유를 가지기 어려웠으며, 설령 그런 여유를 가졌다 하더라도 시적 소양이 부족하여 자연히 고인들의 작

---

17) 유창식·정주동 교주,『진본 청구영언』, 신생문화사, 1957, 72쪽.
18) 최동원,「해동가요의「고금창가제씨」에 대한 고찰」,『수련어문론집』 4집, 부산여대 국어교육과 1976, 105쪽.

품들을 모방하게 되었으리라 보며, 이렇게 되니 앞서의 투어가 그대로 쓰이어 이런 숫자가 되었다고 생각된다.

둘째, 아희야, 두어라의 투어가 많은 것은 시조가 주로 양반사대부들의 전유물이었다는 점에서라고 본다. 조선사회는 신분의 구별이 엄했던 시대였다. 그렇기에 그 신분에 따라 사용하는 어휘가 달랐던 것이며, 다스림을 받는 평민계급에서는 아희야, 두어라 등의 다소 위압적인 말을 시조 속에다 포함할 수는 없었을 것으로 보인다.

이러한 이유로서 고시조 종장 첫 음보에 투어가 많다고 한다면, 흔히 고시조가 끝나는 자리에서 시작되었다는 육당시조에서는 종장 첫 음보가 어떻게 나타나 있는가 하는 것이 문제가 된다.

첫째, 고시조에서 빈출도가 높은 어즈버, 두어라, 아희야(童子야), 우리도 등의 투어는 하나도 보이지 않지만, 엇더타, 행여나, 아모리, 잇다감, 누구서, 매양에, 다시금, 차라로 등의 비교적 고시조에 자주 나오는 투어는 그대로 쓰고 있다는 점이다. 빈출도가 높은 투어들이 하나도 보이지 않는다는 것은 고시조의 답습을 쉽게 허락하지 않는다는 뜻으로 풀이된다. 그러나 비교적 자주 나오는 투어를 그대로 종장 첫 음보에 쓰고 있다는 것은 육당시조가 고시조에서 완전히 벗어나지 않았다는 뜻을 가진다고 하겠다. 몇 개의 예를 들면 다음과 같다.

  △ 엇더타 古수이 다른 줄을 못닉 슬허 하노라
  ○ 어쩌타 말 못 할 것이 님이신가 하노라

  △ 후여나 날 볼 님 오셔든 날 업두고 살와라
  ○ 행여나 자욱낫스면 덧나실가 저허라

  △ 아모리 갑고쟈 ᄒ야도 히올 일이 업세라

○ 아모리 겨을 깁허도 음달 몰라 하노라

△ 잇다감 곳밧츨 지날 제면 罪 지은 듯 ᄒ여라
○ 잇다감 제 혼자 ㅅ 말에 새 정신을 차려라

△은 古時調 終章 ○은 六堂時調 終章

 첫 음보의 말은 그 다음에 오는 음보의 말을 구속한다. 즉 문의 호응관계로 인하여 다음의 말이 구속을 받게 되므로, 이 구속으로 인하여 결국 육당시조가 고시조와 비슷한 시상으로 연결되고 말았다.
 둘째, 종장 첫 음보의 품사의 결합 면에서 고시조와 다른 점이 있다. 고시조의 종장 첫 음보 3음절을 분석해 보면 아래와 같은 품사의 결합으로 되어 있는 것이 원칙처럼 되어 있다.

① 한 品詞 ······························두어라, 어즈버, 다만당
② 名詞＋助詞 ··························아희야, 만고에, ᄆ음이
③ 冠刑詞＋名詞＋助詞 ··············뎌 죵아, 그 알픠, 내 몸이
④ 名詞＋用言(主語와 述語의 관계) ···님 계신, 님 자는, 닙 디고
⑤ 名詞＋用言(目的語와 述語의 관계) ·· 님 그려, 님 향한, 날 잇고

 육당시조에 있어서도 거의 모두 상기의 결합으로 되어 있지만, 그렇지 않는 것이 몇 수 보인다는 데에 문제가 있다.

○ 두손 다 내두르실 제 (궁거워 其六)
○ 몸 아니 계시건마는 (안겨서 其三)
○ 몸 아니 썰리시는가 (江西「三墓」에서 其三)
○ 몸 아니 깨끗하온가 (大同江에서 其三)

이것은 『백팔번뇌(百八煩惱)』에 보이는 예이다. 그런데, 위 예에서처럼 '두 손 다', '몸 아니'만의 3을 떼어서 읽을 때와, 고시조의 '두어라', '아희야', '더 좋아', '님 계신', '님 그려' 등을 읽을 때에 어떤 차이를 감지할 수 있게 된다. 왜냐하면 고시조의 '두어라 · 더 좋아 · 님 계신' 등은 품사 결합에 무리가 없는데, 육당의 '두 손 다', '몸 아니' 등은 명사와 부사의 결합으로 3이 되어 있어, 품사 결합에 무리가 있기 때문이다. 명사와 부사로서 이룩된 종장 첫 음보가 고시조에 보이지 않는 것은 창과 결부시켜 생각할 수 있겠다. 가곡창일 경우엔 종장 첫 음보가 넷째 장으로 놓인다. 그렇기 때문에 다음 장까지는 상당한 길이의 휴지가 있다. 만약 '몸 아니', '두 손 다'와 같은 품사 결합이 종장 첫 음보에 온다면 가곡창으로 할 땐 창사로서의 의미 연결이 아주 부자연스럽게 될 것이다.

이런 일이 있을 수 있기 때문에 고시조에서는 육당시조와 같은 품사 결합이 보이지 않는다고 하겠다. 이것은 고시조 작가들이 이러한 문법상의 의미를 파악하고 있었다기보다는 실제로 창을 해 나가다가 얻어낸 자연스러운 결과였을 것이라고 볼 수 있겠다. 육당이 백팔번뇌를 간행하던 1926년에 오면 시조문학은 창과의 관계를 끊고 있다. 육당이 명사와 부사의 부자연스러운 연결로 3을 만들고 있는 것도 창과의 결별을 의미한다고 볼 수 있다.

오늘날의 현대시조에서는 고시조대로의 품사 결합이 거의 모두이지만, 가끔씩은 육당이 보여줬던 앞서의 품사 결합도 더러 보인다. 육당이 보여줬던 부자연스러운 품사 결합은 종장 첫 음보가 3이라고 하는 시조 형식상의 특징에서 볼 때 경계되어야 한다고 본다. 시조를 율독할 때에도 의미 연결에 문제가 될 뿐더러, 부자연스러운 품사 결합 그 자체가 시조의 의미구조를 흔들어 놓는 결과가 되기 때문이다.

이와 같이 육당시조에서의 종장 첫 음보 3은 고시조에 있어 빈출도가

높은 어즈버 · 두어라 · 아희야(童子야) · 우리도 등의 투어는 안 보이지
만, 비교적 자주 나오는 엇더타, 행여나, 아모리, 잇다감, 누구서, 매양에,
다시금, 차라로 등의 투어는 그냥 쓰고 있어, 고시조풍에서 벗어나려고
하면서도 완전히 벗어나지 못하고 있음을 알 게 되었다.

그리고 품사 결합에 있어서도 새로움을 모색하는 흔적을 볼 수 있는
데, 여기에 예가 될 수 있는 것으로는 '두 손 다', '몸 아니'와 같은 부자연
스러운 품사 결합을 들 수 있겠다. 가람 · 조운의 시조에 있어서는 고투
를 말끔히 버리고 있을 뿐 아니라 육당과 같은 부자연스러운 품사 결합
은 보이지 않는다.

(2) 종장 끝 음보

『少年』에 발표된 초기의 육당시조에 있어서는 종장 끝 음보가 생략되
어 있는 작품이 많다.

　　봄마지
봄이 한번 도라오니 눈에 가득 和氣로다
大冬 國風 사나울 째도 숨도 쑤지 못 한바ㅣ라
알괘라 무서운 건[타임](째)의 힘

九十春光 자랑노라 園林處處 피운 꽃아
것모양만 繁榮하면 富貴氣像 잇다하야
진실노 날호리랴면 오즉열매
　─ 下略 ─
　　　　　　　　　　　　　　─ 1910. 4『少年』第4年 第4券

　　鴨綠江
統軍亭上에서 滿洲의 들을 보고

窮함업시 열닌저들 우리祖上갈든터아
방울방울 흘닌짬이 얼마만히 섯겻스라
바람이 얼골에지나가니 내나는 듯

　　威化島
가잔말이 무슨말가 이긔운 이마음으로
한말머리 도라서니 千秋偉略 盧事로다
中江에 갈바람부니 그 恨인가
－ 下略 －

－ 1910. 7『少年』第3年 第7券

　　째의 불으지짐
섯다 달이 섯다 눈다째든 달 이제섯다
그리말도 만흐더니 三五夜되니 얼는섯다
以後ㅣㄹ랑 허ㅅ苦待말고 날씁기만.

銀河水가 瀑布되면 水力電氣 닐희키고
太陽熱이 힘이되면 發動機라도 돌니련마는
只今에 둘다못하니 그 째 더듸여.
－ 下略 －

－ 1910. 8『少年』第3年 第8卷

　　이 외「대조선정신(大朝鮮情神)」(1910. 8『少年』第3年 第88卷),「청천
강(淸川江)」(1910. 12『少年』第3年 第9卷) 등에서도 종장 끝 음보가 생략
되어 있다. 육당이 이 자리를 왜 생략하고 있는가 하는 의문은 일단 보류
해두고, 고시조에 있어서의 종장 끝 음보가 어떤 성격을 가지고 있는가
하는 문제부터 풀어보기로 하자. 주지하다시피, 고시조의 종장 끝 음보는
용언으로 되어 있으며, 서법상敍法上 감탄적인 성격을 많이 띠는 곳이다.

疑問形 ……… 263	感歎形 ……… 149
敍述形 ……… 103	願望形 ……… 33
命令形 ……… 30[19]	

이것은 유창식·정주동이 진본珍本 청구영언青丘永言 580수를 조사한 숫자이다. 이 통계에 의하면 의문형으로 끝맺은 작품 수가 반이나 되고, 그 다음이 감탄형으로 끝맺은 작품 수가 많다. 이 통계는 문법상의 분류이지만, 만약 서법상의 분류를 한다면 통계 숫자는 얼마든지 바뀔 수 있다. 서법(敍法, mood)이란 술어는 원래 인구어印歐語 계통의 언어학에서 쓰는 술어로 '월의 내용에 대한 말할 이의 심적 태도를 나타내는 움직씨의 어형 변화를 가리키는 것'[20]이라고 한다. 문법상과 서법상이 어떤 차이가 나는지 몇 개만 예를 들면 다음과 같다.

例文	文法上	敍法上
집으로 갑시다	청유	명령
집으로 가지 말라	명령	금지
과연 비가 올까?	의문	추측

이것을 다시 고시조 종장에서 살펴보기로 하자.

例文	文法上	敍法上
① 암아도 잇새 漁釣야 이만ᄒᆞ듸 잇시랴	의문	감탄
② 아희야 故國興亡을 물이 무슴 ᄒᆞ리오	의문	감탄
③ 兒嬉야 시술만이 두어스라 시봄노리 ᄒᆞ리라	서술	의도
④ 時節이 하紛紛ᄒᆞ니 쓸똥말똥 ᄒᆞ여라	서술	감탄

---

19) 유창식·정주동, 앞의 책, 31쪽.
20) 나진석, 『우리말의 때매김 연구』, 과학사, 1971, 111쪽.

⑤ 어듸셔 살진 쇠양馬는 외용지용 ᄒ는이　　　　의문　　감탄

　①, ⑤의 경우를 서법상에서 감탄으로 본 것은 ①, ⑤의 예문이 의미를 강조하려고 일부러 의문형으로 바꾼 글이라는 데에 있다. 즉 ①은 '암아도 잇째 漁釣야 이만흔듸' 없을 것이란 애초 서술의 말을 여기서는 의문의 말로 바꾼 것이라 하겠고, ⑤는 '어듸셔 살진 쇠양馬는 외용지용' 하고 있다는 애초 서술의 말을 여기서는 의문의 말로 바꾸어 놓은 것이라 하겠다. 고시조에는 ①, ⑤와 같이 기지旣知의 사실을 의문의 형식으로 바꾸어 놓은 예가 많은데, 이렇게 하는 것은 독자에게 감명을 깊이한다든가 의미를 강조할 때 흔히 쓰는 문체상의 수법이다. 그리고 이런 수법은 감탄형이 작자의 심정을 너무 노골적으로 표면화시키는 것과는 달리 독자에게 은근하게 의미를 전달하거나 강도 높은 호소력을 발휘하는 효과가 있다고 보여진다. 이런 점으로 보아 ①, ⑤는 문법상으로는 의문이라 하겠지만 서법상으로는 감탄의 뜻이 강하다고 보겠다. 앞서 정주동 · 유창식이 조사한 바로는 의문형이 제일 많았다. 그러나 이 숫자 속에는 위의 예의 ①, ⑤와 같은 경우가 많을 것이니, 서법상의 분류를 한다면 감탄형이 제일 많아질 수도 있다. ②, ③은 모두 '야'라는 호격조사가 붙어 있으나 ②와 ③은 문 전체를 볼 때 구별된다. ③은 兒嬉야 술만이 두어스라 / 싀봄노리 ᄒ 리라로 나눌 수 있다. 앞부분은 행동의 주체가 兒嬉이지만 뒷부분은 작자 자신이 행동의 주체이기 때문이다. ②의 경우는 "아희야"의 '야'라는 호격조사가 ② 전체에 미치며, 또 작자의 심태(心態, modality)로 보아 서법상 감탄이라 할 수 있겠다. ④의 경우의 '여라'란 말은 문법상 명령이 아니고 서술이다. 여기서의 '－여－'는 강조나 다짐을 위해서 쓰인 보조어간이다. 강조나 다짐의 뜻으로 "ᄒ 여라"가 쓰였다면, 아무래도 문 전체로 보아 서법상 감탄의 뜻이 짙다고 보아야 할 것 같다. 그리고

'ᄒᆞ여ᄉᆞ라'란 말이 3이란 자수의 규제를 받아 "ᄒᆞ여라"란 말로 바뀐 것으로도 볼 수 있겠는데, 만약 이럴 경우엔 더욱 감탄의 뜻을 가진다고 할 수 있게 된다.

서법상의 분류 자체도 분류자에 따라 차이가 있을 수 있겠다. 그러나 이 차이가 다소간 있다하더라도, 진본 청구영언을 서법상 분류로 다시 조사한다면, 유창식·정주동이 집계한 숫자와는 달리 감탄의 뜻을 가진 시조의 숫자가 제일 많을 수도 있겠다. 감탄이 인간의 성정을 토로하는 데 가장 적합하다[21]고 한다면, 고시조 자체가 창주사종唱主詞從의 입장에서 창작되었으므로, 종장 끝 음보는 서법상 감탄적인 성격을 많이 띠게 되는 것도 극히 자연스러운 일이라 하겠다. 그러면 왜 육당은 『少年』지에 발표한 그의 초기 시조에서 종장 끝 음보를 생략한 작품을 많이 썼는가? 이 의문에 대해선 두 가지로 해석이 된다.

첫째, 고시조에 있어서는 이 자리에 오는 말이 용언으로 국한되어 있으며, 서법상 감탄적인 성격을 많이 띠고 있으므로, 이 자리가 생략되어도 시조 자체의 의미에는 변함이 없다는 사실에서 시조형을 아예 이런 생략형으로 잡고자 한 개인적인 의도로 볼 수 있다.

둘째, 시조가 창을 전제할 바에야 시조창을 위한 창작으로 나가자는 의도로도 볼 수 있다. 고시조집에서도 이 자리를 생략한 작품이 보인다. 그러나 이 경우는 육당시조에서처럼 창작 과정에서부터 생략된 것이 아니라 필사筆寫하는 과정에서 시조창을 전제로 하여 생략한 것이다. 육당이 종장 끝 음보를 생략한 것은 둘째 경우에서인 것 같이 보인다. 종장 끝 음보가 생략된 시조를 발표하던 바로 그 시기에, 육당은 시조 종장을, 창가를 위한 가사의 후렴과 같이 작품화한 여러 수의 시조도 아울러 창작했다.

---

21) 유창식·정주동, 앞의 책, 31쪽.

'太白에' 終章들

太皇祖 크신 힘은 萬年無彊이로다.

太皇祖 어지신 化는 萬物均霑이로다.

太皇祖 밝으신빗은 萬方普照이로다.

太皇祖 맑이신 양은 萬邪皆滅이로다.

— 1910. 5『少年』第3年 第5卷

'또皇靈'의 終章들

그러틋 光榮하옴도 또皇靈이샷다.

저러틋 福樂하옴도 또皇靈이샷다.

이러틋 俊秀하옴도 또皇靈이샷다.

— 1910. 5『少年』第3年 第5卷

'大朝鮮精神'의 終章들

보리라 大朝鮮精神 이중에도

보리라 大朝鮮精神 이중에도

(이와 같이 '大朝鮮精神'의 7首 모두가 上記의 終章으로 되어 있으며,

끝 句는 省略되어 있다)

— 1910. 8『少年』第3年 第8卷

이뿐 아니라 육당이 이런 식의 시조를 지을 무렵에 또「경부텰도 노래」를 비롯하여 많은 창가의 가사를 지었다. 이런 점으로 봐서, 육당은 시로서의 시조를 지은 것이 아니라 창의 가사로서 시조를 지었기 때문에『少年』에 발표한 그의 시조에 있어서는 종장 끝 음보가 생략되어 있다고 하겠다.『靑春』에 발표한 육당의 시조작품들은 종장 끝 음보의 생략이 하나도 없으며, 창가를 위한 가사의 후렴과 같은 성격도 말끔히 가셔지는데, 이것은 육당이 이때부터 창사의 입장에서 시조를 건져 내려는 의도를 나타낸 시기가 아니었던가 한다. 그 의도의 실제적인 흔적으로서 다음과 같은 종장을 들 수 있겠다.

魂마져 편안못하는 六臣생각 (새뤄라)
수수깡 쓸린 창에나 서늘구득 (조하라)
놉는듯 나즌그림자 제비혼자 (밧버라)
들어나 환하시려면 구름슬적 (거쳐라)

만약 ( ) 속의 말을 삭제해버린다면 작자가 원래 의도한 대로 말을 기워 넣기가 어렵게 된다. 고시조에 있어서는 이 부분이 생략되어도 원의대로 간단히 기워 넣을 수 있지만 상기의 예는 곤란하다. 왜냐하면 생략이 가능한 고시조식의 ᄒ노라, ᄒ여라, ᄒ도다, 놀리라, ᄒ리오, 이시랴등의 투어로 되어 있지 않기 때문이다. 그러나 이와 같은 새로움의 모색이 있는가 하면 구태의연한 투어를 그대로 쓰고 있는 작품도 많이 있다. 몇 개의 예를 들면 다음과 같다.

어쩌타 말못할것이 님이신가 (하노라)
낭업는 이님의길은 애제든든 (하여라)
여긔만 막다라짐을 낸들어이 (하리오)
누구서 숨잇는저를 돌부텨라 (하느뇨)

( ) 안의 말들은 고시조에 흔하게 쓰인 말들이다. 그리고 고시조와 마찬가지로 육당시조의 종장 끝 음보는 감탄 위주이다.

感歎形	59	疑問形	2
敍述形	24	請誘形	2
命令形	24		

이것은 『백팔번뇌』에 수록된 111수(37편)의 종장 끝 구의 어미語尾를 문법상으로 분류해 본 것이다. 서법상으로 다시 분류한다면 감탄에 해당

하는 작품 수는 더 많아질 수 있겠다. 그러나 가람·조운의 시조에 오면
'ᄒ노라'식의 고투를 거의 다 버리고 있는 것은 물론, 감탄적인 성격이 많
이 배제된 시조작품으로 나아가고 있다는 것이다. 그리고 고시조에 있어
서는 종장 끝 음보가 모두 용언으로 되어 있는데, 가람·조운의 시조들
에서는 여기에 변화를 보이고 있다.

> 홈으로 나리는 물이 저나 저를 울린다.
> 가다가 닥아도 보며 휘휘한 줄 모르겠다.
> 蘭草는 두어봉오리 바야흐로 벌어라.
> 음큼한 눈얼음 속에 잠을 자는 그 梅花
> 하얀한 장지문 우에 그리나니 水墨畵를
> 이 아니 아름다우랴 이름 또한 玉簪花
>
> — 이상『嘉藍時調集』에서

> 드높은 하늘을 우러러 발가장히 피었다.
> 허울다 털어버리고 남을 것만 남은듯
> 나는야 부엉부엉 울어야만 풀어지니 그러지
> 하이얀 두루마기 자락이 가벼웁게 날린다.
> 보소라 임아 보소라 빠개 젖힌 이 가슴
>
> — 이상『曺雲時調集』에서

이상에서 보듯이 육당시조의 종장 끝 음보는 고시조가 가지고 있는 고
투를 일면은 버리고 새 것을 취하기도 하고, 일면은 그대로 가지고 있다
고 하겠다. 그러나 가람·조운의 시조들에서는 고시조의 종장 끝 음보의
어투를 거의 다 버리고 있으며, 용언으로만 끝을 맺는 것이 아니라 명사
로도 끝을 맺는 등 새로움을 많이 모색하고 있음을 알 수 있었다.

5) 주제 - '님'의 의미

고시조의 주제로는 대충 몇 개로 집약될 수 있으리라 본다. 「古今歌曲」
의 단형시조短形時調의 246수를 주제별로 보면 「별한(別恨)」이 39수로 제
일 많고, 그 다음이 「한적(閑適)」(28首), 「개세(慨世)」(22首), 「연군(戀君)」
(12首), 「탄노(歎老)」(12首), 「회고(懷古)」(11首), 「우풍(寓風)」(11首), 「취락
(醉樂)」(11首)의 순順으로 되어 있다. 그리고 육당은 「時調類聚」에 실은
1,400수를 다음과 같이 21항목의 주제로 나눴는데, 그 수는 다음과 같다.

閑情類	280	老人類	54	君臣類	37
男女類	154	哀傷類	51	豪氣類	28
醉樂類	132	離別類	47	遊覽類	26
相思類	124	時節類	46	懷古類	19
寄托類	72	禽蟲類	45	孝道類	12
人物類	63	領祝類	42	寺觀類	9
修養類	58	花木類	39	雜　類	62

상기 육당의 분류에 의하면 한정류閑情類가 가장 많고, 그 다음으로 남
녀류男女類, 취락류醉樂類, 상사류相思類의 순이 되어 있다. 그런데 여기서
문제가 되는 것은 이 통계 숫자 안에는 장시조(사설시조)가 상당히 포함
되어 있다는 사실이다. 좀 더 자세히 설명하자면 제일 많은 한정류엔 30
수 정도, 그 다음 남녀류엔 110수 정도, 그 다음 취락류엔 35수 정도, 그
다음 상사류엔 30수 정도의 장시조가 포함되어 있다. 그러나 장시조에
해당하는 숫자를 빼버린다 하더라도 한정류, 취락류, 상사류가 고시조의
단시조에 많다는 사실은 바뀌지 않는다. 만약 육당의 분류에서 애정류愛

情類라는 항을 새로 하나 첨가한다면 남녀류, 상사류, 이별류離別類의 거의 다가 애정류에 속하게 될 것이므로, 이렇게 되면 애정류의 단시조도 상당히 많을 것으로 짐작된다.

서원섭徐元燮 님은 「歷代時調全書」에 수록된 단시조를 몇 개의 큰 주제로 잡아 다음과 같이 조사한 적이 있다.

江湖系의 時調 ································· 622
愛情系의 時調 ································· 442
人倫敎誨系의 時調 ······················· 384
事物系의 時調 ································· 353
戀主系의 時調 ································· 238
醉樂系의 時調 ······························· 155[22]

여기서도 강호계江湖系, 애정계愛情系의 작품이 많다. 이렇게 볼 때, 분류상의 관점에 다소의 차이는 있다 하더라도 대체로 학자들의 통계가 비슷하다 하겠다. 강호한정, 애정, 취락醉樂을 읊은 시조가 고시조에 많다는 것은 무엇을 의미하는가. 강호한정의 시조가 고시조에 많다는 것은 두 가지로 생각할 수 있겠다.

조선사회는 혼란이 심했던 사회였다. 당쟁에 휩쓸리기 싫어한 사대부들은 취사귀전致仕歸田해서 전가한거田家閑居하며 자연을 벗하게 되자, 강호한정과 취락醉樂을 주제로 삼은 시조를 많이 짓게 되었다고도 볼 수 있고, 도가사상의 영향으로 우리의 시가문학 속에는 은일隱逸, 자연애호自然愛好, 취락醉樂, 향락享樂 등의 사상 경향이 내재하고 있는데,[23] 시가문

---

22) 서원섭, 「평시조의 주제 연구」, 『경북대 어문논총』 9·10호, 1975, 62~63쪽.
23) 최동원, 「도가사상과 도교사상이 국문학에 미친 영향」, 『부산대 논문집』, 제10집, 1969, 117쪽.

학인 시조도 예외일 수 없으므로 자연히 강호한정, 취락醉樂을 주제로 한 고시조가 많다고도 볼 수 있겠다. 애정계의 시조가 많은 것도 정치적 사회적 혼란에서 피하여 인간정사人間情事에 의존하려는 태도라고도 할 수 있겠고, 또 사대부들과 기녀들 사이에 주고 받은 애정 어린 시조가 적지 않기 때문에 그 숫자가 많아진 것이라고도 할 수 있겠다.

이와 같이 볼 때, 고시조는 사대부들의 취미나 도덕, 이상理想을 나타낸 하나의 도구로서 존재했던 것임을 알 수 있겠다. 이 도구적 기능에서 반역을 시도한 작품들이 적은 것은 조선사회가 사대부가 주축이 된 정체된 사회였다는 데서 해답을 구할 만하다.

육당시조 속에는 주제가 어떻게 나타나 있는가?

조선사회는 관官과 민民이라는 지배와 복종으로 구분되는 사회였다. 그러나 육당은 개화開化·식민植民 양 시대를 걸쳐 살았기 때문에 고시조 작가들과는 사회 환경이 달랐다. 즉 그는 침략자 피침략자라는 지배와 복종으로 구분되는 사회의 피침략자의 입장에서 시조를 창작했던 사람이다. 그는 신교육을 받은 사람이었고, 또 해외사정에 밝은 선각자였다. 그는 고시조 작가들처럼 강호한정, 취락, 애정을 읊을 한가한 시간의 여유를 가질 수가 없었다. 붓, 여름길, 매암이 등의 소재를 통한 소재의 확산이 없는 것은 아니지만, 대부분 그의 시조는 선각자로서의 시대적 고민을 나타낸 '님'의 사상으로 꽉 차 있다.

<예 1>

鐵嶺노픈 峯에 쉬여 넘는 져 구름아
孤臣寃涙를 비 삼아 쪠어다가
님 계신 九中深處에 쑤려볼가 ᄒ노라.

　　　　　　　　　　　　　　　　　　　　　　　－ 李恒福

간밤의 우던 여흘 슬피 우러 지내여다
이제야 싱각ᄒ니 님이 우러 보내도다
져 물이 거스리 흐로고져 나도 우러 네리라.

— 元昊

<예 2>
ᄭᅮᆷ 으로 差使를 삼아 먼듸 님 오게 ᄒ면
비록 千里라도 瞬息에 오련마ᄂᆞᆫ
그 님도 님 둔 님이니 올똥말똥 ᄒ여라

— 無名氏

ᄇᆞ람 불어 쓰려진 남기 비오다 삭시나며
님 그려 든 病이 藥 먹다 흘일소냐
져 님아 널로 든 病이니 네 곳칠가 ᄒ노라.

— 無名氏

<예 3>
님자채 달도 밝고
님으로 해 곳도 고아

진실노 님 아니면
꿀이 달랴 쑥이 쓰랴

해쎠서 번하웁기로
님 탓인가 하노라.

　其二
감아서 뵈든 그가
쓰는 새에 어대 간고,

눈은 아니 밋드래도

소리 어이 귀에 잇나

몸 아니 계시건마는
만저도 질듯 하여라.

　其三
무어라 님을 할가
해에다가 비겨 볼가,

쓸쓸과 어두움이
얼른하면 쫏기나니,

아모리 겨을 깁허도
음달 몰라 조하라.
− 下略 −

−『百八煩惱』 중 「안겨서」 일부

　고시조에서 가장 많이 등장하는 어휘는 '님'이다.[24] 고시조에 있어서
의 '님'은 <예 1>에서처럼 군君을, <예 2>에서처럼 연인을 나타내는
것이 거의 모두이다. 그리고 충군사상을 나타낸 시조엔 습관적으로 님이
란 말이 많이 쓰였으며, 이것은 고시조 작가들이 정치의 현장에서 권력
을 잡고 있던 당시보다는 정치적 패자의 입장에서 섰을 때에 군을 뜻하
는 님을 시조 속에 많이 썼던 것이다.
　그리고 고시조에서는, <예 2>에서처럼 연인을 뜻하는 님의 시조에서
는 지은이를 잘 밝히지 않는 데 비하여, 군을 뜻하는 <예 1>과 같은 님

---

24) 정병욱, 「시가의 음률과 형태」, 『한국사상사대계』 1, 성균관대 대동문화연구원,
　　458쪽.

의 시조에서는 지은이를 분명히 밝히고 있다.

앞서의 예문에서 볼 수 있듯이, 육당의 시조 속에 등장하는 님은 고시조 속의 님과는 다르다. <예 1>과 같이 유교의 원리에 입각한 형식주의와 현실조응의 입장에서 님이 설정되기도 하고, <예 2>와 같이 인간본연의 자세에서 이성에 대한 연정을 읊은 님의 시조가 설정되기도 한 것이 고시조의 님의 시조이다. 반면에 <예 3>은 군도 연인도 아닌 다른 뜻을 가진 님의 시조라는데에 문제가 있다. 백팔번뇌까지의 육당시조 전체를 볼 때, 육당은 입버릇처럼 님을 찾았다. 백팔번뇌에서는 거의 매수마다 님이 등장하고 있으며, 서문에서도 님이 '그를 짤흐고 그리워하고 그리하야 갓가웠다가 멀어지기까지의 내 마음과 정곡을 그대로 그려'내었다고 밝히고 있다.

1920년대의 시인들, 특히 김소월, 이상화, 한용운 등의 시인들도 시 속에 님이란 말을 자주 썼다. 이들 시인들이 없는 님을 생각하고 부르고 되찾으려 하고 있는 것과 같이, 육당도 그의 시조 속에서 님을 찬양하고, 그리워하고, 되찾으려 하고 있다. 이와 같이, 이들이 생각을 같이 하게 된 것은 창작의 시기적 배경이 된 1920년의 시대상황에서 설명되어져야 할 것 같다. 기미운동己未運動 이전까지는 의병운동 등의 항일운동이 빈번했다. 그래서 이 시기에 나타난 시가들은 어지러운 국난을 당한 민족에게 희망을 불어 넣으려는 의도의 작품들이 보이기도 하고, 또 1905년의 을사보호조약 이후 1910년 강제합방 사이에 나타난 시가 속에는 완강한 저항의식이 내재하기도 하였다.[25] 일제식민지시대에 들어서자, 처음엔 완강하였던 저항의식의 예봉이 점차 무디어져 갔다. 이 무디어져간 시기가 바로 1920년대라 하겠다.[26]

---

25) 정한모,『한국현대시문학사』, 일지사, 1974, 142쪽.
26) 홍일식,「開化期시가의 사상적 연구」, 고려대민족문화연구소,『민족문화연구』

김소월, 이상화, 한용운, 그리고 육당이 그의 작품에서, 없는 님을 찾고 부르는 이유도 이들이 1920년대에 작품을 썼기 때문인 것 같다.[27] 앞서 예로 든 <예 3>의 기삼其三에서 보면 일제치하의 어두운 상황을 '쓸쓸과 어두움'이라고 하였다. 그러나 '아모리 겨울 깁허도 음달 몰라' 하는 것은 어떻게 해석이 되는가. 홍벽초洪碧初는 육당의 님에 대하여 다음과 같이 밝힌 바 있다.

六堂의 님은 구경 누구인가? 나는 그를 짐작한다. 그의 닐음은 '조선'인가 한다. 이 닐음이 六堂의 입에서 써날 째가 없건마는 듯는 사람은 대개 그님의 닐음으로 불으는 것을 째닫지 못한다. 百八煩惱에는 '님'이란 말이 만서서 특히 그 님이 문제가 될른지 몰으나 그 님을 사랑하는 基調를 가지기는 六堂의 말은 작품이 百八煩惱와 달으지 아니하니 근래 저작으로만 보더라도 단군론은 물론 그러하니 다시 말할 필요도 업거니와 심춘순례가 그러치 아니한가.[28]

그리고 또 김팔봉金八峯도 '「임」은 이 나라의 땅이요, 한 아버지의 동포'[29]라고 한 적이 있다. 그리고 독견獨鵑도 『백팔번뇌』를 읽고 난 소감을 다음과 같이 피력하였다.

나는 다만 처음에서 끗까지 속 깊이 흐르는 朝鮮情調에 陶醉하는 것쑨이다. 그 속에는 朝鮮과 朝鮮사람의 音響이요, 무엇이 어른거린다면 그것은 朝鮮이나 朝鮮사람의 그림자라도 될 것이다. - 中略 - 朝鮮人 사람을 차자 보기 爲하여 朝鮮의 냄새를 맡기 위하여 이 冊

제8호, 110쪽.

27) 조일동, 「김소월, 이상화, 한용운의 님」, 『문학과 지성』 1976 여름호, 458쪽.
28) 『百八煩惱』 跋文.
29) 김팔봉, 「六堂의 시-百八煩惱를 중심으로-」, 『현대문학』 1960. 10, 179쪽.

을 드는 것이다.30)

이렇게 볼 때, 대체로 세 사람의 말이 비슷비슷하다 할 수 있으니, 간단히 요약하면 벽초碧初가 말한 '조선'이란 말로 압축되겠다. 육당의 학문은 국사학이 주축이 되어 있으며, 그것도 단군을 정점으로 한 주로 상대사上代史에 머물고 있음을 본다. 몇 개의 예를 들면 다음과 같다.

> 不咸文化論, 檀君不認의 妄, 兒時朝鮮, 檀君神典의 古義, 檀君神典에 들어있는 歷史素, 檀君及其硏究, 檀君과 三皇五帝, 民俗學上으로 보는 檀君王儉, 檀君小考, 古朝鮮에 있어서의 政治規範, 朝鮮史의 箕子 支那의 箕子가 아니다, 古朝鮮人의 支那沿海 植民地, 白色, 朝鮮歷史及民俗歷史의 虎, 薩滿敎劄記, 新羅眞興王의 在來三碑와 新出現의 磨雲嶺碑, 朝鮮佛敎, 壬辰亂, 甲戌史眞, 울릉도와 獨島

그리고 육당의 시가, 수필, 기행문 등이 주로 '朝鮮'에 관한 내용들이다. 예를 들면 수필, 기행문 계통의 글로서,

> 白頭山覲參記, 金剛禮讚, 尋春巡禮, 楓嶽記遊, 半巡域記, 平壤行, 嶠南鴻瓜, 北征記, 松漠燕雲錄

등이 있으며, 「朝鮮」을 대상으로 한 시가 계통으로는 대충 얼마를 더듬으면 다음과 같은 것이 있다.

> 京釜鐵道歌, 太白山詩集, 朝鮮遊覽歌, 朝鮮遊覽歌別典, 百八煩惱 (이상 單行本 및 連載物)

---

30) 獨鵑,「朝鮮情調 -百八煩惱 독후감-」,『조선문단』, 1927. 2, 42쪽.

少年大韓, 新大韓少年, 大韓少年行, 大朝鮮精神, 태백범(太白虎), 太
白에, 쏘皇靈, 나라를 써나난 슯흠, 째의 불으지짐. (이상 작품제목)

이렇게 볼 때, 그의 학문과 예술은 '朝鮮'이란 의미 안에서 이루어지고
있음을 알 것 같다. 이런 점을 미루어 보아 앞서 <예 3>에서와 같이, 그
가 찾고 부르는 님은 '朝鮮'이라 할 수 있겠다. 그러나 그의 님이 조선이
라고 하기엔 거리가 있는 작품도 몇몇 보인다.

<예 1>
허술한 숨자최야
夕陽에 보잣구나

東方十萬里를
뜰압맨든 님의 댁은,

불슨한 아츰햇빗헤
환이보아 두옵세

－「石窟庵에서」 첫 수

<예 2>
아득한 어느 제에
님이 여긔 나립신고

버더난 한가지에
나도 열림 생각하면

이자리 안차즈리ㅅ가
멀다놉다 하리까

－「檀君窟에서」의 첫 首

<예 3>
버들닙헤 구는 구슬
알알이 지튼 봄빗,

찬비라 할 지라도
님의사랑 담아옴을

적시어 쎄에 심인다
마달누가 잇스랴

— 「봄ㅅ길」

<예 4>
왼울을 붉히오신
금직하신 님의 피가

오로지 이내한몸
잘살거라 하심인즐

다시금 생각하옵고
고개 숙여 웁내다

— 「세돌」

윗 예는 백팔번뇌에서 뽑은 것으로, 님이 조선이란 뜻으로 해석하기엔 거리가 있는 작품의 예이다.

<예 2>의 님은 단군이라 할 수 있으니, 포괄적인 의미로서는 조선이라 할 수 있으므로 이것을 제외한다하더라도, <예 1>, <예 3>, <예 4>는 조선을 뜻하는 의미로 님이란 말이 쓰이었다고 보기엔 거리감이 있는 것 같다. 혹시 <예 1>에서는 불타 혹은 석굴암대불을, <예 3>에

서는 절대자, <예 4>에서는 타계한 어떤 분의 세돌, 이런 뜻으로 쓰인 것은 아닐까.

그러나 이런 애매한 작품 몇을 제외하고는 육당의 님은 조선이란 뜻으로 해석해도 무리가 없을 것 같다. 그러면 왜 육당은 조선이란 뜻의 님을 그렇게 찾고 부르고 찬양하는 것일까? 일제에 대한 저항이 완강하였던 19C 말을 지나 육당이 님을 열심히 찾던 1920년대에 들어서면 우리 민족이 민족적 의식을 보다 두드러지게 나타내기 시작한다.

그리고 한국에 있어서 근대에 대한 의식적인 자각은 모든 여건이 갖추어져 그것이 성숙하여 근대로 나아온 것이 아니고, 외래의 도전 앞에 촉발된 것이었기 때문에 "民族的 意識에 먼저 점화된 것이 우리의 近代 意識이라"[31] 한다면 그가 조선을 뜻하는 님을 찾고, 부르고, 찬양하는 것도 당연한 일인 것 같다. 달리 생각하면, 고시조에 있어 군에 대한 충절을 나타내던 님의 의미가 시대적인 환경 때문에 조선으로 각색되었다고도 볼 수 있겠지만, 설령 그렇다 하더라도 민족의 수난기에 육당이 그의 시조 속에 민족적 의식을 나타내었다는 것은 선각자로서의 한 면모를 보이는 일이 아닐 수 없다. 이와 같이 육당은 그의 시조 속에 님의 사상을 담고자 하였으며, 이것은 민족적 의식이요, 근대적 의식을 뜻하게 됨을 알았다.

님의 사상을 담은 한정된 주제의 시조 말고도 구시대의 사회질서가 붕괴함에 따라 감정의 해방에서 오는 확산된 주제의 시조가 육당시조에 없는 것도 아니지만 그런 작품은 드물다. 가람·조운시조들에 오면 육당이 그렇게 부르짖던 님의 사상은 보이지 않는다. 그리고 이들 작품 속에는 화조류花鳥類, 자연물自然物, 자연현상自然現象, 생활生活하는 중에서 얻

---

31) 정한모, 앞의 책, 251쪽.

은 심적인 부담 등의 소재를 통한 주제의 확산이 뚜렷해진다.

6) 시어의 대비

언어의 의미상 구분으로서는 두 가지로 나눌 수 있다. 즉 외연(外延, denotation)과 내포(內包, connotation)로서, 외연은 언어가 가지는 사전적 의미라고 한다면 내포는 한 낱말이 스스로의 역사를 통하여 집적集積되었거나 주어진 무대 속에서 획득한 정서적 연상(emotional association)의 집적을 말한다.[32]

I. A. Richards는 이러한 외연과 내포를 과학적 의미와 정서적 의미로 구분하였다.[33] 그에 의하면 과학적 의미는 언어의 지시(reference)에 의하여 가부를 말할 수 있는 과학적 명제와 일상적 언어의 의미를 전달하는 기능이며, 정서적 의미는 지시된 언어가 환기되어 나타나는 정서적 감동 효과라는 것이다.

그리고 또 I. A. Richards는 실험실에서 과학자가 과학적 진리를 기술할 때의 진술과 시인이 시로서 나타낸 진술과를 구별하여, 후자의 경우를 사이비진술(似而非陳述, psedo-description)이라 규정하여 시어는 과학적 의미와는 다르다는 것을 밝혔다.

외연적 의미가 객관적 사물과 사건을 지시하여 증명이 가능한 것이라고 한다면, 시어가 갖는 내포적 의미는 다의적이면서도 암시적이며 상징적인 것이어서 비논리성을 띠게 된다. 말하자면 시적인 언어는 과학적 서술을 부정함으로써만 그 존재 이유를 갖게 된다. 시의 근본적인 의도

---

32) 정한모, 『현대시론』, 민중서관 1973, 20쪽에서 재인용.
33) I. A. Richards, 『The Principle of Literary Criticism』, p.267.

가 어떤 대상을 구체적으로 -즉 그 사물 자체로서 남긴 채- 그것을 의미코자 하는 이상, 시는 언어의 애매한 의미, 곧 내포적 의미를 최대한도로 이용하기 마련이다.[34]

하나의 말이 외연적인 의미로 나타나게 되면 객관성을 띠기는 하지만 추상적인 것으로밖에 경험되지 않으며, 반대로 말이 내연적인 의미로 나타나면, 그것은 체험적이고 구체적이며 개성적이게 되는 것이다. 만약 개성적인 사고를 거부하고 보편적인 사고에 전적으로 천착한다면 상상작용은 불가능하게 되고, 시어는 객관성을 띠기는 하지만 추상적인 것으로밖에 경험되지 않는다. 그러므로 시어는 보편적 속성에서 벗어나야 한다.

우리가 고시조를 두고 시라고 칭하지 않는 이유는 고시조에 쓰인 용어가 시어로서의 미숙성을 가진다는 점이 크게 작용하기 때문이다. 가령, 고시조 중에서 한문투를 쓰지 않았다던가 또는 작가정신이 작품에 잘 드러났다는 점에서 인정을 받고 있는 고산孤山의 작품을 본다 하더라도, 그의 작품 자체가 시로 평가받지 못하는 것은 시어로서의 미숙성에 큰 원인이 있다고 본다.

> 고즌 므스 일로 퓌며셔 수이디고
> 플은 어이 하야 프르는 듯 누르느니
> 아마도 변티 아닐손 바회 뿐인가 흐노라

이것은 개성적인 표현이 결코 아니다. 변하지 않는 것이 바위뿐이라고 하는 것이 개인적 경험을 표현하고 있는 것 같지만, 엄밀한 의미에서 개성적이 못된다. 이것은 고산의 인식이 아니라 누구나 알고 있고, 누구나

---

34) 박이문, 『시와 과학』, 일조각, 1975, 48쪽.

경험할 수 있는 보편적인 사실이기 때문이다.

이와 같이, 고시조에 있어서는 개성적인 표현을 하지 않고, 그냥 사물이나 상황을 전달하는 데만 그친 외연적 언어로 처리된 작품이 거의 모두에 해당한다 하겠다.

<예 1>
히저 어둡거늘 밤듕만 녀겻더니
덧업시 불가지니 싣날이 되여괴야
歲月이 流水곳트니 늙기 슬워 ㅎ노라
　　　　　　　　　　　　　　　　　　　－ 郎原君 (瓶歌 536)

<예 1′>
치위가 맵더라도 어서 가기 바라지 마소
이 치위 가는 바에 歲月이 싸라오리
치윈들 쉬우랴마는 나먹을가 ㅎ노라.
　　　　　　　　　　　－ 六堂,「치위」의 첫 首(1915. 2『靑春』第2號)

<예 2>
窓밧긔 菊花를 심거 菊花 밋틔 술을 비저
술 닉쟈 菊花 픠쟈 벗님 오쟈 둘 도다 온다.
아희야 검은고 淸쳐라 밤새도록 놀리라.
　　　　　　　　　　　　　　　　　　　　　　－ (海 533)

<예 2′>
달 쓰자 일이 없고
벗 오시자 술 닉었네

어려운 이 여럿을
고루고루 실었스니

뱃랑은 바람 맛겨라
밤새울가 하노라

                – 六堂, 『百八煩惱』 중의 「漢江의 밤배」

<예 1>, <예 1´>는 다 같이 늙기를 서러워하는 탄로歎老를 <예 2>, <예 2´>는 모두 취락醉樂을 주제로 삼고 있다. 고시조에 있어서는 시조 속에 무엇을 담았느냐 하는 주제성의 의미가 중요한 것이겠지만, 현대시 조의 입장에서는 주제보다도 그 주제를 어떻게 표현하고 있느냐 하는 데 에 역점을 두고 있는 것이다.

이렇게 본다면, 상기 예가 증명하듯이 육당시조와 고시조는 주제와 그 표현에 있어 선명한 구별이 되지 않는다. 이것은 이들 작품이 다 같이 외 연적인 언어이며 비개성적인 언어로 쓰였기 때문이다. 그러나 육당시조 에서는 아주 드물게 보이는 예이지만 다음과 같은 작품도 있다.

혼자 앉아서

가만히 오는 비가
낙수져서 소리하니

오마지 안혼이가
일도 업시 기다려져

열릴듯 닫힌 문으로
눈이 자주 가더라.

'낙수져서 소리하니' 등의 시어는 시적 여과 과정을 거치지 않은 외연 적이며 비개성적 표현이다. 그러나 이 작품의 전체적인 분위기를 두고 이 시조를 감상한다면 고시조와 구별이 될 만큼 어떤 신기성(novelty)을 느끼게 된다. 이것은 일상어로써 처리된 시어이긴 하지만, 이 일상어가 시정신과 융합하여 정서적 연상(emotional association)을 독자에게 안겨주는 내포적 의미로 전환되어 있기 때문이다.

육당시조에서는 이 같이 시화된 시조가 아주 드물다. 그렇지만 가람·조운의 시조들에서는 거의 다가 시화된 시조라 하는 데에 육당시조와의 차이가 있다.

> 다시 옮겨 심어 분에 두고 보는 芭蕉
> 설레는 눈보라는 窓門을 치건마는
> 제먼여 봄인 양 하고 새 움 돋아 나온다.
>
> 靑銅 火爐 하나 앞에다 놓아두고
> 芭蕉를 돌아보다 가만히 누웠더니
> 꿈에도 따뜻한 내 고향을 헤메이고 말았다.
>
> — 嘉藍, 「芭蕉」

> 꽃철에 비바람 치면
> 봄이 半이나 무지러져
>
> 피자 지는 꽃과
> 다 못 피고 지는 꽃들
>
> 나 역시 스무 살 적부터 낯에 주름 잡혔어.
>
> — 曺雲, 「꽃철에」

'꿈에도 따뜻한 내 고향을 헤메이고 말았다'던가 '꽃철에 비바람 치면 봄이 半이나 무지러져' 등에서 보는 바와 같이, 가람·조운은 시어에 대한 탁마가 상당히 있었음을 알 수 있겠다.

이렇게 볼 때, 육당시조의 시어는 고시조의 그것과 구별이 잘 안 되는 면도 있지만, 드물게는 고시조와는 달리 내포적 의미를 가진 시어가 등장하고 있다. 그러나 가람·조운의 시조에 있어서는 동원된 시어의 거의 다가 개성적이고 내포적이라는 점에서 육당시조와 구별이 된다고 할 수 있다.

시조의 세계화

시조의 세계화

1. 진로 모색과 세계화

　과거 카프KAPF 쪽 문인들은 시조는 시대 조류에 맞지 않을뿐더러 사실 성을 나타내기 어렵기 때문에 폐기처분해야 한다고 주장하였다. 그러나 시조는 오늘날까지 창작되고 있을 뿐 아니라, 한국시조시인협회에 등록 된 시조시인의 수가 천 명 이상이고, 다른 단체에 등록한 시조시인 수도 상당수 있다고 한다. 적지 않는 인원이며 시조전문지도 여러 개가 있다.

　그렇다 해도 자유시에 비하면 시인의 수에서도 작품 발표 수에서도 월 등히 적은 것은 사실이다. 그래서 옛날의 왕성한 기력을 되찾지 못하고 있으며 현재 상황으로는 앞으로도 별로 더 나아질 것 같지 않다고 말하 면서 시조의 황혼을 걱정[1]하는가 하면 "그 고정된 형식의 한계를 뛰어넘 지 못할 땐 시조의 발전은 이제까지와 같이 정체된 길을 걸을 수밖에 없 다"[2]고 하는가 하면, 극단적으로 정형적 사고는 식민지적 사고라고 하면

---

1) 신범순, 『시조시학』 2000년 하반기호, 160쪽.

서 시조 형식의 열림을 주장3)하기에까지 이르렀다. 여기다 현대사설시조라는 작품을 쓰는 사람들도 상당수 있다. 자유시가 만연한 이 시대에 일정 형식을 갖추지 못했던 사설시조가 무슨 의미로 어떠한 형태로 존재할 수 있는가 하는 점도 의문이고,4) 시조 형식을 파괴해야 할 당위가 과연 무엇인가에 대해서도 필자는 강한 의문을 가진다.5)

이 문제를 우리는 가볍게 생각해서는 안 된다. 현재 우리가 만든 영화나 연속극 같은 영상예술품이 다른 나라에 수출되어 문화적으로나 금전적 수익 면으로나 국익에 기여하고 있음을 본다. 다른 나라에서는 이것들은 물론이고 문학작품을 수출하여 문화강국임을 자랑하면서 국제적 위상을 높이고 있음을 주목할 때, 우리도 우리 문학을 해외 문학시장에 수출해야 하는 것은 너무나 당연하다. 우리 문학을 세계에 소개한다면 시조를 우선 생각하지 않을 수 없을 것이다. 자국에 이미 있거나 비슷한 품종의 수출은 구매력을 높일 수가 없기 때문에 시조를 우선 생각할 수밖에 없다는 것이다.

사정이 이렇다 보니 시조의 영역英譯 문제를 생각할 수 있고 시조의 영

---

2) 이재창, 『열린시조』 1998 겨울호, 305쪽.

3) 윤금초, 『열린시조』 1997 겨울호, 125쪽.

4) 고시조에서의 사설시조는 음악상으로는 형식을 따질 수 있겠지만 문학상으로는 일정한 형식을 가진 문학이라 할 수 없다. 사설시조 형식을 논한 학자들의 견해가 저마다 다르지 않는가. 어떤 학자는 사설시조를 자유시 형태라고까지 말한 적이 있다. 현대사설시조라는 작품을 자유시와 섞어놓으면 이것을 가려낼 수 있을까가 의문이다. 간혹 자유시 형태에다 끝에 한 행을 시조 종장처럼 붙여놓고 현대사설시조라 우기는 경우를 자주 본다. 이렇게 하면 사설시조가 되는 것인지에 대해서 필자는 의문을 가진다.

5) 시조가 옛날처럼 왕성한 창작이 이루어지지 않다고 해서 황혼기에 접어들었다는 논리도 이상하지만 시조가 발전하려면 형식을 해체해야 한다는 말은 더욱 이상하다. 시조 창작에 한계를 느꼈다면 자유시를 쓰면 되는 것인데 시조를 파괴해야만 직성이 풀린다는 말인가. 정형적 사고가 식민지적 사고라고 한다면 세계에 널려 있는 정형시 쓰는 나라는 모두 식민지적 사고에 만연되어 있는 것인가.

역을 생각하니 제대로 된 시조를 골라야 하겠기에 시조다운 시조의 창작을 주장하기에 이른 것이다.

일본의 전통 정형시는 하이쿠[和歌], 俳句라 하겠다. 현재 일본에서는 이것들이 자유시에 비해 월등히 많이 발표되고 있을뿐더러 시인이라 하면 으레 和歌, 俳句를 창작하는 사람으로 이를 정도다.

한국은 이와 반대로 자유시인이 월등히 많을뿐더러 시인이라 하면 자유시인을 지칭하고 시조를 짓는 이는 시조시인이라고 칭한다.

조선조의 중심 장르였던 시조가 소멸하지 않고 이렇게라도 연명하고 있음을 다행으로 생각하는 사람들도 많은 것 같다. 가사문학은 아예 현대문학 장르에서 사라졌지 않은가.6)

현대시조의 형편이 어떠하든 우리 문학을 세계 문학시장에 내놓고자 할 때 시조를 뺄 수는 없는 노릇이다. 형식이 내용을 외화外化한 것이라고 한다면 시조의 단아한 형식 그 자체가 한국인의 정서와 밀접히 연관되어 있을뿐더러 세계 문학 그 어떠한 장르에서도 찾아보기 어려운 시의 형태이므로 시조를 잘 다듬어서 세계 문학시장에 자랑스럽게 수출해야 하는 중요한 품목이 되어야 한다.

인간의 정신세계를 3장 형식으로 정리하고 종장에서 시심을 완결하는 시조는 한시漢詩나 和歌, 俳句에 찾아볼 수 없는 독특한 형태이므로 세계 사람들이 놀라워할 수 있는 문학 장르가 될 수도 있는 것이다. 일본 시가의 간단한 형식을 두고도 서양 사람들이 놀라워하고 있지 않는가. 그러나 시조시인은 물론이고 시조를 연구하는 학자들까지도 세계문학에 있어서 시조가 중요하게 인식될 수 있음을 모르고 있는 것 같다. 세계문학 시장에 수출하기 위해서도 그러하겠지만 시조를 후손들에게 잘 전해주

---

6) 가사문학을 현대문학의 한 장르로 복원할 필요가 있다고 본다. 없애기에는 너무 아깝다고 생각한다.

기 위해서도 시조는 형식을 잘 지켜 시조만의 아름다움을 간직하도록 해야 할 것이다.

시조는 정형시임에는 틀림없다. 정형시는 일단 율독(律讀, scansion)한 소리가 소리로서의 정형화를 이루어야 하고, 들어서 쉽게 시의詩意가 이해될 수 있어야 한다. 말하자면 귀로 들어서 음악성이 분명한 시가 정형시인 셈이다. 그런데 정형시의 이러한 속성을 이해하지 못하는 시조시인들이 많고, 시조의 형식인 3장 6구를 이해하지 못하는 시조시인들이 많다.

어떤 이는 시조를 3행시라고 하는 분도 있다. 그러나 시조의 장章은 자유시의 행(line)과는 다르다. 시조가 3장으로 이루어졌다 함은 세 개의 의미 단위가 유기적으로 연결되어 한 작품을 이루어 낸다는 뜻이다. 한 장안에 구가 두 개 들어 있어서 모두 6구로 되어 있는데 구는 장보다는 작은 의미단위로서 두 구가 결합될 때보다 큰 의미단위인 장이 이룩된다. 한 구는 정확히 2음보가 되고 구와 구의 연결도 몇 가지 방식7)에 의해서 만들어진다.

시조의 이 같은 형식을 부수는 것에서 현대시조의 그 현대에 값한다는 이상한 경향이 시조문단에 증대되고 있음이 확인되고 있다. 발상이 어디에 근거하든 시조의 형식을 부수어 버리면 시조가 되지 못하는 것이다.

1)
작은 방
창 너머엔
매미 우는 환한 푸름

그 풍경에 머리 두고

---

7) 졸고, 『현대시조탐색』, 국학자료원, 2004, 74쪽.

너는 꿈꾸는 창이

<u>詩</u>일까
행복한 소나기
잠시 흥건하다.

— 김일연,「낮잠」 전문[8)]

2)
바다가 보이는 마당에서 <u>어머니는</u>
햇살을 버무려 독 안에 담으신다.
맵고 짠 소망 한 동이 채워놓고 다독이신다

— 이수윤,「겨울바다」 일부[9)]

3)
갇혀 사는 안락은 그 날 같은 하루
일어나 밥 먹고 자다 깨다
창밖은 사철 바빴다
꽃이 피고 또 지고

곪은 속은 지푸라기 하나 잡아두지 못해
허영의 흔적
위태한 거울처럼 걸려 있다
오래된 당초무늬 벽지
그 속의 목근처럼

— 양점숙,「벽」 전문[10)]
* 밑줄 필자 첨가

---

8) 김일연,「달집태우기」,『시조시인선』 2, 시선사, 2004, 14쪽.
9) 이수윤,「은행이 익어갈 때」,『열린시학 정형시집』 14, 고요아침, 2003, 57쪽.
10) 양점숙,「하늘문 열쇠」,『열린시학 정형시집』 9, 고요아침, 2003, 53쪽.

표기를 시조처럼 3장 구분하였다고 해서 시조 아닌 것이 시조로 둔갑되지는 않는다. 1), 2)의 밑줄 그은 부분들은 시조답게 보이기 위하여 3장 구분을 억지로 해놓은 경우다. "詩일까"란 서술어는 위로 붙어야 하고(그렇게 되면 종장이 4음보가 되지 못한다) "어머니는"이란 주어는 아래로 붙어야 한다(그렇게 되면 초장이 4음보가 되지 못한다). 시조는 통사 구조를 아무렇게나 해서 만들어지는 그런 시가 아니다. 시조에 있어서의 장章은 형태상으로 월의 꼴을 갖추었거나 그렇지 않으면 의미상으로 월의 꼴을 갖추고 있는 것이다.11) 3)은 시조의 음보 개념을 무시하였기 때문에 시조답지 않은 작품이 시조집에 실린 경우다. 이 작품을 두고 누가 시조답다고 하겠는가.

1), 2), 3)의 경우처럼 시조 형식을 파괴하려는 사람들이 시조시인으로 자처하고 있고 이런 작품들을 시조라고 시조전문지에 자주 수록되고 있는 실정이니 사태가 심각하다.

시조를 시조답게 가꾸고 꾸미기 위해서는 올바른 시조평론가가 많이 나와야 하고, 시조학계에서도 현대시조의 진로 모색을 위해 현대시조 연구자가 많이 나와서 현대시조 창작의 바른 길을 안내해 주어야 한다고 본다.

다음으로 현대시조는 창과의 유대를 표기할 필요가 있는가 하는 점에서 살펴보기로 한다.

여태 고시조를 일러 창주사종唱主詞從이라 하여 음악이 위주요 문학은 음악에 부수적 가치를 가지는 양으로 설명되어 왔다. 고시조가 창을 전제한 문학이었다는 점에서는 틀림이 없지만 고시조가 唱 아닌 암송이나 율독律讀으로도 전수되어 왔다는 점에서 보면, 또 고시조 작가들은 자기

---

11) 졸고, 앞의 책, 29쪽.

신념을 표출하고자 하는 의욕에서 시조를 창작하였다는 점에서 보면 사주창종詞主唱從이라 함직하다.

어느 경우든 고시조는 음악과 문학이 조화롭게 만났기 때문에 음악으로서도 문학으로서도 조선조의 중심 장르로서 역할을 다 해 온 셈이다. 그런데 현대시조에 와서는 창唱과의 유대를 멀리하고 오로지 문학만으로서의 존재 가치를 발휘하려고 한다.

현대시조는 왜 창을 버렸는가?

첫째, 일제 강점기를 거치면서 시조에 수반된 옛 창법이 제대로 전수되지 못하였고, 전수되어도 대중화되지 못하였기 때문이다.

둘째, 고시조에 수반된 창 그 자체가 현대인의 기호와 정서에 어울리지 않고 창唱의 현대화 작업 또한 이루어지지 않았기 때문이다.

셋째, 시조의 내용에 따라 창의 곡조 또한 달라져야 함에도 곡조가 한정적이어서 현대시조의 다양한 내용을 음률에 맞게 담아내기 어렵기 때문이다.

넷째, 현대시조 자체가 창하기에 적당한 가사로서의 역할 수행에 모자라는 경우가 많기 때문이다. 가사는 일단 노래 부르기 좋고 청자가 쉽게 그 뜻을 이해할 수 있어야 하지만 현대시조 중에는 여기에 충실하지 않는 경우가 많다는 것이다.

현대시조는 굳이 창을 버릴 필요가 없다. 창을 곁들이는 것이 시조에 유해하지 않다는 것인데 그러자면 시조시인들과 국악인들과의 공동 관심으로 이 문제를 풀어야 한다. 이 문제는 시조의 진로에 대단히 중요한 문제 중의 하나로 생각된다.

창을 잘했던 고시조 작가들은 창唱의 음악적 구속 때문에 시조 창작 원리를 학습하지 않아도 시조를 바르게 잘 지을 수 있었다. 그러나 창이 전제되지 않는 현대시조 창작에서는 창작 원리를 따로 배워야 할 실정이다.

일본의 和歌, 俳句는 일본어를 모르는 영어권의 인사들 중에서도 영시 형식으로 창작되고 있다고 한다. 일본 시가가 이럴진대 우리 시조 문학도 외국인들에게 공감할 수 있도록 번역하여 시조에 대한 관심을 높일 필요가 있다.

여태 시조의 영역英譯은 여러 차례 시도된 적이 있다. 그런데 고시조 위주의 번역이었기 때문에 현대시조에 대한 소개는 거의 되어 있지 않고 있다. 고시조를 번역한다 해도 시조답게 번역되어야 하고, 현대시조를 번역한다고 해도 위에 예로 들은 시조답지 않은 작품을 번역해서는 안 되기 때문에 시조의 영역 문제는 영문번역자에게 통째로 맡기기에는 문제가 많다.

4)
Mt. Tai-san is a lofty one
But still it is beneath the sky,
however high. If one climb on
And on, he'll top it certainly.
who must their idleness confess
Prefer to blame its loftiness[12].

泰山이 높다 ᄒ되 하늘 아릭 뫼히로다
오르고 쏘 오르면 못 오를 理 업건마ᄂ
사람이 졔 아니 오르고 뫼흘 높다 ᄒ더라

— (瓶歌 639)
* 원문 필자 첨가

---

12) Y. T. Pyun 편역, 『Song from Korea』, International Cultural Assoc. of Korea, 1948, p.16.

4)는 영시의 형식에 맞게 압운(ababcc)을 붙였고, 영시의 정형시답게 약강 4보격(iambic tetra metre)으로 만들었다. 그러나 시조를 이렇게 영시의 정형시 형태로 번역하게 되면 이것은 영시인 것이다. 시조를 시조답게 번역하여 새로운 영시 형태로 자리 잡도록 한다는 것은 의미 있는 일이지만 시조다움을 없애고 영시로 둔갑시키면 그것이 아무리 내용상 훌륭하다 해도 시조의 영역과는 거리가 먼 것이다.

영시의 형식에 억지로 맞추려다 보니 밑줄 그은 부분은 문맥상 엉뚱한 자리에 놓여 있다. 음보를 맞추기 위해 행에서 이탈하고 있는 것이다. 이렇게 해도 되는가.

이 작품을 번역한 변영태는 영문학자로서는 훌륭하지만 시조에 대해서는 오해를 하고 있었던 분으로 생각된다.

시조는 영시 소네트에 비해 길이는 반 정도로 짧지만 영시 소네트가 갖는 규칙성의 거의 전부를 갖고 있다. 또한 길이가 짧음에도 불구하고 자체 휴지들도 갖고 있다.

It has almost all the regularity of the English sonnet, only shorter by half. It has its own pauses, too, in spite of its shortness.[13]

과연 시조가 영시 소네트의 규칙성을 갖고 있는가 하는 점도 의문이지만 자체 휴지를 갖고 있다고 하면서 위의 번역은 이점을 잘 살리고 있는가 하는 것도 의문이다.

5)
AS NIGHT ENTERS

---

13) 위의 책, 서문.

As night enters this mountain retreat,

   a dog is barking far away.

I open my gate of twigs;

   the sky is cold and there's only the moon.

I wonder why that dog is barking

   at the empty hills and sleeping moon.[14]

山村에 밤이 드니 먼듸 기 즈져 온다

柴扉를 열고 보니 하늘이 츠고 달이로다

져 기야 空山 잠든 달을 즈져 무슴 ᄒ리오

— 千錦 (靑六 418)

* 원문 필자 첨가

6)

Ten thousand *li* along the road

        I bade farewell to my fare young load.

My heart can find no rest

        as I sit beside a stream.

That water is like my soul:

        it goes sighing into the night.

      WANG PANGYŎN(15th century)[15]

千萬里 머나먼 갈히 고은 님 여희옵고

닉 ᄆ음 둘 듸 업셔 냇ᄀ의 안자시니

져 물도 닉 은 굿ᄒ여 우러 밤길녜놋다

— 王邦衙 (瓶歌 59)

---

14) Inez Kong Pai 편역, 『The Ever White Mountain』, John Weatherhill. Inc. : Tokyo 1965, p.92.

15) Richard Rutt 편역, 『The Bamboo Grove』, The Unv. of Michigan Press, 1998, p.27.

5), 6)은 시조가 3장 6구임을 살려서 번역하였다. 특히 5)의 번역자는 시조에 대한 식견을 다음과 같이 밝히고 있다.

비록 구두점은 시조 원문에는 없었지만 각 행(여기서는 장을 의미함)은 대휴지로 끝맺는다. (행과 행 사이의) 두 행 걸치기 수법[16]은 없다. 또한 소감각휴지가 있는데 주로 각 행의 중간에 위치한다. 그리고 그것은 낭송할 때의 자연스런 숨휴지와 일치한다. 번역할 때 이 모든 휴지들은 영어에 적절한 구두점으로 표현되어진다.

Although punctuation does not exist in original Sijo, each line ends with a major pause. There are no enjambments. There is also a minor sense pause, usually in the middle of each line, which corresponds to a natural breath pause in recitation. In translation, all these pauses are represented by punctuation appropriate to English.[17]

5), 6)은 시조를 시조답게 번역하려 애쓴 작품들이다. 영시에서는 볼 수 없었던 정형시, 즉 음보나 압운은 붙이지 않았지만 각 장의 끝에는 마침표를 붙이고 구句에 해당하는 부분은 행을 달리하고 있다.

5), 6)에서는 또 하나 더 특이한 점이 눈에 띈다. 한 장을 두 구로 나눌 때 나누는 것이 통사적으로도 자연스럽고 각 구의 음절 수 또한 서로 알맞게 안배되어서 의미상으로 장과 구를 구별하였음은 물론 각 구를 읽을 때에 걸리는 시간도 일정하도록 음절 수를 조절해 놓은 것이 특이하다.[18]

---

16) 황진이의 시조 '어뎌 닉 일이여 그릴 줄를 모로던가 / 이시라 ᄒ더면 가랴마ᄂ 제 구틔야 / 보닉고 그리ᄂ 情는 나도 몰나 ᄒ노라'에서 '졔 구틔야'는 의미상 중장, 종장 양쪽에 역할하므로 행 걸치기 수법에 해당한다.

17) Inez Kong Bai, 같은 책, 30쪽.

18) 이것이 시조 영역의 가장 바람직하다는 말은 아니다. 앞으로 시조 영역에 대한 많은 연구가 있어야 할 것이다.

여기에 비해 다음의 번역은 어떤가.

7)
Rise and fall is a destiny turning;
The palace site is overgrown with weeds.
Only a shepherd's innocent pipe
Echoes the royal works of five hundred years.
Stranger, keep back your tears
In the setting sun.[19]

興亡이 有數ᄒ니 滿月臺도 秋草ㅣ로다
五百年 都業이 牧笛에 부쳐시니
夕陽에 지나ᄂ 客이 눈물 계워 ᄒ노라

　　　　　　　　　　　　　　　　－ 元天錫 (甁歌 515)
　　　　　　　　　　　　　　　　＊원문 필자 첨가

8)
Holding thorns in one hand
　　and a stick in the other,
I tried to block with thorns the road to age
　　and strike the white hair with my stick.
But the grey hair knew better than I
　　and outwitted me by a short-cut.[20]

한손에 막대 잡고 또 한손에 가시쥐고

---

19) Peter H Lee 편역, 『Poems from Korea』, The Unv. Press of Hawaii, Honolulu, 1964,
　　p.71.
20) Jaihiun Joyce Kim 편역, 『Master Sijo Poems from Korea』, si-sa-young-o-sa Publishers.
　　Inc. Seoul, Korea, 1982, p.22.

늙는 길 가시로 막고 오는 백발 막대로 치렸더니
백발이 제 먼저 알고 지름길로 오더라

- 禹倬

다시 한 번 상기하자면 원문에 충실한 번역인가 아닌가는 여기서 따질
겨를이 없다.[21] 정형시인 시조를 정형시답게 번역한다고 하면 4)처럼 영
시 형식에 맞추기보다는 시조다움을 살려서 영시 형식에는 없는 새로운
영시 형식이 될 수 있도록 번역해야 한다.

7), 8)은 장 구분과 행 구분을 하고 있는 것은 5), 6)과 같지만 7), 8)은
각 행에 존재하는 음절 수가 고르지 못하여 각 행을 읽을 때 걸리는 시간
을 일정하게 하기에는 무리가 생긴다.

앞에서 보았듯이 시조의 영역 문제는 영시 전공학자 혼자만의 힘으로
는 어려움이 있다고 본다. 보다 바람직한 시조의 영역이 되기 위해서는
영시 전공학자의 노력과 시조 전공학자의 노력이 보태질 때에 가능할 것
으로 생각된다.

2. 번역의 문제점

한국 문학을 외국어로 번역하는 의의는 한국 문학의 세계화를 위함이
다. 언어와 정서가 다르기 때문에 한국 문학의 외국어 번역은 한국 문학
의 형식과 내용을 외국어로 정확히 옮기기는 불가능한 일이다. 그러나

---

21) 앞의 7)에서는 나그네(stranger)를 불러 세워서 눈물을 감추도록 명령하고 있는데
이렇게 번역이 되면 원문과 영 딴판이지 않는가.

한국 문학의 형식과 내용을 외국어가 허용할 수 있는 범위를 잘 살려서 이를 외국문학이 수입한다면 외국문학의 입장에서는 외국문학 그 자체를 풍요롭게 만드는 일이라 할 수 있고 역사적으로 외국문학을 받아들여 자국문학을 발전시킨 사례는 세계문학사에 허다하게 나타나고 있다. 한국문학도 외국문학을 받아들임으로써 한국문학을 발전시켜 왔고 이런 일은 앞으로도 많이 이루어지리라 생각한다.

일찍부터 우리 문학을 외국어로 번역하는 일은 왕왕이 있어왔는데 특히 시조를 한시역漢詩譯 한다든가 한시漢詩를 시조역時調譯한 경우가 혼하게 이루어져왔다. 그런데 이러한 장르를 넘는 번역에는 문제가 있을 수 있다.

일찍부터 한시를 시조로 번역한 경우(이를 ①이라 하자)는 허다하였지만 시조를 한시역한 경우(이를 ②라 하자)는 그리 많지 않았다. ①의 경우는 익히 아는 유명한 한시를 시조로 번역하므로써 한시를 시조다운 맛으로 재생산해서 한편으로는 창唱의 가사로 활용하고 새로운 시적 정서를 맛보려 하였다면 ②는 한국인의 문학적 정서를 한자중심 문화권에 수출하고자 하는 개념22)과 한국 내의 한시애호가들을 위한 정서 전환으로써 시조를 활용한 경우다.

1)
간밤에 부던 ㅂ룸 滿庭桃花 다 지거다
아희는 뷔를 들고 쓰로려 ㅎ는고나

---

22) 이것을 제대로 행사하려면 국내 책자에 발표하기보다는 한자중심 문화권에서 간행되는 책자에 실려야 효과적이다. 아니면 국내에서 발간한 책이라 해도 한자중심 문화권에서 수용할 수 있는 책으로 만들어 이것을 한자중심 문화권으로 수출하면 되겠지만 여태 이런 일이 활발하지 않았고 한국 내에서 한시애호가들의 기호를 위하여 봉사하는 정도에 그치고 말았다.

落花 닌들 곳지 안니랴 쓰러 무슴 ᄒ 리요(甁歌 516)

— 鮮于浹

昨夜桃花風盡吹
山童縛箒凝何思
落花顏色亦花也
何必苔庭勤掃之

— (紫霞 申緯)[23]

2)
江南蓬李龜年

岐王宅裏尋常見
崔九堂前幾度聞
正是江南好風景
落花時節又逢君

岐王의 집에서는 尋常히 보았었고
崔九의 집에서도 몇 번이나 들었었다
빛 좋다 落花時節에 또 만나게 되었소[24]

1)은 신위申緯, 2)는 두보杜甫 시를 권상로權相老가 번역한 것이다.

1)은 3행(편의상 章을 행이라고 한다)을 4행의 한시로 옮기려 하니 원문에 없는 말을 기워 넣어야 했다. 거꾸로 2)는 4행을 3행으로 옮기려 하니 역시 원문에 있는 말을 빼어야 했다. 번역은 서로 언어가 다르기 때문

---

23) 『靑春』 제1호, 신문관 1914, 153쪽에 최남선이 소개하고 있다. 시조는 甁歌에 따라 고쳤다.
24) 『東岳語文論集』 제2집, 동악어문학회, 1965, 193쪽.

에 언어 장벽을 넘어서야 하는 어려움이 있는데 여기서는 서로 다른 문학형식이기 때문에 다른 문학형식을 맛보려 하지 않고 3행을 4행으로 4행을 3행으로 고치려 하니 억지가 생긴 것이다.

이런 무리의 극단적인 경우는 한시 원문에다 말을 덧붙인 시조, 한시 원문을 임의로 줄인 시조를 들 수 있다.

3)
千山에 鳥飛絶이오 萬逕에 人蹤滅를
孤舟簑笠翁이 獨釣寒江雪이로다
낙시에 절노 무는 고기 긔 분인가 ᄒ노라

— (瓶歌 656)

4)
春水ㅣ 滿四澤ᄒ니 물이 만ᄒ 못오던야
夏雲多奇峰ᄒ니 山이 놉파 못오던야
秋月이 揚明輝여든 무음 탓슬 ᄒ리오

— (六靑 953)

3)은 유종원柳宗元의 「강설(江雪)」이라는 오언절구五言絶句에 토를 붙이고 이렇게 해도 시조가 되지 않으니 종장을 덧붙인 경우다. 이렇게 되고 보니 시조가 갖는 정보량을 초과하게 되어버렸다. 4)는 도연명陶淵明의 시에다 의미를 덧붙이다 보니 원시에 있던 동령수고송冬嶺秀孤松을 빼버리게 된 경우다. 어느 것이나 한시가 애초 가졌던 정보와 이탈하고 있고 시조의 입장에서도 시조가 가지는 정보량을 초월하게 되었다. 시조는 논리적 전개로 짜여 있을뿐더러 수식어를 극히 제한적으로 활용하고 있는 간명한 시 형태다.[25] 위의 3), 4)를 한국어로 해석해서 보면 상당히 장문화가 되고 있음을 알 것이다. 원문을 그대로 활용하고 있고 거기다 정

보를 첨가했다는 의미에서 보면 번역이랄 수도 없는 작품이라 하겠다.

5)
秋江에 밤이 드니 물결이 ᄎ노ᄆᆡ라
낙시 드리치니 고기 아니 무노ᄆᆡ라
無心ᄒᆞᆫ ᄃᆞᆯ빗만 싯고 뷘 빅 저어 오노라(靑珍 308)

— 月山大君

6)
千尺絲綸直下垂
一派自動萬波隨
夜靜寒魚不食餌
滿船空載月明歸

6)은 송나라 대부冶父의 「게송(偈頌)」으로 『금강경오가해(金剛經五家解)』에 나온다.

월산대군이 6)을 바탕으로 하여 5)를 지었는데 이를 정병욱은 5)는 6)에서 환골탈태換骨奪胎한 수작秀作[26]이라 하면서 "이 시조를 읽으면서 누구도 원시原詩가 있어서 그것을 시조로 옮겼다고 생각할 사람은 없을 것이다. 그러나 이 시조의 작가는 그 원시를 완전히 용해시켜 자기의 것으로 만든 다음에 전연 새로운 작품으로 창조해내었음에 우리는 놀라지 않을 수 없다"고 극찬하였다. 과연 이 말이 맞는가. 번역을 잘 했다는 말인지 원시를 바탕으로 해서 모작을 잘했다는 말인지를 모르겠다.

---

25) 이 점에 대해서는 필자의 「문장구조에서 본 현대시조 연구」, 『시조학논총』 25집, 한국시조학회, 2006. 7 참조.
26) 정병욱, 「漢詩의 時調化 方法에 대한 考察」, 『국어국문학』 49 · 50, 국어국문학회, 1970, 275쪽.

시조만을 떼어서 본다면 훌륭한 작품이라 할 수도 있겠지만 이것이 6)을 번역한 작품이라고 한다면 과연 번역이 훌륭하다 할 수 있을까가 의문이다. 6)을 우리말로 번역을 하면 이렇다.

천 길 되는 낚싯줄 곧 바로 드리우니
한 파문 절로 일어 만파가 뒤를 잇네
밤 깊고 물이 차서 고기는 물지 않아
공연히 배에 가득 달빛만 싣고 돌아오네

대략 이런 의미라 하겠는데 이렇게 번역해보니 일단 5)와 6)은 서로 시상이 다르다. 원시는 형상이 있는 모든 것들은 마음을 빼앗아가는 낚시바늘 같은 것이므로 조심해야 하고 낚시 바늘로 무엇을 낚으려고도 말고 낚임을 당해서도 안 된다는 것. 사람은 허공 같은 마음을 머금고 세상을 살아야 함을 강조하는 불교의 공空 사상을 내포하고 있다 하겠는데 원시의 이 내용을 5)가 담아낸 것 같지 않다. 그리고 정보량이 다르지 않는가. 정보량이 서로 다르기 때문에 5)와 6)은 의미상 상당한 거리가 있음을 알 수 있다. 번역은 환골탈태를 목적으로 하기보다는 원문에 충실해야 하는 것이 일차적 과제다. 때에 따라서는 원문의 단어나 구절에 지나치게 구애를 받지 않고 전체의 뜻을 살려 번역함으로써 의미 있는 번역이 되고자 할 경우(이것을 意譯이라고 하자)도 있을 수 있다. 그러나 원문을 윤색潤色하고 의미를 가감한 번역은 올바른 번역이라 할 수 없다. 거기다 원문과 다른 장르로 탈바꿈을 하였다고 한다면 더더욱 모방창작품이라 하겠다.

우리 선조들은 바로 이런 점에 깊이 고심한 것으로 생각된다.

7)
岐王ㅅ 집 안해 샹녜 보다니
崔九의 집 알픠 몃 디윌 드러뇨
正히 이 江南애 風景이 됴ᄒᆞ니
곳 디ᄂᆞᆫ 時節에 ᄯᅩ 너를 맛보과라

이것은 두시언해 초간본에 실린 것이다. 두시언해 초간본은 성종 12년 (1481)에 간행되었는데 당시에도 시조를 많이 짓고 부르고 했지만 두보 시를 시조로 번역하지는 않았다. 두보 시를 제대로 번역하여 감상하는 것이 옳다는 생각에서인지 아니면 우리나라에도 한시처럼 4행시가 있었 으면 좋겠다고 생각해서인지는 모르지만 한시를 시조로 바꾸어 번역하 는 일이 바르지 않다고 생각한 것은 틀림없는 것 같다.

2)에서는 칠언절구七言絶句의 한시漢詩를 시조로 옮겨놓으려고 하니 원 문내용을 줄여야 했고 거기다 기승전결로 이루어진 한시의 의미구조도 살릴 수 없었으니 못마땅한 번역이라 할 수 있다. 여태 칠언절구七言絶句 를 예로 들었는데 오언절구五言絶句에 관해서도 언급함이 옳을 것 같다.

8)
ᄀᆞᄅᆞ미 프르니 새 더욱 히오
뫼히 퍼러ᄒᆞ니 곳비치 블 븓ᄂᆞᆫ 듯도다
옰 보ᄆᆡ 본 딘 ᄯᅩ 디나가ᄂᆞ니
어느 나리 이 도라갈 히오

江碧鳥逾白
山青花欲然
今春看又過
何日是歸年

8)에서도 4행으로 번역하였다. 이것을 최남선은 아래와 같이 시조역한
바 있다.

9)
江山이때를 만나 푸른 빛이 새로우니
물가엔 새 더 희고 山에 핀 꽃 불이 붙네
올 봄도 그냥 지낼사 돌아 언제 갈거나[27]

8)과 9)를 대조해보면 상당한 차이가 있음을 알 수 있다. 칠언절구七言
絶句는 오언절구五言絶句보다 정보량이 많다. 칠언절구를 시조역했을 땐
정보량을 줄여야 하였고 오언절구를 시조역했을 땐 9)에서처럼 원시에
없는 정보를 더 보태야 했다. 그러나 시의 번역은 원시에 충실한 번역을
해야 할 것이고 원시의 정보량을 임의로 가감해서는 안 될 것이다. 더욱
원시가 갖는 의미구조(시조 같으면 3장 6구, 한시 같으면 기승전결)를 파
괴해서는 원시와는 동떨어진 번역이 되기 쉽다고 하겠다.
　여기서 잠깐 7), 8)을 영역한 경우를 살펴볼 필요가 있다.
　먼저 7)을 Witter Bynner는 다음과 같이 번역하였다.

10)
ON MEETING LI KUEI - NIEN DOWN THE RIVER
I met you often when you were visiting princes
And when you were playing in nobleman's halls.
······Spring passes······ Far down the river now,
I find you alone under falling petals.[28]

---

27) 李丙疇,『杜詩諺解批注』, 통문관, 1958, 266쪽에서 재인용.
28) 위의 책 292쪽에서 재인용(『A Little Treasury of world Poetry』, p.370).

다음으로 8)을 H. A. Giles는 이렇게 번역하였다.

11)
White gleam the gulls across the darkling tide,
  On the green hills the red flower seem to burn;
Alas! I see another spring has died······
  When will it come_ the day of my return![29]

10)은 율격을 지키지 않은 자유시 형태 같지만 각 행은 9 · 8 · 7 · 7의 단어로 되어 있어 한 행을 지배하는 단어 수가 거의 일정하고 압운을 붙이되 aaba로 되어 있어 원시原詩인 한시가 기승전결 중, 전에 압운하지 않는다는 것을 살리고자 노력한 흔적을 보인다. 여기에 비해 11)은 전체적으로 약강 5보격(iambic pentametre)로 되어 있고 압운은 abab 형식을 취하고 있어 영시 형태로 번역되어 있음을 알 수 있다.

10)은 한시를 영시의 새로운 형태로 번역한 것이라고 한다면 11)은 앞서 우리 문인들이 한시를 시조역한 경우처럼 한시를 영시 형태로 둔갑시켜 놓은 것이다.

앞서 보았듯이 두시언해에서는 원시의 의미 전달에 충실하면서 원시의 형식을 파괴하지 않으려 했고 우리나라에서도 한시와 같은 4행시의 가능성을 비추어보려 한 것 같다. 이것은 한국 번역문학사에 있어 대단히 중요한 의미를 시사하였다고 할 수 있다.

일찍부터 시조를 시조답게 한역한 예가 없지는 않았다.

---

29) 위의 책 266쪽에서 재인용(『Chinese Literature』, p.158).

13)
丹心歌
此身死了死了
一百番更死了
白骨爲塵土
魂魄有也無
向主一片丹心
寧有改理與之

14)
何如歌
此亦何如
彼亦何如
城隍堂後垣
頹落亦何如
我輩若此爲
不死亦何如

13), 14)는 1617년에 간행된 『해동악부』(광해군 9)에 실린 정몽주, 이방원의 시조라고 알려진 작품에 대한 번역이다(이들 작품의 원문은 생략한다). 이것들은 절구 형식을 따르려 하지 않으면서 시조의 의미하는 바를 그대로 한역하려고 하였고, 시조의 의미형식인 3장 6구를 살리려 6행으로 번역한 것도 눈여겨 볼 일이다. 여기서 잠깐 하이쿠의 한국문학화에 대해서도 설명할 필요가 있겠다.

15)
배고픈 오후
눈으로 먹는다네

이팝나무꽃30)

- 박점화, 「이팝나무꽃」

하이쿠는 세계에서 가장 짧은 정형시이고, 5 · 7 · 5음절로 되어 있으며 계절을 나타내는 계어季語가 포함되어 있어야 한다. 15)는 하이쿠의 이 같은 형식을 한국어로서 표현한 경우인데 우리나라에서는 시도단계이지만 유럽이나 미국에서는 자기 나라 말로 자기 나라식의 하이쿠를 짓고 있는 실정이다. 하이쿠가 이러하듯이 한국의 시조도 시조답게 번역하여 외국에 널리 소개하고 외국문학 속에서 시조가 자리 잡도록 해야 할 것이다.31)

한시를 한시답게 국역하거나 시조를 시조답게 한역하는 경우를 예로 들었는데 여기서 문학(나아가 예술 모든 장르)에 있어서의 내용과 형식에 대한 언급이 있어야 하겠다.

문학에 있어서의 내용은 형식을 규제하고 합목적인 형식과의 결합을 요구한다. 다르게 말하면 형식은 반드시 내용에 적정히 조정된 것이어야 한다. 수필의 제재가 소설이 될 수 없고 시의 제재가 수필이 될 수가 없는 것이다. 비슷한 내용의 시라고 해도 내용의 차이에 따라 형식도 거기에 알맞은 형식으로 조정되어야 한다.

수정을 거치는 동안에 내용이 발전적인 방향으로 움직이면 형식도 따라 새로운 형식으로 이동해야 하므로 문학에 있어 새로운 형식의 출현은 낡은 내용의 극복을 의미하게 된다.

훌륭한 사상이 있다고 해도 이것의 문학적 성공은 일차적으로 여기에

---

30) 『부산일보』 2007. 2. 24.
31) 이 점은 필자의 「현대시조의 진로 모색과 세계화 문제 연구」, 『時調學論叢』 23집, 韓國時調學會, 2005. 7에서 언급한 적 있다.

부응하는 형식과의 조화가 이루어지지 않으면 훌륭한 사상은 문학적으로 훌륭하게 발현되지 않는다. 명작을 남긴 작가는 그 명작 내용에 적합한 형식을 찾아서 형식과 내용을 조화시키는 데 성공한 사람이라는 의미가 된다.

한 악보가 있다고 하자. 이 악보를 어떤 악기로 연주할 것이냐. 만약 현악기로 연주한다고 결정했다 해도 바이올린Violin이나 혹은 하프Harp로 아니면 그 어떤 악기로 연주할 것이냐를 연주자가 선택을 해야 하는데 각 악기마다 소리가 다르고 톤tone이 달라서 연주자가 이루어내려는 음악적 성취에 따라 선택을 하게 된다. 어떤 음악을 만들려고 하는 음악적 성취를 위하여 악기가 동원되므로 악기는 음악적 성취를 위한 매체(medium)이고 이 매체의 활용이 음악이라 할 수 있다. 문학도 마찬가지다. 문학적 성취를 시로 정했다 해도 자유시를 이용할 수도 있고 정형시인 시조를 이용할 수도 있는 것이다. 악기의 소리가 서로 다르듯이 문학의 장르 역시 그 장르만의 문학적 특징을 가지므로 이루려는 목적이 무엇이냐에 따라 자유시도 시조도 선택될 수 있는 것이다.

시조는 3행이지만 절구의 한시는 4행으로 되어 있다는 말은 시조는 시조다움의 형식이 3행이어야 한다는 것이고, 절구의 한시는 시조와 달리 4행으로 구성되어야만 하는 필연이 있다는 말이다. 그러므로 시조를 굳이 절구 한시로 번역한다면 거꾸로 절구 한시를 시조로 번역한다면 원문의 내용과 형식은 파괴되고 새로운 내용과 형식이 만들어지게 된다. 3행으로서의 시적 논리는 그것이어야만 하는 당위에서 비롯된 것이 시조이고, 4행으로서의 시적 논리는 4행이어야만 비로소 절구 한시의 형식미가 갖추어짐을 의미하게 된다. 문학적 예술미는 특정한 형식을 통해 표현되어야 한다. 문학의 형식이 조금만 바뀌어도 문학적 예술미는 달라질 수밖에 없다. 예술미의 통일성과 전체성, 사회성, 단결성은 오직 형식에 의

존하게 된다.32) 그렇기 때문에 장르를 이탈한 번역은 번역이 아니라 원문을 참고로 해서 다른 장르의 문학을 창작한 셈이므로 번역이라고 할 수가 없는 것이다.

시조를 번역한 경우에는 ① 한시를 시조로 번역한 경우 ② 시조를 한시역한 경우의 두 경우가 있다. ①은 익히 아는 유명한 한시를 시조다운 맛으로 재생산해서 새로운 시적 정서를 느끼려고 한 것이라면 ②는 한국인의 문학적 정서를 한자중심 문화권에 수출하려는 경우이거나 한시 애호가들을 위한 정서 전환으로서 시조를 활용한 경우다.

어느 경우든 언어가 다르고 장르가 다르기 때문에 원시의 의미를 제대로 살리기 힘들다. 그 뿐 아니라 문학에 있어서의 내용은 형식을 규제하고 합목적인 형식과의 결합을 요구한다. 시조는 3행이고 절구나 율시는 4행이어야 한다. 3행의 원시原詩를 4행으로 번역해서도 안 되고 4행의 원시原詩를 3행으로 번역해서도 안 된다. 문학적 예술미는 특정한 형식을 통해 표현되기 때문이다.

두시언해杜詩諺解는 오언절구五言絶句 또는 칠언절구七言絶句의 두보 시를 4행으로 번역하였다. 이것은 원시가 가진 기승전결起承轉結의 의미구조를 살리고 원시의 의미를 더하거나 줄이려 하지 않으려는 데서 비롯된 것이었다고 본다. 한편으로 생각하면 이것은 우리 시에 있어서의 한글 4행시 가능성을 시험해보려 하였다고도 볼 수 있다.

시조를 한시역한 경우, 정몽주의 「단심가(丹心歌)」나 이방원의 「하여가(何如歌)」는 종래의 절구나 율시 같은 한시 형식이 아닌 6행으로 번역했다. 이것은 시조의 6구 의미를 다치지 않게 번역하면서 우리 시조가 새로운 한시漢詩의 한 형태로서도 가능함을 보여준 것이라 할 수 있다.

---

32) N. Hartmann, 田元培 譯, 『美學』, 을유문화사, 1969, 12쪽.

일본의 하이쿠는 영어권에서도 창작하고 있는데 우리나라에서도 이
것의 시도가 일어나고 있듯이 우리 시조도 세계화로 나아가야 한다고 본
다. 과거 우리 선조들은 이러한 점에 착안하여 시조를 기존 한시 형식과
다르게 한역하고 거꾸로 한시 번역을 통해 우리 시에 없는 4행시를 시도
하였던 바와 같이 앞으로 시조의 세계화 나아가서 외국문학의 한국화를
추진해볼 필요가 있다고 본다.

■ 제8장

현대시조의 작풍

제8장
현대시조의 작풍

1. 김상옥 시조

초정 김상옥金相沃은 시조와 자유시·수필 등을 많이 쓴 문인이다. 그러나 일반적으로는 초정은 시조시인으로 더 잘 알려져 있다. 그의 시조 작품들은 『草笛』(1947), 『三行詩』(1973), 『墨을 갈다가』(1980), 『향기남은 가을』(1989)의 4권 시집에 포함되어 있다.

그는 1938년 『文章』에 시조 「봉선화」가 추천되고 1941년 『동아일보』 신춘문예에 시조 「낙엽」이 당선되면서 본격적인 문단활동을 해왔다.

1920년대는 시조문학의 수난기였다. 이때는 시조무용론時調無用論이 대두되기도 하였을 뿐 아니라, 시조시인도 극히 몇 사람에 국한되다시피 하였고, 작품의 질적인 면에서도 육당, 가람, 노산 등을 제하고는 이렇다 할 작품이 없었던 시기다. 그러나 1930년대에 들면서부터 괄목할 만한 신인新人들이 등장하였으니, 이들은 이호우, 김상옥, 장응두, 조운, 조남령 등의 시조시인들을 이름이다. 이들 중에서도 특히 이호우와 김상옥은 작품의 질적인 면에서 탁월하다고 평을 들어왔고 시조문학의 활성화를 위해 적잖은 공헌을 하였다고 말해지고 있다.

동양의 시는 일찍부터 화畫와의 연관을 보이는 소위 회화시繪畫詩가 발달하였다. 시법詩法이 화법畫法을 닮음으로 인하여 시가 논거 위주 또는 이념위주로 흐르는 것을 둔화시키고, 추상적인 또는 막연한 이미지를 보이는 경향에서 벗어나 입체적 감각적인 시로 나아가게 한 것이다. 반대로 회화에서도 붓을 멈춘 나머지 여백에 시를 더함으로써 그림이 감당 못하는 부분을 시가 감당하게 되어 결국은 폭넓은 화폭을 만들기도 하였던 것이다. 이와 같이 동양에서는 시가 화법畫法을 도입함으로 인하여 이미지의 구체화를 실현시키기도 하였고, 그림이 시를 포함함으로써 그림의 이미지를 확대할 수 있었던 것이다.

일찍이 소동파蘇東坡는 왕유王維의 시를 두고 "마힐(王維의 字:필자 주)의 시를 음미하면서 시 속에 그림이 있고 마힐의 그림을 관찰하면 그림 속에 시가 있다"[1]고 하였고 成侃도 다음과 같이 밝힌 바 있다.

> 시는 소리가 있는 그림이오 그림은 곧 소리없는 시다. 예로부터 시와 그림은 한가지로 일치한다 하였으니 그 경중을 조금도 나눌 수 없는 것이다.

詩爲有聲畫 畫乃無聲詩 古來詩畫爲一致 輕重未可毫釐[2]

익제益齊도 "옛 사람의 시는 눈앞의 전경을 묘사했지만 의미는 말밖에 있기에 비록 말은 끝났지만 의미하는 바는 끝이 없다."[3] 하였는데, 이것

---

1) 東坡志林, 味摩詰之時 時中侑畫 觀摩詰之畫 畫中有時.
2) 東文選 卷之八.
3) 櫟翁稗說 後集一, 古人之時 目前寫景 意存言外 言可盡 而味不可盡.

은 회화성繪畫性이 강조된 동양한시東洋漢詩를 두고 이른 말들이었다. 그리고 동양 한시 중에서 회화성이 강하게 나타난 작품들이 많은 것도, 또 동양화 중에서도 유독 산수화山水畫가 발달한 것도, 그리고 문인화文人畫라고 해서 문인文人들이 여기餘技로 그리는 그림이 발달하게 된 것도, 시화일치詩畫一致의 예술관에서 비롯된 결과로 보인다.

우리나라에서는 고려 忠烈王 이후 주자학의 본격적인 수입으로 인하여 문학 면에서는 학소學蘇의 경향과 성리학性理學적인 경향이 나타났지만 이후 정치적인 혼란으로 인해 은둔사상의 고조와 함께 도연명문학陶淵明文學을 숭상하게 되었다 하였으니[4] 자연히 이때부터 시에는 논리와 이념보다는 경물景物의 묘사가 치중되는 소위 처사문학處士文學이 성하게 된 것이다. 처사문학은 사물에 대한 실용성과 지식의 성격을 벗어나 주체자의 미적 관조 속에 사물을 포함시킴으로써 이상적 세계관을 보여 주었다. 이러한 정신의 발상은 장자의 소위 허정지심虛靜之心에서 비롯된 것이다. 허정지심에서 바라본 사물은 미적 대상이 되어 현실적 가치를 벗어난다. 이것을 다르게 말해 상외象外라고 하는데[5] 이것은 사물이 이끄는 현실적 의미와 가치를 초탈함을 의미한다. 처사시에 있어서는 회화성이 강조된 시풍詩風을 보여 주었고, 그로 인하여 구체적이고 확실한 이미지를 나타낼 수 있었다. 비록 작가가 은퇴 생활을 하면서 산수자연山水自然을 시화詩化한 경우에도 처사시에서와 같은 시풍을 보여준 경우가 많았다.

1)
한줄기 시냇물이 산을 돌아 흘러오더니
옥같은 무지개가 마을을 안아 비춰도다

---

4) 李炳赫,「高麗時代 漢文學研究의 問題」,『韓國漢文學研究』, 亞細亞文化社.
5) 徐復觀, 權德周 譯,『중국예술정신』, 東文選, 1990, 410쪽.

언덕 위 밭 이랑에 푸른 수목이 무성하고
숲가에는 하얀 모래가 펼쳐 있구나
돌징검다리는 낚시하기 알맞는데
텅 빈 골짜기는 한가히 거닐만 하네
서으로 바라보는 붉은 노을 물든 산언덕에
또한 산림에 묻힌 선비의 집이 있으리니

川流轉山來 玉虹抱村斜
岸上藹綠疇 林邊鋪白沙
石梁堪釣遊 墟谷可經過
西望紫霞鳥 亦有幽人家

　　　　　　　　　　　　　　　　－ 川沙曲

　이것은 『도산전서(陶山全書)』에 실린 퇴계退溪의 작품이다. 퇴계의 시에 나타난 산수의 미는 모두가 실제로 존재할 수 있는 자연으로서의 산수에 대한 아름다움이고 어떤 이념과 연결되어 있지 않다.6) 1)은 관심과 욕망이라는 일상성이 배제된 이정移情의 세계다. 그리고 자연의 경물을 그림 그리듯이 작은 소재들을 적당한 위치에 안배하여 놓고 독자로 하여금 짜여진 시적 구성 안에서 자연과 더불어 지낼 것을 유도하는 시다. 1)에서 보듯이 동양시에서는 사실성을 바탕으로 하는 구체적이고 확실한 이미지의 표출이 있어 왔던 것이다.

　서구시에 있어서도 동양시의 이 같은 시법에 영향을 받아서 20C 서양시의 한 특징을 보여주기도 하였다. Hulme은 서구시가 낭만주의 시대를 거치면서 막연한 세계, 추상적인 사상事狀을 그리고 있음에 불만을 품고, 구체적인 근거와 정확성을 지닌 시를 창작할 것을 강조했던 것이다. 그

---

6) 손오규, 「퇴계의 산수문학연구」, 성균관대 박사논문, 1990, 27쪽.

는 언어란 어떤 종류의 정서들의 최소공분모를 표현할 뿐이라는 입장과 정서의 구체화를 위해서는 새로운 유추를 발견해야 한다고 주장하면서[7] 18C 중엽부터 서구의 시어가 추상성의 질병에 걸렸다고 진단하였다.[8] 그리고 Pound도 Hulme의 주장과 의견을 같이하면서 이제부터의 시는 달라져야 한다면서 Stendhal의 시에 대한 언급에 찬사를 보내며 다음과 같이 말하였다.

> 스탕달의 비난에 대해서 말한다면, '명료하고 정확한 개념을 전하기 위해' 산문만큼 될 수 있는 시가 있다면, 그것을 갖도록 하자. 그리고 '그것에 이르기 위해, 나는 내 생애가 몇 해 동안 지속되는 한…… 가능한 많은 연구를 하겠다.' …… 그리고도 우리가 그러한 시에 이를 수 없다면, '우리 시인들은', 제발 문을 닫아버리자. '집어치우고 꺼지자.'

> As for Stendhal's structure, if we can have a poetry that comes as close as prose, pour donner une idee claire et precise, let us have it, 'E di venire a cioio studio quanto posso…… che la mia vito per alquanti anni duri…… And if we cannot attain to such a poetry, noi altri poetic for God's sake, let us shut up. Let us 'Give up go down.'[9]

Pound의 이 같은 말은 Flaubert가 "나무 하나 돌 하나라도 그것이 존재하는 그대로 그려라"고 말한 소위 일물일어설(single word theory)에서도 자극받았을 것으로 보인다.

무엇보다 시어가 감각에 호소하여 직접적인 전달이 가능해야 한다는

---

7) Hulme, 『Speculations』, Ed. Herbert Read, London. Routledge & Kegan Paul, Ltd., 1924, p.126.
8) 위의 책, p.133.
9) Pound, Ezra, 『The Serious Artist(Literary Essays of Ezra Pound)』, Ed., T. S. Eliot, N. Y.,A New Directions Book, 1968, p.55.

점은 새로운 시풍의 확립을 위해 획기적인 발언이었다. 또 그는 중국의 한자까지 예를 들어 새로운 시를 창작할 것을 강조하였던 것이다.

중국의 표의문자는 소리의 그림이 되거나, 소리를 상기시키는 글자 부호가 되고자 하지 않는다. 그러나 그것은 여전히 한 事象의, 어떤 주어진 위치나 관계 속의 사상의, 사상들의 결합의 그림자이다. 그것은 사상이나 행동이나 상황이나, 또는 그것이 그림으로 나타내는 몇 가지 사상들에 관련되는 특성을 의미한다.

Chinese ideogram does not try to be the picture of a sound, or to be a written sign recalling a sound, but it is still the picture of a thing; of a thing in a given position or relation, of a combination of things, It means the thing or the action or situation, or quality germane to the several things that it pictures.[10]

시어는 이미지의 자각적인 기능을 수행해야 한다는 의미를 부각시키기 위해서 한자의 자형字形을 예로 들었지만, 그는 자형字形 뿐 아니라 근본적으로 중국 한시中國漢詩 심지어는 일본 시가日本詩歌 등에서 불 수 있는 표상성, 감각성에 대한 자기 견해를 피력하였던 것이다.

1915년 소위 Imagist들은 시작 원칙詩作原則을 여섯 가지 선언하면서 동양시의 특징을 닮을 것을 간접적으로 주장하였다. 즉, 이미지를 제시해야 하고 화가는 아니지만 화가처럼 정확하게 표현해야 하고 막연하게 보편적인 것을 다루어서는 안 된다는 주장[11]은 바로 Imagist들이 동양시의 특징을 닮을 것을 주장한 대목이다. 이 주장은 모호한 시를 배격하고자 하는 이미지스트(포괄하는 말로서는 모더니스트)들의 공통된 주장이

---

10) Pound, Ezra, 『ABC of Reading』, London, Faber & Faber, 1951, p.21.
11) S. K. Coffman, 『Imagism』, Univ. of Oklahoma press, 1951, pp.28~29.

었다. 이러한 주장에 힘입어 한국시에서도 소위 모더니즘Modernism시 운동이 일어났다. 김기림, 김광균, 정지용 등의 시인들로 대표되는 모더니즘시 운동이 그것이다. 이들 시인들을 두고 모더니스트Modernist라고 칭하게 된 것은 그들의 시 속에 모더니즘Modernism시 운동의 한 특징이라 할 수 있는 표상성, 감각성이 고조되어 나타났다는 점에서이다.

김기림은 아예 새로운 시 즉 모더니즘의 시와 과거의 시가 어떻게 구별되는가를 다음과 같이 요약하기도 하였다.

과거의 시 : 독단적 · 형이상하적 · 局部的 · 순간적 · 감정의 편중 · 唯心的 · 상상적 · 자기중심적
새로운 시 : 비판적 · 즉물적 · 전체적 · 經過的 · 情義와 지성의 종합 · 唯物的 · 구성적 · 객관적12)

현대시조에 있어서 모더니즘풍의 작품을 처음 보인 시인은 가람 이병기로 보인다. 그는 고시조가 주로 주자적 이념세계에 안주한 것 또는 개화기시조가 애국심의 고취를 위한 도구적 기능에 머물고 있는 것에 불만을 품고, 탈이념의 세계, 사물의 배후를 따지지 않는 순수서정세계, 사물 그 자체대로가 미적 관조에 의해 나타나는 즉물세계卽物世界를 작품화하려 했다. 가람의 이러한 시정신詩精神은 멀리 잡으면 동양 고전시에 보이는 허정지심虛靜之心에서 비롯된 장학莊學의 훈도와 그 교양이라고 할 수도 있고, 가까이 잡으면 가람이 작품을 쓰던 당시의 소위 모더니즘시 운동에서 영향을 받았다고 할 수도 있을 것이다.

---

12) 金起林, 『시론』, 白楊堂, 1947, 115쪽.

2)

옛 정원 황폐한 누대 버들잎 파릇하고
마름 따며 부르는 노래 봄 흥취 돋우이네
이제껏 변함없는 서강에 뜨는 달만
오왕 궁전의 미녀를 비추었네.

舊苑荒臺楊柳新
菱歌淸唱不勝春
只今惟有西江月
曾照吳王宮裏人

— 李白,「蘇臺賢古」

3)

봄날 宮闕 안은 고요도 고요하다.
御苑 넓은 언덕 버들은 푸르르고
素服한 宮人은 홀로 하염없이 거닐어라.

— 李秉岐,「봄(二)」일부

2), 3)은 서로 시적 구도構圖가 흡사할 뿐더러 즉물적卽物的 세계의 표출表出이라는 의미에서도 닮아 있다. 2), 3)은 독자로 하여금 시적 상황을 쉽게 연상하게 하고 시의 분위기 속에 쉽게 합류하도록 하는 시, 즉 회화시繪畵詩다. 그리고 2), 3)은 현재적 상황을 과거적 상황으로 회귀시켜 대상을 바라보았다는 점에서도 닮아 있다. 다르게 말하면 현재적 상황에다 과거적 상황을 옮겨놓았다고도 할 수 있는 작품들이다.

2), 3)에서 보듯이 현실을 초월한 사물 세계는 중국 예술의 골간을 이룰뿐더러 중국 예술이 어떤 경지에 도달하고자 할 때에는 작가가 깨닫지 못하는 사이에 항상 장자莊子의 정신에 일치하고 심지어 '중국의 산수화는 그렇게 하려고 하지 애쓰지 않아도 그렇게 되는 장자정신의 산물이라

할 수 있다'[13])는 것이다.

가람은 3)에서 보듯 서경을 현실감 있게 묘사하는 산수화풍山水畫風의 작품들을 많이 남겼다. 즉물적卽物的 · 유물적唯物的 · 객관적客觀的이라는 점에서 당시 유행한 모더니즘Modernism시풍에 접근되어 있다고 볼 수 있을 것이다. 그런고로 외국사조에 힘입은 결과[14]로 볼 수도 있지만 다른 한편으로는 한국시의 한 흐름 속에 이어져 온 전통적인 시풍詩風인 표상성, 감각성의 고조가 가람시조에 그대로 투영되었다고 볼 수 있다. 특히 孤山 어부사시사 같은 데서 나타나는, 대상에 대한 순수서정세계와 그것의 객관화가 가람시조에서 다시 뚜렷이 나타났다고 할 수 있을 것 같다.

4)
찬서리 눈보라에 절개외려 푸르르고
바람이 절로 이는 소나무 굽은 가지
이제 막 白鶴 한 쌍이 앉아 깃을 접는다.

드높은 부연끝에 풍경소리 들리던 날
몹사리 기달리던 그린 임이 오셨을 제
꽃 아래 빚은 그 술을 여기 담아 오도다.

갸우숙 바위 틈에 不老草 돋아나고
彩雲 비껴날고 시냇물도 흐르는데
아직도 사슴 한 마리 숲을 뛰어드는다.

---

13) 徐復觀, 權德周 譯, 『중국예술정신』, 東文選, 1990, 165쪽.
14) 周康植 교수는 가람이 정지용과 친분이 두터웠고 해방 전 휘문보고에서 함께 근무한 적도 있을뿐더러, 이태준과 함께 『文章』의 추천위원이었다는 점에서 서구의 Modernism에서 영향 받은 것이라고 밝히고 있다. 周康植, 「現代時調의 樣相研究」, 동아대 박사논문, 1990, 30쪽.

불 속에 구워내도 얼음같이 하얀 살결
티 하나 내려와도 그대로 흠이 지다.
흙 속에 잃은 그날은 이리 純朴하도다.

— 김상옥,「白磁賦」

4)는 물론 3)과 다른 소재를 시화詩化했지만, 3)이나 4)는 모두 동양의
예술관이 드러난 작품이라는 점에서는 공통점이 있다. 어떤 의미에서는
4)가 3)보다도 더 동양의 예술관을 나타내 보이고 있는 것 같다.

백자가 주는 흰빛, 거기에 그려진 백학白鶴, 사슴, 소나무 등은 동양화
에서 주로 다루어지는 화재畵材이기도 하지만, 동양정신을 대변하는 사
물이기도 하다. 초정은 이 사물들을 생동감 있게 묘사하였는데, 마치 동
양화가 사물을 형사形寫할 때, 그것의 생동감을 위하여 집중集中의 수법
을 쓰듯이 초정도 여기서 집중集中의 수법을 쓰고 있다. 화법畵法에서의
집중集中이라 함은 사물을 사물되게 함축해서 내보이는 수법15)을 말하는
데 '소나무 굽은 가지'는 소나무의 생태적 특징 또는 소나무에 대한 인간
의 굳어진 이미지를 대변하고 있다. 굽지 않은 소나무는 버드나무의 인
상이다. 깃을 접은 백학 그리고 숲을 향해 뛰는 사슴도 그것 자체의 특징
적 이미지를 나타내고 있다고 하겠다. 곧 집중集中이 일어난 것이다.

이런 점에서 보면 4)는 동양의 예술관이 그대로 투영되고 있다. 문제는
가람의 뒤를 이은 초정은 가람시조와 어떤 차이를 보였는가 하는 점이
다. 우선 초정은 항일운동과 연관되어 옥살이를 한 시인이면서 우리의
문화재나 유적에 깊은 관심을 보여준 시인으로 알려져 있다.

---

15) 白琪洙,『美의 思索』, 서울대 출판부, 1986, 163쪽.

5)
지긋이 눈을 감고 입술을 축이시며
뚫린 구멍마다 임의 손이 움직일 때
그 소리 은하 흐르듯 서라벌에 퍼지다.

끝없이 맑은 소리 천년을 머금은 채
따수히 서린 입김 상기도 남았거니
차라리 외로울망정 뜻을 달리 하리오.

— 김상옥,「玉笛」

그는 청자靑磁, 백자白磁, 옥적玉笛, 십일면관음十一面觀音, 대불大佛, 다보탑多寶塔, 촉석루矗石樓, 무열왕릉武烈王陵, 포석정鮑石井, 재매정財買井, 여황산성艅艎山城 등의 문화적 유물들 또는 유적들을 소재로 한 작품들을 많이 남긴 것은 다 아는 일이다. 이런 의미에서 그는 일단 한국혼韓國魂을 들추어내는 작업에 남달랐던 시인임을 알 수 있다. 특히 그는 신라혼新羅魂이 깃든 유물에 깊은 애정을 가지고 있었는데, 5)는 그 예의 하나이다.

외로울망정 뜻을 달리하지 않겠다는 것은 지절志節의 고수라 할 수 있고 궁극적으로 시인 자신의 결심을 간접화했다고도 볼 수 있다. 한국의 전통미가 왜색倭色에 밀려 퇴조되고 국권마저 빼앗긴 터에 문사文士 초정이 부르짖고 싶은 것은 주체적 사고와 민족혼의 고취였을 것이다. 이것은 육당이 조선혼을 일깨우기 위해서 역사적 사실을 들추었다든가, 노산鷺山이 애국심을 일깨우기 위해서 조국기행에 나섰던 것보다 구체적이고 더 사실적인 민족혼의 들춤이 될 수 있다. 이것은 가장 작은 사물에서 조국이라는 가장 큰 의미를 획득하는 일이기도 하지만, 조국애에 대한 직설直說의 웅변雄辯보다도 더 효과적인 설득일 수도 있다. 이것은 또 무력적 도전과 항쟁이 불가능한 상태에서 무인武人도 아닌 문인이 행사할 수 있는 일본에 대한 가장 적극적, 효과적 응전일 수도 있다.

가람은 역사적 맥락에서 살필 수 있는 현실안을 거부하고 오로지 작품을 그 자체에 국한함으로써, 역사적 사회적 존재물로서의 시조작품에는 미흡했던 것인데, 초정은 시의 밑바닥에 민족혼의 고취라는 의미체를 깔고 그 터전 위에다 시적 기교를 행사함으로써, 시가 줄 수 있는 서정과 의미를 한꺼번에 포함할 수 있었던 것이다. 즉, 서정시로서의 진한 서정미를 표면에 걸고 서정미를 도외시한 개화기시조 혹은 육당시조와의 확연한 구별점이 되기도 한다.

> 오늘 이 책을 냄은─아직 一部의 작품(新詩)이 따로 남았으나─ 다만 흘러간 그 절통한 인욕의 날을 밝히고자 함이언만 이 시의 어느 구석엔지 실오래기만 하되 그래도 염통에서 터져나온 피맺힌 사랑이 숨겨 있음을 믿사옵고 이를 혹시 찾아 읽으시고 느껴주시는 이 계시다면 나는 이 우에 더 큰 영광이 없겠나이다.16)

초정에 있어서의 피맺힌 사랑의 대치물은 한국혼을 상징하는 문화재 또는 유적이다. 독자에게 피맺힌 사랑, 그것도 염통에서 나온 사랑, 그것도 끄집어 내온 사랑이 아니라 저절로 터져서 나온 사랑의 진정한 의미를 옳게 읽어줄 것을 독자에게 호소할 정도로 초정은 절실히 민족혼을 부르짖고 싶었던 것이다. 이것이 바로 『草笛』에 나타난 그의 시정신이라 할 수 있다. 이런 바탕 위에서 다음의 시조를 읽어 보기로 한다.

---

16) 김상옥, 『草笛』, 수향서간, 1947, 70~71쪽.

6)

의젓이 蓮坐위에 발돋음 하고 서서
속눈썹 조으는 듯 東海를 굽어보고
그 무슨 연유깊은 일 하마 말씀하실까.

몸짓만 사리어도 흔들리는 구슬 소리
옷자락 겹친 속에 살결이 꾀비치고
도도록 내민 젖가슴 숨도 고이 쉬도다.

해마다 봄날 밤을 두견이 슬피 울고
허구헌 긴 세월이 덧없이 흐르건만
황홀한 꿈 속에 홀로 미소하시다.

　　　　　　　　　　　　　　－ 김상옥,「十一面觀音」

앞서 5)에서도 보았듯이 초정은 항존적이고 불변적인 정신세계를 사
랑하였는데, 6)에서도 이 점은 마찬가지다. 시간을 무화無化시킬 수 있다
는 것, 어떠한 외형적 변화가 감행된다고 해도 본질적인 면은 불변할 수
있다는 것을 5), 6)에서 보여준 것이다. 즉, '가람이 자연에 탐닉하여 외
형적 모방에 열심이었다면 초정은 존재의 본질과 그 생명에 도달하여
한국혼의 정수를 불러 일으켜 세웠던 것17)이다.
　결국 초정은 동양예술에 투영되어 있는 즉물적卽物的 세계관世界觀에
서 벗어나지 않으면서도 역사적 의미성을 획득함으로써 한국시의 한 전
통적인 맥락을 잇는 일과 한국인으로서의 동일성 확보를 시조 속에서 노
렸던 것으로 특징지어진다. 이것은 가람시조와의 거리를 의미하면서도
현대시조의 새로운 진로를 여는 일이기도 하였다.
　초정은 『草笛』 이후의 후기 작품으로 오면 『草笛』에서 보여줬던 시적

─────────────────
17) 周康植, 앞의 논문, 38쪽.

세계와 다른 면들을 보여주고 있다.

첫째, 유적 또는 문화재의 소재 영역에서 벗어나 소재의 확대를 꾀하고 있음을 알 수 있다. 유적 또는 문화재를 소재로 다룬 것은 그 당시의 시대적 요청에 부응한 것이었다고 할 수 있다. 그러나 국권이 회복되고 난 뒤에는 굳이 여기에 매달릴 필요가 없어졌고, 시대적인 조류조차 공동체적인 삶의 양식이 요청되던 시대에서 개인적 사유세계가 보장되는 시대로 바뀌어가는 터였으므로 더욱 여기에 매달릴 필요가 없어진 셈이라 하겠다.

제목에서 보아도 알 수 있듯이 사물과 사물이 위치하는 상황이 시적 대상으로 나타나는 경우가 많아졌다. 가령 '꽃피는 숨결에도', '난(蘭) 있는 방(房)', '따스롭기 말할 수 없는 무제(無題)', '내가 네 방(房)에 있는 줄 아는가', '금(金)을 넝마로 하는 술사(術士)에게' 등등에게 보듯이 하나의 사물에 집착하는 것이 아니라, 사물과 사물이 위치하고 있는 상황 전체를 시적 대상으로 삼는 경우가 많아진 것이다. 이것은 결국 시적 공간이 넓어졌다는 의미를 수반한다. 둘째, 외형적 묘사 대신 의미의 심도에 주력하게 되었는데 이것은 시인 자신과 사물과의 연관성을 따지는 일이었다.

7)
종일 市內로 헤갈대다 亞字房엘 돌아오면
나도 이미 欌안에 한개 白磁로 앉는다.
때 묻고 얼룩이 배인 그런 항아리로 말이다.

비도 바람도 그 히끗대던 진눈깨비도
累累한 마음도 마저 담았다 비운 둘레
이제는 또 뭘로 채울것가 돌아도 아니 본다.
　　　　　　　　　　　　　　　　　　　　－ 김상옥, 「항아리」

7)은 백자 항아리를 읊었다는 소재적 측면에서 본다면 4)와 같다고 하겠다. 그러나 4)가 백자의 외형적 묘사에 치중됨으로써 백자의 우월성, 백자의 가치성, 백자의 미美 등등이 강조되는 한편, 시 의식은 백자로 표백表白된 민족의식이었고, 시인 자신의 삶이 투영되지는 못했었다. 그러나 7)은 4)에서와는 달리 백자의 외형적 묘사 또는 백자로 표백表白되는 민족의 집단적 삶은 소멸되고 그 자리에 시인 자신의 삶의 형태가 자리잡은 것이다. 말하자면 외형으로서의 백자와 내면으로서의 시인 자신의 삶이 결합됨으로 해서 백자와 시인의 삶이 관계선상에 놓이게 된 것이다. 이 같은 경향은 당시 자유시의 한 시풍詩風에서도 찾아볼 수 있다.

한국시는 1950년대에 들면서 시적 자아와 세계와의 친화를 나타내는 자기화自己化이거나 아니면 세계와의 불협화不協化를 나타내는 세계의 타자화他者化를 노래했던 과거의 시와 다른 경향이 나타나기 시작했다.

이제 세계와 시적 자아는 감정을 죽인 차가운 논리적 기반 위에서 연관하는 관계 또는 세계와 화합하더라도 이유가 분명한 화합관계를 나타낸 것이다. 즉 세계와의 관계성이 뚜렷해진 것이다. 가령 청록파靑鹿派 시인들이 보여 주었던 시풍詩風은 세계와의 화합 또는 세계의 자기화自己化였지만 김춘수金春洙, 김수영金洙映 등의 시에서는 서정시의 관례가 보여 줬던 정감이 사라지고 딱딱한 관계상의 도식이 나타난 것이다.

8)
  그의 寫眞은 이 맑고 넓은 아침에서
  또 하나의 나의 팔이 될 수 없는 悲慘이요
  행길에 얼어붙은 유리창들같이
  時計의 열두시 같이
  再次는 다시 보지 않을 遍歷의 歷史……
  나는 모든 사람을 避하여

그의 얼굴을 숨어보는 버릇이 있소
　　　　　　　　　　　　　　　– 김수영, 「아버지의 寫眞」 일부

　8)에서는 세계에 대한 지적 인식만 존재할 뿐 전통서정시의 정감이 없
다. 이것은 동란을 겪고 난 뒤의 삶에 대한 애착, 삶에 대한 진지성이 강
조되다 보니 시에서도 시인의 삶의 형태가 투영되어버린 결과로 볼 수
있을 것이다.

　한국시에서 세계에 대한 통일된 사고, 집합될 수 있는 의식 대신에 개
인화, 개별화가 가속된 시기가 바로 1950년대라고 할 수 있는데, 앞서 7)
은 백자항아리에 대한 개인적 사유가 심화되어 나타난 작품이다.

　초정은 자유시自由詩도 많이 남긴 시인이다. 그가 스스로 자기 시조를
삼행시라고 명명한 것은 시조가 고수하는 전통서정의 정감에서 이탈한
작품임을 독자에게 의미시키려 하는 데서 비롯된 것이다. 그것은 7)에서
볼 수 있듯이 지적 인식으로 바라본 사물 세계를 노출하는 길이었다.

　셋째, 추상화, 비구체화의 시적 세계를 보여주었다.

　9)
　이 하늘 이 거리에 네가 어찌 서 있느냐
　한 알 열매처럼 가을을 온통 다 적신 눈빛
　千 마리 羊떼의 피보다 더욱 진한 祭需로!
　　　　　　　　　　　　　　　– 김상옥, 「今秋」

　10)
　휘파람 저 휘파람, 투명한 유리조각
　오늘도 그날 위에, 네 눈도 그 이마 위에
　다가와 포개진 그들 물빛 속에 어리우네.
　　　　　　　　　　　　　　　– 김상옥, 「물빛 속에」

9)에서 가리키는 '너'는 누구인가, 무엇인가. 누구며 무엇을 암시하는 말들이 분명하지 않거나 추상적이기 때문에, 독자는 '너'에 대한 대상에 의문점을 가지면서 시에 즐겁게 접근하기보다는 대상의 해석에 불쾌감을 가지면서 접근하게 된다. 10)의 '물빛 속에 어리우는'것은 과연 무엇인가.[18] 9), 10)은 독자 개개인이 그야말로 추상적으로 더듬어가야 하는 상상세계를 요구한다. 이것은 애초 초정이 보여 주었던 선명한 이미지를 통한 구체화된 사물 세계에서의 일탈을 의미한다고 하겠다.

앞서 18C 중엽부터 서양시가 추상성을 보임으로 해서 시의 명료성, 정확성이 요청되었고, 그리하여 시어에 표상성, 감각성을 살리려는 운동이 일어났는데, 이 같은 경향이 바로 모더니즘Modernism시 운동의 한 특징이 되고 있다고 밝혔다.

초정은 초기 시조에 있어서는 모더니즘Modernism풍의 시조를 창작함으로써 자기 시조의 특색을 보장받았는데, 9), 10)에서는 오히려 시대적으로 역행하는 시풍詩風을 보인 셈이다.

시에 있어서의 애매성(ambiguity)은 다의적 해석이 가능하도록 하는 시적 장치다. 애매성으로 인하여 시는 늘 살아있는 형태로 나타난다. 애매성의 의미는 구체성에 상반되는 말이기는 하지만 추상성과는 근본적으로 다르게 쓰이는 말이다. 시를 아무렇게 해석해도 된다는 것은 아니라 오히려 이것을 경계하는 것이 애매성의 본질이다. 9), 10)에서는 애매성을 나타내는 다의적 해석의 시조가 아니라 시조의 해석조차가 모호해지는 그런 시조로 나타나 있다. 다시 말해 뜻 겹침으로 인한 다의적 해석이 일어나지 않는 시조다.

---

18) 학자에 따라서는 ambiguity가 애매성으로 번역되었을 대, 애매성이라는 말이 추상성과 혼동될 것을 두려워하여 '뜻 겹침'이라고 번역하는 것이 옳다고 주장하는 학자도 있다. 이상섭, 『자세히 읽기로서의 비평』, 文學과 知性社, 1988, 208쪽.

초정은 과거 시조가 갖는 단편적 단일적 의미구조를 떠나 복합적 의미 구조를 가진 시조를 창작하고자 시도하였으나, 9), 10)의 경우는 독자를 당황하게 만들 뿐이었다.

넷째, 시조의 형식을 이완시킨 점을 들 수 있다. 고시조에 있어서의 형식은 각장은 4음보이면서 종장 둘째 음보를 제하고는 모두 3음절 또는 4음절을 최빈치이면서 중앙치로 하는 형식을 취하고 있다. 이 말은 종장 둘째 음보를 제한 모든 음보는 한 어절이거나 두 어절에 머물고 있음을 의미한다.

11)
물 속에 잠긴 구름, 千年도 덮어줄 너의 이불
네 혼자 귀밑머리 풀고 문풍지 우는 한밤중
어느 뉘 두레박이 퍼올리리오, 저 짙푸른 꿈의 蓮못

고와라 蓮꽃수렁, 깊숙이 깔린 자욱한 人煙
천당도 푸줏간도 한지붕 밑, 연신 일렁이는 還生
눈부신 지옥, 드높은 시렁에 너는 거꾸로 매달린다.

꿈도 아닌 세상, 임시가 영원같은 세상
지금 저 떼거지의 龍袍, 王의 남루는 누가 벗기리
저어라, 서둘러 노를 저어라, 아 끝없는 꿈의 蓮못
                                        — 김상옥,「꿈의 蓮못」

11)은 고시조의 기준에서 보면 음절 수가 상당히 넘쳐있는 형태다. 11)을 음보율로 따져보면 다음과 같다.

11 - 1)

물속에	잠긴구름,	千年도덮어줄	너의이불
네혼자	귀밑머리풀고	문풍지우는	한밤중
어느뉘	두레박이퍼올리오,	저짙푸른	꿈의蓮못

고와라	蓮꽃수렁,	깊숙히깔린	자욱한人煙
천당도	푸릇간도한지붕밑,	연신일렁이는	還生
눈부신지옥	드높은시렁에	너는거꾸로	매달린다.

꿈도	아닌세상	임시가	영원같은세상
지금저	떼거지의龍袍,	王의남루는	누가 벗기리
저어라	서둘러노를저어라	아끝없는	꿈의蓮못

고시조에서는 11-1)에서와 같이 여러 음보가 기준에서 벗어난 경우는
극히 보기 힘들다. 기준에서 벗어난 경우도 분명한 이유에서 비롯된다.

12)

가마귀 거므나다나 해오리 휘나다나
환싀다리 기나다나 올히다리 져르나다나
世上에 黑白長短은 나는 몰라 ᄒ노라

- (瓶歌, 855)

13)

가마귀를 뉘라 물드려 검싸하며 백노를 뉘라 마젼ᄒ야 휘다더냐
황싀다리를 뉘라 이어 기다ᄒ며 오리다리를 뉘라 분질너 즈르다ᄒ랴
아마도 검고 희고 깊고 즈르고 흑빅장단이야 일너무슴

- (時調, 98)

13)은 12)에다 보충어를 삽입한 형태다. 거꾸로 12)는 13)에서 보충어

를 뺀 형태다. 문제는 12)가 선행한 작품이냐, 13)이 선행한 작품이냐가 문제될 것이다. 이것은 12)가 선행한 작품이라고 보아야 옳겠다. 그 이유로는 두 가지를 들 수 있다. 첫째, 12)가 실린『甁窩歌曲集』이『時調』보다 앞서 엮어진 책인데『甁窩歌曲集』에 13)이 실리지 않았다는 점이다. 둘째, 장시조長時調 중에는 앞서 창작된 단시조를 모범으로 삼아 창작한 경우가 많다는 점이다.

그러면 왜 13)은 12)를 모범으로 삼아서 장시조長時調로 개작했던가 하는 의문이 생긴다. 여기에는 무엇보다 창과 연관에서 살필 필요가 있겠다. 12)를 창하던 방법으로 13)을 창하다 보면 박자와 템포 면에서 어긋남이 생기고 만다. 기존하고 있던 창의 형식에서 보면 변조변박變調變拍을 의미한다. 또 창의 형식에 변조변박變調變拍을 가하려다 보니 가사까지도 기존 형식에서의 이탈이 생기게 되어 결국 13)이 되었다고 볼 수도 있다. 여하튼 13)은 창의 변화와 연관된 작품이다.

초정은 초기 시조에 있어서는 고시조에서 보여주는 단아한 시조 형태를 그대로 고수하였는데, 후기에 와서 왜 이렇게 형식의 일탈을 보여주고 있는가. 이것은 창과의 연관이 아니라 일단 시조 율독과의 연관에서 비롯되었다고 볼 수 있다. 즉 음보 안에 포함되는 음수가 3, 4음절에서 두 음절 이상이 많아졌을 때, 이때는 율박감이 빨라질 수밖에 없다. 템포와 리듬에 변화가 온다는 것이다. 그러나 초정은 율독상의 배려는 오히려 부차적이고, 주차적인 것은 시적정보를 풍부하고 정확하게 함의含意하려는 데서 이러한 형식의 일탈을 보인 것으로 여겨진다. 시조 속에 포함시킬 정보의 양을 증폭시키고자 할 때, 가장 손쉬운 방법은 11)에서와 같이 형태를 이완시키는 방법일 수 있다. 이러한 형식의 이완은 현대시조에 흔하게 보인다. 형식의 이완으로 인하여 정보의 양은 증폭되고 독자에게 풍부한 상상력을 제공하기도 하지만, 전통시조의 단아한 형식에서 비롯되는 숭엄미와 균제미를 손상하는 결과도 우려되는 것이다.

과거의 시가 기호내용記號內容과 기호표현記號表現 간의 대결이 음성의 국면에서 현동화現動化되고 음악을 매개로 하여 이루어졌지만, 근대에 와서는 동시에 철자綴字국면과 음성국면에서 현동화된다는 점19)을 깨달은 초정은 이제 창하는 시조, 듣는 시조가 아닌 읽어서 감상하는 시조로서의 작품 세계를 확보하려 했다. 이것이 결국 형식의 이완으로 나타나서 보다 풍부한 정보를 함의含意하는 데에 미친 것이다.

이러한 점이 지나쳐 11)에서 보면 여태 불변의 음수로 인정하였던 종장 첫 음보 3음절마저도 깨뜨리고 있는 것이다. 창이 아닌 시조라고 할 때는 굳이 창시대의 형태라 할 수 있는 종장 첫 음보 3음절이 고수될 필요가 있을까 하는 것이 초정의 창작 태도인 것으로 보인다. 그러나 한편으로는 형식의 고수는 그것대로 의미 있는 것이다.

형식 때문에 그 형식에 용납되는 시상詩想의 관계 양상이 독특하게 발전 심화되고 또 자유시와 확연히 구별되는 의미상의 특징이 확보된다고 볼 수 있다. 그런 의미에서 보면 형식의 이완은 신중을 기할 일이라 할 수 있고 특히 종장 첫 음보 3음절의 파괴는 시조만의 의미구조를 손상시키는 두드러진 경우가 될 수 있을 것 같다.

이상에서 보았듯이 초정은 시조의 의미의 확대와 형식의 이완을 시도하였다. 이것은 현대시조의 한 양상을 구축하는 데에 일익을 담당하였다고 할 수 있지만, 다른 한편으로는 시조가 갖는 의미상의 특징이 훼손될 위험도 초정 시조는 동시에 안고 있음을 알았다.

---

19) Daniel Delas et Jaques Filliolet, Linguistique et Poetique(柳濟寔, 柳濟浩 譯, 『언어학과 시학』, 인동, 1985, 272쪽).

2. 이영도 시조

　시조가 정형시인 이상 정형시만의 고유 영역을 가져야 할 것이고 이것은 자유시가 행사할 수 없는 영역 확보로 인정되어야 한다. 그래야만 시조의 존재 가치가 있는 것인데, 오늘날 시조 전문지에 발표되는 작품들은 과연 자유시와 변별되는 시조만의 고유 영역을 행사하고 있는가 하는 점에 대해서는 많은 평자들조차도 회의적으로 생각하는 경향이 있다. 시조가 이렇게 된 데에는 시조시인들이 시조의 정체성 확보에 소홀하여 왔음에 기인한다고도 할 수 있다.

　현대시조가 이처럼 방황하고 있을 때에 시조의 현대화를 위해 노력했던 정운丁芸 이영도 시인의 작품을 거론한다는 것은 의미 있는 일이라 하겠다.

　그의 생애와 문학에 대해서는 많은 이가 지적해 왔으므로 이 글에서는 정운시조를 하나의 텍스트라고 보고 이 텍스트의 짜임(textuality)에 대해 살펴보기로 한다.

　시詩가 모호성(ambiguity)을 가져야 한다는 주장은 앰프슨Empson이 일찍이 7가지 경우를 들어 설명한 적이 있다. 이때의 모호성이 뜻의 겹침으로 인해 비롯되는 의미의 다의성의 효과를 말한 것이라면 동양에서는 일찍부터 시는 언어의 함축含蓄에서 생명을 얻는다고 하여 함축미를 강조하였다. 함축이란 시인의 사상 감정을 직접 분명히 드러내는 대신 배후에 감추어 둠으로써 그 효과를 증대시키는 수법을 말하는데 그 특징을 정리하면 다음과 같다.

　첫째, 난잡하여 이해할 수 없는 것은 함축이 아니다.

둘째, 함축미에 사용되는 형상은 여백이 충분해야 한다.
셋째, 함축을 이루는 기교로는 '완곡한 표현'과 '말 가운데 뜻을 기탁
하는 방법' 등이다.[20]

서정적 언어행위에 있어서는 축약된 발화를 활용함으로써 독자의 세심한 감상이 요구되고 그 결과 시의 진경眞境에 도달하게 되는데 이희승은 함축이란 말 대신 여백餘白의 중요성을 이렇게 설명하고 있다.

모호한 중에도 전체로서의 통일이 서로 조화가 이루어져야 한다.
본래 예술은 미가 생명이요 미란 것은 통일, 균제 조화 안에서 찾을
수 있는 것이다. 다만 그 모호란 것은, 첫째 직접적 표현을 피하고 간
접적으로 완곡하게 표시하는 일이요, 둘째로는 할 말을 다하지 않고
꼭지만 따거나 변죽만 울려서 그 나머지는 독자의 상상에 맡기는 일,
이 두 가지를 위함이다. 그러므로 표현이나 의미의 餘白을 남기는 것
이다. 一毫差錯이 없고 일말의 여지를 남기지 않는 능변보다 말할 듯
말할 듯한 침묵이때로는 더욱 아름답지 아니한가[21]

여기서 함축이라 하든 여백이라 하든 의미하는 바는 다르지 않다고 본다. 시에 있어 함축의 성공적인 사례는 배후의 의미를 독자의 상상력으로 해결할 수 있을 때 가능하게 된다. 여백은 일부러 만들어낸 공간이 아니라 건드리지 않은 자연 그대로의 상태, 그래서 비어 있지만 상상으로 채워지기를 기대하는 공간인 셈이다. 그래서 여백을 '불언의 언不言의言'이라 하고 독자와의 대화 공간이라 한다.[22]

---

20) 이병한 편저,『중국고전 시학의 이해』, 문학과 지성사, 1992, 218쪽.
21) 이희승,『고시조와 가사감상』, 집문당, 2004, 132~133쪽.
22) 손민달, 「여백의 시학을 위하여」,『韓民族語文學』제48집, 韓民族語文學會, 268쪽.

1)
너는 저만치 가고
나는 여기 섰는데……

손 한번 흔들지 못한 채
돌아선 하늘과 땅

愛慕는
舍利로 맺혀
푸른 돌로 굳어라

— 이영도, 「塔」 3 전문23)

2)
해거름 등성이에 서면
愛慕는 낙락히 나부끼고

透明을 切한 水天을
한 點 밝혀 뜬 言約

그 자락
감감한 山河여
귀뚜리 叡智를 간(魔)다.

— 이영도, 「言約」 전문24)

1), 2)는 애모愛慕가 주제인 작품이지만 1)은 탑塔으로 대신 되는 자신의 심상을 함축적으로 표현했다면 2)는 1)에 비해 함축의 강도를 높였다고 하겠다. "귀뚜리 예지(叡智)를 간(魔)다"의 적당한 의미를 캐기 위해서

23) 이영도, 『石榴』, 중앙출판공사, 1968, 83쪽.
24) 위의 책, 10쪽.

는 독자의 상상력이 달라질 수도 있다. 그렇다고 이것이 해석 불가능한 표현은 아니다. 애모에 잠겨 있는 시적 화자에게 그 날의 언약을 귀뚜리가 상기시키고 있음을 말하는 것 같지만 다르게도 해석이 가능한 곳이다.

사실 정운丁芸시조에는 2) 같이 함축의 강도를 높이는 경우가 극히 드물다. 이것은 다르게 말하면 독자에게 해석의 여유를 어느 정도 허락하는 경우라 하겠는데 그의 시조는 2)에서처럼 독자에게 해석의 여유를 주려고 하지 않는다.

3)
그대 그리움이
고요히 젖는 이 밤

한결 외로움도
보배냥 오붓하고

실실이
푸는 그 사연
장지 밖에 듣는다.

— 이영도, 「비」 전문25)

4)
사흘 안 끓여도
솥이 하마 녹 슬었나

보리 누름 철은
해도 어이 이리 긴고

---

25) 위의 책, 82쪽.

감꽃만
줍던 아이가
몰래 솥을 열어 보네

— 이영도, 「보리고개」 전문26)

1), 2)가 정운의 후기 작품이라면 3), 4)는 그의 초기 작품이다. 초기 작품은 3), 4)에서 보듯이 정감이 겉으로 쉽게 드러나 버린다. 화자의 행동도 직선적이면서도 단순하다. 이것은 독자를 작중화자에게 가깝게 근접시켜 작중화자의 속삭임을 쉽게 알아듣도록 하기 위함이다. 반면 후기 시조에서는 시적 대상에 대한 정보성을 강화시키기 위하여 함축(은유)의 수위를 높이고 있다. 그러나 정운은 정보성을 격상시키기 위해 방종에 가까운 함축을 경계하였다.

5)
그러나 직립한다. 강동의 사내들은

저 끝없는 황량에
결빙을 못질해도

견고한 뼈를 썻으며
불퇴전의

활을
든다.

— 박기섭, 「강동(降冬)의 시」 전문27)

---

26) 위의 책, 50쪽.
27) 윤금초, 이우걸 편, 『다섯 빛깔의 언어풍경』, 동학사, 1987, 28쪽.

시는 마술 같아서 많은 부분이 분석하기 어렵고 이것을 무의식적으로 받아들이는 즐거움이 있다는 주장이 있긴 하지만 정도가 심하면 마치 이해되지 않는 판결문을 피고가 받아들이지 않는 것처럼 독자는 시를 거부하게 된다. 의미 전달을 어렵게 하는 것이 시의 정도라고 할 수는 없다.

5)는 시의 해석이 쉽지 않다. 무엇을 의미하는지가 불분명하다. 정운은 5) 같은 시풍詩風을 경계하였다. 그는 1), 2)에서 보여줬던 정감의 세계가 장기인 시인이었다. 그는 시를 감상할 자격을 갖춘 독자가 오랫동안 읽고 또 읽어서 시에 친숙해진 후에도 여전히 이해하기 어려운 작품을 남기려 하지 않았고 이런 시풍을 시조의 정도라 하지 않은 것 같다. 그렇다고 독자의 이해에만 편중하여 의미가 진중하지 못한 시를 더욱 경계하였던 시인이다.

그의 시조는 한 장면의 상황을 알기 쉽게 그리되 그 상황 너머의 현실을 깨닫도록 하였다. 그래서 독자는 3)에서는 밤비 오는 날의 허적한 심경이 빗소리에서 그리운 이의 음성으로 치환하여 듣게 되고 4)에서는 철부지 어린이의 배고파하는 모습을 몰래 솥을 열도록 하여 당시의 보릿고개를 실감 있게 느끼도록 하였다. 그러다가 그는 1), 2)에서처럼 시적 대상에 대한 표현에 심도를 더하는 방향으로 나아간 것이다.

어느 것이든 정운시조에는 시상이 불투명하지 않고 의미 해석이 모호하지 않다. 이것은 시조에 대한 정운 자신의 창작 논리라 할 수도 있다.

고시조의 각 장은 형식상이든 의미상이든 하나의 문으로 성립된다. 그러면서 유기적으로 결합하여 한 작품으로 완결되는 것이다. 그렇게 되고 보니 장과 장은 연결어미로 엮이거나 접속어로 엮이거나 (실제의 경우는 접속어가 생략되는 수가 많다) 의미상으로 뒷장이 앞장의 정보를 이어받아 연결성을 확보하기도 한다.

6)

泰山이 높다 ᄒ되 하늘 아릭 뫼히로다

오르고 ᄯ 오르면 못 오를 理 업건마ᄂ

사룸이 제 아니 오르고 뫼흘 높다 ᄒ더라

　　　　　　　　　　　　　　　－ 양사언 (瓶歌 639)

7)

靑草 우거진 골에 자ᄂ다 누엇ᄂ다

紅顔을 어듸 두고 白骨만 무쳤ᄂ이

盞 자바 勸ᄒ리 업스니 그를 슬허 ᄒ노라

　　　　　　　　　　　　　　　－ 임제 (珍靑 107)

　6)의 초장과 중장 사이에 '만약', 또는 '그래서'를 그리고 중장과 종장 사이에 '그러나'가 생략되었다고 보여진다. 이와 같이 문법적 수단(여기서는 접속부사)을 통하여 앞문과 뒷문을 논리적으로 연결시키는 장치를 응결성(cohesion)이라고 한다.

　7)의 초장에서 '자ᄂ다 누엇ᄂ다'의 의미를 중장에서 '무쳤ᄂ이'가 개념적으로 이어받았다. 이와 같이 앞문과 뒷문이 개념적(의미적)으로 연결하는 장치를 응집성(coherence)이라고 한다. 7)의 중장과 종장 사이에는 '그래서'를 생략하였으므로 응결성을 가지고 있다고 하겠다.

　이와 같이 고시조에서는 응결성 혹은 응집성의 장치를 가지고 있어서 시조 3장이 완전히 의미의 연결을 이루고 있다. 이것은 한시漢詩가 정제된 형식미를 가지면서 구성법이 안정되어 있듯이 고시조도 안정된 의미기반을 확보하고 있었던 것이다.

　정운시조는 이 점이 어떻게 나타나고 있는가.

　우선 정운시조는 각 장끼리 응결성 또는 응집성을 가짐으로써 의미 연결을 확실히 하고 있음을 알 수 있다.

8)
아이는 봄 따라 가고
고요가 겨운 뜰에

봉오리 맺은 가지
만져도 보고 싶고

무엔지
설레는 마음
떨고 일어 나선다.

– 이영도, 「봄」 1 전문[28]

8)은 장과 장 사이에 말을 끼워 넣을 필요도 없이 서로 의미가 연결되어 있다. 앞에서도 의미 연결이 확실하기는 마찬가지다. 1)에서는 중장과 종장 사이에 '그러나'를, 2)에서 초, 중장은 연결어미를 동원한 응결성을 가지고 있다면 중, 종장 사이에는 앞 의미를 이어오는 말 '그 자락'이 있어 응집성을 가지고 있다.

3)은 초, 중장 사이에 '그래서', 중, 종장 사이에는 '오붓하고' 한 말은 '오붓하다. 그리고'가 되므로 응결성을 갖는다. 4)는 초, 중장 사이에는 '그런데', 중, 종장 사이에는 해가 길어서 배가 고프다는 사실이 솥을 열어보는 행위로 연결되어 응집성을 갖는다.

이와 같이 정운시조에는 응결성, 응집성의 장치가 있어서 장과 장 사이에는 논리적 빈틈이 존재하지 않는 것이 특징이다. 서정적 발화에는 구조적 또는 의미론적으로 문장이 연결되어야만 하는 것은 아니다. 뒷문이 앞문과 연결이 자연스럽지도 않고 느닷없는 다른 문이 연결되어 의미

---

28) 이영도, 앞의 책, 21쪽.

파악이 어려운 경우도 많이 있다. 특히 현대의 조립서정시(Montagelyrik)는 행과 행이 비결합성으로 이루어지기도 하였다.

실제로 현대시조에서도 장과 장의 연결을 무시하는 경향이 있어왔다. 그러나 丁芸은 시조의 정수는 고시조가 모범을 보였던 장과 장의 연결성을 확고히 해서 시조 3장이 논리적 귀결로 끝이기를 희망하는 시인이었다. 이것은 현대시조가 방종에 가까우리만큼 시조의 형식미를 무시하는 경향과 함께 시사하는 바가 크다고 할 수 있다.

다음으로 정운시조에는 수식어를 절제하고 있다는 점을 들 수 있다. 서양의 고대수사학에서는 사고를 기술함에 있어 배치(disposition)개념을 제일 먼저 요구하고 있다. 이것은 사고의 내용을 논리적으로 정렬하게 하는 것[29]인데 논리적 정렬을 방해하는 수식어는 불필요함을 의미한다. 6), 7)에서 보았듯이 고시조에서는 3장 전체가 수식어를 극도로 제한하고 있음을 알 수 있다. 고시조가 사대부 중심의 문학이었다는 점이 바로 드러난 셈이다. 사대부들의 언행言行은 좌左와 우右가 분명해야 하는 것이지 좌左일 수도 우右일 수도 있는 논리는 존재할 수가 없었다. 그들은 분명하고 정연한 인식 태도를 시조화하였던 사람들이다. 이러한 전통은 시조의 생명이 되어 계승되어 왔었다.

9)
자목련 산비탈 저 자목련 산비탈 경주 남산 기슭 자목련
산비탈 내 사랑 산비탈 자목련 즈믄 봄을 피고 지는
                                    — 이정환, 「자목련 산비탈」 전문[30]

---

29) 고영근, 『텍스트 이론』, 아르케, 1999, 30쪽.
30) 윤금초, 이우걸, 앞의 책, 12쪽.

10)
사랑하고
싶어라
흔들리는 순수를
그리움에
목메이고
미련으로 떨던 날도
흐르는
바람 결에도

몸져 눕던 그런 날도

— 김민정, 「갈대」 전문[31]

9)에는 자목련 산비탈이란 말이 요령 없이 자주 등장하고 있다. 시조가 3장으로 구성된다는 것은 각 장을 이루고 있는 의미 형태가 서로 유기적 결합을 하여 완결된 한 의미 형태로 정리됨을 의미하는데 9)는 소란하긴 하지만 의미하는 바가 시조와는 판이하다.

10)은 '흔들리는 순수를 사랑하고 싶어라'가 중심어인데 ① 그리움에 목 메이고 미련으로 떨던 날 ② 바람결에도 몸져눕던 그런 날, 이 두 경우에 흔들리는 순수를 사랑하고 싶다는 논지이다. 말은 많이 했지만 의미의 결집이 없어서 허황하게 들린다. 의미가 맺히고 정리되어서 끝나는 시조의 정통에서 벗어났다.

정운시조는 말을 많이 하려 하지 않는다. 간결하면서도 의미하는 바가 분명하다. 수식어를 극도로 제한하여 할 말만 정연하게 내 보인 셈이다. 그래서 정운시조의 특징 중 하나는 3장을 유기적으로 잘 연합하고 있다

---

31) 『開花』, 2001. 10, 124쪽.

는 점, 번다한 수식어를 피하고 시조의 의미를 정연하고 간명하게 정렬하고 있다는 점이라 할 수 있다.

이와 같은 정운시조의 특질은 고시조가 보여주었던 시조 정통의 모범적 사례로 인정할 수 있고, 오늘의 시조시인들의 시조 창작에 많은 시사점을 던져 준다고 할 수 있다고 본다.

3. 정완영 시조

동양에서는 일찍부터 문학 안에 도道를 담아 시속時俗을 교화敎化시킨다는 의미에서 文은 재도지기載道之器 또는 실도지기實道之器라 일러왔다. 이와 달리 문학을 공리적 효용 가치로 보지 않고 순정한 정서 세계를 나타낸 문학이라고 해도 정도의 차이는 있지만 역시 문학 속에는 사상이 녹아 있어야 하는 것이다. 사상성이 지나치면 교시성敎示性이 강하여 건조하기 쉽지만 사상성이 너무 적으면 역시 정서의 충만으로 인하여 통속으로 흐를 위험이 있다. 독자의 판단이긴 하지만 사상과 정서가 알맞게 섞일 때 독자로부터 호평을 받을 수 있다고 본다.

백수白水 정완영鄭椀永 시인은 1919년에 태어났으므로 현존 시조시인으로서는 최고 고령이라 할 만하다. 또한 그의 시조는 많은 사람들로부터 애송되고 있을뿐더러 많은 평자들로부터 찬사를 받고 있는 시인임에는 틀림이 없다.

박경용 시인은 백수시조에 대해 다음과 같은 찬사를 한 적이 있다.

자연과 혼연일체가 되어 있는 그 몰입의 심오한 경지, 思無邪,무아의 경지에서 침잠하며, 좌선하며, 노닐기를 夢遊하듯 하는 그의 달관의 극치, 그 어느 것엔들 심혼을 기울이지 않았으랴만, 여기 묶은 시편들에는 더 많이 각별한 바가 있지 않았을까 헤아려지는, 그의 시조로써 得意한, 감히 어느 누구도 넘보지 못할 그만의 독보적 幽玄한 경지다.32)

많은 평자들은 대체로 이러한 평에 동의하고 있는 것 같다. 그렇다고 한다면 이렇게 피상적인 지적으로 끝낼 일이 아니라 구체적으로 그의 작품을 통해 그의 작품 속에 내장된 사유세계를 밝혀내는 일은 마땅히 있어야 한다.

이제현李齊賢은 『역옹패설(櫟翁稗說)』 후편에서 "옛 사람의 시는 눈앞의 풍경을 그리면서도 뜻은 말 밖에 있어 말은 끝나도 그 맛은 끝나지 않는다"33)라고 하면서 도 연명의 음주飮酒 일부 채국동이하採菊東籬下 유연견남산悠然見南山을 예로 들고 있다. 국화를 캐서 들고 유연히 남산을 보는 이유와 남산과 국화와의 연관성 등 시어 밖에 존재하는 내용은 독자가 상상력으로 감당해야 할 몫이다.

이규보李奎報도 『동국이상국집(東國李相國集)』에서 이렇게 말하고 있다.

> 시는 시상[意]이 기본이다. 때문에 구상이 어렵고 언어 묘사는 둘째가 된다. 구상은 또한 그 사람 기백이 높고 낮은 데 따라 깊고 얕은 것으로 구별된다. 그런데 기백이 낮은 자는 시구를 다듬어 맞추는 데만 힘쓰고 시상을 앞세우지 못한다. 이렇게 지은 작품은 조각한 듯한 문장과 그려낸 듯한 시구가 참으로 아름답기는 하다. 그러나 깊고 함축된 시상이 없으면 처음 보기에는 잘 된 듯하나 다시 음미하면 아무런 맛도 없어지고 만다.34)

---

32) 정완영, 『정완영 시조 전집』, 土房, 2006, 793쪽.
33) 최행귀 외, 『우리 겨레의 미학사상』, 보리, 2006, 86쪽.

유몽연柳夢寅도 『어우야담(於于野談)』에서 이렇게 말하고 있다.

> 시란 사상 감정[志]의 표현이다. 제 아무리 시어를 잘 다듬었다 해
> 도 정작 사상적 내용과 그 지향성이 결여되었다면 시를 알아보는 사
> 람은 이를 취하지 않는다.[35]

이상의 말을 종합해 보면 언어 묘사의 배후에 시상[意] 또는 사상이 잠
복되어 있어서 독자가 말로서는 표현하지 못하는 묘미를 느끼게 해야 한
다는 뜻이라고 할 수 있다. 그렇다고 한다면 백수시조에는 과연 어떠한
사상이 잠복되어 있는가를 따져볼 필요가 있다.

첫째, 백수시조에서는 자연 속에 몰아된 장자철학의 좌망적坐忘的 경
지 또는 불교에서 말하는 지관적止觀的 경지가 엿보인다고 하겠다.

1)
풍경 소리 떠나가면 절도 멀리 떠나가고
흐르는 물 소리에 산은 감감 묻혔는데
적막이 혼자 둥글어 달을 밀어 올립니다.

- 「望月寺의 밤」 전문[36]

절의 존재는 풍경 소리에 의해 확인된다. 물 소리는 산을 이불처럼 싸
버리거나 산 그 자체를 존재하지 않게 무화無化시키는 존재다. 그러니까
풍경 소리나 물 소리는 망월사와 둘레의 산을 지배하는 절대자로 나타내
었다. 한 편 작중화자는 적막을 느끼면서 그 적막이 둥그렇게 달이 되어
떴다고 유추해보면 작중화자 자신도 풍경 소리, 물 소리와 더불어 자연

---

34) 위의 책, 28쪽.
35) 위의 책, 156쪽.
36) 정완영, 『정완영 시조 전집』, 土房, 2006, 700쪽.

을 지배하는 존재가 되어 있다. 작중화자는 자연과 더불어 절대적 권위로 등장하면서 자연의 이법에 순종하기보다 자연을 모양 바꾸고 역동적으로 변화시키는 것이다. 다르게 생각하면 풍경 소리, 물 소리가 역동적 존재로서 사물을 변화시킨다고 한다면 작중화자 자신도 이것과 이치를 같이 하는 존재가 되므로 인간초월의 모습을 보이고 있다. 이것은 다음 작품에서도 완연히 확인되고 있다.

2)
철 따라 찾아간 절
절엔 들지 아니하고

건너편 너럭바위
신록 위에 올라 앉아

해종일 절 바라보다가
나도 절이 됐더니라

― 「新綠行」 전문37)

지식의 과제는 사물을 구별 짓는 것이고 사물을 안다는 것은 그것과 다른 사물과의 차이를 파악하고 있다는 것이다. 차별을 잊어버리면 무차별이고 이것은 大全의 경지 곧 대도大道에 드는 것이 된다. 장자는 도道가 만물을 부수기도 훼손하기도 하고 만들기도 하지만 포악해서가 아니고 의지, 감정, 목적에 수반해서도 아니라고 본다.

1)은 작중화자가 자연에 부합하는 존재로서 비인간화 되어 있고 억지와 무리를 수반하지 않는 자연원리하에 자신을 던져 놓았다. 그러나 2)는

---

37) 위의 책, 412쪽.

1)에서처럼의 역동적인 존재 대신 작중화자 자신이 조용히 자연 속에 동화되어 몰아沒我된 순간을 나타내었다. 장자에서는 총명을 물리쳐 없애고 형체形骸를 떼어내고 지知를 버리면 통하지 않는 데가 없는 대도大道와 같이 되는 것인데 이를 좌망坐忘이라고 하였다.38)

장자莊子에 이런 이야기가 나온다.

> 안회(顔回)가 말했습니다.
> "저는 뭔가 된 것 같습니다."
> 공자가 물었습니다.
> "무슨 일인가?"
> "저는 인(仁)이니 의(義)니 하는 것을 잊어버렸습니다."
> "좋다. 그러나 아직 멀었다."
> 얼마 후 안회가 다시 공자를 뵙고 말했습니다.
> "저는 뭔가 된 것 같습니다."
> "무슨 말인가?"
> "저는 예(禮)니 악(樂)이니 하는 것을 잊어버렸습니다."
> "좋다, 그러나 아직 멀었다."
> 얼마 지나 안회가 다시 공자를 뵙고 말했습니다.
> "저는 뭔가 된 것 같습니다."
> "무슨 말인가?"
> "저는 좌망(坐忘)을 하게 되었습니다."
> 공자는 깜짝 놀라 물었습니다.
> "좌망이라니 그게 무슨 말이냐?"
> "손발이나 몸을 잊어버리고, 귀와 눈의 작용을 쉬게 합니다. 몸을 떠나고 앎을 몰아내는 것. 그리하여 '큰 트임(大通)'과 하나가 됨. 이것이 제가 말씀드리는 좌망입니다."
> 공자가 말했습니다.

---

38) 憑友蘭, 정인재 역, 『中國哲學史』, 형설출판사, 2002, 165쪽.

"하나가 되면 좋다[싫다]가 없지. 변화를 받아 막히는 데가 없게
된다. 너야말로 과연 어진 사람이다. 청컨대 나도 네 뒤를 따르게 해
다오."[39]

인의, 예악을 잊어버리는 것 또한 중요하나 이것은 외부적인 것을 잊
어버리는 것이고 나 자신을 잊어버리는 것 즉 망기忘己의 경지에 도달하
여야 좌망에 이른다고 하였다. 맞다, 그르다 또는 이것이다, 저것이다를
시비하지 않고 나와 남을 구별하지 않는 세계를 의미한다고 하겠다.

자세한 의미에서는 차이가 있겠지만 불교에서는 이와 비슷한 용어로
지관(止觀, 梵 śamatha-vipaśyama')이라고 하고 성리학에서는 정좌靜坐
라고도 한다. 우선 지관止觀의 지止는 정념情念을 버리는 것이고 관觀은 바
른 인식을 의미하므로 진실한 모습을 본다는 의미로 쓰인다. 지관止觀은
망념妄念, 망상妄想을 쉬게 하여 마음을 한 곳으로 집중해서 동요 없는 마
음을 확립시켜 번뇌를 멸각시키고, 진리를 요지了知하고 그것에 통달시
키려고 하는 실천적 태도를 말한다.[40] 정좌靜坐는 송대宋代 성리학자 정
호程顥가 제시한 수양방법으로 마음을 고요히 가라앉히고 적연부동寂然
不動한 태도를 가짐으로써 자신의 본성을 깨닫는 것을 말한다. 도道와 물
物의 대립을 부정하고 내외內外를 통일하는 것으로 자신의 본성을 정립하
는 것[41]이라고 한다.

둘째, 백수시조에는 장자의 방생적方生的 사유 또는 불교의 연기설이
나타나 있다.

---

39) 오강남 풀이, 『장자』, 현암사, 2002, 313~314쪽.
40) 김승동 편저, 『불교인도 사상사전』, 부산대 출판부, 2001, 1,960쪽.
41) 위의 책, 1,862쪽.

3)
유채꽃이 바다에 들면 한 바다가 꽃밭 되고
바닷물이 꽃밭에 오르면 유채꽃도 바다일세
이 저승 따로 없어라 꽃과 물이 한 세상

―「꽃과 바다」 전문42)

4)
이 저승 보는 법을
蓮밭 보듯 바라보자

슬픈 일 기쁜 일도
짝을 지어 고운 세상

天地도 등불 나들이
연꽃 들고 왔잖은가

―「兩水里 蓮밭」 일부43)

   3)에서 유채꽃과 바다를 구분 짓는 것은 이성적 판단이다. 그러나 이것을 우주적 공간에서 보면 하나가 된다. 미시적 관찰이 아니라 거시적 인식에서 보면 꽃과 물은 지구를 이루는 조형물이라는 점에서 하나다. 또 4)에서 전생에서나 현생, 내생에서까지 존재할 수 있는 생명체로서 이승도 저승 같을 수 있다는 것이다. 생명체로서 모습만 바뀌고 장소만 바뀐다고 한다면 그게 그것이라는 논리는 가능해진다. 그리고 슬픔과 기쁨은 서로 대조적으로 나눌 것이 아니라 한 짝으로 묶여 있는 것으로 인식하고 있다. 슬픔이 있어야 기쁨이 있게 된다는 것이므로 따로 떼어내 인식할 필요가 없다고 보고 있다. 아니면 인식에 따라 슬플 수도 기쁠 수도 있

---

42) 정완영, 앞의 책, 土房, 2006, 552쪽.
43) 위의 책, 444쪽.

는 것이라는 관점이다. 3), 4)에서는 놓여있는 현 상황의 의미를 초월하고 도道와 물物의 대립 자체가 무의미하고 이것과 저것의 차이를 따지는 일 또한 무의미하다는 관점이다. 아니 차이가 아니라 한 가지라는 관점이다.

장자에서는 사물이 본래 하나임을 알지 못하고 한쪽에만 치우치는 것집착하는 것을 조삼모사朝三暮四라 하였다. 아침에 셋, 저녁에 넷과 아침에 넷, 저녁에 셋과의 실질적 차이는 없는 데도 성내고 기뻐하는 원숭이같아서는 안 된다는 것이다. 성인은 한쪽만 절대시하는 독선에 빠지지 않고 하늘의 고름인 천균天鈞에 머무른다는 것인데 천균天鈞을 다른 말로양행兩行이라고 한다. 또한 장자에서는 이와 비슷한 말로 이것과 저것이나란히 생김을 의미하는 방생方生이란 말이 나온다.

> 저것은 이것에서 생겨나고, 이것 또한 저것에서 생겨난다. 저것과
> 이것은 방생의 설이다. 삶이 있으면 반드시 죽음이 있고, 죽음이 있으
> 면 반드시 삶이 있다. …… '옳다'에 의거하면 '옳지 않다'에 기대는 셈
> 이 되고, '옳지 않다'에 의거하면 '옳다'에 의지하는 셈이 된다. 그래서
> 성인은 그런 방법에 의지하지 않고 자연의 조명에 비추어 본다. 그리
> 고 커다란 긍정(긍정의 세계)에 의존한다.[44]

생사가 나란히 있는 것으로, 삶이 있으면 반드시 죽음도 있고, 죽음이 있으면 반드시 삶이 있다. 삶만 있고 죽음은 없다는 일은 있을 수 없고, 죽음은 있고 삶이 없다는 일도 있을 수 없다는 뜻이다.[45] 또한 '이것'이란 말이 '저것'이란 말이 없을 때는 의미가 없다. '이것'이라는 말은 반드시 '저것'이라는 말을 전제로 하고 있다. 그러므로 '이것'이란 말 속에는 '저

---

44) 오강남 풀이, 『장자』, 현암사, 2002, 92쪽.
45) 위의 책, 59~60쪽.

것'이라는 말이 내포되어 있다. '이것'이 없으면 '저것'이 없고, '저것'이 없으면 '이것'도 없다. 그런 의미에서 '이것'은 '저것'을 낳고 '저것'은 '이것'을 낳는 셈이다. 아버지만 아들을 낳는 것이 아니라 아들이 없이는 아버지도 있을 수 없으므로 아들도 아버지를 낳는 셈이다. 아버지도 원인인 동시에 결과이고, 아들도 결과인 동시에 원인인 셈이다. 이렇게 서로가 서로를 가능하게 하는 것을 '방생方生'이라고 한다.

한편 불교에서는 이를 연기설緣起說이라고 한다. 연기란 인연생기因緣生起의 준말로 모든 것은 인연에 따라 일어난다는 것이다. 일체의 모든 현상은 원인과 그에 따르는 결과의 법칙이 작용하고 존재하는 모든 현상계는 상관 관계 속에 놓여 있다는 것이다. 중아함경에 보면 "이것이 있으므로 저것이 있고(此有故彼有) 이것이 생하므로 저것이 생하고(此生故彼生) 이것이 없으므로 저것이 없고(此無故彼無) 이것이 멸하므로 저것이 멸한다(此滅故彼滅)"고 하였는데 이것은 연기설을 간단히 요약한 말이다.

언뜻 보기에 대립되고 모순되는 것 같은 개념, 즉 선악善惡 · 미추美醜 · 장단長短 · 고저高低 · 강약强弱과 같은 것들이 결국 정적으로 독립된 절대 개념이 아니라 동적으로 빙글빙글 돌며 어울려 서로 의존하는 상관 개념이라는 사실을 의미한다.[46]

이런 관점에서 볼 때, 1)에서는 인간초월의 모습으로서 자연을 지배하는 존재로 자처했다가 2), 3), 4)에서는 자自와 타他를 식별하지 않는 장자적 사유에 아니면 불교의 연기설에 기대고 있음을 알 수 있다.

소요유逍遙遊는 진인[眞人, 至人, 聖人]이 노니는 상상의 세계이지만, 소요유의 세계에서 진인眞人이 최종적으로 귀향하거나 정박해야 할 항구나 정착해야 할 고향과 같은 것은 없다. 이것을 장자는 무하유지향無何有地

---

46) 위의 책, 82~83쪽.

鄕, 즉 어디에도 있지 않은 고향이라고 불렀다.[47] 그러니까 이것은 인간의 자기 존재의 내면성과 그가 살아온 고향의 외면성과의 합일이나 일치의 공명이 부재[48]함을 말하기 때문에 무위無爲, 무기無己, 무심無心, 무형無形의 공간인 셈이다. 자기 생각이나 자기 고향, 자기 소유, 자기 존재까지도 잊은 채 일체 걸림 없는 자유 공간을 의미한다.

위나라 재상을 지낸 혜유惠施와 장자가 나눈 이야기 중 이런 대목이 나온다.

혜자(惠子)가 장자(莊子)에게 말했습니다. "나에게 큰 나무 한 그루가 있는데, 사람들이 가죽나무라 하네. 그 큰 줄기는 뒤틀리고 옹이가 가득해서 먹줄을 칠 수 없고, 작은 가지들은 꼬불꼬불해서 자를 댈 수 없을 정도지. 길가에 서 있지만 대목들이 거들떠보지도 않네. 지금 자네의 말은 이처럼 크기만 하고 쓸모가 없어서 사람들이 거들떠보지 않는 걸세." 장자가 말했습니다.

"자네는 너구리나 살쾡이를 본 적이 없는가? 몸을 낮추고 엎드려 먹이를 노리다가, 이리 뛰고 저리 뛰고, 높이 뛰고 낮게 뛰다 결국 그물이나 덫에 걸려 죽고 마네. 이제 들소를 보게. 그 크기가 하늘에 뜬 구름처럼 크지만 쥐 한 마리도 못 잡네. 이제 자네는 그 큰 나무가 쓸모없다고 걱정하지 말고, 그것을 '아무것도 없는 고을(無何有之鄕)'[49] 넓은 들판에 심어 놓고 그 주위를 '하는 일 없이(無爲)' 배회하기도 하고, 그 밑에서 한가로이 낮잠이나 자게. 도끼에 찍힐 일도, 달리 해치는 자도 없을 걸세. 쓸모없다고 괴로워하거나 슬퍼할 것이 없지 않은가?"[50]

---

47) 김형효,『老莊思想의 해체적 독법』, 청계, 1999, 288쪽.
48) 위의 책, 289쪽.
49) 無何有之鄕을 여기서처럼 ① '아무것도 없는 고을'로도 해석할 수 있겠지만 좀 더 의미 깊게 해석해서 ② '어디에도 있지 않는 고향' 즉 '인간과 어떠한 인연이 없는 곳'으로도 해석이 가능하다고 본다. 일체 자기와 또는 인간과 연관시키지 않은 자유공간이라는 의미에서 ②가 더 타당하다고 본다.
50) 오강남 풀이,『장자』, 현암사, 2002, 53~54쪽.

혜자는 그의 나무를 건축 자재로서만 보았기 때문에 대목이 거들떠보지 않는다고 하였지만, 장자는 그의 나무를 제한적 용도를 초월해서 어떠한 선입견이나 목적 없이 나무를 바라보고 있는 것이다. 덩치 큰 들소는 쥐 한 마리 잡지 못한다. 너구리나 살쾡이는 쥐는 잘 잡는다 해도 그물이나 덫을 피하기 어렵다. 들소는 그물이나 덫을 피할 수 있지만 너구리나 살쾡이와 견줄 수 없다고 하였다. 이같이 사물은 무한한 용도적 가치가 있는 것일뿐더러 사물이 가진 용도의 고유성도 함께 존재하는 것이므로 고착된 시각과 편견된 사고에서 사물을 봐서는 안 된다는 말이다.

무하유지향은 사물에 대한 인간의 편견이 사라진 곳이며 인간은 무심無心, 무위無爲, 무기無己, 무형無形으로 존재하는 곳이 된다.

다시 장자에 이런 말이 나온다.

> 천근(天根)이 은양(殷陽) 남쪽에서 노닐다가 요수(蓼水)에 이르러 우연히 무명인(無名人)을 만나 물었습니다. "세상을 어떻게 다스려야 하는지 여쭈어 보고 싶습니다." 무명인이 말했습니다. "물러가시오. 비열한 사람. 어찌 그러한 질문을 하시오. 나는 지금 조물자와 벗하려 하오, 그러다가 싫증이 나면 저 까마득히 높이 나는 새를 타고 육극(六極) 밖으로 나가 '아무것도 없는 곳(無何有之鄕)'에서 노닐고, '넓고 먼 들(壙埌之野)'에 살려고 하오. 당신은 어찌 새삼 세상 다스리는 일 따위로 내 마음을 흔들려 하오?" 천근이 또 묻자 무명인이 말했습니다. "당신은 마음을 담담(淡淡)한 경지에서 노닐게 하고 기(氣)를 막막(漠漠)함에 합하게 하시오. 모든 일의 자연스러움에 따를 뿐, '나'라는 것이 들어올 틈이 없도록 하오, 그러면 세상이 잘 다스려질 것이오."51)

무하유지향無何有之鄕은 아무 것도 인간적인 요소가 있지 아니하는 곳

---

51) 위의 책, 328쪽.

이므로 인공을 가하지 않은 자연 그대로의 이상향인 셈이다. 무명인은 망명忘名하였으므로 현실을 초탈하거나 현실의 문제와 무관한 삶을 사는 사람인데, 그런 그에게 세상 다스리는 법을 물으니 화를 낼 수밖에 없는 노릇이다. 재차 묻자 무명인은 1) 마음을 담담하게 가질 것. 2) 기를 막막하게 할 것. 3) 일을 자연스럽게 할 것. 4) 나를 버릴 것. 이렇게 하면 세상이 잘 다스려 진다고 하였다. 이것을 함축하면 무명無名, 무기無己, 무공無功의 정신이라 할 수 있다.

이렇게 도가道家에서는 무無라는 말을 쓰고 있는데 불교에서는 이 말과 비슷한 말로 공空(또는 공적空寂, 공정空淨이라 하기도 한다)이 있다. 공空은 비유非有가 아니고 긍정을 찾지 못한 부정인 허무주의도 아니다. 노장老莊의 무無는 허무가 아니라, 힘의 근원이면서 도의 본체本體를 뜻한다. 다시 말해 무無는 사물과의 연관성을 초월하면서 천지 만물의 절대적 본원이며 형체는 없지만 절대적인 존재로서의 유有다. 공空 또한 기물의 속이 비어 있듯이 허虛이긴 하지만 그 작용은 무한하고 일체 현상과 만물을 포섭하면서 만물은 공空을 내포하므로 초월적 내재자라 할 수 있다.[52] 그러므로 노장의 무無나 불교에서의 공空은 서로 닮아 있다고 할 수 있다.

또 백수시조에는 현실 초월 공간에 고향을 설정하고 있음을 알 수 있다. 여기에는 두 가지 경향을 보이는데, 첫째는 현실을 초월하여 마음속에 담아둔 세계, 인공이 가미될 수 없는 공간을 고향이라 부르고 있다.

5)
지난 날 내 고향은
慶尙道라 일렀는데

---

52) 김승동, 「空의 硏究」, 『문리대학보』 제3집, 1970. 9, 79쪽.

요즘은 내 本鄕이
구름 너머 저곳일세

아닐세
구름도 더 너머
하늘 너머 저곳일세

—「구름 3」 전문53)

6)
고향에 내려가니
고향은 거기 없고

고향에서 돌아오니
고향은 거기 있고……

흑염소
울음소리만
내가 몰고 왔네요.

—「고향은 없고」 전문54)

사전적 의미로서의 고향故鄕은 ① 자기가 태어나 자란 곳. 그리하여 조상 대대로 살아온 곳. ② 마음속에 깊이 간직한 그립고 정든 곳. ③ 어떤 사물이나 현상이 처음 생기거나 시작된 곳 등을 의미하는 말이다.

5)는 사전적 의미 ①을 염두에 둔 삶이 이젠 이것을 초월하여 구름 너머 그것도 더 멀리 하늘 너머 어느 피안에나 존재하는 곳으로 인식하고 있다. 이것은 삶의 공간으로서의 고향이 아니라 마음 속 안식처로서의

---

53) 정완영, 앞의 책, 432쪽.
54) 위의 책, 419쪽.

꿈의 세계를 지향하고 있음을 의미한다. 6)에서도 ①의 의미를 갖는 고향을 찾았으나 그리던 고향은 주소로만 남아 있고 정작 있어야 할 고향은 사라져버린 현실을 말하고 있다. 5), 6) 모두 주소로서 찾아갈 수 없는 고향 즉 마음속에 담아둔 세계이거나 마음속에서만이라도 뛰어놀 수 있는 안식처 또는 놀이공간일 뿐이다.

불교에서는 아我의 집착에서 탈피하고 아공법공我空法空의 이공二空을 주장하기도 한다. 아공我空은 자아自我의 실체가 없음이요, 법공法空은 제법諸法이 모두 인연에 의해 존재하기 때문에 항존불변恒存不變하는 자성自性은 없다고 본다.55) 그렇기 때문에 여기서 의미하듯이 인연이 끊어진 옛 고향은 백수의 경우엔 고향일 수가 없다고 본 것이다.

E. Spranger의 말처럼 공동체적 존재로서의 인간에게는 고향은 양식을 공급 받던 토양이면서 심미적 희열의 대상이면서 정신적 뿌리에 해당한다.56) 그러나 후기산업사회 구조 속에서의 인간은 전통적 생활 공간이 파괴됨으로 인하여 실향失鄕과 이향離鄕을 동시에 겪어야 했다. 공간적, 지정학적 고향은 유희적 공간이면서 동화적 공간, 근원적 삶의 공간이었지만 이것의 상실은 인간끼리의 감정적 유대와 공동체 의식까지를 허물어버렸다. 6)은 바로 존재와 삶의 근원이었던 고향의 상실을 의미하면서 산업화 이전의 고향, 근원적 삶의 공간으로서의 고향을 동경하고 있다. 거기에 비해 5)에서는 이것마저도 초탈한 세계다. 지역적 의미는 물론 지구적 개념까지도 뛰어넘은 초월 공간에 고향을 두고 있다. 즉 회상의 개념으로서가 아니라 새로운 희망의 개념, 새로운 지향의 개념으로서의 고향, 인공이 가미될 수 없는 세계이면서 인간으로서는 도달할 수 없는 꿈으로서의 공간을 고향으로 설정하고 있다.

---

55) 김승동 편저, 『불교 · 인도사상사전』, 부산대 출판부, 2001, 99쪽.
56) 전공식, 「고향에 대한 철학적 반성」, 『철학연구』 제67집, 대한철학회, 263쪽 재인용.

다음으로 백수시조에는 문명을 거주하고 물질화된 세계관을 거부하는 의미로서의 고향이 있다. 그는 문명과 절연된 원시적 세계를 고향이라 부른 것이다.

7)
어릴 적 내 고향은 구름마저 어렸었네
들찔레 새순처럼 야들야들 피던 구름
할버지 백발 구름에 업혀 잠든 손주 구름

－「구름 2」전문57)

8)
오랜만에 고향에 내려와 하늘 덮고 누운 밤은
달래 냉이 꽃다지 같은 별이 송송 돋아나고
그 별빛 꿈 속에 내려와 잔뿌리도 내립니다.

－「고향 별밭」전문58)

7), 8)에서의 고향은 동심의 장소다. 이성적 인간보다는 감성적 인간으로서의 삶을 추구하는 장소가 고향이라는 것이다.59) 그리고 인격 형성과 삶의 공간이었던 고향은 인공적 꾸밈과는 거리가 먼 자연 그대로의 원시가 살아있던 공간이면서 인간의 삶 자체가 순수한 것이었는데 여기서 일탈된 현재의 고향은 고향의 원초적 의미를 상실하고 말았다. 즉 화자는 고향을 상실하기보다 고향으로부터 소외당한 셈이다. 백수시조의 화자는 고향에서 소외된 자이면서 애초 향유했던 동심적 공간, 문명의 이기와 거리가 멀고 삶 자체가 순수했던 삶의 공간을 그리다가 급기야는 여기서조

---

57) 정완영, 앞의 책, 432쪽.
58) 위의 책, 441쪽.
59) 전광식, 「고향에 대한 철학적 반성」, 『철학연구』제67집, 대한철학회, 265쪽.

차 벗어나 인간이 살 수 없는 꿈의 거리에 고향을 설정한 것이다.

인간들은 근대사회를 꿈꾸면서 감성보다는 이성에 편중하고 합리성과 테크놀로지에 근원하여 인격의 고유성을 상실하면서부터 인간은 비인간화 즉 물화物化된 의식의 소유자로 전락함으로 인해 인간과 인간끼리 사이에서도 소외현상이 두드러지고 말았다. 감정적 유대감과 공동체 시회 속에서 부의 큰 편차 없이 살았던 소박한 삶의 공간을 어쩔 수 없이 상실해야 하는 이런 소외를 마르크스는 계급 대립 차원에서 근거한다고 보지만60) 여기서의 작중화자는 문명이 싫고 현재대로의 물질화된 가치관이 싫다는 의미를 그가 설정한 고향을 통해 고백하고 있는 것 같다.

이렇게 볼 때, 백수시조의 화자는 문명과 절연된 원시적 세계, 그러면서도 인간 자신이 자연이 되어 함께 어울릴 수 있는 공간을 염원하고 있다고 할 수 있다. 즉 무하유지향無何有之鄕이거나 무위지처無爲之處에 뿌리박고 싶은 심정의 소유자이면서 한편 인연한 곳의 상실을 고향이라 부를 수 없음에 대한 공적空寂을 느끼고 있다고 할 수 있다.

---

60) 위의 책, 268쪽.

찾아보기

인명

ㄱ

용어

시조학원론時調學原論

초판 1쇄 인쇄일	2014년 9월 29일
초판 1쇄 발행일	2014년 9월 30일

지은이	임종찬
펴낸이	정구형
편집장	김효은
편집/디자인	박재원 우정민 김진솔 윤혜영
마케팅	정찬용 정진이
영업관리	한선희 이선건 허준영 홍지은
책임편집	김진솔
표지디자인	박재원
인쇄처	월드문화사
펴낸곳	국학자료원
	등록일 2006 11 02 제2007-12호
	서울시 강동구 성내동 447-11 현영빌딩 2층
	Tel 442-4623 Fax 442-4625
	www.kookhak.co.kr
	kookhak2001@hanmail.net

ISBN	978-89-279-0856-2 *93800
가격	28,000원